LA SOURIS BLEUE

KATE ATKINSON

LA SOURIS BLEUE

Traduit de l'anglais
par ISABELLE CARON

ROMAN

Éditions de Fallois
PARIS

Titre original :

CASE HISTORIES

Published 2004 by Doubleday
a division of Transworld Publishers

Copyright © Kate Atkinson, 2004

© Éditions de Fallois, 2004 pour la traduction française
22, rue La Boétie, 75008 Paris

ISBN 2-87706-540-5

À Anne McIntyre

Avec mes remerciements à :

Mon agent, Peter Straus

Mon éditrice Marianne Velmans

Maureen Allan, Helen Clyne, Umar Salam, Ali Smith et Sarah Wood pour Cambridge en juillet et avec toute ma gratitude à Ali Smith

Reagan Arthur, Eve Atkinson-Worden, Helen Clyne et Marianne Velmans pour l'enthousiasme dont elles ont fait preuve pour lire le manuscrit

Mon cousin, le major Michael Keech

Stephen Cotton : il sait pourquoi

David Lindgren pour l'histoire des moutons

Et, last but not least, Russell Equi, dieu de tout ce qui a trait aux véhicules

Et vous connaîtrez la vérité,
et la vérité vous rendra libres.

Saint Jean, VIII, 32

1

COMPLOT DE FAMILLE

Quelle chance elles avaient ! Une vague de chaleur au milieu des grandes vacances, là où on l'attendait. Tous les matins, levé bien avant elles, le soleil faisait fi des fins voilages qui pendaient mollement aux fenêtres des chambres à coucher, un soleil déjà brûlant et moite de promesses, avant même qu'Olivia n'ait ouvert les yeux. Olivia, matinale comme un coq, toujours la première debout, au point que plus personne dans la maison n'utilisait de réveil depuis sa naissance, trois ans plus tôt.

Olivia, la benjamine et donc celle qui dormait dans la petite chambre de derrière tapissée d'un papier peint à motif de comptines, pièce qu'elles avaient occupée à tour de rôle avant d'en être évincées. Olivia, jolie comme un cœur, tout le monde en convenait, même Julia qui avait mis beaucoup de temps à accepter de n'être plus la petite dernière, place dont elle avait fait ses délices pendant cinq ans.

Rosemary, leur mère, souhaitait qu'elle reste toujours à cet âge car elle était si *adorable*. Elles ne l'avaient jamais entendue employer ce mot à leur endroit. Elles ne s'étaient même pas aperçues qu'un tel mot faisait partie de son vocabulaire, limité d'ordinaire à de fastidieuses injonctions – *viens ici, va-t'en, tais-toi* – et le plus souvent à *arrête !* Parfois, entrant dans une pièce ou apparaissant dans le jardin, elle les foudroyait du regard et disait *Je ne sais pas ce que vous fabriquez, mais arrêtez*, puis repartait comme elle était venue, leur laissant un sentiment de rancune et de profonde injustice, même quand elles étaient prises en flagrant délit. En train de faire une bêtise en général inventée par Sylvia.

Leur capacité à mal faire, surtout sous la direction téméraire de Sylvia, était apparemment sans bornes. Les trois aînées donnaient (de l'aveu général) « du fil à retordre », et se suivaient de trop près pour que leur mère les distingue l'une de l'autre de sorte qu'elles s'étaient transformées en un enfant collectif auquel elle avait du mal à attribuer des caractéristiques et qu'elle appelait – *Julia-Sylvia-Amelia-peu importe* – sur un ton exaspéré. Comme si c'était leur faute si elles étaient aussi nombreuses. Olivia était généralement exclue de cette litanie, Rosemary ne la confondant, semble-t-il, jamais avec les autres.

Elles avaient cru qu'Olivia serait la dernière des quatre à occuper la chambrette et qu'un beau jour le papier peint à motifs de comptines serait enfin enlevé (par leur mère épuisée car employer un peintre-décorateur, c'était, d'après leur père, jeter l'argent par les fenêtres) et remplacé par quelque chose de plus adulte – des fleurs ou peut-être des poneys, encore que n'importe quoi eût été préférable au rose sparadrap de la chambre partagée par Julia et Amelia, une couleur qui leur avait paru si prometteuse sur le nuancier et qui s'était avérée si inquiétante une fois au mur, et que leur mère avait déclaré n'avoir ni le temps, ni l'argent (ni surtout l'énergie) de changer.

Et voici qu'Olivia allait subir le même rite de passage que ses aînées et devoir quitter les Humpty-Dumpty et les Little Miss Muffet – plutôt mal raccordés – pour céder la place à une *pensée après coup* dont l'avènement leur avait été annoncé la veille, assez cavalièrement, par Rosemary tandis qu'elle leur servait un déjeuner improvisé de sandwichs au corned-beef et sirop d'orange sur la pelouse.

« C'était pas Olivia la pensée après coup ? » demanda Sylvia à l'adresse de personne en particulier, et Rosemary regarda son aînée en fronçant les sourcils comme si elle la remarquait pour la première fois. Sylvia, treize ans, s'était montrée jusqu'à une époque récente une enfant enthousiaste (d'aucuns auraient dit trop) et promettait de devenir une adolescente d'un cynisme mordant. Empruntée, binoclarde, les dents dernièrement emprisonnées dans un horrible appareil orthodontique, Sylvia avait le cheveu gras, un rire hennissant, les doigts et les orteils longs et minces d'une créature extraterrestre. Les gens bien intentionnés la traitaient de « vilain canard » (ouvertement, comme s'il s'agissait d'un compliment, et ce n'était certainement pas ainsi que l'intéressée le prenait), et s'imaginaient une future Sylvia débarrassée de son appareil, dotée de verres de contact et d'une poitrine, se métamorphosant en cygne. Rosemary ne voyait pas le cygne qui dormait en Sylvia, surtout quand elle avait un morceau de corned-beef coincé dans son appareil. Sylvia avait récemment manifesté une obsession malsaine pour la religion : elle prétendait que Dieu lui avait parlé. Rosemary se demandait si c'était là une phase par laquelle passaient toutes les adolescentes, Dieu étant une simple alternative aux pop-stars ou aux poneys, et jugea préférable de ne pas tenir compte des tête-à-tête de Sylvia avec le Tout-Puissant. Les conversations avec Dieu avaient l'avantage d'être gratuites, alors que l'entretien d'un poney aurait coûté la peau des fesses.

Sylvia était aussi sujette à d'étranges évanouissements qui, d'après le médecin, étaient à mettre sur le compte d'une « croissance trop rapide », explication médicale douteuse s'il en fut (selon Rosemary qui décida de ne pas en tenir compte non plus). C'était probablement de la part de Sylvia une façon d'attirer l'attention.

Rosemary avait épousé leur père Victor quand elle avait dix-huit ans – cinq ans de plus seulement que Sylvia aujourd'hui. L'idée que Sylvia dans cinq ans puisse être en âge de convoler paraissait ridicule à Rosemary et renforçait sa conviction que ses propres parents auraient dû mettre le holà à son mariage avec Victor, en signalant qu'elle n'était qu'une enfant et lui un homme de trente-six ans. Souvent l'envie lui venait de faire des remontrances à ses parents au sujet de leurs carences, mais sa mère avait succombé à un cancer de l'estomac peu après la naissance d'Amelia et son père, après s'être remarié, avait déménagé à Ipswich où il passait la plupart de ses journées chez les bookmakers et la totalité de ses soirées au pub.

Si dans cinq ans Sylvia ramenait à la maison un fiancé de

trente-six ans (surtout s'il prétendait être un grand mathématicien), Rosemary lui arracherait probablement le cœur avec un couteau à découper. Cette idée était si agréable que l'annonciation de la *pensée après coup* fut momentanément oubliée et que Rosemary accorda à ses filles la permission de se précipiter sur le marchand de glaces dont la camionnette venait de faire une arrivée mélodique dans la rue.

Le trio Sylvia-Amelia-Julia savait que la *pensée après coup* était une invention : le « fœtus », ainsi que Sylvia tenait à l'appeler (elle était férue de sciences), qui rendait leur mère si irritable et léthargique, était sans doute l'ultime tentative de leur père pour avoir un fils. Ce n'était pas un père fou de ses filles, il ne manifestait de vraie affection à aucune d'entre elles : seule Sylvia s'attirait de temps à autre son respect parce qu'elle était « bonne en maths ». Victor était un mathématicien qui vivait la vie raréfiée de l'esprit, dont sa famille était rigoureusement exclue. C'était d'autant plus facile qu'on ne le voyait guère : quand il n'était pas à la faculté, il s'enfermait dans son bureau à la maison, parfois avec ses étudiants, mais le plus souvent seul. Leur père ne les avait jamais emmenées à la piscine découverte de Jesus Green, n'avait jamais fait de parties de cartes enragées avec elles, ne les avait jamais fait sauter en l'air, n'avait jamais poussé leur balançoire, ne les avait jamais promenées en barque sur la rivière ni emmenées en randonnée sur les Fens[1] ou au musée Fitzwilliam pour une sortie pédagogique. Il brillait par son absence et l'espace sacro-saint de son bureau représentait tout ce qu'il était – et n'était pas.

La famille aurait été surprise d'apprendre que le bureau en question avait jadis été un salon clair donnant sur le jardin, une pièce où les précédents occupants de la maison avaient pris d'agréables petits déjeuners, où des femmes avaient passé des après-midi à coudre ou à lire des romans d'amour et où, le soir venu, la famille se rassemblait pour jouer au Nain jaune ou au Scrabble en écoutant une pièce radiophonique. Jeune mariée, Rosemary avait envisagé toutes ces activités lorsqu'ils avaient acheté la maison – en 1956, à un

---

1. Vastes plaines marécageuses de l'Angleterre de l'Est. (*N.d.T.*)

16

prix dépassant de beaucoup leur budget – mais Victor s'était approprié la pièce et avait réussi, on ne sait comment, à la transformer en un endroit sombre, encombré de lourdes bibliothèques et d'affreux classeurs en chêne, puant à plein nez les Capstan sans filtre qu'il affectionnait. S'il en coûta à Rosemary de renoncer à cette pièce, renoncer à la vie qu'elle avait rêvé d'y mener fut un véritable crève-cœur.

Ce que Victor faisait dans son bureau demeurait un mystère pour tout un chacun. Quelque chose de si important, apparemment, que sa vie familiale ne valait pas tripette en comparaison. Leur mère avait beau leur répéter que c'était un *grand mathématicien*, occupé à des travaux de recherche qui le rendraient un jour *célèbre*, les rares fois où, la porte ayant été laissée ouverte, elles aperçurent leur père, il était assis à son bureau et se contentait de regarder dans le vide d'un air renfrogné.

Pas question de le déranger quand il travaillait, surtout pas des sauvageonnes piaillantes et braillantes. Le fait que lesdites sauvageonnes étaient incapables de s'abstenir de piailler et de brailler (sans parler des beuglements, pleurs incoercibles, ni des étranges hurlements de loup que Victor ne s'expliquait jamais) fragilisait les relations père-filles.

Si les corrections administrées par Rosemary ne leur faisaient ni chaud ni froid, la vue de Victor sortant d'un pas lourd de son bureau, tel un ours tiré de son hibernation, était étrangement terrifiante, mais elles avaient beau passer leur temps à braver les interdits de leur mère, il ne leur vint jamais à l'esprit d'explorer l'intérieur du bureau. Les seules fois où elles eurent accès aux glauques profondeurs de l'antre de Victor, c'était pour se faire aider dans leurs devoirs de maths. Passe encore pour Sylvia qui avait de bonnes chances de comprendre les gribouillis dont un Victor impatient remplissait des pages et des pages de papier réglé, mais aux yeux de Julia et d'Amelia, ces signes et symboles étaient aussi mystérieux que des hiéroglyphes anciens. S'il leur arrivait de penser au bureau, ce qu'elles essayaient de ne pas faire, elles y voyaient une chambre de torture. Victor mettait leur incapacité à compter sur le compte de Rosemary : il était clair qu'elles avaient hérité de la cervelle d'oiseau de leur mère.

La petite enfance de Victor avait été bercée par la présence douce et parfumée de sa mère jusqu'à ce qu'on l'enferme dans un asile d'aliénés en 1924. Victor n'avait que quatre ans à l'époque et on jugea préférable qu'il n'aille pas lui rendre visite dans un endroit aussi perturbant. Aussi grandit-il en se représentant sa mère sous les traits d'une folle à lier de l'espèce victorienne : longue chemise de nuit blanche et cheveux en désordre, hantant les couloirs de l'asile la nuit, débitant des sornettes comme un enfant. Ce n'est que beaucoup plus tard qu'il découvrit que sa mère n'était pas « devenue folle » (comme on disait dans la famille) mais avait souffert d'une grave dépression postnatale après avoir donné le jour à un bébé mort-né. Loin de divaguer et de débiter des sornettes, elle avait vécu triste et solitaire dans une pièce décorée de photos de Victor avant de mourir de tuberculose quand Victor avait dix ans.

Oswald, le père de Victor, avait déjà à l'époque expédié son fils en pension et quand lui-même mourut, en tombant accidentellement dans les eaux glaciales de l'océan Austral, Victor prit la nouvelle avec calme et se replongea dans l'énigme mathématique particulièrement trapue sur laquelle il planchait.

Avant la guerre, le père de Victor avait été le plus mystérieux et le plus inutile des aventuriers anglais, un explorateur polaire, et Victor fut plutôt content de ne plus avoir à se mesurer à l'héroïque image d'Oswald Land et de pouvoir se distinguer dans son domaine moins intrépide.

Victor fit la connaissance de Rosemary aux urgences de l'hôpital Addenbrooke's où elle était élève-infirmière. Ayant raté quelques marches d'escalier, il était tombé sur le poignet mais avait expliqué à Rosemary qu'une voiture lui avait fait une « queue de poisson » alors qu'il circulait à bicyclette dans Newmarket Road. « Queue de poisson » sonnait bien à ses oreilles, c'était une expression venue d'un univers masculin dans lequel il ne s'était jamais senti à l'aise (l'univers de son père) et « Newmarket Road » laissait entendre (fallacieusement) qu'il ne passait pas toute son existence cloîtré dans son collège.

N'eût été cette rencontre fortuite à l'hôpital, accidentelle à tous les sens du terme, Victor n'aurait peut-être jamais fait la cour à une fille. Il frisait l'âge mûr et sa vie sociale se limitait toujours au club d'échecs. Victor n'éprouvait pas vraiment le besoin d'avoir quelqu'un dans sa vie, en fait « partager » la vie de quelqu'un lui semblait un concept bizarre. Les mathématiques occupant le plus clair de son temps, il n'était pas entièrement convaincu de vouloir une épouse. Les femmes lui paraissaient avoir toutes sortes de propriétés indésirables, au premier rang desquelles figurait la folie, ainsi qu'une multiplicité d'inconvénients physiques – sang, sexe, enfants – qui étaient perturbateurs et *autres*. Pourtant quelque chose en lui désirait ardemment être entouré du brouhaha et de la chaleur qui lui avaient tant fait défaut dans son enfance et voilà comment, avant même d'avoir compris ce qui se passait, comme s'il s'était trompé de porte, il s'était retrouvé en train de prendre le thé dans un cottage du Norfolk rural tandis que Rosemary montrait timidement à ses parents une bague de fiançailles (d'un prix assez modique) en poussières de diamant.

Si l'on excepte les bénédictions vespérales et moustachues de son père, Victor était le premier homme par qui Rosemary eût jamais été embrassée (gauchement : il s'était jeté sur elle comme un éléphant de mer). Le père de Rosemary, aiguilleur aux chemins de fer, et sa mère, femme au foyer, furent surpris quand leur fille leur présenta Victor. Ils furent impressionnés par ses attributs intellectuels indiscutables (lunettes à monture noire, veste sport élimée, distraction permanente) et parce qu'il était même possible qu'il soit un génie authentique (éventualité que Victor ne démentit pas vraiment) sans compter qu'il avait jeté son dévolu sur leur fille – une créature placide et aisément influençable, que personne jusque-là n'avait remarquée – pour qu'elle devienne sa compagne.

Le fait que Victor avait le double de l'âge de leur fille ne parut pas les tracasser le moins du monde, même si, après le départ de l'heureux couple, le père de Rosemary, un homme du genre viril, fit remarquer à sa femme que Victor avait l'air d'un « vrai gringalet ». Les seules réserves de la mère de Rosemary étaient que, bien que « docteur », Victor semblait éprouver des difficultés à lui donner un avis sur les douleurs d'estomac qui lui faisaient souffrir le martyre. Coincé derrière une table nappée de dentelle de Malte, qui croulait sous les macarons, scones du Devon et autres gâteaux aux graines de carvi, Victor finit par confirmer, « Indigestion, je pense, Mrs Vane », erreur de diagnostic qu'elle accueillit avec soulagement.

Olivia ouvrit les yeux et contempla avec satisfaction le papier peint. Jack et Jill s'échinaient éternellement à gravir la colline, Jill portant un seau en bois au puits qu'elle n'atteindrait jamais, tandis qu'un peu plus loin, sur le même flanc de colline, Little Bo-Peep cherchait son troupeau. Olivia ne se faisait pas trop de mouron pour les moutons car elle apercevait un joli agneau, caché derrière une haie, un ruban bleu noué autour du cou. Olivia ne comprenait pas vraiment la *pensée après coup* mais elle était ravie de voir arriver un bébé. Elle raffolait des bébés et des animaux. Elle sentait le poids de Rascal, le terrier de la famille, à ses pieds. Que Rascal dorme dans les chambres était *strictement interdit* mais chaque soir, l'une ou l'autre réussissait à l'introduire en catimini dans sa chambre, même si on le retrouvait d'ordinaire près d'Olivia le matin.

Olivia secoua gentiment Souris Bleue pour la réveiller. Souris Bleue était un animal mou et efflanqué en tissu éponge, c'était l'oracle d'Olivia qui le consultait à tout propos.

Une coulée de soleil se déplaçait lentement sur le mur et, lorsqu'elle atteignit l'agneau caché derrière la haie, Olivia se tira du lit et enfila docilement ses petites pantoufles roses à tête et oreilles de lapin, très convoitées de Julia. Les autres filles se passaient royalement de pantoufles et il faisait désormais si chaud que Rosemary n'arrivait même plus à les obliger à se chausser, mais Olivia était une enfant obéissante.

Allongée sur son lit, Rosemary pouvait à peine bouger bras et jambes, comme si la moelle de ses os s'était transformée en plomb, et concoctait un plan pour empêcher les trois aînées de donner le mauvais exemple à Olivia. Le futur bébé donnait des nausées à Rosemary qui songeait combien ce serait merveilleux si Victor s'éveillait soudain de son sommeil ponctué de ronflements et lui demandait « Puis-je t'apporter quelque chose, ma chérie ? », ce à quoi elle répondrait « Oh, oui, je voudrais du thé, s'il te plaît – sans lait – avec une tartine grillée légèrement beurrée, merci, Victor ». Et les poules auraient des dents.

Si seulement elle n'était pas aussi féconde. Elle ne pouvait pas prendre la pilule qui lui donnait de la tension, avait bien essayé le stérilet, mais il s'était déplacé, et Victor considérait les préservatifs comme une atteinte à sa virilité. Elle n'était que sa poulinière. Ses grossesses avaient un seul avantage : elles lui permettaient d'échapper aux assiduités de Victor. Elle prétendait que les rapports sexuels étaient mauvais pour le bébé et il la croyait parce qu'il ignorait tout – tout des bébés, des femmes, des enfants, tout de la *vie*. Elle était vierge en l'épousant et elle était rentrée de leur semaine de lune de miel au Pays de Galles en état de choc. Elle aurait dû le quitter séance tenante, bien sûr, mais Victor avait déjà commencé à l'épuiser, parfois elle avait l'impression qu'il se *nourrissait* d'elle.

Si elle en avait eu l'énergie, elle se serait levée, traînée jusqu'à la chambre « d'amis » et allongée sur le petit lit dur aux draps frais et soigneusement bordés. La chambre d'amis était une bouffée d'air pur dans la maison : personne pour en vicier l'atmosphère, pas de pieds insouciants pour en user la moquette. Peu importe combien de bébés elle avait, elle pourrait continuer à mettre bas comme une lapine, année après année (même si ça la tuerait à la longue), jamais personne n'occuperait l'espace immaculé de la chambre d'amis. Il était propre, il était intact, il était à elle.

Les combles seraient même mieux. Elle pourrait les peindre en blanc, faire installer un plancher, une trappe et alors elle pourrait y grimper, relever la trappe comme un pont-levis, et personne ne pourrait la trouver. Rosemary imagina sa famille errant de pièce en pièce en criant son nom, et rit. Victor grogna dans son sommeil. Mais soudain elle songea à Olivia, courant partout dans la maison sans la trouver, et elle eut peur, comme un coup dans la poitrine. Elle devrait emmener Olivia avec elle au grenier.

21

Victor était dans un état intermédiaire entre la veille et le sommeil, à l'abri de l'amertume qui était le lot quotidien de qui vit dans une maison remplie de femmes qui lui sont étrangères.

Le pouce douillettement et fermement fourré dans la bouche et Souris Bleue serrée au creux du bras, Olivia traversa le couloir à pas feutrés pour gagner la chambre de Julia et Amelia, et grimpa dans le lit de Julia. Julia avait un rêve agité : sa crinière trempée de sueur lui collait au crâne et ses lèvres remuaient sans cesse, murmurant des propos sans queue ni tête, tandis qu'elle luttait contre un monstre invisible. Julia avait un sommeil très lourd, elle parlait et marchait en dormant, bataillait avec ses couvertures et avait des réveils dramatiques – le regard fou, elle fixait quelque fantasmagorie qui avait disparu avant qu'elle ait pu s'en souvenir. Parfois son sommeil était si tumultueux qu'elle avait une crise d'asthme et se réveillait dans un état de terreur mortelle. Julia pouvait être enquiquinante au possible. Amelia et Sylvia étaient d'accord pour dire qu'elle avait une personnalité déconcertante et volatile : elle passait sans transition des coups de poing et de pied à une comédie de mamours et de bisous. Petite, elle piquait des crises pour un oui ou pour un non, et aujourd'hui encore, il ne se passait guère de journée sans qu'elle ne devienne hystérique pour une raison ou une autre et ne fasse une sortie théâtrale. C'était d'ordinaire Olivia qui essayait de la consoler quand personne d'autre ne s'en souciait. Olivia paraissait comprendre que tout ce que Julia désirait, c'était un peu d'attention (même si elle avait l'air d'en vouloir un peu beaucoup).

Olivia tira sur la manche de chemise de nuit de Julia pour la réveiller, processus qui prenait toujours beaucoup de temps. Dans le lit d'à côté, Amelia était déjà réveillée mais gardait les yeux fermés pour savourer la dernière miette de sommeil. De plus, en faisant semblant de dormir, elle savait qu'Olivia monterait dans son lit, en s'agrippant à un de ses membres comme un singe, et qu'elle collerait sa peau chaude et sèche, brunie par le soleil contre la sienne, tandis que le corps mou de Souris Bleue serait écrasé entre elles.

Jusqu'à la naissance d'Olivia, Amelia avait partagé la chambre de Sylvia, ce qui, malgré de nombreux inconvénients, était infiniment préférable à la situation présente. Amelia se sentait coincée, floue, dénuée de substance entre les pôles radicalement opposés de Sylvia et Julia. Quel que soit le nombre de *pensées après coup*, elle pressentait qu'elle serait toujours perdue quelque part au milieu. Amelia était plus réfléchie, plus studieuse que Julia. Sylvia préférait l'effervescence à l'ordre (raison pour laquelle, selon Victor, elle ne serait jamais une grande mathématicienne, elle serait tout au plus acceptable). Sylvia était bien sûr complètement piquée. Elle avait raconté à Amelia que Dieu (sans compter Jeanne d'Arc) lui avait parlé. Dans le cas hautement improbable où Dieu aurait parlé à quelqu'un, Sylvia ne semblait pas un choix qui s'imposait.

Sylvia adorait les secrets et, même si elle n'en avait aucun, faisait tout pour vous convaincre du contraire. Amelia n'avait pas de secrets, Amelia ne savait rien. Quand elle serait grande, elle avait bien l'intention de tout savoir et de tout garder pour elle.

L'arrivée de la *pensée après coup* signifiait-elle que leur mère allait de nouveau les faire valser, les soumettre à une nouvelle permutation arbitraire ? De qui Olivia allait-elle partager la chambre ? Après s'être chamaillées dans le passé pour savoir qui dormirait avec le chien, voici qu'elles se disputaient l'affection d'Olivia. Il y avait cinq chambres en tout mais l'une était toujours réservée aux *amis,* bien qu'aucune d'elles n'eût le souvenir que le moindre ami y ait séjourné. Leur mère ne parlait-elle pas de *refaire* le grenier ? L'idée d'avoir une chambre sous les toits, loin de tout le monde, plaisait à Amelia. Elle se figurait un escalier en colimaçon, des murs blancs, un canapé blanc, une moquette blanche et des rideaux d'organdi blanc à la fenêtre. Quand elle serait grande et mariée, elle ne voulait qu'un seul enfant, une enfant unique et parfaite (qui ressemblerait trait pour trait à Olivia) et vivre dans une maison toute blanche. Quand elle tentait d'imaginer le mari qui vivrait à ses côtés dans cette blanche demeure, elle n'entrapercevait qu'une silhouette floue, l'ombre d'un homme qui la saluait poliment à voix basse en la dépassant dans les escaliers et les couloirs.

Le temps qu'Olivia les réveille toutes, il était presque sept heures et demie. Elles préparèrent leur petit déjeuner sauf Olivia qu'on jucha sur un coussin et à qui Amelia servit des céréales avec du lait et Julia des petits morceaux de toast. Olivia leur appartenait, elle était leur petit agneau car leur mère était épuisée par les *pensées après coup* et leur père un grand mathématicien.

Julia, qui s'empiffrait (Rosemary prétendait que Julia avait un appétit de labrador), trouva le moyen de se couper avec le couteau à pain, mais Sylvia la dissuada de hurler et de réveiller leurs parents en lui collant une main sur la bouche, comme un masque chirurgical. Il ne se passait pas de journée sans au moins un incident sanglant. Il n'existait pas au monde d'enfants plus *prédisposées* aux accidents, selon leur mère, qui ne comptait plus le nombre de fois où elle avait dû les emmener à Addenbrooke's – Amelia s'était cassé le bras en faisant la roue, Sylvia ébouillanté le pied (en essayant de remplir une bouillotte), Julia fendu la lèvre (en sautant du toit du garage), Julia, encore elle, était passée à travers une porte en verre, sous les yeux incrédules d'Amelia et Sylvia (comment avait-elle fait pour ne pas la *voir* ?) –, sans compter bien entendu les étranges évanouissements de Sylvia, qui passait sans prévenir de la verticale à l'horizontale, la peau blême, les lèvres sèches – une répétition de la mort, trahie seulement par une légère vibration de la paupière.

La seule à être immunisée contre cette maladresse collective était Olivia qui, au cours de ses trois années d'existence, n'avait récolté rien de plus grave que quelques bleus. Vu le temps qu'elle passait à l'hôpital, disait leur mère, elle aurait aussi bien fait de terminer ses études d'infirmière.

Le jour le plus palpitant fut évidemment celui où Julia se trancha le petit doigt (Julia semblait avoir une bien étrange attirance pour les objets coupants). Âgée de cinq ans, Julia s'était aventurée dans la cuisine à l'insu de sa mère qui coupait énergiquement des carottes en rondelles et qui en se retournant avait aperçu une Julia traumatisée tenant sa main en l'air avec une stupeur muette, arborant sa blessure comme une jeune sainte martyre. Rosemary jeta un torchon sur la main ensanglantée, attrapa Julia et courut chez un voisin qui les conduisit à tombeau ouvert à l'hôpital, laissant à Sylvia et Amelia le soin de régler le problème du minuscule doigt pâle, abandonné sur le lino de la cuisine.

(Une Sylvia toujours pleine de ressources le fourra dans un sac de petits pois surgelés et Sylvia et Amelia se rendirent en bus à l'hôpital, Sylvia cramponnée aux petits pois qui décongelaient comme si la vie de Julia en dépendait.)

Leur première idée avait été une promenade jusqu'à Grantchester. Elles avaient fait cette expédition au moins deux fois par semaine depuis le début des vacances, prenant Olivia sur leur dos quand elle était fatiguée. C'était une aventure qui occupait la majeure partie de la journée car il y avait tant à explorer – les berges de la rivière, les champs, et même les jardins des autres gens. La seule recommandation de Rosemary était *N'allez pas dans la rivière*, mais elles partaient invariablement avec leur maillot dissimulé sous leur robe ou leur short et, presque chaque fois, se déshabillaient et plongeaient dans l'eau. Elles savaient gré à la *pensée après coup* de rendre leur mère, d'ordinaire prudente, si insouciante. Aucun enfant de leur connaissance ne menait cet été une vie aussi aventureuse.

Une ou deux fois, Rosemary leur avait donné de l'argent pour prendre le thé à l'Orchard Tea Room (où on leur réserva un accueil des plus mitigés), mais le plus souvent elles emportaient un pique-nique préparé à la va-vite qui était d'ordinaire avalé avant même qu'elles aient dépassé Newnham. Mais pas aujourd'hui. Aujourd'hui, le soleil n'avait jamais été aussi près de Cambridge et les retenait prisonnières dans le jardin. Elles essayaient de se secouer en jouant sans conviction à cache-cache, mais personne ne trouvait de bonne cachette. Même Sylvia avait dû se résoudre à se tapir dans la fléole des prés, au fond du jardin, derrière les cassis – Sylvia qu'on avait une fois cherchée trois heures durant (tel un paresseux, elle s'était allongée de tout son long sur la branche haute et lisse d'un hêtre dans le jardin de Mrs Rain, en face) et découverte uniquement parce que, s'étant endormie, elle en était tombée, récoltant à l'atterrissage une fracture incomplète du bras. Leur mère avait eu une dispute mémorable avec

Mrs Rain qui voulait faire arrêter Sylvia pour violation de propriété (*Triple idiote*). Elles passaient leur temps à se glisser dans le jardin de Mrs Rain, à lui chiper les poires de son verger et à lui jouer des tours pendables car c'était une sorcière et à ce titre méritait qu'on la persécute.

Après un ennuyeux déjeuner de salade de thon, elles commencèrent une partie de ballon, mais Amelia trébucha et se mit à saigner du nez, puis Sylvia et Julia se bagarrèrent et la dispute se termina par Sylvia giflant Julia. Ensuite elles se contentèrent de fabriquer des guirlandes de pâquerettes pour les piquer dans les cheveux d'Olivia ou pour les passer autour du cou de Rascal. Mais bientôt même cette activité demanda trop d'énergie, et Julia chercha de l'ombre sous le massif d'hortensias et s'assoupit, roulée en boule, avec le chien, tandis que Sylvia emmenait Olivia et Souris Bleue sous la tente pour leur faire la lecture. La tente, une antiquité laissée dans la resserre par les précédents propriétaires, avait été installée sur la pelouse depuis le début du beau temps et elles se disputaient la place à l'intérieur bien qu'entre les parois de toile moisie il fît encore plus chaud et plus étouffant que dans le jardin. Quelques minutes plus tard, Sylia et Olivia étaient endormies et le livre oublié.

Rêveuse et alanguie par la chaleur, Amelia allongée sur l'herbe roussie et la terre recuite de la pelouse contemplait le bleu infini, sans nuages, du ciel, que seules perçaient les roses trémières géantes qui poussaient comme du chiendent dans le jardin. Elle regardait les imprudentes hirondelles faire du saut en chute libre et écoutait les plaisants vrombissements et bourdonnements des insectes. Une coccinelle cheminait sur les taches de rousseur de son bras. Une montgolfière dérivait paresseusement au-dessus de sa tête et elle aurait voulu avoir le courage de réveiller Sylvia pour lui en parler.

Le sang de Rosemary coulait au ralenti dans ses veines. Elle but un verre d'eau au robinet de la cuisine et regarda par la fenêtre. Une montgolfière traversait le ciel, comme un oiseau pris dans un thermique. Tous ses enfants semblaient endormis. Cette tranquillité exceptionnelle lui fit éprouver un élan d'affection inattendu pour le bébé qu'elle portait. Si ses filles avaient passé leur temps à dormir, ça ne l'aurait pas dérangée d'être leur mère. Sauf Olivia. Elle n'aurait pas voulu qu'Olivia dorme tout le temps.

Quand Victor l'avait demandée en mariage quatorze ans auparavant, Rosemary n'avait pas la moindre idée de ce qu'était la vie d'un assistant d'université, mais elle s'était imaginée vêtue de ce que sa mère appelait des « robes d'après-midi », allant à des garden-parties sur les Backs, traversant d'un pas élégant des cours d'un vert luxuriant tandis que des gens murmuraient « C'est la femme du célèbre Victor Land, il ne serait rien sans elle, vous savez ».

Naturellement, la vie d'une épouse d'assistant ne ressemblait pas du tout à ce qu'elle s'était imaginé : il n'y avait pas de garden-parties sur les Backs, et il n'était certainement pas question de fouler élégamment les cours des collèges où l'herbe faisait l'objet d'une vénération réservée d'ordinaire aux objets de culte. Peu après son mariage, on l'avait invitée avec Victor dans le jardin du président de l'université où il ne tarda pas à être évident que les collègues de Victor pensaient qu'il avait fait une (horrible) mésalliance (« Une infirmière », chuchota quelqu'un sur un ton laissant entendre que cette profession n'était que légèrement supérieure à celle de péripatéticienne). Mais une chose était vraie : Victor ne serait rien sans elle, sauf qu'il n'était rien avec elle non plus. À l'instant même, il planchait dans la fraîche obscurité de son bureau, les lourds rideaux de chenille fermés pour exclure l'été, plongé dans son travail, travail qui n'avait jamais porté ses fruits, jamais changé le monde, jamais rendu son nom célèbre. Il n'était pas une sommité dans son domaine, il était bon sans plus. Rosemary en tirait une certaine satisfaction.

Les grandes découvertes mathématiques se faisaient avant l'âge de trente ans, avait-elle appris de la bouche d'un collègue de Victor. Rosemary n'avait elle-même que trente-deux ans et n'arrivait pas à croire que cela puisse paraître si jeune alors qu'elle se sentait si vieille.

Elle supposait que Victor l'avait épousée parce qu'il l'avait crue rompue aux tâches domestiques – les thés plus que copieux de sa mère l'avaient probablement induit en erreur –, alors que Rosemary ne savait même pas faire un scone étant jeune fille. Comme elle était infirmière, il avait sans doute cru qu'elle serait attentionnée et chaleureuse – et elle aurait pu penser la même chose à l'époque, mais aujourd'hui elle ne se sentait pas la force de s'occuper d'un chaton, encore moins de quatre, bientôt cinq, enfants, sans parler d'un grand mathématicien.

Qui plus est, elle soupçonnait le grand œuvre de Victor d'être bidon. Elle avait vu les papiers sur son bureau quand elle faisait les poussières dans son antre et ses calculs n'avaient pas l'air si différents des comptes fébriles de son père pour parier aux courses. Victor ne lui faisait pas l'effet d'être joueur. Son père en avait été un, au grand désespoir de sa mère. Elle se rappelait l'avoir enfant accompagné une fois à Newmarket. Il l'avait juchée sur ses épaules et ils avaient attendu près du poteau d'arrivée. Elle avait été terrifiée par le bruit des chevaux martelant la ligne droite et la foule dans les tribunes s'était déchaînée, comme si le monde était sur le point de finir, alors qu'il ne s'agissait que d'un outsider à 30 contre 1 qui l'emportait d'une courte tête. Rosemary n'arrivait pas à se représenter Victor dans un endroit aussi grisant qu'un champ de courses, pas plus qu'elle ne le voyait dans la convivialité enfumée d'un bureau de bookmakers.

Julia sortit du massif d'hortensias l'air excédé par la chaleur. Comment Rosemary allait-elle réussir à faire à nouveau d'elles des écolières anglaises à la rentrée ? Leur vie au grand air les avait transformées en bohémiennes : peau brunie et écorchée, crinières brûlées par le soleil et emmêlées, elles semblaient tout le temps crasseuses, quel que soit le nombre de bains pris. Une Olivia somnolente se tenait dans l'ouverture de la tente et le cœur de Rosemary se contracta. Olivia avait la figure toute barbouillée, ses nattes décolorées étaient de travers et avaient l'air entrelacées de fleurs mortes. Elle chuchotait un secret à l'oreille de Souris Bleue. Olivia était la seule de ses filles à être belle. Julia avec ses boucles brunes et son nez retroussé avait un physique très agréable, mais on ne pouvait pas en dire autant de son caractère, quant à Sylvia – la pauvre, que dire ? Amelia était quelque peu... insipide, mais Olivia, Olivia était fille de la lumière. Il paraissait impossible qu'elle fût l'enfant de Victor, même si, malheureusement, c'était bel et bien le cas. Olivia était la seule qu'elle aimait, et Dieu sait si elle faisait de son mieux avec les autres. Tout par devoir, rien par amour. Le devoir finissait par vous tuer.

Ça n'allait pas du tout, c'était comme si l'amour qu'elle aurait dû avoir pour les autres avait été siphonné au profit d'Olivia, si bien qu'elle aimait sa benjamine avec une intensité qui ne paraissait pas toujours naturelle. L'envie lui prenait parfois de dévorer Olivia, de mordre dans un tendre avant-bras ou un doux mollet, de n'en faire qu'une bouchée, comme un serpent, de la reprendre dans son ventre où elle serait à l'abri du danger. Elle était une mère abominable, il n'y avait aucun doute là-dessus, mais elle n'avait même pas la force de se sentir coupable. Olivia l'aperçut et agita une menotte.

Elles avaient un appétit d'oiseau le soir et chipotaient le ragoût d'agneau et de pommes de terre que Rosemary avait passé un temps fou à préparer. Victor émergea en clignant de l'œil à la lumière, tel un homme des cavernes, et dévora tout ce qui se trouvait dans son assiette avant d'en redemander, et Rosemary se demanda de quoi il aurait l'air quand il serait mort. Elle le regarda manger, jouer de fourchette comme un robot, les couverts disparaissaient dans ses énormes mains, de vrais battoirs. Il avait des mains de paysan, c'était une des premières choses qui l'avaient frappée chez lui. Un mathématicien devrait avoir des mains fines et élégantes. Voilà qui aurait dû lui mettre la puce à l'oreille. Elle avait la nausée et des crampes d'estomac. Elle allait peut-être perdre le bébé. Quel soulagement ce serait.

Rosemary se leva brusquement de table et annonça *C'est l'heure d'aller au lit.* En temps normal, il y aurait eu des protestations, mais la respiration de Julia était laborieuse et ses yeux étaient rouges de trop de soleil et de trop d'herbe – elle avait toutes sortes d'allergies l'été – et Sylvia semblait souffrir d'un genre de coup de soleil. Elle avait des haut-le-cœur, était au bord des larmes, se plaignait d'avoir mal à la tête, ce qui ne l'empêcha pas de piquer une crise de nerfs quand Rosemary lui dit d'aller se coucher.

Presque tous les soirs de cet été, les trois aînées avaient

demandé à dormir dehors sous la tente et chaque soir Rosemary avait dit « Non », partant du principe que ce n'était pas parce qu'elles avaient l'air de bohémiennes qu'il fallait vivre de la même façon et tant pis si les bohémiens vivent dans des caravanes – comme Sylvia ne se priva pas de le faire remarquer. Rosemary faisait de son mieux pour tenir la barre d'une main ferme, contre vents et marées, et sans recevoir la moindre aide de son mari pour qui les exigences du quotidien – repas, ménage, enfants – n'avaient aucun sens et qui l'avait épousée dans le seul but d'avoir quelqu'un pour s'occuper de lui. Rosemary eut le cœur chaviré quand Amelia demanda « Ça va, maman ? » car Amelia était celle qu'elle négligeait le plus. Voilà pourquoi Rosemary soupira, prit deux paracétamols et un somnifère – cocktail probablement mortel pour le bébé qu'elle portait – et dit à son enfant la plus délaissée : *Si tu veux, tu peux dormir cette nuit sous la tente avec Olivia.*

Se réveiller dans l'herbe pleine de rosée et sentir l'odeur de la toile de tente était exaltant, cent fois mieux que l'haleine de Julia qui semblait toujours virer à l'aigre pendant la nuit. L'odeur indéfinissable d'Olivia était à peine perceptible. Amelia garda les yeux fermés. Le soleil paraissait déjà haut dans le ciel, et elle attendit qu'Olivia se réveille et se glisse sous le vieil édredon qui tenait lieu de duvet, mais ce fut finalement Rascal qui lui fit ouvrir l'œil en lui léchant la figure.

Aucune trace d'Olivia à part le cocon vide des couvertures. Amelia fut déçue qu'Olivia se soit levée sans la réveiller. Elle foula pieds nus l'herbe humide de rosée, Rascal trottant sur ses talons, et essaya la porte de derrière. Elle était fermée à clef – leur mère n'avait même pas songé à lui donner une clé. Il fallait être dénaturée pour enfermer ses enfants dehors !

Tout était calme et on avait l'impression qu'il était encore tôt, mais Amelia n'avait aucune idée de l'heure. Elle se demanda si Olivia avait réussi d'une façon ou d'une autre à entrer dans la maison car elle n'était pas dans le jardin. Elle l'appela et fut surprise d'entendre un tremblement dans sa voix : elle ne s'était pas rendu compte qu'elle était inquiète.

Elle frappa longtemps à la porte de derrière mais il n'y eut pas de réponse ; elle courut sur le sentier longeant un des côtés – le portillon ouvert renforça ses alarmes – et sortit dans la rue en criant « Olivia ! » plus fort désormais. Pressentant de la distraction, Rascal se mit à aboyer.

La rue était vide à part un homme montant dans sa voiture. Il lança un regard curieux à Amelia. Pieds nus et vêtue d'un vieux pyjama de Sylvia, elle devait avoir une drôle d'allure mais elle s'en moquait. Elle se précipita à la porte de devant et appuya sur la sonnette jusqu'à ce que son père, il fallut que ce soit lui, ouvre brusquement la porte. Elle l'avait de toute évidence arraché au sommeil : sa figure était aussi fripée que son pyjama, ses cheveux de professeur fou partaient dans tous les sens et il la foudroya du regard comme s'il n'avait pas la moindre idée de qui elle était. Quand il se rendit compte qu'il avait affaire à un des siens, son étonnement redoubla.

« Olivia », dit-elle, et cette fois sa voix n'était plus qu'un murmure.

Dans l'après-midi, un éclair zébra les cieux plats au-dessus de Cambridge, signalant la fin de la canicule. La tente dans le jardin était alors devenue le centre d'un cercle qui s'était agrandi au fil des heures, attirant de plus en plus de gens – d'abord les Land, arpentant les rues, battant haies et broussailles, enroués à force de crier le nom d'Olivia. La police s'était jointe aux recherches et les voisins vérifiaient jardins, resserres et caves. Le cercle finit par inclure des hommes-grenouilles fouillant la rivière et de parfaits inconnus qui se portèrent volontaires pour ratisser prés et marais. Les hélicoptères de la police survolaient à basse altitude les villages environnants et la campagne jusqu'aux frontières du comté, on prévint les camionneurs d'avoir l'œil sur l'autoroute et on fit appel à l'armée pour passer au peigne fin les Fens, mais personne – d'Amelia, égosillée à force d'appeler sa sœur, jusqu'aux recrues de la territoriale à quatre pattes sur Midsummer Common – ne put découvrir la moindre trace d'Olivia. Pas le moindre cheveu ni la moindre parcelle de peau, pas de pantoufle à lapin rose ni de souris bleue.

2

UNE JOURNÉE ORDINAIRE

Theo s'était mis à marcher davantage. Son nouveau médecin avait officiellement déclaré qu'il était d'une « obésité maladive ». Theo savait que la nouvelle et peu compréhensive généraliste – jeune, cheveux très courts, sac de sport jeté négligemment dans un coin du cabinet – utilisait le terme pour essayer de lui faire peur. Theo ne s'était encore jamais trouvé d'une « obésité maladive ». Il se voyait comme quelqu'un de joyeusement ventripotent, une sorte de saint Nicolas rondouillard, et il n'aurait pas tenu compte des conseils du médecin, si Laura, sa fille, horrifiée par le diagnostic, n'avait immédiatement mis au point un plan de campagne : exercice et régime. Voilà pourquoi, chaque matin, il mangeait désormais de l'avoine complète avec du lait écrémé au petit déjeuner et parcourait à pied les trois kilomètres qui le séparaient de son cabinet de Parkside.

La femme de Theo, Valerie, était morte d'un caillot postopératoire au cerveau à l'âge absurde de trente-quatre ans, il y avait si longtemps de cela qu'il avait parfois du mal à croire qu'il avait eu un jour une épouse. Elle avait été hospitalisée pour une opération de l'appendicite et, en y repensant aujourd'hui, il se rendait compte qu'il aurait sans doute dû poursuivre l'hôpital ou le ministère de la Santé pour négligence, mais leurs deux filles – Jennifer, sept ans et Laura, deux seulement, à la mort de Valerie – l'avaient jour après jour si bien accaparé qu'il n'avait guère eu le temps de pleurer sa pauvre femme, encore moins de chercher à se venger. N'eût été que les deux filles ressemblaient à leur

mère – de plus en plus maintenant qu'elles avaient grandi –
il ne lui resterait de son épouse qu'un vague souvenir.

Le mariage et la maternité avaient conféré à Valerie une
gravité que n'avait pas l'étudiante courtisée patiemment par
Theo. Lequel se demandait si les gens destinés à mourir
jeunes pressentaient que leurs jours étaient comptés et si cela
donnait à leur vie une intensité, un sérieux qui faisaient
comme une ombre. Valerie et Theo s'aimaient bien, ce n'était
pas la passion, et Theo ignorait si leur mariage aurait duré.

Jennifer et Laura n'avaient jamais été des enfants difficiles et Theo n'avait eu aucun mal à être un bon père.
Jennifer étudiait la médecine à Londres. C'était une fille
posée, déterminée, qui n'avait guère de temps pour les
frivolités et la plaisanterie, mais cela ne signifiait pas qu'elle
était dénuée de compassion : Theo ne pouvait l'imaginer
dans son cabinet médical déclarant un jour à un gros type
qu'elle n'aurait jamais rencontré auparavant qu'il était
d'une obésité maladive et ferait bien de se bouger un peu
plus le cul. Ce n'étaient pas les termes exacts employés par
la nouvelle généraliste, mais ça revenait au même.

Comme sa sœur, Laura était une de ces filles organisées et
capables qui atteignent le but qu'elles se sont fixé avec un
minimum de tralalas, mais, contrairement à Jennifer, Laura
avait un caractère insouciant. Ce qui ne l'empêchait pas de
réussir : elle avait tous ses brevets de plongée sous-marine et
prévoyait d'être monitrice à vingt ans. Elle passait son permis
de conduire le mois prochain et on s'attendait à ce qu'elle ait
mention très bien à ses A levels [1]. Elle était inscrite à l'université d'Aberdeen pour étudier la biologie marine.

Elle s'était trouvé un petit boulot d'été dans un pub de
King Street et Theo s'inquiétait de la voir rentrer la nuit à
bicyclette, imaginait un fou la renversant sur Christ's Pieces
et lui faisant subir l'impensable. Il avait éprouvé un immense
soulagement lorsqu'elle avait décidé d'aller directement à
l'université en octobre au lieu de partir crapahuter sac au dos
en Thaïlande, en Amérique du Sud ou Dieu sait où, comme

1. Examen donnant accès aux études supérieures et qui ne porte
que sur quelques matières (quatre au maximum). La mention est très
importante pour pouvoir choisir son université. (*N.d.T.*)

tous ses amis semblaient le faire. Le monde regorgeait de dangers. « Tu ne te biles pas pour Jennifer », disait Laura, et c'était vrai, il ne s'inquiétait pas pour elle et prétendait (à lui-même, à Laura) que c'était parce que Jennifer vivait à Londres et qu'il ne voyait pas ce qu'elle faisait, mais la vérité, c'est qu'il ne l'aimait pas autant que Laura.

Chaque fois que Laura quittait la maison, il se faisait du mauvais sang, toutes les fois qu'elle enfourchait sa bicyclette, enfilait sa combinaison de plongée, montait dans un train. Si elle sortait par grand vent, il craignait qu'un bloc de maçonnerie ne lui tombe sur la tête, il craignait qu'elle n'emménage dans un appartement d'étudiants équipé d'un chauffe-eau mal entretenu et ne meure empoisonnée à l'oxyde de carbone. Il avait peur que son vaccin anti-tétanique ne soit pas à jour, qu'elle attrape la légionellose dans un édifice public à la climatisation défectueuse, qu'elle aille à l'hôpital pour une opération de routine et n'en revienne jamais, qu'elle se fasse piquer par une abeille et meure du choc anaphylactique (elle ne s'était encore jamais fait piquer par une abeille, comment être sûr qu'elle n'était pas allergique ?). Bien sûr, il n'en soufflait mot à Laura, elle aurait trouvé ses craintes ridicules. S'il exprimait la moindre appréhension (« Fais attention en tournant à gauche, il y a un angle mort », ou bien « Éteins la lumière à l'interrupteur avant de changer l'ampoule »), Laura se moquait de lui : il se conduisait comme une petite vieille, il n'était même pas fichu de changer une ampoule sans prévoir un enchaîne-ment de catastrophes. Mais Theo savait que le voyage commencé avec une toute petite vis mal filetée se termine par une porte d'avion-cargo explosant en plein air.

« Pourquoi s'en faire ? », telle était la réaction amusée et immuable de Laura aux affres paternelles. « Pourquoi pas ? » était la réponse non formulée de Theo. Après une soirée de trop passée à attendre son retour du pub (même s'il feignait toujours d'être endormi), Theo avait lancé en passant qu'ils avaient besoin d'une intérimaire au cabinet, pourquoi ne viendrait-elle pas les aider, et à sa grande surprise, Laura y avait réfléchi une minute, répondu « OK » et souri de son merveilleux sourire (des heures de travaux dentaires coûteux quand elle était plus jeune) et Theo s'était dit « Merci, mon Dieu » car Theo avait beau ne pas croire en Dieu, il lui parlait souvent.

Et voici que pour sa première journée de travail chez Holroyd, Wyre & Stanton (Theo était le « Wyre ») Theo ne serait pas là, ce qui le chagrinait beaucoup plus que Laura, bien évidemment. Il serait au tribunal à Peterborough, une fastidieuse querelle de bornage qui relevait d'un avocat du cru, mais le client était un vieux client de Theo qui venait de déménager. Jupe noire et corsage blanc, Laura avait attaché ses cheveux bruns et il se dit qu'elle était mignonne à croquer.

« Tu vas à la gare à pied, promis, papa ? » dit-elle sévèrement quand Theo se leva de table, et Theo répondit « S'il le faut » mais, sachant qu'il raterait son train s'il le faisait, il se dit qu'il commencerait par marcher puis prendrait un taxi. Il termina son picotin basses calories riche en fibres et vida sa tasse de café noir en rêvant crème, sucre et viennoiseries, une de celles qui avec son abricot et sa crème anglaise ressemblait à un œuf poché, et se dit qu'on en vendait peut-être au buffet de la gare. « N'oublie pas ton aérosol, papa », lui dit Laura, et Theo tapota sa poche de veste pour montrer qu'il l'avait. L'idée même de ne pas avoir sa Ventoline paniquait Theo bien qu'il ignorât pourquoi : s'il faisait une crise d'asthme dans n'importe quelle rue anglaise, la moitié des gens seraient probablement à même de dégainer un nébuliseur et de le lui proposer.

Il dit à Laura « Cheryl te montrera les ficelles – Cheryl était sa secrétaire –, je serai de retour au cabinet avant le déjeuner, peut-être qu'on pourrait manger en ville ? », et elle répondit « Ce serait sympa, papa ». Puis elle l'accompagna jusqu'à la porte, l'embrassa sur la joue en disant « Je t'aime, papa », et il répondit « Moi aussi, ma chérie ». Arrivé au coin de la rue, il se retourna, elle agitait encore la main.

Laura qui avait des yeux noirs, une peau pâle et qui aimait bien le Pepsi light et les chips goût sel et vinaigre, qui était futée comme tout, qui lui préparait des œufs brouillés tous les dimanches matin, Laura qui était encore vierge (il le savait car, à sa grande confusion, elle le lui avait dit), ce qui lui procura un immense soulagement même s'il savait qu'elle ne le resterait pas éternellement, Laura qui avait un aquarium rempli de poissons des tropiques dans sa chambre, dont la couleur préférée était le bleu, la fleur préférée le perce-neige et qui aimait Radiohead et Nirvana, mais détestait Mr Blobby, et avait vu dix fois *Dirty Dancing*. Laura que Theo aimait avec une force cataclysmique, désastreuse.

Theo s'était associé à David Holroyd peu de temps après son mariage avec Valerie. Jean Stanton s'était jointe à eux deux ou trois ans plus tard. Tous trois avaient fait leurs études ensemble et voulaient un cabinet « qui aille de l'avant et soit socialement responsable », c'est-à-dire qui fasse plus que sa part de droit de la famille et d'aide juridique. Au fil des ans, leurs bonnes intentions s'étaient émoussées. Jean Stanton avait découvert qu'elle préférait l'activité contentieuse à la maltraitance et que ses opinions politiques avaient glissé du centre gauche à la droite conservatrice avec un grand C. Issu d'une famille d'East Anglia où on était avocat depuis cinq générations, David Holroyd avait constaté que la rédaction des actes translatifs de propriété était vitale et c'était donc à Theo qu'incombait d'ordinaire de « maintenir le côté éthique de l'affaire », pour reprendre l'expression de David Holroyd. Le cabinet avait pris de l'ampleur, il y avait désormais trois jeunes associés et deux collaborateurs et ils se trouvaient à l'étroit à Parkside, mais personne ne supportait l'idée d'un déménagement.

L'immeuble avait été à l'origine une maison d'habitation, de cinq étages en tout, si l'on comptait la cuisine humide du sous-sol et les mansardes froides des domestiques. Les pièces s'empilaient au petit bonheur la chance, mais c'était néanmoins une résidence convenable pour famille aisée. Après la guerre, elle avait été divisée en bureaux et appartements et il ne restait plus que des traces fragmentaires et fantomatiques du décor : une frise à motifs de guirlandes et d'urnes en plâtre au-dessus du bureau de Cheryl et une moulure à motifs dits « œuf et fléchette » sous la corniche de l'entrée.

Ovale et d'une sobriété néoclassique, le salon dont les fenêtres donnaient sur Parker's Piece servait aujourd'hui de salle de conférences à Holroyd, Wyre & Stanton et, en hiver, il y avait toujours une bonne flambée dans la cheminée de marbre car David Holroyd était de la vieille école. Theo y avait trinqué maintes fois avec ses associés, tous débordant de la bonhomie provinciale qui est la marque de ceux qui ont réussi. Évidemment Jennifer et Laura connaissaient l'endroit comme leur poche depuis toutes petites, mais ça lui faisait quand même drôle d'imaginer sa fille classant et transportant les dossiers. Il savait qu'elle se montrerait très polie et pleine de bonne volonté et il eut un élan de fierté car tout le monde au cabinet dirait « Laura est une fille charmante », comme c'était toujours le cas.

Des moutons sur la voie. On ne leur expliqua pas s'il s'agissait d'un troupeau ou de quelques retardataires. Il y en avait en tout cas assez pour que les voyageurs du train à destination de Cambridge ressentent un choc suivi d'une trépidation. Le train était resté immobilisé pendant dix minutes avant que le contrôleur ne passe dans les quatre voitures pour étouffer les conjectures concernant vaches, chevaux et humains suicidaires. Au bout d'une demi-heure, le train étant toujours à l'arrêt, Theo conclut qu'il devait s'agir d'un troupeau plutôt que d'une brebis égarée. Il voulait rentrer à Cambridge et emmener Laura déjeuner en ville mais, comme avait dit le chef de train, « l'homme propose, Dieu dispose ».

On étouffait dans le train et quelqu'un, le contrôleur probablement, ouvrit les portières et les gens se mirent à descendre. Theo était persuadé que cela contrevenait aux règlements des chemins de fer, mais comme il y avait un étroit bas-côté et un remblai, cela paraissait assez sûr. Impossible de se faire faucher par un train comme les malheureux ovins. Theo descendit avec précaution, et difficulté, content d'être aussi aventureux. Il était curieux de voir à quoi ressemblaient des moutons qui avaient vu un train de près. Marchant le long de la voie, il ne tarda pas à être fixé – des morceaux de mouton, ressemblant à des rôtis de viande bardés de laine, avaient voltigé dans tous les sens, comme s'ils avaient été dépecés par une horde de loups. Theo fut surpris d'avoir l'estomac aussi solide face à ce carnage, mais il avait toujours considéré que les avocats

38

avaient en commun avec les policiers et les infirmières d'être capables de s'élever au-dessus du désordre et des tragédies de la vie quotidienne et de les aborder d'une façon détachée. Theo éprouvait un étrange sentiment de triomphe, il avait voyagé dans un train qui avait failli dérailler, mais il y avait eu plus de peur que de mal. Ses chances (et par conséquent celles de ses proches) d'avoir un accident de train avaient certainement diminué.

Le mécanicien se tenait l'air perplexe à côté de sa locomotive et Theo lui demanda s'il allait bien. Il déclara en guise de réponse : « J'en ai juste vu un et je me suis dit, bon, j'ai pas besoin de freiner pour si peu et puis – il eut un geste théâtral avec les bras comme s'il tentait de ressusciter la désintégration d'un troupeau de moutons –, et puis le monde est devenu blanc. »

Theo fut si frappé par cette image qu'elle le hanta pour le restant du voyage, qui reprit une fois qu'on les eut transbordés dans un autre train. Il se vit décrivant la scène à Laura, imagina sa réaction – horrifiée et cependant mystérieusement amusée. Arrivé enfin à Cambridge, il fit la moitié du trajet en taxi puis le reste à pied. Ça le mettrait encore plus en retard, mais Laura serait contente.

Theo se reposa une minute sur le trottoir avant d'entreprendre l'ascension de l'escalier raide qui conduisait au premier étage. La généraliste avait raison, Laura avait raison, il devait maigrir. La porte d'entrée était maintenue ouverte à l'aide d'un butoir en fonte. Chaque fois que Theo pénétrait dans le cabinet, il admirait cette porte : elle était d'un vert foncé brillant et les beaux accessoires de cuivre – boîte aux lettres, serrure, heurtoir à tête de lion – étaient d'origine. Une plaque de cuivre, astiquée chaque matin par la femme de ménage, annonçait « Holroyd, Wyre & Stanton – Avocats ». Theo respira à fond et attaqua les marches.

La porte de la réception était également – et exceptionnellement – ouverte et, dès que Theo l'eut franchie, il fut évident qu'il se passait quelque chose de très grave. La secrétaire de Jean Stanton était recroquevillée par terre, les vêtements maculés d'une traînée de vomi. La réceptionniste, Moira, était au téléphone et dictait l'adresse du cabinet avec une sorte de patience hystérique. Elle avait du sang dans les cheveux et sur le visage, et Theo la crut blessée, mais quand il se dirigea vers elle pour l'aider, elle lui fit un signe qu'il prit pour un congédiement jusqu'au moment où il se rendit compte qu'elle essayait de le diriger vers la salle de conférences.

Par la suite, Theo reconstitua, maintes et maintes fois, le fil des événements qui avaient précédé ce moment.

Laura venait de finir de photocopier un plan cadastral quand un homme entra dans la réception, un homme si anodin que personne à Holroyd Wyre & Stanton ne put le décrire correctement : la seule chose qui avait frappé tout le monde, c'était qu'il portait un pull de golf jaune.

L'homme paraissait confus et désorienté et quand Moira, la réceptionniste, lui demanda « Puis-je vous aider, monsieur ? », il répondit « Maître Wyre, il est où ? » d'une voix aiguë, forcée, et Moira, alarmée par les manières de l'homme, expliqua : « Il est malheureusement encore au tribunal, vous avez un rendez-vous ? En quoi puis-je vous être utile ? », mais l'homme se précipita dans le couloir, il courait d'une drôle de façon, comme un enfant, et se rua dans la salle de conférences où tous les associés étaient réunis, à l'exception de Theo, qui se trouvait encore entre la gare et le cabinet (et à qui cette réunion était sortie de l'esprit).

Laura avait été chargée un peu plus tôt d'acheter des sandwichs en prévision de la réunion : un crevettes-sauce cocktail, un fromage avec chou et carottes râpées rémoulade, un rosbif, un thon-maïs, et un poulet-salade (sans mayonnaise) pour son père car il avait vraiment besoin de surveiller son poids. Quelle andouille, songea-t-elle avec affection : il avait oublié la réunion quand il lui avait suggéré ce matin de déjeuner en ville. Les sandwichs, le café, les blocs-notes étaient disposés sur la table en acajou de la salle de conférences (ovale comme la pièce), mais personne n'avait encore pris place autour. Debout devant la cheminée, David Holroyd racontait à un de ses jeunes associés les vacances « absolument fantastiques » qu'il venait de passer lorsque l'inconnu surgit dans la salle, sortit d'on ne sait où, sans doute de dessous son pull de golf jaune, mais personne n'en était certain, un couteau de chasse, perça le worsted sombre du costume Austin Reed de David Holroyd, la popeline blanche de sa chemise Charles Tyrwhitt, le bronzage tropical de la peau de son bras gauche et pour finir lui sectionna l'artère. Laura, qui aimait les yaourts à l'abricot, buvait du thé mais pas de café, qui chaussait du 40 fillette et adorait les chevaux, qui préférait le chocolat noir au chocolat au lait, qui avait pris des leçons de guitare classique pendant cinq ans mais n'en jouait plus jamais, qui n'était pas encore remise de la mort de sa chienne Poppy, écrasée l'été dernier, Laura, donc, l'enfant de Theo et sa meilleure amie, avait laissé tomber son plan cadastral pour courir après l'homme. Peut-être parce qu'elle avait un brevet de secouriste ou suivi un cours d'autodéfense en terminale, à moins que ce ne soit par simple curiosité ou par instinct. Impossible de savoir ce qui la poussa à se précipiter dans la salle de conférences, où l'homme, un parfait inconnu, pivota sur la pointe des pieds avec la grâce et l'agilité d'un danseur et faucha dans la foulée le cou de Laura, lui sectionna la carotide et fit jaillir un immense panache de son précieux et splendide sang.

Comme dans un rêve, dans un ralenti sous l'eau, Theo pressa le pas dans le couloir et entra dans la salle de conférences. Remarquant les tasses à café et les sandwichs sur la table d'acajou, il se rendit compte qu'il avait oublié la réunion. Les murs crème étaient éclaboussés de sang et David Holroyd était avachi comme un sac ensanglanté près de la cheminée de marbre, tandis que, près de la porte, son enfant gisait à terre et qu'un sang mousseux sortait de sa gorge avec un doux glouglou. Theo entendit quelqu'un qui sanglotait sans pouvoir s'arrêter et quelqu'un d'autre qui demandait : « Pourquoi l'ambulance n'arrive pas ? »
Theo tomba à genoux près de Laura. Cheryl, sa secrétaire, était agenouillée au-dessus d'elle, incongrue en jupe et soutien-gorge. Elle avait enlevé son chemisier pour tenter d'étancher le sang qui sortait de la blessure. Elle tenait encore le chemisier, qui n'était plus qu'un chiffon ensanglanté, et sa peau nue luisait du sang qui avait coulé en petits filets entre ses seins. Le mot « bain de sang » vint à

l'esprit de Theo. Il y en avait partout. Theo était agenouillé dans une mare de sang, la moquette en était trempée. Le sang de Laura. Qui était aussi le sien. Son corsage blanc était cramoisi. Theo sentait l'odeur du sang – cuivre, sel et une odeur fétide de boucherie. Y aurait-il moyen de s'ouvrir les veines et les artères et de siphonner son sang pour le donner à sa fille, se demandait-il. Theo qui ne cessait de supplier « Mon Dieu, faites qu'elle s'en tire », tel un mantra terrible et impossible à arrêter, parce qu'il avait l'impression que tant qu'il continuerait à répéter les mots, il pourrait empêcher le pire.

Laura avait les yeux mi-clos et Theo ignorait si elle était morte ou vivante. Il se rappela, l'année précédente, avoir réconforté Poppy, renversée par une voiture devant chez eux. C'était une petite chienne terrier, il l'avait tenue mourante dans ses bras et il avait vu le même regard terne dans ses yeux lorsqu'elle était partie vers un au-delà aussi inaccessible qu'inéluctable. Il pressa sa main sur la blessure de Laura, mais il n'y avait plus vraiment de sang à arrêter ; il lui prit donc la main, une main douce et chaude, et se pencha à son oreille pour lui murmurer « Tout va bien, Laura », puis il tint délicatement sa tête sur ses genoux, caressa ses cheveux poissés de sang, et sa secrétaire, Cheryl, dit en pleurant « Dieu t'aime, Laura ».

À l'instant même où il arrêta de prier, où il sut qu'elle était morte, Theo comprit qu'il ne cesserait jamais de revivre les événements. À tout moment, Laura se tiendrait devant le photocopieur, se débattrait avec la complexité d'un plan cadastral, se demandant quand son père allait rentrer et si elle pouvait prendre sa pause-déjeuner car elle mourait de faim. Regrettant peut-être d'avoir accepté ce travail parce qu'il était en fait plutôt casse-pieds, mais elle l'avait pris pour faire plaisir à son père, parce qu'elle aimait le voir heureux, parce qu'elle l'aimait. Laura qui dormait roulée en boule, qui aimait les toasts beurrés brûlants et tous les films d'Indiana Jones mais pas *La Guerre des étoiles*, dont le premier mot avait été « chien », qui aimait la pluie mais pas le vent, qui voulait trois enfants, Laura qui se tiendrait à jamais devant le photocopieur du cabinet de Parkside, attendant l'inconnu et son couteau, attendant que le monde devienne blanc.

3

TOUT PAR DEVOIR, RIEN PAR AMOUR

Michelle faisait sonner son réveil cinq minutes plus tôt chaque jour. Ce matin, il avait sonné à cinq heures vingt. Demain, ce serait cinq heures et quart. Elle voyait bien qu'elle allait devoir s'arrêter un jour si elle ne voulait pas se lever avant de s'être couchée. Mais pas encore. Elle n'avait qu'une longueur d'avance sur le bébé qui se réveillait à l'aube avec les petits oiseaux, et l'aube et les petits oiseaux étaient de plus en plus matinaux à cette époque de l'année.

Il lui aurait fallu plus de temps, elle n'en avait tout simplement pas assez. Elle n'avait pas trouvé d'autre moyen d'en trouver. Pas d'en trouver à proprement parler, si on pouvait trouver du temps – sous le pas d'un cheval – ce serait fantastique. Michelle essaya de concevoir des façons de fabriquer une chose aussi abstraite et ne put trouver que des exemples tirés de sa modeste économie domestique : tricot, couture et cuisine. Imaginez que l'on puisse tricoter du temps, bon Dieu, ses aiguilles cliquetteraient nuit et jour. Et quel avantage elle aurait sur ses amies, dont aucune ne savait tricoter (pas plus que coudre ni cuisiner), mais il faut dire qu'aucune d'elles ne s'était encombrée à dix-huit ans d'un mari, d'un bébé et d'un foutu cottage situé au milieu de nulle part, cerné de tous côtés par un horizon illimité, de sorte qu'on avait l'impression que le ciel était une immense pierre qui vous enfonçait dans la terre. Non, pas encombrée, elle les aimait. Si, si.

Et d'ailleurs, où diable trouverait-elle le temps de trouver du temps ? Elle *n'avait* pas le temps. C'était justement là le

43

problème. Et si elle n'allait plus du tout se coucher ? Comme dans le conte de fées, elle pourrait s'enfermer dans une pièce au sommet d'une tour et filer du temps. Elle resterait éveillée jusqu'à ce qu'il y ait tant de temps, gisant à ses pieds en écheveaux d'or, qu'il lui durerait pour le restant de ses jours et qu'elle n'en manquerait plus jamais. L'idée de vivre dans une tour, coupée de tout le monde, coupée de tout, lui parut merveilleuse.

Le bébé ressemblait à un colis livré à la mauvaise adresse, impossible de le retourner à l'envoyeur ou d'en repousser la livraison. («Appelle-la par son prénom, ne cessait de lui répéter Keith, appelle-la Tanya, pas "le lardon". ») Michelle venait à peine de prendre congé de sa propre enfance (qui laissait à désirer), comment était-elle censée veiller sur celle de quelqu'un d'autre ? Elle savait que le terme convenu était « formation de liens affectifs », il figurait dans un livre de bébé qu'elle avait (*Comment avoir un bébé heureux*, tu parles !). Non seulement elle n'avait pas créé de « liens affectifs » avec le bébé, mais le bébé était devenu pour elle un boulet.

Tous ceux qui lui avaient dit qu'avorter et terminer ses études secondaires était la seule chose raisonnable à faire avaient eu somme toute raison. Si elle pouvait revenir en arrière – ce qui serait une autre façon de trouver du temps – c'est exactement ce qu'elle ferait. Elle serait étudiante aujourd'hui si elle n'avait pas eu le bébé, elle boirait comme un trou, se droguerait et rendrait des dissertations médiocres sur le Reform Act de 1832 ou *La Locataire de Wildfell Hall*[1]. Elle ne serait pas en train de semer des graines de coriandre dans du compost tout en écoutant le bébé pleurer là où elle l'avait abandonné quand elle n'avait plus pu supporter ses cris. Où ça déjà ? Sans doute dans sa chambre, ce qui voulait dire qu'à l'instant précis le bébé dirigeait lentement son corps de grosse chenille vers le rebord du lit, mâchouillait un fil électrique ou s'étouffait avec un oreiller.

Michelle plaça la clayette de graines sur l'appui de

---

1. Roman d'Anne Brontë paru en 1848. (*N.d.T.*)

fenêtre de la cuisine où elle pourrait les voir montrer le bout du nez. Elle apercevait les prémisses de son potager : des sillons bien droits de terre bien bêchée et des formes géométriques délimitées par des tuteurs et de la ficelle. Keith ne comprenait pas pourquoi elle s'était lancée dans une telle entreprise. « On vit dans une foutue *ferme*, avait-il déclaré en écartant largement les bras de sorte qu'on aurait dit un épouvantail – ils se trouvaient alors au milieu d'un champ –, les légumes, c'est pas ce qui manque. On peut en avoir tant qu'on en veut. » Non, en fait, l'endroit était plein de patates, ce qui était différent. Et de rutabagas et de choux frisés – de la nourriture à bestiaux, de la nourriture de paysan. Michelle voulait des courgettes, des épinards, des betteraves. De la coriandre. Et aussi des fleurs, de belles fleurs parfumées, des roses, du chèvrefeuille et des lis – des lis d'un blanc pur, de ceux qu'on offre à une mariée ou à un cadavre.

Le champ où ils vidaient cette querelle était vide de tout, en dehors d'un sol herbu et accidenté que Michelle arpentait avec furie en secouant la poussette comme un prunier, si bien que le bébé bringuebalait comme ces mannequins qu'on utilise dans les simulations d'accidents. La colère la faisait marcher si vite que Keith, malgré ses grandes jambes, devait trotter pour la suivre.

« Qu'est-ce que tu as contre les pommes de terre ? » demanda-t-il, et Michelle répondit, sauf qu'elle criait désormais, « On est en mars, y a pas une putain de patate, y a rien, rien de rien, que de la boue, de la boue partout et de la pluie, on se croirait à la putain de bataille de la Somme », et il rétorqua « Oh, tu ne vas pas nous jouer la grande scène du deux, hein ? » Son accent campagnard était d'un ridicule achevé, on aurait dit un plouc de comédie télévisée, un putain de mangeur de pommes de terre. Michelle s'était débarrassée de son accent, en écoutant parler les bobos à la télé, ses profs au lycée, jusqu'au jour où elle avait parlé d'une façon si anodine qu'elle aurait pu être de n'importe où. Elle accéléra encore au point de presque jogger.

« D'ailleurs, lui cria-t-il, qui te dit que j'ai envie de bouffer de la coriandre ? » Elle fit le coup du lapin au bébé en s'arrêtant brutalement. Puis elle se retourna et dit

« C'est peut-être *moi* qui en ai envie » en le foudroyant du regard pendant un très long moment, regrettant de ne pas avoir la hache de bûcheron à portée de main, la hache qui lui fendrait le crâne en deux comme un melon ou une citrouille. Non, pas un melon, les melons étaient sucrés et exotiques, pas assez prosaïques pour sa tête de pedzouille, et les citrouilles étaient des légumes de contes de fées. Un navet. Les navets étaient des légumes brutaux, rustauds. Il tomberait comme un épouvantail décapité, ici même dans le champ, s'enfoncerait dans le sol pour ne plus jamais réapparaître, et elle pourrait refiler le bébé à sa mère et bousiller la vie de quelqu'un d'autre.

Ou alors – idée cauchemardesque – il repousserait, se diviserait et se multiplierait à l'abri des regards, dans le sol, et, l'été venu, il jaillirait soudain une centaine de Keith, un millier de Keith, dansant et se balançant dans le champ comme des tournesols.

Une hache de bûcheron – quelle absurdité ! Tous les autres gens avaient le chauffage central ou tout au moins un chauffage auquel il n'était pas nécessaire de penser. Ils n'étaient pas obligés de sortir dehors par tous les temps, de scier et débiter du bois pour faire du feu, ils n'avaient pas à attendre des heures qu'une chaudière à bois daigne les alimenter en eau chaude.

Ils n'avaient même pas de charbon parce que le bois leur était fourni gratuitement par le domaine. Les haches de bûcheron étaient des accessoires de contes de fées. Peut-être était-ce le sort qui lui était échu, elle était la proie de quelque maléfice et ne serait libre qu'après avoir ramassé toutes les pommes de terre d'un champ ou abattu tous les arbres d'un bois. À moins qu'elle n'apprenne à filer du temps. Ou que sa tête n'explose. Tant de labeur et de corvées, c'était comme le servage au Moyen Âge. C'était *féodal*.

« Donne-moi la poussette, dit Keith, Tanya va finir avec des lésions cérébrales, si ça continue. »

Michelle se sentit soudain vidée de toute sa rage, elle était constamment si épuisée qu'elle n'arrivait même pas à rester en colère. Ils marchaient côte à côte, à un rythme plus lent désormais, et le bébé finit par s'assoupir – ce qui avait été le but de la promenade, dans une autre vie.

Au bout d'un moment, Keith lui passa un bras autour des épaules, lui frotta le haut de la tête avec le menton et dit « Je t'aime vraiment, tu sais, ma puce », et c'eût été un moment des plus agréables s'il n'avait pas plu et si le microbe ne s'était pas remis à brailler.

Michelle avait grandi dans un foyer foutraque à Fen Ditton, un des sinistres villages-satellites où on reléguait les pauvres de Cambridge. Son père était un buveur et un « jean-foutre » d'après la mère de Michelle, qui était cependant restée avec lui parce qu'elle n'avait pas envie de vivre seule, raison que Michelle et sa sœur trouvaient lamentable. Leur mère picolait aussi, mais elle avait au moins le mérite de ne pas devenir violente. La sœur de Michelle, Shirley, quinze ans, habitait toujours chez ses parents et Michelle aurait aimé qu'elle vienne vivre avec elle, mais elle n'avait pas de quoi la loger. Shirley lui manquait. Vraiment. Shirley voulait devenir médecin, elle était très intelligente, tout le monde disait « Elle deviendra quelqu'un ». C'est aussi ce qu'on disait de Michelle, avant Keith, avant la naissance du microbe. Et qu'était-elle devenue ? Rien, apparemment.

Le cottage était minuscule. Leur chambre à coucher était coincée sous l'avant-toit et celle du bébé tenait du cagibi, bien qu'il ne fût quasiment jamais dans sa chambre où il aurait dû dormir paisiblement dans son berceau au lieu de réclamer sans cesse qu'on le prenne et le trimballe. Michelle n'avait pas lu un seul livre depuis sa naissance. Elle avait essayé : un roman calé tant bien que mal sur un oreiller, pendant qu'elle donnait le sein, mais le lardon ne voulait pas téter correctement s'il pensait qu'elle avait l'attention ailleurs. Puis elle avait dû renoncer à l'allaitement (Dieu merci) parce que son lait s'était tari (« Il faut essayer de vous détendre et de prendre plaisir à être avec votre bébé », disait la sage-femme, quel plaisir *au juste* ?) et que manœuvrer un biberon, un livre et un bébé aurait requis trois paires de mains. Ce qui serait une autre façon de trouver du temps.

Michelle avait passé longtemps à refaire la chambre du bébé quand elle était enceinte. Elle avait peint les murs en jaune d'œuf, les avait ornés au pochoir d'une frise de canetons et d'agneaux et avait confectionné de pimpants rideaux en vichy jaune pour la minuscule fenêtre, de sorte que la pièce semblait inondée de soleil. Michelle avait toujours fait les choses comme il faut. Elle était ordonnée et soignée depuis sa plus tendre enfance et sa mère disait en riant « Je sais pas de qui elle tient ça, mais c'est pas de moi » (ô combien vrai). Même chose à l'école, ses cahiers n'étaient jamais tachés, ses illustrations et ses cartes étaient toujours dessinées avec précision, tout bien souligné, classifié, indexé, et elle potassait si dur et si méthodiquement que, même quand la qualité de son travail laissait à désirer, les profs lui mettaient de bonnes notes. Elle était censée aller à l'université, s'émanciper et, au lieu de ça, elle s'était laissé *détourner* du droit chemin par un type nanti d'un BTS d'agronomie qui travaillait sur un domaine agricole et n'avait pas un radis.

Elle avait commencé à sortir avec Keith Fletcher quand elle avait seize ans et lui vingt et un, et presque toutes les filles qu'elle connaissait l'avaient jalousée : il était plus âgé, il avait une moto, il était beau mec, incroyablement sexy, il avait une boucle d'oreille, des cheveux noirs, et un sourire malin de gitan, ce qui semblait très romantique, mais évidemment une boucle d'oreille et un sourire malin ne faisaient pas de vous un gitan. Ne faisaient de vous rien de spécial, en fait. Et voici qu'il n'avait même plus la moto parce qu'il s'en était débarrassé pour acheter une vieille camionnette.

Au temps béni où Michelle n'avait d'autre souci au monde que de savoir si elle arriverait à rendre une disserte à temps ou si elle avait une paire de collants convenable à se mettre, à cette autre époque donc de sa jeunesse, elle trouvait qu'une maison à la campagne était tout aussi romantique et quand elle avait vu le cottage pour la première fois, elle s'était dit que c'était la chose la plus jolie et la plus pittoresque au monde : il était si petit, si vieux, deux cents ans au bas mot, en brique avec un décor de silex incrustés autour des linteaux et des appuis de fenêtres et il avait été jadis – mais oui – une maison de forestier, que le domaine leur avait donnée pour qu'ils y vivent après leur mariage. C'était un cottage « attaché » à la ferme et

Michelle avait trouvé ça drôle (pas dans un sens qui la faisait rire) parce que ce n'était pas la maison qui était attachée, c'était elle.

Elle avait entrevu tout un avenir – le joli cottage, le jardin rempli de fleurs et de légumes, du pain dans le four, une jatte de fraises sur la table, l'heureux bébé juché sur sa hanche pendant qu'elle jetait du grain aux poulets. Un vrai roman de Thomas Hardy avant que les choses ne tournent au vinaigre.

Quand elle s'était mariée, déjà enceinte de six mois, elle avait quitté l'école et laissé tomber son petit boulot dans un café et Keith avait déclaré « Pas de problème, après la naissance du bébé, tu pourras toujours aller à la fac et tout », même s'ils savaient que ce ne serait plus une bonne université mais un IUT merdique dans une ville merdique (probablement Cambridge, que Dieu lui vienne en aide) et qu'elle finirait avec un DUT d'études commerciales ou de gestion hôtelière. Michelle s'était malgré tout dit « Oui, c'est ce que je ferai, bien sûr », mais en attendant, puisque épouse et mère elle était, elle allait faire les choses comme il faut. Résultat, elle passait toutes ses journées à nettoyer, récurer, cuisiner, et à lire assidûment des ouvrages d'économie domestique, sans cesse sidérée par le nombre de talents et d'aptitudes requis pour créer « un merveilleux foyer » – dessus-de-lit en patchwork, rideaux garnis de ruchés, conserves des concombres, confiture de rhubarbe, décorations en sucre glace pour le gâteau de Noël, que vous étiez censée préparer en septembre au plus tard (pour l'amour du ciel), sans oublier de planter vos bulbes d'appartement afin qu'ils soient également prêts pour « les fêtes », ça n'en finissait pas. Chaque mois, une liste de tâches dont Hercule soi-même ne serait pas venu à bout et c'était sans inclure la préparation des repas quotidiens, qui était deux fois plus compliquée maintenant que le bébé était sevré.

Quand sa mère la vit préparer de la vraie purée de carottes et de la crème aux œufs pour le bébé, elle s'exclama « Bon sang, Michelle, tu ne pourrais pas lui donner un petit pot ! », mais si elle lui achetait de la nourriture en pots, la môme passerait son temps à boulotter : elle était si gourmande, elle engraissait comme une larve. Elle avait tout le temps faim, on ne lui en donnait jamais assez. De toute façon, les petits pots, c'était de la triche, il fallait faire les choses *comme il faut*, même si Shirley, qui d'habitude prenait son parti, disait « Michelle, pourquoi te donner tout ce mal ? » Elle était possédée, sauf qu'elle ne savait pas par quel démon, et persuadée que, si elle arrivait un jour à tout boucler, elle serait libérée du démon, quel qu'il fût, qui la possédait. « La perfection n'est pas de ce monde, Michelle », disait Shirley. Mais si, ce n'était qu'une question de temps.

Pourquoi ne pas avoir des poules, et peut-être même une chèvre à traire, parce qu'il leur manquait peut-être quelque chose et qu'il suffirait d'une grosse wyandotte blanche pour rendre l'idylle possible. Ou d'une bouton d'or sicilienne. Les poules avaient vraiment des noms ravissants : la brahma, la pâquerette des marais et la faverolles. Elle avait un livre qu'elle avait piqué à la bibliothèque municipale car elle n'avait quasiment jamais l'occasion d'aller en ville. Elle ne croyait pas au vol, mais elle ne croyait pas non plus à l'ignorance crasse. Ou encore une chèvre : une LaMancha ou une Bionda dell'Adamello. Le livre sur les chèvres était également fauché. La vie à la campagne avait fait d'elle une vulgaire voleuse. Les chèvres avaient des noms ridicules : la naine d'Afrique de l'Ouest et la chèvre défaillante du Tennessee. À moins qu'il suffît d'une fraise parfaite, d'un wigwam de haricots d'Espagne ou d'une rangée de courges et soudain, comme par magie, tout marcherait. Elle n'avait pas parlé de la pâquerette des marais ni de la naine d'Afrique de l'Ouest à Keith, car bien que né et élevé à la campagne, il préférait de loin aller au supermarché à élever des poules ou des chèvres. De toute façon, il la battait froid car, chaque fois qu'il s'approchait d'elle au lit, elle le repoussait et lui tournait le dos en se disant « Voilà à quoi ressemble le processus de désamour ».

Parfois, Michelle essayait de se rappeler comment c'était avant l'arrivée du bébé, quand ils n'étaient que tous les deux et qu'ils pouvaient passer la journée au lit, faire l'amour à mort, puis manger des tartines de confiture et regarder la télé sur le minuscule poste noir et blanc qui se trouvait au pied de leur lit jusqu'au jour où Michelle l'avait renversé parce que Keith regardait une partie de snooker (en noir et blanc, quel intérêt ?), que le bébé hurlait et qu'elle *n'en pouvait tout simplement plus.*

Elle les aimait très fort, si, honnêtement. C'est juste qu'elle ne sentait plus rien.

Ils étaient désunis, comme des molécules, des molécules qui ne pouvaient plus se combiner en éléments stables et qui rebondissaient comme des boules de loto. Elle aurait dû s'intéresser aux sciences au lieu de passer tout son temps plongée dans des romans. Les romans vous donnent une idée tout à fait fausse de la vie, ils racontent des bobards et laissent entendre qu'il y a un dénouement, alors qu'en réalité il n'y en a pas : ça n'en finit jamais.

Puis elle se mit à se lever encore plus tôt car si elle voulait se tirer de ce pétrin, elle allait devoir passer ses A levels. En se levant à quatre heures du matin – quand tout était miraculeusement paisible, même les petits oiseaux et le bébé –, elle pourrait préparer le repas du soir, ranger la cuisine, mettre une lessive en route et ensuite, avec un peu de chance, elle pourrait sortir ses vieux livres de classe et reprendre ses études là où elle les avait abandonnées. Car il était impossible de trouver du temps, elle s'était fait des illusions là-dessus. Le temps est un voleur, il vous dépouille de votre vie et la seule façon de la récupérer, c'est de jouer au plus malin avec lui et de la lui reprendre.

C'était une journée ordinaire (ordinaire pour Michelle en tout cas). On était samedi, et Michelle, debout depuis trois heures et demie du matin, se sentait particulièrement satisfaite de sa stratégie. Elle avait mis au frigo un plat de lasagnes, recouvert de film alimentaire, qui n'aurait plus qu'à être réchauffé, et elle avait fait un gâteau au chocolat – le préféré de Shirley, parce que sa sœur prenait souvent l'autocar et venait les voir le samedi. Elle avait lu trois chapitres de *La Grande-Bretagne entre les deux guerres* de Mowat et pris des notes pour une dissertation sur *Le Roi Lear*. Le bébé était nourri, lavé et habillé d'une jolie salopette Osh-Kosh à rayures bleues et blanches, achetée par Shirley. Michelle faisait ses fenêtres pendant que le bébé s'amusait dans son parc. Le ciel était bleu, la brise fraîche et Michelle apercevait des pousses vertes dans le potager. Jusqu'à la coriandre qui avait germé.

Au bout d'un moment, elle jeta un coup d'œil au bébé et vit qu'il était endormi, pelotonné en boule dans son parc. Michelle se dit qu'elle allait profiter de l'occasion pour se mettre à sa géographie et c'est alors que Keith entra dans la maison, ployant sous une pile de bûches qu'il venait de débiter ; il les laissa tomber par terre et le fracas réveilla le bébé en sursaut. Automatiquement, comme si on avait appuyé sur un bouton, le bébé se mit à crier et Michelle debout, bras ballants, au milieu de la pièce, l'imita : elle hurla jusqu'à ce que Keith la gifle, si fort qu'elle eut l'impression d'avoir la joue marquée au fer rouge.

Elle avait mal à la gorge à force de crier et elle se sentait faible à en tomber à terre et voici ce qui aurait dû arriver à cet instant − car, regardons les choses en face, ce genre de scène s'était déjà produit (hormis la gifle) −, elle fondait en larmes, Keith la prenait dans ses bras et disait « Tout va bien, bébé, tout va bien » et elle sanglotait jusqu'à ce qu'elle se sente mieux et ils faisaient des câlins au bébé jusqu'à ce qu'il se sente mieux lui aussi.

Puis ils auraient pu faire une flambée avec les bûches, car les soirées étaient encore glaciales, réchauffer les lasagnes et regarder des conneries sur le nouveau poste en couleur qu'ils avaient acheté pour remplacer le vieux noir et blanc. Ils seraient allés se coucher le ventre plein, se seraient rabibochés sur l'oreiller et, après une bonne nuit de sommeil, auraient été fin prêts à remettre ça le lendemain, mais voici ce qui se passa en réalité : Keith fit mine de la prendre dans ses bras et elle lui cracha dessus, ce qui était, comme la gifle, une nouveauté, puis elle courut dehors, s'empara de la hache fichée dans une bûche à côté du chevalet, et rentra dans la maison comme une furie.

Il faisait très froid, parce que, bien sûr, le feu n'avait jamais été allumé. Michelle était assise par terre. Le bébé s'était rendormi, il avait l'air épuisé comme lorsqu'il s'endormait tout seul, soûlé de sanglots, et il avait de temps à autre un petit hoquet de chagrin. Michelle avait l'impression d'avoir une pierre à la place du cœur, quelque chose de dur et de résistant qui lui donnait la nausée. Elle ignorait qu'il était possible de se sentir aussi mal. Elle regarda Keith et il lui fit pitié. Quand on débite des bûches à la hache et qu'on les fend en deux, elles ont une merveilleuse odeur, elles sentent Noël. Mais quand vous fendez en deux la tête de quelqu'un, ça pue l'abattoir et ça tue le parfum des lilas sauvages cueillis le matin même, alors que vous avez l'impression que c'était dans une autre vie.

Si elle avait droit à un vœu – si la bonne fée, sa marraine (remarquablement absente de sa vie jusque-là), apparaissait soudain dans le séjour froid de son cottage et offrait de lui accorder tout ce qu'elle souhaitait –, Michelle savait exactement ce qu'elle lui demanderait. Elle demanderait à revenir au début de sa vie et à tout recommencer.

Elle s'interrogea pour savoir si elle devrait se relever et nettoyer un peu, mais elle se sentait si fatiguée qu'elle se dit qu'elle allait rester là où elle était pour attendre l'arrivée de la police. Elle avait tout son temps, désormais.

4

JACKSON

2004

Jackson alluma la radio et écouta la voix rassurante de la présentatrice de *Woman's Hour*. Il alluma une nouvelle cigarette au mégot de la précédente : il était à court d'allumettes et, forcé de choisir entre fumer à la chaîne ou s'abstenir, il avait choisi la première option car il y avait déjà suffisamment d'abstinence dans sa vie. S'il faisait réparer l'allume-cigares, il ne serait pas obligé de fumer tout son paquet, mais il y avait un tas d'autres choses à faire réparer dans la voiture et l'allume-cigares n'était pas une priorité. Jackson conduisait une Alfa Roméo 156 noire, achetée d'occasion quatre ans plus tôt pour 13 000 livres, et qui valait aujourd'hui sans doute moins que le VTT Emmelle Freedom qu'il venait d'offrir à sa fille pour son huitième anniversaire (à la condition expresse qu'elle ne roule pas sur les routes avant d'avoir au minimum quarante ans).

Quand il était revenu à la maison avec l'Alfa Romeo, sa femme l'avait regardée d'un air méprisant et dit « Tu as acheté une voiture de flic ». Quatre ans plus tôt, Josie conduisait sa propre Polo et était encore mariée avec Jackson ; aujourd'hui, elle vivait avec un prof d'anglais barbu et conduisait la Volvo V70 de ce dernier avec un panneau « Enfant à bord ! » sur la lunette arrière, attestant à la fois de la permanence de leur relation et du besoin qu'éprouvait ce connard suffisant de montrer au reste du monde qu'il protégeait l'enfant d'un autre. Jackson avait ces panneaux en horreur.

Fumeur ressuscité, il ne s'était remis à fumer que depuis

55

six mois. Il n'avait pas touché à une cigarette pendant quinze ans et, aujourd'hui, c'était comme s'il n'avait jamais arrêté. Sans aucune raison. « Comme ça », dit-il en faisant une grimace navrée à son reflet dans le rétroviseur. Bien sûr, ce n'était pas « comme ça », rien ne l'était.

Elle ferait bien de se dépêcher. Sa porte demeurait obstinément close. Bois bon marché verni, imposte pseudo XVIIIe, c'était la copie conforme des autres portes du lotissement de Cherry Hinton. Jackson aurait pu l'enfoncer sans effort. Elle était en retard. Son vol décollait à 13 heures et elle aurait dû être en route pour l'aéroport. Jackson entrebâilla sa vitre de voiture pour aérer un peu. Elle était toujours à la bourre.

Le café n'était pas très indiqué pour ponctuer l'ennui de l'attente, à moins d'être prêt à pisser dans une bouteille, ce qui n'était pas le cas. Maintenant qu'il était divorcé, Jackson était libre d'utiliser des mots comme « pisse » et « merde » – éléments que Josie avait quasiment éradiqués de son vocabulaire. C'était une institutrice qui passait le plus clair de ses journées à corriger le comportement de garçons de cinq ans. Elle continuait sur sa lancée, une fois rentrée à la maison (« Pour l'amour du ciel, Jackson, emploie le mot exact, ça s'appelle un *pénis* »), lors des soirées passées ensemble à préparer des pâtes ou à bâiller en regardant des conneries à la télé. Elle voulait que leur fille, Marlee, grandisse « en utilisant le vocabulaire anatomique correct pour les parties génitales ». Jackson aurait préféré que Marlee grandisse en ignorant l'existence même des parties génitales et ne voulait surtout pas qu'elle lui annonce qu'elle avait été « faite » quand il avait « mis son pénis dans le vagin de maman », description bizarrement clinique d'un passage à l'acte transpirant et précipité qui avait pris place dans un champ en bordure de la nationale A1066 entre Thetford et Diss, d'un accouplement acrobatique abrité par sa vieille BMW F Reg (320i, 2 portes, définitivement une voiture de flic, très regrettée, R.I.P.). C'était au temps où le besoin soudain et désespéré de faire l'amour était monnaie courante entre eux et cette occasion particulière était restée mémorable uniquement parce que Josie avait en matière de contrôle des naissances une attitude très roulette russe qui ne lui ressemblait pas.

Plus tard, elle mit la conséquence (Marlee) sur le compte de son manque de préparation à lui, mais Jackson trouvait que Marlee était la merveille des merveilles et d'ailleurs qu'est-ce que Josie avait en tête quand elle s'était mise à lui caresser le – soyons anatomiquement corrects ici – pénis alors que tout ce qu'il essayait de faire, c'était aller à Diss, pour une raison reléguée aux oubliettes de l'histoire. Jackson lui-même avait été conçu pendant des vacances dans une pension de famille du Ayrshire[1], fait que son père avait toujours trouvé inexplicablement amusant.

Il n'aurait pas dû penser à un café car voici qu'une douleur sourde lui taraudait la vessie. Une fois *Woman's Hour* terminé, il mit *Alabama Song* d'Allison Moorer dans son lecteur de CD, un album qu'il trouvait à la fois mélancolique et réconfortant. *Bonjour Tristesse*[2]. Jackson suivait des cours de français en vue du jour où il pourrait vendre et s'installer sur le continent pour pratiquer les activités auxquelles s'adonnent les gens qui prennent leur retraite de bonne heure. Le golf ? Les Français jouaient-ils au golf ? Aucun nom de joueur français ne lui venait à l'esprit, c'était bon signe car Jackson détestait le golf. Peut-être se contenterait-il de jouer à la pétanque et de fumer jusqu'à ce que mort s'ensuive. Les Français fumaient comme des cheminées.

Jackson ne s'était jamais senti chez lui à Cambridge, ni d'ailleurs dans le sud de l'Angleterre. Il avait atterri là plus ou moins par accident : il avait suivi une petite amie et était resté pour une épouse. Pendant des années, il avait songé à retourner dans le nord, mais il savait qu'il ne le ferait jamais. Qu'est-ce qui l'attendait là-bas ? De mauvais souvenirs et un passé qu'il ne pourrait jamais abolir. À quoi bon d'ailleurs quand la France étalait de l'autre côté de la Manche son patchwork exotique de tournesols, de vignes et de petits bistros où il pourrait passer des après-midi entiers à siroter des vins du cru et des espressos amers, à fumer des Gitanes, où tout le monde dirait *Bonjour, Jackson*[2], sauf qu'ils prononceraient son nom « Jacques sonne » et où il

1. Ancien comté du sud-ouest de l'Écosse. (*N.d.T.*)
2. En français dans le texte.

57

serait heureux. Ce qui était exactement le contraire de ce qu'il était présentement.

Évidemment, au train où allaient les choses, ce ne serait pas la retraite anticipée, mais la retraite tout court. Jackson se souvenait que dans son enfance les retraités étaient de vieux types qui titubaient entre leur jardin ouvrier et l'arrière-salle du pub. À ses yeux, ils avaient l'âge de Mathusalem, mais peut-être qu'ils n'étaient pas tellement plus vieux que lui aujourd'hui. Jackson avait quarante-cinq ans mais avait l'impression d'avoir beaucoup, beaucoup plus. Il était à cet âge dangereux où les hommes se rendent soudain compte qu'ils vont mourir, par la force des choses, et qu'ils n'y peuvent strictement rien, ce qui ne les empêche pas d'essayer : ils sautent sur tout ce qui bouge, écoutent Bruce Springsteen à ses débuts ou encore s'achètent une moto haut de gamme (généralement une BMW K 1200 LT, ce qui accroît considérablement leurs chances de mourir plus tôt que prévu). Ensuite il y avait les types qui se retrouvaient enlisés dans un éthylisme abrutissant – le grand chemin solitaire emprunté par le mâle moyen (celui de son père). Et il y avait la voie choisie par Jackson : elle conduisait à l'ordinaire zen d'une maison aux murs de stuc blanc, avec des géraniums en pots sur les appuis de fenêtres, une porte bleue, de la peinture écaillée car qui se soucie d'entretenir sa maison dans la France profonde ?

Il s'était garé à l'ombre mais le soleil était monté d'un cran dans le ciel et la température à l'intérieur de la voiture devenait insupportable. Elle s'appelait Nicola Spencer, elle avait vingt-neuf ans et elle vivait dans un ghetto propret de maisons en brique. Les maisons et les rues paraissaient toutes identiques à Jackson, un moment d'inattention et il se retrouvait prisonnier d'un triangle des Bermudes de pelouses identiques. Jackson avait un préjugé quasi irration-nel contre les lotissements. Ce préjugé n'était pas sans rapport avec son ex-épouse et son défunt mariage. C'était Josie qui avait voulu une maison dans un lotissement neuf, Josie qui avait été une des premières à signer pour vivre à Cambourne, une « communauté » à la Disney sise aux portes de Cambridge avec son terrain de cricket sur la « traditionnelle » place du village, son « terrain de jeux à

58

thème romain ». C'était Josie qui les avait fait emménager quand la rue était encore un chantier et avait insisté pour avoir des meubles pratiques et modernes, Josie qui avait rejeté les antiquités victoriennes sous prétexte que ça faisait « fouillis », qui avait trouvé que trop de tapis et de rideaux était « étouffant », et pourtant aujourd'hui elle habitait avec David Lastingham le vieux magasin de curiosités de Dickens – une maison du XIXe identique à ses voisines, bourrée jusqu'à la gueule de meubles anciens qu'il avait hérités de ses parents et dont la moindre surface disparaissait sous des draperies et des rideaux. (« Tu es sûre qu'il n'est pas gay ? » avait demandé Jackson à Josie, rien que pour l'agacer – le type allait chez une manucure, bon sang de bois –, et elle avait répondu en riant : « Il n'a pas de doutes sur sa virilité, Jackson. »)

Jackson sentait la douleur sourde à nouveau dans sa mâchoire. Il voyait à présent plus souvent son dentiste qu'il n'avait vu sa femme au cours de la dernière année de leur mariage. Son dentiste s'appelait Sharon et comme disait son père « Il y avait du monde au balcon ». Elle avait trente-six ans et conduisait une BMW Z3, qui, selon Jackson, était plutôt une voiture de coiffeuse, mais il la trouvait cependant très séduisante. Malheureusement, il était impossible d'avoir une relation avec quelqu'un qui devait mettre un masque, des gants et des lunettes de protection pour vous toucher. (Ou qui vous inspectait la bouche et murmurait « On fume, Jackson ? »)

Il ouvrit un vieux numéro du *Nouvel Observateur* et essaya de le lire parce que son prof de français avait dit qu'ils devaient s'immerger dans la culture française même s'ils ne la comprenaient pas. Jackson ne reconnaissait que de temps à autre un mot, noyé dans une mitraille de subjonctifs – s'il y avait un truc inutile, c'était bien le subjonctif français. Son attention flancha. Une grande partie de sa vie actuelle consistait à simplement attendre, chose qui eût été au-dessus de ses forces vingt ans auparavant, mais qu'il trouvait maintenant presque agréable. Ne rien faire est beaucoup plus productif qu'on ne le croit, c'était souvent quand Jackson semblait entièrement oisif qu'il avait des illuminations. Il ne s'ennuyait pas, il se retirait dans une sorte de no man's land. Il se disait parfois que ça ne lui déplairait pas d'entrer dans les ordres, qu'il ferait un bon ascète, un bon anachorète, un bon moine zen.

Jackson avait une fois arrêté un bijoutier, un vieux type, pour recel de biens volés et quand Jackson lui avait rendu visite dans son atelier, il l'avait trouvé assis dans un vieux fauteuil, fumant sa pipe et contemplant une pierre brute sur son établi. Sans dire un mot, il la prit pour la poser dans la paume de Jackson comme s'il s'agissait d'un cadeau, ce qui rappela à Jackson son prof de biologie qui vous donnait quelque chose – un œuf d'oiseau, une feuille – et vous demandait d'en parler à sa place. C'était de la terre de fer qui ressemblait à de l'écorce d'arbre pétrifiée et au centre de cette gangue se trouvait une veine d'opale laiteuse, comme une brume matinale dans un ciel d'été. Une pierre notoirement difficile à travailler, l'informa le vieil homme. Il la regardait depuis quinze jours, expliqua-t-il, et il lui en faudrait peut-être encore autant avant de pouvoir commencer à la tailler. Jackson lui avait dit qu'à cette date il serait en détention préventive, mais le type avait un excellent avocat : il fut remis en liberté sous caution et s'en tira avec un sursis.

Un an plus tard, Jackson reçut un colis qui lui était adressé au poste de police. À l'intérieur, pas de mot, juste un écrin doublé de velours bleu nuit renfermant un pendentif en opale, un petit morceau de ciel. Jackson avait senti que le vieil homme lui donnait une leçon, mais il lui avait fallu de nombreuses années pour la comprendre. Il gardait le pendentif pour le dix-huitième anniversaire de Marlee.

Le mari de Nicola, Steve Spencer, était persuadé que sa femme avait « pris un amant » – expression qui avait paru délicate et plutôt courtoise aux oreilles de Jackson, la plupart des conjoints soupçonneux ayant tendance à formuler leur méfiance en termes plus crus. Nerfs à fleur de peau, tendance parano, Steve n'arrivait pas à comprendre comment il avait réussi à décrocher quelqu'un comme Nicola, parce qu'elle était « vraiment canon ». Jackson avait connu des filles canon en son temps et Nicola Spencer n'appartenait pas à cette catégorie, encore que, en y réfléchissant bien, s'il avait été marié avec Steve Spencer... il aurait pu être tenté de « prendre un amant ». Steve travaillait comme pharmacien pour une chaîne de pharmacies et ne semblait pas avoir d'autre violon d'Ingres ni d'autre centre d'intérêt que Nicola. Pour lui elle était « la seule femme au monde ». Jackson n'avait jamais cru qu'il y avait une seule personne qui vous fût destinée au monde. Et si c'était le cas, avec la chance qui le caractérisait, elle devait travailler dans une rizière de la Chine centrale ou alors c'était une tueuse confirmée en cavale.

Quand elle n'était pas au travail, Nicola Spencer allait dans un club de gym, faire les courses chez Sainsbury (et une fois, sans raison apparente, chez Tesco), voir sa mère, une amie prénommée Louise et une autre prénommée Vanessa. Vanessa faisait partie d'un couple marié – Vanessa et Mike – qui étaient amis de « Steve et Nicola ». Louise et Vanessa, pour autant que Jackson pût en juger, ne se connaissaient pas. Nicola se rendait aussi régulièrement à la station-service, pour de l'essence évidemment, et achetait parfois du lait et presque toujours du chocolat et un exemplaire de *Hello* ou de *Heat* au magasin du garage. Elle était aussi allée dans une jardinerie où elle avait acheté une clayette de plantes à repiquer qu'elle avait mises directement dans le jardin, puis oublié d'arroser, à en juger par la touche qu'elles avaient le jour où Jackson avait escaladé la palissade du jardin pour jeter un coup d'œil discret à ce qui se passait chez les Spencer ou, plus exactement, dans le jardin des Spencer.

Au cours des quatre semaines écoulées, Nicola s'était aussi rendue dans une grande surface de bricolage, où elle avait fait l'acquisition d'un tournevis et d'un cutter, chez Habitat pour une lampe de table, chez Top Shop pour un tee-shirt blanc, chez Next pour un corsage blanc, chez Boots (deux fois pour des produits de beauté et des articles de toilette, une fois pour des médicaments), chez Robert Sayle pour deux essuie-mains bleus, chez un poissonnier du marché où elle avait acheté de la lotte (hors de prix) en prévision d'un dîner avec Vanessa et Mike précités, dîner que Steve Spencer qualifia par la suite de « désastreux ».

61

Nicola était apparemment une piètre cuisinière. Elle menait aussi une vie ennuyeuse au possible, à moins que passer avec un chariot parmi les passagers de la classe économique ne fût une activité passionnante. Était-ce ce qui était arrivé à Josie quand elle avait « pris » David Lastingham, s'ennuyait-elle avec Jackson au point de ne plus pouvoir le supporter ? Elle l'avait rencontré lors d'une soirée à laquelle Jackson n'était pas allé parce qu'il travaillait, et tous deux avaient « essayé de contrôler leurs émotions », mais ils n'avaient pas dû beaucoup essayer car, six mois plus tard, ils s'envoyaient en l'air à la moindre occasion et maintenant David Lastingham pouvait mettre son pénis dans le vagin de maman quand bon lui semblait.

Josie avait illico demandé le divorce. Rupture irrémédiable – comme si c'était entièrement sa faute à lui, comme si elle ne baisait pas un type efféminé avec un bouc. (« David », disait Marlee, avec beaucoup moins de réticence que Jackson ne l'aurait souhaité. « Il est pas mal, il m'achète du chocolat, il fait bien les pâtes. » Cette gamine avait une autoroute à six voies entre l'estomac et le cœur. « Moi aussi, je fais bien les pâtes », répliquait Jackson qui se rendait compte que c'était puéril mais s'en contrefichait. Jackson avait demandé à une accointance de vérifier si David Lastingham figurait sur le registre des pédophiles. Juste au cas où.)

Jackson fuma sa dernière cigarette. Nicola n'avait rien fait qui éveillât le moindre soupçon pendant sa filature, par conséquent, si elle avait une liaison, elle devait batifoler ailleurs : toutes ces escales dans des hôtels milieu de gamme, ces chaudes soirées et cet alcool bon marché fournissaient des conditions particulièrement propices aux écarts de conduite. Jackson avait essayé d'expliquer à Steve qu'il allait devoir lui payer l'avion s'il voulait vraiment découvrir s'il y avait anguille sous roche, mais Steve n'était pas très chaud pour offrir à Jackson ce qu'il avait l'air de considérer comme des vacances gratuites à l'étranger. Jackson songeait à partir quand même et à se livrer ensuite à quelques tours de passe-passe comptables pour la facture : un billet aller-retour pour n'importe quelle destination européenne pouvait facilement être glissé dans la rubrique « Frais divers ». Peut-être attendrait-il qu'elle s'envole pour la France pour la suivre. Ce n'était pas de vacances dont Jackson avait envie, c'était d'une nouvelle vie. Et il voulait en finir avec Nicola Spencer et sa vie enquiquinante.

Quand Jackson s'était installé comme détective privé, deux ans plus tôt, il ne s'attendait pas à une profession glamour. Ayant appartenu douze ans à la police de Cambridge et avant ça à la police militaire, il n'avait aucune illusion sur les voies des hommes. Les tragédies des autres, leurs plantages, leurs malheurs, il ne connaissait que ça. Il avait l'habitude d'être le voyeur, la personne extérieure qui regarde à l'intérieur et rien, mais vraiment rien, ne le surprenait plus. Pourtant en dépit de tout ce qu'il avait vu et fait, Jackson gardait la conviction – légère, cabossée, éraflée – que son boulot consistait à aider les gens à être bons plutôt qu'à les punir d'être mauvais.

Il avait quitté la police et créé son agence de détective privé après que son mariage se fut désintégré sous ses yeux. « Et ta retraite ? » avait demandé Josie. « Quoi, ma retraite ? » avait-il rétorqué, attitude cavalière qu'il commençait à regretter.

Son travail était dans la majorité des cas ingrat ou rasoir – tâches d'huissier, vérifications d'antécédents, créances douteuses et, de temps à autre, traque de l'escroc dont la police n'avait pas le temps de s'occuper. (« Je lui ai donné trois cents livres pour des matériaux et je ne l'ai plus jamais revu. » Surprise, surprise.) Sans parler des chats disparus.

Le portable de Jackson émit à point nommé une sonnerie grêle, un extrait des *Carmina Burana* réservé exclusivement à Binky Rain (Tu parles d'un nom !). Binky Rain avait été la première cliente de l'agence de Jackson et il supposait qu'il n'en serait débarrassé qu'à la retraite et encore : il la voyait d'ici le suivre en France, accompagnée par un cortège de chats errants, tel le joueur de flûte de Hamelin. C'était une mère à chats, le genre vieille folle qui recueillait tous les tire-au-flanc de la gent féline de Cambridge.

Binky avait plus de quatre-vingt-dix ans et était la veuve

d'un « fellow » de Peterhouse [1], un professeur de philosophie (bien que vivant à Cambridge depuis quatorze ans, Jackson n'avait toujours pas les idées claires sur ce que recouvrait le terme « fellow »). « Dr Rain » – Julian de son prénom – était depuis belle lurette parti pour la grande salle des profs céleste. Quant à Binky, élevée aux colonies, elle traitait Jackson comme un domestique, ce qui était sa façon de traiter tout un chacun. Elle habitait à Newnham, sur la route de Grantchester Meadows, un pavillon qui avait dû être jadis une maison de brique rouge de l'entre-deux-guerres parfaitement normale, mais que des années d'abandon avaient transformée en une horreur gothique envahie par la végétation. L'endroit grouillait de chats, de centaines de foutus mistigris. Rien que de penser à l'odeur, Jackson avait la chair de poule des pieds à la tête : pipi de chat, remugles de matou en rut, soucoupes de nourriture en boîte sur la moindre surface disponible, la moins chère, les bas morceaux dont même les chaînes de burgers ne voulaient pas. Binky Rain n'avait ni argent, ni amis ni famille, ses voisins l'évitaient, et pourtant elle gardait naturellement une façade pleine de morgue aristocratique, telle une réfugiée de quelque *ancien régime*, vivant le restant de ses jours en guenilles. Binky Rain faisait partie de ces gens dont on découvre le cadavre des semaines après leur mort, sauf que dans son cas ses chats l'auraient sans doute dévorée avant.

Son grief, la raison pour laquelle elle avait dès le début eu recours aux services de Jackson, c'était que quelqu'un lui volait ses chats. Jackson n'arrivait pas à démêler si ses chats disparaissaient vraiment ou s'il ne s'agissait que d'un fantasme. Elle faisait une fixation sur les chats noirs. « Quelqu'un me les prend », disait-elle de sa petite voix sèche, à l'accent aussi anachronique que le reste de sa personne, vestige d'une autre époque et d'un autre lieu qui appartenaient aujourd'hui à l'histoire. Le premier chat disparu avait été un chat noir (« un chât noâr ») appelé

---

1. Considéré comme le plus ancien « college » de Cambridge. (*N.d.T.*)

Nigger (Nègre) – et Binky Rain n'y voyait pas malice ! Ce n'était pas là le nom d'un « noâr » quelconque, avait-elle expliqué dédaigneusement quand il en était resté tout ébaubi, mais celui du chat du capitaine Scott sur la *Discovery*. (Arpentait-elle vraiment les rues paisibles de Newnham en criant « Nigger ! » ? À Dieu ne plaise.) Son beau-frère avait été un pilier de l'Institut de recherches polaires de Lensfield Road et avait passé tout un hiver à camper sur la glace de la barrière de Ross, ce qui faisait apparemment de Binky une experte des explorations antarctiques. Scott était un « imbécile », Shackleton un « coureur de jupons » et Peary un « Américain », condamnation qui se suffisait à elle-même. À entendre Binky parler des expéditions polaires (« Des chevaux ! Seul un idiot prendrait des chevaux ! ») on avait du mal à croire que le voyage le plus périlleux qu'elle eût entrepris de sa vie était la traversée du Cap à Southampton : en première classe, à bord du *Dunnottar Castle*, en 1938.

Le meilleur ami de Jackson, Howell, était noir et quand Jackson lui avait raconté que Binky avait un chat surnommé Nigger, il avait hurlé de rire. Cette amitié remontait au séjour de Jackson à l'armée : ils avaient débuté ensemble comme troufions. « Noâr », avait répété Howell en riant et en faisant une troublante imitation de vieille dame blanche, troublante car Howell mesurait presque deux mètres et était le noir le plus noir que Jackson eût jamais rencontré. Après son retour à la vie civile, Howell avait regagné sa Birmingham natale et travaillait présentement comme portier dans un grand hôtel, travail qui l'obligeait à porter un costume grotesque – une redingote bleu-roi à galons dorés et, pis encore, un haut-de-forme. Mais Howell avait une telle prestance que loin de perdre de sa dignité dans cette tenue de larbin, il lui conférait une allure étrangement distinguée.

Howell devait également être à un âge dangereux, comment s'en tirait-il ? Cela devait faire plus de six mois qu'ils ne s'étaient pas parlé. Voilà comment on perdait les gens de vue, un peu d'inattention et ils vous glissaient entre les doigts. Howell manquait à Jackson. À un moment donné, Jackson avait réussi à perdre non seulement sa femme et son enfant, mais aussi ses amis. (Mais avait-il d'autres amis que

Howell ?) C'était peut-être pour ça que les gens remplissaient leur maison de chats puants, afin de ne pas s'apercevoir qu'ils étaient seuls, afin de ne pas mourir à l'insu de tous. Jackson espérait échapper à ce sort. D'ailleurs il mourrait en France, dans son fauteuil, installé dans le jardin, après un bon gueuleton. Peut-être Marlee serait-elle venue lui rendre visite avec ses enfants de sorte que Jackson verrait son prolongement, que la mort n'était pas la fin de tout.

Jackson laissa sa boîte vocale prendre le message de Binky puis écouta sa voix impérieuse le sommer de venir chez elle dès que possible pour une « affaire des plus urgentes » concernant « Frisky ».

Binky Rain ne lui avait pas versé le moindre sou depuis deux ans qu'il la connaissait, mais cela pouvait se défendre car, pour sa part, il n'avait jamais retrouvé le moindre mistigri. Il considérait ses visites chez elle comme un genre d'assistance sociale : personne d'autre n'allait jamais voir la pauvre vieille et Jackson avait pour ses manies une tolérance qui le surprenait lui-même. C'était une vieille bique nazie mais on ne pouvait qu'admirer son énergie. Pourquoi, selon elle, les gens lui prenaient-ils ses chats ? Jackson avait parié pour la vivisection, la parano habituelle des amoureux des chats, mais non, à en croire Binky, c'était pour en faire des gants. (Des gants noârs, il va sans dire.)

Jackson se demandait s'il allait renoncer à sa filature de Nicola la retardataire et obéir à la sommation de Binky lorsque la porte de la maison s'ouvrit brusquement. Jackson se laissa glisser sur son siège et feignit de se plonger dans la lecture du *Nouvel Observateur*. Il voyait à cinquante mètres que Nicola était mal lunée, encore que ce fût, peu ou prou, sa configuration par défaut. Elle avait l'air d'avoir trop chaud, sanglée dans l'uniforme peu seyant de sa compagnie aérienne. L'uniforme ne mettait guère en valeur sa silhouette, et ses souliers – on aurait dit les pompes de la reine – lui faisaient la cheville épaisse. C'est seulement lorsqu'elle joggait que Jackson la voyait sans maquillage. *Au naturel*[1]. Elle courait comme si elle s'entraînait pour un marathon. Jackson joggait – il couvrait cinq kilomètres dans les rues

---

1. En français dans le texte.

tous les matins, debout à six heures et de retour pour un café, avant que la plupart des gens n'aient ouvert l'œil. Exercice militaire oblige. Ça, plus la police et une mégadose de gènes presbytériens écossais. (« Toujours en train de courir, Jackson, disait Josie, si on court à l'infini, on revient à son point de départ – ça s'appelle la courbure de l'espace, tu savais ça ? »)

Nicola était beaucoup plus à son avantage en tenue de jogging. En uniforme, elle avait l'air mal fagotée, mais quand elle courait dans le dédale des rues de son quartier, elle avait l'air athlétique et forte. Elle portait un bas de survêtement et un vieux tee-shirt Blue Jays. Qu'elle avait dû dégoter à Toronto [1], bien qu'elle n'ait pas pris de vol trans-atlantique durant la filature de Jackson. Elle était allée trois fois à Milan, deux fois à Rome et une fois à Madrid, Düsseldorf, Perpignan, Naples et Faro.

Nicola monta dans sa voiture, une petite Ford Ka féminine, et démarra en trombe pour se diriger vers Stansted. Si Jackson ne roulait pas à proprement parler lentement, Nicola conduisait pied au plancher. Quand l'affaire serait réglée, il envisageait de signaler le fait à un motard. Jackson avait passé un certain temps dans la police de la route avant d'être inspecteur en civil et il y avait des moments où il aurait aimé faire signe à Nicola de se garer et l'arrêter.

Son téléphone sonna au moment où la circulation ralentissait pour former un bouchon aux abords de Stansted. Cette fois, c'était sa secrétaire, Deborah, qui lui demanda d'un ton sec « Où êtes-vous donc ? » comme s'il était censé se trouver ailleurs.

« Je vais bien, merci, et vous ?

— Quelqu'un a téléphoné, vous feriez bien d'aller voir pendant que vous êtes en virée. » Deborah prononça le mot « virée » comme si Jackson était en train de picoler et de lever des petites femmes.

« Pouvez-vous m'éclairer davantage ? demanda-t-il.

— Non, fit Deborah, un truc concernant un truc trouvé. »

---

1. Équipe de base-ball de Toronto. (*N.d.T.*)

67

Une fois Nicola arrivée à l'aéroport, elle fit comme d'habitude. Elle gara sa voiture, entra dans le terminal et Jackson l'observa jusqu'à ce qu'elle disparaisse aux regards. Ensuite il se rendit aux toilettes, avala un double espresso dans un gobelet en carton, qui ne tempéra en rien la température caniculaire, s'acheta des cigarettes, parcourut les gros titres d'un journal qu'il n'acheta pas puis reprit le volant.

Au moment où l'avion qui emportait Nicola vers Prague prenait brusquement de l'altitude au-dessus du paysage plat, Jackson remontait l'allée d'une grande maison d'Owlstone Road, affreusement proche de l'endroit où vivait Binky Rain. Une femme vint lui ouvrir : elle avait entre quarante et cinquante ans et le regarda par-dessus des lunettes demi-lune. Une universitaire, se dit-il.

« Mrs Land ? s'enquit Jackson.

— Miss Land, corrigea-t-elle, Amelia Land. Merci d'être venu. »

Amelia Land lui offrit une tasse de café infect. Jackson sentait déjà son effet corrosif dans son estomac. Elle errait dans la cuisine mal tenue, en quête de biscuits, bien que Jackson lui ait dit par deux fois qu'il n'en voulait pas, merci. Elle finit par exhumer des profondeurs d'un placard un paquet de sablés humides et Jackson en prit un pour lui faire plaisir. Il avait un goût de vieux sable mou, mais Amelia Land paraissait satisfaite d'avoir rempli ses devoirs d'hôtesse.

Elle semblait très distraite, voire un tantinet dérangée, mais habitant à Cambridge, Jackson s'était habitué aux universitaires, même si elle lui avait déclaré vivre à « Oxford, pas à Cambridge, ça n'a *strictement* rien à voir », et Jackson avait pensé « Ouais, bon », mais n'avait rien dit. Amelia Land n'arrêtait pas de délirer à propos de souris bleues et, quand il lui demanda gentiment « Commencez par le commencement, miss Land », elle continua à broder sur le même thème en affirmant que c'était justement ça le début et ajouta « Je vous en prie, appelez-moi Amelia ». Jackson soupira dans son for intérieur, il subodorait que cette histoire allait requérir énormément de doigté.

La sœur apparut, disparut puis réapparut en brandissant

ce qui ressemblait à une vieille poupée. On n'aurait jamais cru qu'elles étaient parentes, l'une grande et forte, cheveux grisonnants s'échappant d'une sorte de chignon, l'autre petite, bien roulée et – Jackson connaissait aussi le genre – la vraie saute-au-paf. Elle portait un rouge à lèvres écarlate et des sortes de fripes, des couches superposées de fringues excentriques et dépareillées, ses cheveux fous, relevés à la va-comme-je-te-pousse, étaient retenus par un crayon. Elles étaient toutes les deux habillées pour le froid plutôt que pour la chaleur étouffante qui régnait au-dehors. Jackson comprenait pourquoi : il avait frissonné en franchissant le seuil de la maison, quand il avait laissé derrière lui le soleil pour plonger dans l'obscurité hivernale de l'intérieur.

« Notre père est mort il y a deux jours », expliqua Julia comme s'il s'agissait d'une nuisance quotidienne. Jackson examina la poupée qui se trouvait sur la table. Faite d'un tissu éponge crasseux, elle avait de longs membres fins, une tête de souris et... elle était bleue. La lumière fut. Il hocha la tête. « Une souris bleue, dit-il à Amelia.

— Non, *la* Souris Bleue », répliqua-t-elle comme si la distinction était vitale. Amelia Land aurait aussi bien pu avoir les mots « mal aimée » tatoués sur le front. Elle était attifée d'une façon qui laissait penser qu'elle avait cessé de s'acheter des vêtements vingt ans auparavant et qu'avant ça elle s'était fournie exclusivement chez Laura Ashley. Elle lui rappelait de vieilles photos de marchandes de poisson – gros souliers, collants de laine, ample jupe froncée en velours côtelé et sur les épaules un genre de fichu qu'elle serrait contre elle comme si elle gelait, ce qui n'avait rien de surprenant car il faisait un froid *arctique*, songea Jackson. Comme si la maison avait un microclimat.

« Notre père est mort, dit brusquement Amelia, il y a deux jours.

— Oui, fit prudemment Jackson, votre sœur vient de me l'annoncer. Toutes mes condoléances », ajouta-t-il pour la forme car il voyait que ni l'une ni l'autre n'avait l'air particulièrement affligée.

Amelia fronça les sourcils. « Ce que je veux dire, c'est... » dit-elle en cherchant de l'aide auprès de sa sœur. Voilà le hic avec les universitaires, songea Jackson, ils ne sont pas fichus de dire ce qu'ils voudraient dire et, la moitié du temps, ce qu'ils disent n'est pas ce qu'ils voulaient dire.

« Permettez-moi d'essayer de deviner, dit-il obligeamment. Votre père est décédé – elles hochèrent vigoureusement la tête comme si elles étaient soulagées que Jackson eût saisi ce point. Votre père est mort, reprit-il, et vous avez commencé à mettre de l'ordre dans la vieille maison de famille – il hésita car elles avaient l'air moins convaincues de ce dernier détail –, je ne me trompe pas ?

— Eh bien, non, dit Julia, c'est seulement – elle haussa les épaules – que l'expression "vieille maison de famille" est bien chaleureuse !

— Bon, fit Jackson, et si nous laissions de côté la charge émotionnelle de ces trois mots pour les considérer simplement comme deux adjectifs et un nom. Vieille. Maison. Famille. Vrai ou faux ?

— Vrai, admit à contre-cœur Julia.

— Évidemment, intervint Amelia en regardant par la fenêtre de la cuisine comme si elle s'adressait à quelqu'un dans le jardin, "famille" n'est pas à strictement parler un adjectif. "Familiale" conviendrait mieux à cette définition. »

Jackson jugea préférable d'ignorer la remarque. « Vous n'étiez donc pas proches du vieil homme ? demanda-t-il à Julia.

— Non, fit Amelia en se tournant vers lui et en lui accordant toute son attention. Nous avons trouvé ceci dans un tiroir de bureau fermé à clé. » De nouveau, la souris bleue. Souris Bleue.

« Quelle en est la signification ? » s'enquit Jackson. Il espérait qu'elles ne venaient pas de découvrir que le vieux était un fétichiste des peluches.

« Avez-vous jamais entendu parler d'Olivia Land ? demanda Julia.

— Ça me dit quelque chose, fit Jackson. Très vaguement. Une parente à vous ?

— C'était notre sœur, dit Amelia. Elle a disparu il y a trente-quatre ans. On l'a enlevée. »

Enlevée ? Oh, non, pas par des extraterrestres, ce serait le bouquet. Julia sortit un paquet de cigarettes et lui en offrit une. On aurait dit des avances. Il sentit la désapprobation de la sœur, mais il ignorait si elle concernait la nicotine ou le sexe. Les deux probablement. Il déclina l'offre, il ne fumait jamais devant un client de toute façon, mais il inhala profondément quand Julia alluma la sienne.

« Elle a été kidnappée, expliqua Julia. Dans le jardin, sous une tente.

— Une tente ?

— C'était l'été, dit sèchement Amelia, les enfants dorment dehors sous la tente, l'été.

— Je suppose que oui », dit doucement Jackson. Il avait pour une raison ou une autre le sentiment qu'Amelia Land avait été celle qui avait partagé la tente avec la sœur.

« Elle n'avait que trois ans, ajouta Julia. On ne l'a jamais retrouvée.

— Vous ne connaissez vraiment pas l'affaire ? demanda Amelia, elle a fait beaucoup de bruit.

— Je ne suis pas d'ici », dit Jackson qui songea à toutes les filles qui devaient avoir disparu ces trente-quatre dernières années. Évidemment, en ce qui concernait les sœurs Land, il n'y en avait qu'une. Il se sentit soudain très triste et très vieux.

« Il faisait très chaud, dit Amelia, c'était la canicule.

— Comme maintenant ?

— Oui. Vous ne prenez pas de notes ?

— S'il n'y a que ça pour vous faire plaisir, dit-il.

— Non », répliqua Amelia d'un ton sec.

De toute évidence la conversation était dans une impasse. Jackson regarda Souris Bleue. Le mot « pièce à conviction » y était inscrit en grosses lettres. Jackson tenta de relier les pointillés. « Voyons donc, risqua-t-il. Cet objet appartenait à Olivia et elle l'avait avec elle quand on l'a enlevée ? Il n'est réapparu qu'après la mort de votre père ? Pourquoi n'avoir pas appelé la police ? »

Elles froncèrent toutes deux les sourcils. C'était drôle parce que, bien que physiquement très différentes, elles avaient les mêmes mimiques. Jackson supposa que c'était ce qu'on entendait par « ressemblance fugitive ».

« Quels merveilleux pouvoirs de déduction vous possédez, Mr Brodie », dit Julia, et il était difficile de savoir si elle faisait de l'ironie ou si elle essayait de le flatter. Elle avait une voix enrouée, comme si elle était perpétuellement enrhumée. Les hommes semblaient trouver ça sexy chez une femme, ce qui était bizarre, songea Jackson, car cette voix de rogomme faisait davantage penser à un homme qu'à une femme. Ça devait être un truc gay.

« La police ne l'a pas retrouvée *à l'époque*, dit Amelia en ignorant délibérément Julia, et ce n'est pas *maintenant* qu'elle va s'y intéresser. De toute façon, ça ne relève peut-être pas de la police.

— Mais de moi, si ?

— Mr Brodie », fit très gentiment Julia, trop gentiment. On aurait dit un interrogatoire où le gentil flic prend le relais du méchant. « Mr Brodie, nous voulons juste savoir pourquoi Victor était en possession de la souris bleue d'Olivia.

— Victor ?

— Papa. Il y a là quelque chose...

— Qui cloche ? » suggéra Jackson.

Jackson louait désormais une maison, à bonne distance du ghetto de Cambourne. Elle tenait plus du cottage en fait, et se trouvait à l'extrémité d'une rangée de maisonnettes identiques, dans une rue qui avait dû être jadis une route de campagne. Il y avait beau temps que le domaine agricole dont elles avaient vraisemblablement fait un jour partie avait cédé la place à des rues de maisonnettes victoriennes destinées aux classes laborieuses. Aujourd'hui, même les maisons dos à dos dont la porte d'entrée donnait directement sur la rue coûtaient la peau des fesses dans le coin. Les pauvres s'étaient installés dans des endroits comme Milton et Cherry Hinton, mais même là, les cités ouvrières avaient été colonisées par la classe moyenne de type universitaire (et les Nicola Spencer de ce monde), ce qui devait sombrement faire chier le populo. Les pauvres étaient toujours parmi nous, mais Jackson se demandait où ils pouvaient bien crécher.

Quand Josie était partie pour connaître le bonheur extra-conjugal avec David Lastingham, Jackson avait envisagé de rester au domicile conjugal. Il n'avait caressé l'idée qu'une dizaine de minutes avant de téléphoner à un agent immobilier et de mettre la maison en vente. N'ayant pas de quoi se racheter autre chose avec sa part, Jackson avait décidé de louer. Son cottage était le dernier d'une rangée, passablement délabré, et le mur qui le séparait de la maison d'à côté était si mince qu'on entendait le moindre pet, le moindre miaulement de chat chez les voisins. Les meubles bon marché et l'atmosphère impersonnelle évoquaient une location de vacances, chose que Jackson trouvait étrangement reposante.

Avant de quitter la maison qu'il avait partagée avec sa femme et sa fille, Jackson avait fait le tour de chaque pièce pour vérifier qu'ils n'avaient rien laissé derrière eux, hormis, bien sûr, leurs vies. En entrant dans la salle de bains, il s'aperçut qu'elle sentait toujours L'Air du Temps – un parfum que Josie portait déjà bien avant leur rencontre. Elle portait désormais Joy de Patou, cadeau de David Lastingham, un parfum si démodé qu'elle avait l'air d'une autre femme, ce qui était évidemment le cas. La Josie qu'il avait connue avait envoyé promener toutes les vertus domestiques de la génération de sa mère. Elle cuisinait très mal et ne possédait même pas de boîte à ouvrage, mais elle se chargeait de tout le bricolage dans la petite boîte qui leur tenait lieu de maison. Elle lui avait déclaré une fois que le jour où les femmes comprendraient qu'une scie égoïne n'était pas l'objet mystérieux qu'elles croyaient, elles dirigeraient le monde. Jackson avait l'impression que c'était déjà le cas et commit l'erreur de le dire. Il récolta pour sa peine une conférence bourrée de statistiques sur le sexisme à l'échelle mondiale : deux tiers du travail dans le monde accompli par des femmes, Jackson, et pourtant elles ne possèdent qu'un dixième de la richesse mondiale – ça ne te pose pas un problème ? (Si, si, bien sûr.) Aujourd'hui, évidemment, elle s'était transformée en femme rétro, un genre d'épouse de Stepford[1] qui faisait son pain et prenait des cours de tricot. De tricot ! De qui se moquait-on ?

---

1. *The Stepford Wives*, film de science-fiction de Bryan Forbes (1974) tiré du roman éponyme d'Ira Levin. On découvre que les parfaites épouses de la petite ville de Stepford, dans le Connecticut, sont en fait des androïdes... (*N.d.T.*)

Quand il avait emménagé dans sa nouvelle maison, il avait acheté un flacon d'Air du Temps et en avait aspergé la minuscule salle de bains, mais ce n'était pas pareil.

Amelia et Julia lui avaient donné une petite photo carrée, un cliché d'une autre époque, aux couleurs fanées. C'était un gros plan d'Olivia souriant à l'objectif : on voyait toutes ses petites quenottes. Son nez en trompette était parsemé de taches de rousseur et ses cheveux tressés en courtes nattes relevées avec des rubans écossais vert et blanc, même si la photo était jaunie. Elle portait une robe assortie à ses rubans et dont les smocks étaient en partie dissimulés par la souris qu'elle serrait sur son cœur. Jackson voyait bien qu'elle faisait poser sa souris devant l'objectif, il l'entendait presque lui dire de sourire, mais les traits de la souris bleue, cousus en laine noire, avaient la même expression grave qu'aujourd'hui, sauf qu'entre-temps elle avait perdu la moitié d'un œil et une narine.

C'était la photo publiée par les journaux. Jackson avait vérifié le dossier sur microfiche en rentrant chez lui. Il y avait des pages et des pages au sujet des recherches effectuées pour retrouver Olivia Land, l'histoire avait fait la une des journaux pendant des semaines, et Amelia avait raison : la grande affaire avant Olivia avait été la vague de chaleur. Jackson essaya de se souvenir : trente-quatre ans plus tôt, il avait onze ans. Faisait-il très chaud ? Il n'en avait pas la moindre idée. Il ne se rappelait plus ses onze ans, l'important, c'est que ce n'était pas douze. Toutes les années précédant son douzième anniversaire brillaient d'une lumière vive, immaculée. Après, c'était l'obscurité.

Il écouta les messages sur son répondeur. Un de sa fille, Marlee, qui se plaignait que sa mère refusait de lui donner l'autorisation d'aller à un concert en plein air sur Parker's Piece, « Est-ce que tu pourrais lui parler, s'il te plaît, papa, oh, oui, s'il te plaît ? » (Marlee n'avait que huit ans, il était hors de question qu'elle aille à un concert en plein air.) Un deuxième message « Frisky » de la part de Binky Rain. Et un autre de sa secrétaire, Deborah Arnold, qui lui reprochait de ne pas être rentré au bureau. Elle l'appelait de chez elle, il entendait la voix de deux de ses butors d'ados sur

74

fond de télé mise à fond. Deborah devait hurler pour l'informer qu'un « certain Theo Wyre » essayait de le contacter, elle ne savait pas à quel sujet, en dehors du fait qu'il semblait « avoir perdu quelque chose ». Le nom parut étonnamment familier à Jackson, mais impossible de se rappeler où il l'avait entendu. La rançon du grand âge, songea-t-il.

Jackson alla prendre une bière Tiger dans le frigo, enleva ses bottes (des Magnum Stealth, les seules en ce qui le concernait), s'allongea sur le canapé inconfortable, alluma son lecteur de CD (l'avantage d'une maison minuscule, c'était qu'il avait quasiment tout à portée de main) et mit l'album 1995 de Trisha Yearwood « Thinkin' About You », aujourd'hui introuvable pour on ne sait quelle raison. Trisha était peut-être mainstream, mais elle déménageait. Elle savait ce que c'était que souffrir. Il ouvrit *Introduction à la grammaire française* et essaya de bûcher les verbes utilisant l'auxiliaire être au passé composé (même si, lorsqu'il vivrait en France, il n'y aurait ni passé ni futur, seulement le présent) mais il avait du mal à se concentrer car des élancements violents lui trouaient la gencive.

Jackson soupira, prit Souris Bleue sur le manteau de cheminée, la mit contre son épaule et tapota son petit dos mou, d'une façon qui n'était guère différente de celle dont il consolait autrefois Marlee, petite. Souris Bleue était froide au toucher comme si elle était restée longtemps dans un endroit sombre. À aucun moment Jackson ne s'imagina qu'il pourrait retrouver la petite fille aux rubans écossais.

Jackson ferma les yeux et les rouvrit immédiatement car il venait de se rappeler soudain qui était Theo Wyre. Oh, non ! Il ne voulait pas se souvenir de Theo Wyre. Il ne voulait pas entendre parler de Theo Wyre.

Trisha chantait « On a Bus to St Cloud ». Parfois il avait l'impression que le monde entier était un grand registre – perdus à gauche, trouvés à droite. Malheureusement les deux colonnes ne s'équilibraient jamais. Amelia et Julia avaient trouvé quelque chose. Theo Wyre avait perdu quelque chose. Comme la vie serait facile si c'était une seule et même chose.

5

AMELIA

Victor mourut chez lui, dans son lit, en gros de sa belle mort. Il avait quatre-vingt-quatre ans et, du plus loin qu'il leur en souvînt, avait affirmé vouloir être enterré plutôt qu'incinéré. Trente-quatre ans plus tôt, à la mort de leur petite sœur Annabelle, Victor avait acheté une « concession funéraire » pour trois personnes au cimetière municipal. Amelia et Julia n'avaient pas vraiment réfléchi à l'arithmétique de la chose avant la mort de Victor, or, à cette date, la concession se trouvait déjà remplie aux deux tiers – leur mère ayant suivi Annabelle avec une hâte injustifiée –, ce qui laissait tout juste la place pour Victor, mais excluait les enfants restants.

Julia déclara que cela dénotait de la part de Victor un manque de considération tout à fait typique, mais Amelia prétendit que leur père avait probablement calculé son coup afin que, si vie éternelle il y avait, il ne fût pas forcé de la passer en leur compagnie. Amelia ne croyait pas à ce qu'elle venait de dire – Victor était un athée convaincu et il n'était pas dans sa nature têtue, abrasive, de brusquement assurer ses arrières in extremis –, c'était juste que, face à Julia, elle avait l'esprit de contradiction. Julia était tenace (et jappait) comme un terrier dans les disputes. Aussi se retrouvaient-elles constamment en train de défendre des positions dont l'une et l'autre se fichaient royalement, comme deux avocats procéduriers et désabusés dans un prétoire. Certains jours, on avait l'impression que le moi turbulent de leur enfance refaisait surface et qu'à tout

77

moment elles allaient se mettre à se pincer en douce, à se tirer les cheveux et à s'insulter comme au bon vieux temps.

Elles avaient été convoquées. « On a l'impression de se rendre au chevet d'un roi mourant », dit Julia avec rancœur, et Amelia de rétorquer « Tu penses au *Roi Lear* », et Julia « Et alors ? », et Amelia « Ton rapport à la vie est entièrement conditionné par le théâtre », et Julia « C'est pas moi qui ai mentionné ce putain de *Lear* » : le train n'avait pas encore quitté la gare de King's Cross qu'elles se chamaillaient déjà. Victor mourut quelques heures après leur arrivée. « Putain, ouf », dit Julia, car elles avaient soupçonné Victor d'un coup fourré, de les faire revenir au foyer familial pour qu'elles s'occupent de lui. Elles détestaient toutes deux le mot « foyer », mais elles avaient beau l'avoir quitté depuis des décennies, elles ne pouvaient s'empêcher d'employer le mot.

Amelia dit « Désolée », mais Julia regardait défiler les faubourgs de Londres par la vitre et elles ne s'adressèrent à nouveau la parole qu'au moment où le train traversa la splendeur estivale des champs de l'East Anglia. Julia dit « Lear n'était pas mourant, il renonçait au pouvoir », et Amelia « Ça revient parfois au même ». Elle était contente qu'elles aient fait la paix.

Assises au chevet de Victor, elles attendaient qu'il meure. Victor était échoué sur son lit dans ce qui avait été jadis la chambre conjugale, une pièce qui avait gardé la décoration très fleurie et féminine qu'affectionnait leur mère. Rosemary s'apprêtait-elle au même instant à accueillir Victor dans le sol suintant de la concession funéraire ? Amelia imagina les corps de ses parents enlacés dans une étreinte glacée et eut pitié de sa pauvre mère qui avait sans doute cru échapper pour toujours à Victor.

D'ailleurs, fit remarquer Amelia à Julia, relançant la polémique malgré les meilleures intentions du monde, ni l'une ni l'autre n'était proche de son père dans la vie, alors à quoi bon vouloir l'être dans la mort ? Là n'était pas la question, dit Julia, c'était le principe, et Amelia de rétorquer « Depuis quand tu as des principes ? » et la conversation tourna de nouveau au vinaigre bien avant qu'elles n'aient abordé la question plus délicate des obsèques pour lesquelles Victor n'avait pas laissé d'instructions.

Quand avaient-elles décidé d'arrêter de dire « papa » pour dire « Victor » ? Julia l'appelait parfois « papa », surtout si elle essayait de l'amadouer, mais Amelia aimait la distance instaurée par « Victor ». Elle le rendait plus humain d'une certaine façon.

Le menton de Victor était hérissé de poils blancs et cette barbe nouvelle conjuguée à sa perte de poids l'avait changé. Seules ses mains semblaient ne pas avoir rétréci, elles étaient toujours énormes, de vrais battoirs, grossières comparées à ses poignets fins comme des allumettes. Il se mit soudain à marmonner quelque chose que ni l'une ni l'autre ne saisit et Julia lança un regard paniqué à Amelia. Elle s'attendait à ce qu'il soit mourant, elle ne s'attendait pas à ce qu'il ne soit plus lui-même. « Tu veux quelque chose, papa ? » demanda-t-elle d'une voix forte et il secoua la tête comme s'il essayait de chasser une nuée de mouches. Impossible de savoir s'il avait entendu.

Le médecin de Victor leur avait dit au téléphone que des infirmières de secteur venaient trois fois par jour. Il avait employé le verbe « passer », ce qui donnait à la chose un côté convivial et décontracté, mais ni Amelia ni Julia n'avaient escompté que ces adjectifs seraient applicables à la mort de Victor vu qu'ils ne l'avaient certainement pas été à sa vie. Elles avaient cru que les infirmières resteraient, mais Amelia et Julia n'avaient pas plus tôt mis le pied dans la maison que l'une lança « Bon, ben, on y va », et l'autre un « Elles sont là ! » joyeux et retentissant. Comme si Victor avait attendu impatiemment ses filles, ce qui n'était, évidemment, pas le cas. Le seul à être content de les voir fut Sammy, le vieux golden retriever de Victor qui tenta courageusement de les saluer : son arrière-train arthritique se souleva avec raideur et ses griffes cliquetèrent sur le parquet ciré de l'entrée.

Victor avait été victime d'une attaque foudroyante, avait expliqué le médecin au téléphone. Un mois auparavant, un autre généraliste leur avait dit que Victor ne souffrait que du grand âge et qu'il avait un « cœur de bœuf ». Amelia avait trouvé la métaphore incohérente, ne disait-on pas

« cœur de lion » et « fort comme un bœuf » ? D'ailleurs, c'était quoi un bœuf ? Juste une vache ? Il y avait tant de faits dont Amelia n'était plus très certaine (à moins qu'elle ne les ait toujours ignorés). Elle serait bientôt plus près de la cinquantaine que de la quarantaine et chaque jour – elle en était persuadée – elle sentait disparaître de nouvelles connexions neuronales – elles pétaient, produisaient des arcs électriques, mouraient –, la laissant dans l'incapacité de récupérer les informations. Jusqu'au dernier moment, Victor avait eu l'esprit méthodique d'un bibliothécaire efficace tandis que celui d'Amelia ressemblait plus au cagibi situé sous l'escalier : de vieilles crosses de hockey y côtoyaient des aspirateurs cassés et des boîtes de décorations de Noël, et on pouvait presque à tous les coups être sûr de ne pas pouvoir mettre la main sur le fusible de cinq ampères, la boîte de cirage fauve ou le tournevis cruciforme qui pourtant, on aurait été prêt à le parier, s'y trouvaient.

L'esprit de Victor était peut-être resté organisé, mais pas sa maison. Après leur départ, elle était progressivement allée à vau-l'eau jusqu'à friser le sordide, comme ces maisons où il faut faire appel à l'inspection sanitaire pour nettoyer après qu'on y a découvert au bout de plusieurs semaines, dans un état de décomposition avancée, le cadavre d'un malheureux, mort sans que personne ne s'en aperçoive.

Il y avait des livres absolument partout, tous moisis, jaunis, qui ne vous donnaient aucune envie de les lire. Il y avait beau temps que Victor avait renoncé aux mathématiques, des années qu'il ne se tenait plus au courant des recherches et qu'il ne témoignait plus le moindre intérêt pour les revues ou publications savantes. Quand elles étaient enfants, Rosemary leur avait dit qu'il était un « grand » mathématicien (à moins que ce ne soit Victor qui s'en soit chargé), mais cette réputation n'avait pas tardé à pâlir et il était devenu tout au plus un tâcheron de la faculté de mathématiques. Sa spécialité était la probabilité et le risque auxquels Amelia ne comprenait que pouic (il essayait tout le temps de lui démontrer la probabilité en jouant à pile ou face), mais n'était-ce pas ironique, songeait-elle, qu'un homme qui gagnait sa vie en étudiant le risque n'en ait jamais pris un seul de sa vie ?

« Milly ? Tu vas bien ?

— C'est quoi au juste un bœuf ?

— Une vache. Un bovin, dit Julia en haussant les épaules. Je ne sais pas. Pourquoi ? »

Elles avaient mangé du cœur de bœuf étant enfants. Rosemary, qui ne savait même pas faire cuire un œuf avant son mariage, avait appris à préparer la nourriture roborative et traditionnelle que Victor prônait pour ses vertus nourrissantes et son prix modique. Une nourriture de pensionnat, celle avec laquelle il avait été élevé. L'idée même de ces ragoûts de foie au bacon et de ces tourtes à la viande de bœuf et aux rognons soulevait le cœur d'Amelia. Elle revoyait un cœur sanguinolent sur le plan de travail de la cuisine, sombre et luisant, sillonné de gras – on aurait dit qu'il venait de cesser de battre – et sa mère, armée d'un coutelas, qui le contemplait avec une expression énigmatique.

« La soupe à la queue de bœuf, je me souviens, dit Julia en faisant la grimace. On la faisait vraiment avec une *queue* ? »

Rosemary avait quitté ce monde sans faire d'histoires. Elle ne s'était pas du tout accrochée à la vie lorsqu'elle avait appris que la petite fille qu'elle portait au moment de la disparition d'Olivia avait un jumeau, non pas le fils tant souhaité par Victor, mais un enfant des fées, une tumeur qui grandissait et grossissait dans son ventre sans rencontrer de résistance. Lorsqu'on s'aperçut que cela indiquait une vie qui allait prendre fin plutôt qu'une vie qui commençait, il était trop tard. Annabelle ne vécut que quelques heures et son double cancéreux fut enlevé, mais Rosemary mourut dans les six mois qui suivirent.

Victor avait l'air de ronfler – un sifflement venu de loin comme si sa trachée-artère était comprimée et s'écrasait. Ce sifflement était suivi à intervalles réguliers par un horrible halètement, signe que ses réflexes reprenaient le dessus et qu'il retrouvait sa respiration. Amelia et Julia se regardèrent paniquées. « C'est un râle d'agonie ? » chuchota Julia, et Amelia dit « Chut » car il paraissait impoli de parler des mécanismes de la mort devant un mourant. « Il n'entend pas », dit Julia, et Amelia « Là n'est pas le problème ».

81

Au bout d'un moment, le bruit diminua et Victor donna l'impression d'être paisiblement endormi. Amelia fit du thé, non sans avoir au préalable récuré les tasses, et elles burent leur thé debout près de la fenêtre en contemplant le jardin plongé dans l'obscurité.

« Qu'est-ce qu'on va faire pour l'enterrement ? chuchota Julia. Il ne voudra pas quelque chose de chrétien. » Hormis quelques piètres tentatives de la part de Rosemary pour les envoyer à l'école du dimanche, elles avaient été élevées en dehors de toute religion. En sa qualité de mathématicien, Victor considérait de son devoir d'inculquer le scepticisme à ses filles, d'autant plus qu'il les trouvait frivoles – sauf Sylvia, naturellement, qui avait toujours mis à profit le fait qu'elle était polar en maths. Après le départ de Sylvia, Victor transforma « polar » en « prodige » et plus tard encore en « génie mathématique », de sorte que l'absence augmentait le prestige de Sylvia alors que dans le même temps Amelia et Julia devenaient de plus en plus stupides à ses yeux. À une époque, Amelia aurait pu lui tenir tête, mais c'était le plus souvent Julia qui prenait courageusement la défense des « lettres » car Amelia trouvait difficile de riposter au ton comminatoire de Victor. Maintenant elle avait des doutes. N'avait-il pas raison ? N'étaient-elles pas, somme toute, ignares ?

« Qu'est-ce que tu en penses, dit Julia, il nous a laissé la maison, non ? Tu crois qu'il nous a aussi laissé de l'argent ? Bon sang, j'espère bien que oui. » Victor ne leur avait jamais parlé de son testament, jamais parlé d'argent. Il donnait l'impression de ne pas en avoir, mais il faut dire qu'il avait toujours été pingre. Julia se remit à exposer ses griefs au sujet de la concession funéraire et Amelia dit : « Ce serait plus rapide de l'incinérer, tu sais, je crois qu'il faut plus longtemps pour obtenir un permis d'inhumer.

— Mais on sera maudites à jamais, fit Julia, comme ces femmes de la tragédie grecque qui n'observent pas les rituels à la mort du roi, leur père », et Amelia répliqua « Nous ne sommes pas des personnages de théâtre, Julia, nous ne sommes pas dans Euripide », et Julia dit « Oh, je t'en prie, Milly, comme si ça ne suffisait pas qu'on ne l'aime pas », et Amelia lança « Ouais, bon » et fronça les sourcils en s'entendant parler comme un de ses élèves.

Julia annonça qu'elle allait faire un petit somme et mit sa tête entre ses bras sur la courtepointe crasseuse comme si elle rendait un étrange hommage à son père mourant. Les énormes mains de Victor étaient pieusement jointes, comme s'il était préparé à mourir. Il ne lui aurait fallu qu'un effort infime pour poser une main sur la tête de Julia et lui accorder sa bénédiction. Lui était-il arrivé d'avoir un geste gentil ? De leur donner un baiser, un câlin ? Une tendre caresse sur la joue. Si c'était le cas, Amelia n'en avait pas le souvenir. « Réveille-moi s'il se passe quoi que ce soit, marmonna Julia, s'il meurt ou autre. » Julia avait toujours eu le sommeil très lourd et quelques minutes plus tard, comme Victor, elle dormait profondément. Amelia regarda les boucles brunes de sa sœur et ressentit pour elle un élan d'affection qui ressemblait à un pincement au cœur.

Julia n'avait pas eu beaucoup de travail dernièrement. Avant, elle travaillait tout le temps, théâtres de province, pièces qui se voulaient d'avant-garde dans de minuscules studios-théâtres londoniens et bouts de rôle pour la télé – exclus et victimes dans *The Bill*[1], patients en phase terminale dans *Casualty*[2] (elle était morte deux fois en dix ans) – mais en ce moment, apparemment, on ne lui proposait même plus d'auditions. Elle avait fait une espèce de vidéo de formation pour une entreprise l'an passé, mais c'était pour la filiale d'une compagnie pétrolière et Amelia le lui avait reproché en disant qu'elle aurait « dû réfléchir à la signification politique de la chose », et Julia avait rétorqué « La politique est un luxe qu'on peut s'offrir quand on a de quoi manger », et Amelia avait dit « C'est une exagération ridicule, quand t'est-il arrivé de crever de faim ? », mais aujourd'hui elle regrettait ses paroles car Julia était contente d'avoir décroché ce boulot et elle lui avait gâché son plaisir.

---

1. Série policière britannique qui montre la vie d'un commissariat du nord-est de Londres. (*N. d. T.*)

2. Feuilleton de la BBC qui montre la vie du service des urgences d'un hôpital général. (*N. d. T.*)

Amelia avait presque tout vu de ce qu'avait fait Julia et bien qu'elle lui eût toujours affirmé qu'elle était « merveilleuse », convention théâtrale oblige, elle se surprenait souvent à penser que Julia ne cassait rien sur les planches. Le meilleur spectacle dans lequel elle l'avait vue était une pantomime à Bristol, un classique du genre, sans doute *Cendrillon*, où Julia jouait le rôle d'un chien – un caniche noir avec une coupe « lion » et un accent français. La morphologie de Julia, petite et poitrine généreuse, convenait parfaitement au costume et elle avait réussi à rendre une certaine arrogance parisienne que les spectateurs avaient adorée. Elle n'avait pas eu besoin de perruque, ses cheveux rebelles avaient été relevés en chignon et ornés d'un nœud. Amelia n'avait encore jamais imaginé sa sœur en caniche, elle l'avait toujours vue en Jack Russell. Amelia trouva soudain très triste que le meilleur rôle de toute la carrière de sa sœur ait été celui d'un chien. Et qu'elle n'ait pas eu besoin de perruque pour jouer un caniche.

Était-il mort ? Il en avait tout l'air quand il était endormi – allongé sur le dos, yeux clos, bouche en cul-de-poule – mais sa poitrine ne se soulevait plus et sa peau avait une bizarre nuance mastic qui rappela soudain à Amelia Rosemary morte sur son lit d'hôpital, d'une façon si inattendue qu'elle fut momentanément pétrifiée. Elle avait dû s'assoupir. Les méchantes filles du roi qui n'étaient même pas fichues de veiller leur père sur son lit de mort.

Sammy se leva avec peine de la descente de lit, se dirigea en boitillant vers Amelia et lui fourra sa truffe dans la main d'un air interrogateur. « Pauvre vieux », dit Amelia au chien. Elle secoua gentiment Julia pour la réveiller et lui annonça que Victor était mort. « Comment le sais-tu ? » lui demanda Julia qui émergeait des brumes du sommeil. Elle avait une marque rouge vif sur la joue, là où sa montre avait mordu dans la chair.

« Parce qu'il ne respire plus », répondit Amelia.

Le départ de Victor avait créé entre elles une atmosphère délirante, quasi festive, et bien qu'il ne fût que six heures du matin, Julia, comme si elle suivait quelque procédure recommandée en cas de décès, versa deux cognacs bien tassés. Amelia se dit qu'elle allait vomir si elle buvait le sien mais se surprit à l'apprécier. Deux heures plus tard, elles sortirent plutôt pompettes pour se ravitailler au magasin Spar du coin et remplirent leur panier de choses qu'Amelia n'aurait jamais achetées en temps normal – bacon, saucisses, petits pains blancs saupoudrés de farine, chocolat et gin –, gloussant comme les petites filles qu'elles avaient oublié avoir été un jour.

De retour à la maison, elles se firent des sandwichs au bacon et aux œufs durs, Julia en dévorant trois pendant qu'Amelia se contentait d'un seul. La dernière bouchée à peine avalée, Julia s'alluma une cigarette. « Pour l'amour du ciel, dit Amelia en chassant la fumée de son visage, tu sais que tu fais une fixation orale ? » Julia fumait d'une façon théâtrale, elle en faisait des tonnes, comme pour le reste. Adolescente, elle répétait devant un miroir (Amelia croyait se souvenir qu'une bonne partie de la jeunesse de Julia s'était déroulée devant une glace). Julia tenait sa main en l'air dans la lumière matinale qui révélait l'estafilade argentée de la cicatrice, là où on lui avait recousu le petit doigt.

Pourquoi avaient-elles eu tant d'accidents étant gamines ? Essayaient-elles d'attirer l'attention de Rosemary (ou de n'importe qui d'autre d'ailleurs) pour qu'on les distingue de la mêlée *Amelia-Julia-Sylvia* ? Aujourd'hui encore Julia et Amelia étaient maladroites, toujours couvertes de bleus : quand elles ne se cognaient pas aux meubles, elles se prenaient les pieds dans le tapis. Rien que l'an passé, Amelia avait laissé choir une lourde casserole sur son pied, s'était coincé les doigts dans une portière de voiture, tandis que Julia avait été victime du coup du lapin dans un taxi et s'était foulé la cheville en tombant d'un escabeau. À quoi bon chercher à attirer l'attention une fois qu'on avait dépassé la quarantaine, songeait Amelia, surtout quand il n'y a personne pour vous l'accorder. « Tu te rappelles les évanouissements de Sylvia ? demanda-t-elle à Julia.

— Hmm. Très vaguement. »

Chaque fois qu'elle se souvenait que Victor était mort, Amelia avait le vertige. On eût dit qu'on lui avait enlevé un poids énorme et qu'elle allait s'élever dans le ciel comme un cerf-volant ou un ballon. Le cadavre de Victor était toujours bien bordé dans son lit à l'étage et elles avaient beau savoir qu'elles auraient dû faire quelque chose, téléphoner à quelqu'un, prendre des mesures immédiates, elles étaient en proie à une sorte d'indolence.

En fait, ce n'est que le lendemain qu'elles se rendirent dans un couvent de franciscaines et, après une attente interminable, parlèrent à « sœur Mary Luke » – le nom ridicule auquel, même au bout de presque trente ans, ni l'une ni l'autre n'arrivaient à s'habituer. Lorsqu'elles lui annoncèrent que Victor était mort, Sylvia parut abasourdie et dit « Papa ? Mort ? » Et pour la première fois, son masque de piété glissa et elle éclata de rire.

Religieuse cloîtrée, Sylvia était si éloignée des préoccupations de la vie ordinaire qu'il ne leur vint même pas à l'esprit de la consulter au sujet des obsèques. De toute façon, elles avaient déjà pris leur décision. Après que les pompes funèbres eurent enfin embarqué le corps de Victor, Julia sortit le gin et elles s'employèrent à prendre une cuite mémorable. Amelia ne se souvenait pas d'avoir été aussi ivre de sa vie. Le gin de l'après-midi s'ajoutant au cognac du petit déjeuner les rendait quasiment hystériques et c'est au beau milieu de cette orgie d'alcool qu'elles jouèrent à pile ou face la destinée finale de Victor.

Cabotine comme d'habitude, Julia était assise en tailleur et se tenait l'entrejambe en disant « Bon sang, arrête, je vais faire pipi dans ma culotte ! », et Amelia dut courir dehors pour vomir sur la pelouse. L'aube approchait et l'air humide de la nuit suffit presque à la dégriser.

Amelia paria face, mais la pièce tomba du côté pile (ce qui était une des deux probabilités, merci, papa) et Julia décréta « Le vieux connard sera brûlé ».

Amelia se réveilla tôt, trop tôt. Cela lui aurait été égal si elle avait été chez elle – dans son vrai chez-elle, à Oxford –, mais elle n'avait pas envie de tourner en rond toute seule dans cette grande maison car Julia n'était pas près de se lever. Amelia se demandait parfois si sa sœur n'avait pas des gènes de chat. Julia se moquait d'Amelia qui vivait « à l'heure de la province » –, Julia ne s'était jamais couchée avant deux heures du matin depuis leur arrivée, émergeait l'œil vitreux à midi, réclamait d'une voix éraillée un café (« S'il te plaît, ma cocotte ! ») comme si elle avait participé à une grande équipée nocturne éprouvante pour les nerfs et l'esprit, alors qu'elle avait passé tout son temps, vautrée sur le canapé avec un litron de rouge, à regarder des films tombés dans l'oubli.

Elles avaient été sidérées de découvrir que Victor – que ni l'une ni l'autre ne se rappelait avoir vu regarder la télé – non seulement possédait un écran géant, mais était aussi abonné au câble – et à tout, pas seulement au sport et aux films, mais à toutes les chaînes porno. Ce n'est pas tant leur contenu « adulte » qui avait choqué Amelia (même si c'était plutôt immonde) que l'idée de son père, assis dans son vieux fauteuil, regardant nuit après nuit *Red Hot Girls* et Dieu sait quelles autres cochonneries. Elle fut soulagée de voir que Julia – qui d'ordinaire tolérait avec une belle insouciance les travers du sexe opposé – était aussi horrifiée qu'elle. Une de leurs priorités fut de se débarrasser du fauteuil.

Amelia ne regardait la télévision que pour les informations et les documentaires, parfois *Antiques Roadshow* [1] le dimanche, et elle fut sidérée par les bouffonneries décervelantes qu'on y proposait vingt-quatre heures sur vingt-quatre. Les gens trouvaient-ils dans ces histoires un sens à leur vie ? Croyaient-ils honnêtement que ce genre de balivernes représentaient un sommet de l'évolution ? « Oh, ne fais pas cette tête, Milly, répondit (comme on pouvait s'y attendre) Julia, peu importe ce que font les gens. On est tous destinés à mourir un jour.

— C'est l'évidence même », fit Amelia.

Une fois que les possessions terrestres de Victor auraient débarrassé le plancher, elles pourraient mettre la maison en vente et en finir une bonne fois pour toutes. Ou du moins préparer le terrain pour la vente car le notaire de Victor avait

---

1. Émission tournée chaque fois dans une demeure historique différente et au cours de laquelle des experts en peintures, mobilier, porcelaine, argenterie, etc., donnent des estimations sur les objets apportés par le public. (*N.d.T.*)

marmonné le mot « homologation » avec un air qui n'augurait rien de bon. Pourtant le testament ne posait aucun problème, tout était divisé en deux, Sylvia n'ayant rien à sa demande (apparemment) expresse. « Comme Cordelia », avait dit Julia, et Amelia avait répliqué « Pas vraiment », mais, chose surprenante, elles en étaient restées là. Elles se chamaillaient moins depuis la mort de Victor, deux jours plus tôt. Une nouvelle complicité était née entre elles tandis qu'elles fouillaient dans ses vêtements (tout juste bons à jeter), mettaient au rebut de vieilles marmites en alu toutes cabossées et des bouquins de maths qui se désintégraient dès qu'on les touchait. Tout dans la maison paraissait répugnant et Amelia, armée de gants en caoutchouc, passait son temps à récurer la cuisine et la salle de bains, et à vaporiser du produit anti-bactérien. « Il avait pas la peste », fit remarquer, sans conviction, Julia : elle avait déjà fait bouillir les draps et les serviettes de toilette qu'elles utilisaient.

Bien qu'on fût en juillet et qu'il fît très chaud, la maison de Victor avait un microclimat humide et glacé qui semblait sans rapport avec le monde extérieur. Chaque soir depuis leur arrivée, elles faisaient du feu et se tenaient devant la cheminée du salon avec le genre de dévotion que les hommes préhistoriques avaient dû avoir pour les flammes, sauf que les hommes des cavernes ne bénéficiaient pas de la manne télévisuelle de Victor pour se distraire. Pendant la journée, s'aventurer dans le jardin envahi de mauvaises herbes pour prendre l'air et découvrir un soleil méditerranéen, blanc, brûlant était à chaque fois un saisissement.

Amelia dormait dans l'ancienne chambre de Sylvia, celle dans laquelle Sylvia avait dormi jusqu'à ce qu'elle se découvre cette absurde et inexplicable vocation. Elle s'était déjà, bien sûr, convertie au catholicisme, ce qui avait rendu Victor apoplectique, mais lorsqu'elle avait renoncé à la place qui l'attendait à Girton College[1] où elle devait commencer une licence de mathématiques, pour entrer au couvent, on avait cru que Victor allait la tuer. Julia et

---

1. Fondé en 1869, premier collège pour femmes de l'université de Cambridge. (*N.d.T.*)

Amelia, encore lycéennes, s'étaient dit que renoncer au monde pour entrer dans un ordre de religieuses cloîtrées était une façon inutilement ostentatoire d'échapper à Victor. (Allaient-elles vraiment l'incinérer demain, le réduire en cendres ? Comme il était extraordinaire qu'on vous donne pareille autorisation. De vous débarrasser d'un être humain comme d'un sac d'ordures.)

Évidemment, Sylvia n'avait pas à s'occuper des conséquences de la mort de son père. Quelle splendide forme d'évasion que le statut d'épouse du Christ. Julia aimait raconter aux gens que sa sœur était religieuse car ils n'en revenaient pas (« *Votre* sœur ? ») mais Amelia, elle, était gênée. Dieu avait l'habitude de parler à Sylvia, mais elle était toujours restée évasive sur le contenu de ces conversations, se contentait de sourire comme une sainte (d'une façon énigmatique et horripilante). On aurait pu croire que Dieu était un intime, quelqu'un avec qui Sylvia discutait de philosophie existentielle devant des bouteilles de gros rouge dans l'arrière-salle d'un pittoresque pub au bord d'une rivière. Dieu et Sylvia se parlaient, aussi loin qu'Amelia s'en souvînt ou presque. Sylvia croyait-elle vraiment que Dieu lui parlait ? Elle était sûrement délirante. À tout le moins hystérique. Elle entendait des voix, comme Jeanne d'Arc. En fait, c'était à Jeanne d'Arc qu'elle avait l'habitude de parler, non ? Avant même la mort de Rosemary ou la disparition d'Olivia. Est-ce que quelqu'un avait envisagé la possibilité que Sylvia fût schizophrène ? Si Dieu parlait à Amelia, elle se croirait devenue folle. Franchement, quelqu'un aurait dû prêter attention à la bizarrerie de Sylvia.

Sammy, étalé de tout son long au bout du trop petit lit d'Amelia, se mit à gémir dans son sommeil. Sa queue fouetta fébrilement l'édredon et ses pattes se mirent à gratter comme s'il chassait les lapins de sa jeunesse. Amelia l'aurait laissé à ses rêves heureux mais elle s'avisa soudain que, loin de chasser quelque chose, il était peut-être pourchassé et que ses petits cris plaintifs étaient plus une manifestation de peur que d'excitation. (Comment deux sentiments aussi opposés pouvaient-ils revêtir des apparences aussi semblables ?) Elle s'assit donc dans son lit et lui caressa le flanc jusqu'à ce qu'il dorme d'un sommeil plus paisible. Son corps avait l'air creusé par l'âge. Sammy, croyait se souvenir Amelia, était le seul être vivant que Victor eût traité sur un pied d'égalité.

Elle devrait certainement emmener Sammy à Oxford. Julia dirait qu'elle voulait le prendre, mais que ferait-elle d'un chien à Londres ? Amelia avait un jardin : elle était propriétaire de la moitié supérieure d'une petite maison jumelée du début du siècle dernier, la taille idéale pour une personne, et partageait un jardin avec son voisin du dessous, un placide prof de géométrie de New College, prénommé Philip, qui semblait n'avoir d'appétence sexuelle pour aucun des deux sexes mais qui avait un chien (bien que ce fût un pékinois bruyant), savait bricoler et était donc un voisin parfait. (« Ou un tueur en série », disait Julia.) Au grand soulagement d'Amelia, il n'était pas jardinier et il la laissait pailler, bêcher et planter comme bon lui semblait. Amelia croyait au jardinage comme Sylvia croyait en Dieu. Comme pour Sylvia, c'était une conversion. Elle avait ignoré sa vocation jusqu'à l'âge de trente ans, où elle avait planté une Reine du Danemark en novembre et avait vu au mois de juin suivant éclore une profusion de roses. Ce fut une révélation – tu plantes et ça pousse. « Bôf », fit Julia (comme une ado débile) quand Amelia tenta de lui expliquer ce miracle.

Elle n'était à Cambridge que depuis quelques jours et pourtant son autre vie, sa vraie vie, paraissait déjà à des années-lumière et elle devait de temps en temps se remémorer qu'elle existait. Une part d'elle-même voulait rester à Cambridge à jamais et continuer à vivre avec Julia jusqu'à ce qu'elles soient devenues deux vieilles dames querelleuses. Peut-être qu'ensemble elles arriveraient à tromper la peur et la solitude de l'existence. Elle pourrait s'attaquer au jardin de Victor, remédier à des années d'abandon. Elle aimerait y passer des heures allongée à concocter des parterres (delphiniums, campanules, coréopsis, véroniques) et repenser la pelouse (un bassin ? Quelque chose de japonais peut-être ?), mais elle se leva à contre-cœur, suivie par le loyal Sammy, et descendit dans la cuisine froide où elle remplit la bouilloire qu'elle claqua sur la cuisinière pour montrer à quel point elle était mécontente que Julia dorme encore.

Amelia était dans la salle à manger où elle emballait une quantité faramineuse de vaisselle et d'objets décoratifs. Julia se trouvait dans le bureau. Elle y était depuis qu'elles avaient commencé à trier les biens et effets de Victor et prétendait (plus cabotine que jamais) être la proie d'un sortilège qui la condamnait à y rester enfermée à jamais. La tanière humide, froide et sans air de Victor, qui était restée un trou noir pendant de longues années, était maintenant jonchée de hautes piles de papiers, dossiers et classeurs poussiéreux. On aurait dit un feu de joie qui n'attendait plus qu'une allumette. Elles avaient enlevé les rideaux et Amelia avait dit « Que la lumière soit ! C'est une pièce plutôt agréable ».

Julia souffrait tellement de la poussière qu'en plus de tous ses médicaments (qu'elle avalait comme des bonbons) elle s'était mise à porter un masque et des lunettes de protection achetés dans un magasin de bricolage. On entendait cependant sa toux de bronchitique à un kilomètre.

Sur le coup de midi, Amelia fut surprise de voir que Julia n'était pas venue lui proposer de déjeuner. Elle alla la chercher et la trouva appuyée au bureau de Victor, l'air retourné. « Qu'est-ce qu'il y a ? » demanda Amelia, et Julia indiqua un des tiroirs de bureau. « J'ai forcé la serrure, dit-elle.

— Peu importe, fit Amelia, on doit tout trier. Techniquement parlant, tout nous appartient.

— Non, ce n'est pas ce que je voulais dire. J'ai fait une découverte », dit Julia qui ouvrit le tiroir et en exhuma quelque chose avec la délicatesse d'un archéologue qui craint que sa trouvaille ne se désintègre à l'air libre. L'espace d'un instant, Amelia fut déboussolée, puis soudain ce fut comme si elle avait passé une porte qui ouvrait sur le vide. Tout ce à quoi elle put penser, au cours de sa chute, ce fut Souris Bleue qu'Olivia serrait dans sa menotte.

« Il te plaît.

— Non, c'est pas vrai. » Elles préparaient le dîner ensemble, Amelia pochait les œufs, Julia faisait réchauffer des haricots blancs à la tomate dans une casserole. Leurs talents culinaires n'allaient pas plus loin.

« Si, si, il te plaît, dit Julia. C'est pourquoi tu t'es montrée si hostile à son égard.

— Je suis comme ça avec tout le monde. » Amelia se sentit rougir et se concentra sur le grille-pain comme si le pain qui s'y trouvait avait besoin d'une assistance parapsychique pour être éjecté. « Toi aussi, tu l'aimes bien, marmonna-t-elle.

— Oh, oui, il y a quelque chose de très attirant chez Mr Brodie. Il a toutes ses dents, il n'est pas encore chauve, je me le réserve », dit-elle, et Amelia « Pourquoi toi ? », et Julia « Pourquoi pas ? De toute façon tu as déjà un petit ami, tu as Henry ».

Amelia trouvait le mot « petit ami » ridicule pour désigner le compagnon d'une femme de quarante-cinq ans.

Quel dommage que Julia n'ait pas rencontré Jackson Brodie quand elle portait son masque et ses lunettes de protection, il ne l'aurait pas trouvée aussi séduisante. Parce qu'il n'y avait pas de doute, il l'avait bel et bien trouvée séduisante. Naturellement, certains hommes donnent dans ce genre de trucs, les masques, les pratiques sado-maso et Dieu sait quoi d'autre (le latex ! Pourquoi ?)

« Oh, tu es si prude, Milly, dit Julia, tu devrais essayer quelque chose d'aventureux avec Henry. Mettre un peu de piment dans votre vie. Il t'a fallu un temps fou pour te trouver un petit ami, ce serait dommage de le perdre parce que tu n'es pas fichue de sortir de la position du missionnaire. »

Amelia beurra les tartines grillées et les mit sur les assiettes. Julia versa les haricots dessus. Amelia s'était mise à apprécier ce partage des tâches domestiques avec Julia, aussi simples fussent-elles. Elle vivait seule depuis sa deuxième année d'université, plus de deux décennies. Cette vie en solo n'avait pas été un choix, personne n'avait jamais voulu vivre avec elle. Il ne fallait pas qu'elle s'habitue à Julia. Il ne fallait pas qu'elle prenne l'habitude de se réveiller dans une maison où quelqu'un la connaissait sous toutes les coutures.

« Des menottes, poursuivit Julia avec insouciance, comme si elle parlait d'accessoires de mode, un peu de cuir ou un fouet.

— Henry n'est pas un cheval », coupa Amelia ulcérée.

Les accessoires changeaient-ils à chaque saison ? C'était le cas du temps de leur mère. Rosemary portait des souliers et un sac à main blancs l'été. Un petit canotier. Des bottes en daim à fermeture éclair l'hiver et – se faisait-elle des idées ? – un béret en laine écossais. Si seulement elle avait fait plus attention à Rosemary de son vivant.

« Un petit peu de bondage n'a jamais fait de mal à personne, fit Julia, je pense que Henry apprécierait. Les hommes aiment tout ce qui est cochon. » Elle prononça le mot « cochon » avec délices. Amelia avait une fois, sans le faire exprès du tout, accompagné Julia dans un sex-shop de Soho. Haut de gamme, réservé aux femmes, comme si c'était le fier emblème d'un féminisme triomphant, alors qu'en fait ce n'était qu'un ramassis de cochonneries pornographiques. Amelia avait suivi Julia, s'imaginant à tort qu'on y vendait des produits pour le bain, et fut clouée sur place lorsque Julia prit un objet qui ressemblait à une queue de cheval rose et déclara admirative « Oh, regarde, c'est pour se fourrer dans le derrière – comme c'est trognon ! » Il arrivait à Amelia de se demander si les femmes n'étaient pas mieux loties quand elles raccommodaient, cousaient et faisaient elles-mêmes leur pain. Non qu'elle fût capable d'accomplir une seule de ces tâches.

« Les accessoires changent toujours à chaque saison ?

— Oui, bien sûr, répondit Julia sans hésiter, puis prise de doute : Du moins je crois. Tu as de la chance, tu sais, Milly, d'avoir un petit ami attitré », et Amelia « Pourquoi ? Je manque de charme à ce point ? », et Julia « Fais pas ta Milly-la-sotte ». Milly-la-sotte était le surnom que lui avait donné Sylvia quand elles étaient petites. Sylvia se moquait toujours des gens. Elle pouvait être très cruelle.

« À ton âge, dit Julia (Allait-elle la *fermer* ?), les femmes sont ou bien seules ou prisonnières d'un mariage assommant. »

Amelia fit glisser les œufs pochés sur les haricots blancs.

« À notre âge, corrigea-t-elle. Épargne-moi ta condescendance, "petit ami attitré" et "Julia" sont deux mots qui ne vont pas du tout ensemble. Pourquoi ce qui n'est pas bon pour toi devrait l'être pour moi ? » Manger des œufs la mettait toujours mal à l'aise – elle avait l'impression d'avaler, d'annihiler l'amorce d'une nouvelle vie. De la reléguer dans des ténèbres intérieures.

Julia fit mine d'être horriblement blessée : « Mais non, ce que je veux dire, en fait, c'est que ton Henry semble être exactement ce qu'il te faut, tu as du bol d'avoir trouvé chaussure à ton pied. Si j'étais dans le même cas, je me rangerais, crois-moi.

— J'ai des doutes. » Amelia regarda les œufs, on aurait dit des yeux bilieux, et songea à ses ovules, il ne lui en restait qu'une poignée, vieux, rabougris comme des fruits secs moisis, alors que jadis ils avaient dû aspirer à voir la lumière...

« Allez, Milly, ça refroidit. Milly ? »

Amelia sortit en courant de la pièce, grimpa tant bien que mal l'escalier et vomit dans la cuvette des W.-C. Qu'elles avaient récurée et passée à l'eau de Javel mais qui était encore tachée, en raison d'années de négligence de la part de Victor dont l'idée même lui fit de nouveau rendre tripes et boyaux.

« Ça va, Milly ? » lui demanda Julia d'en bas.

Amelia sortit de la salle de bains et s'arrêta sur le seuil de la chambre d'Olivia. Elle n'avait pas du tout changé – le lit débarrassé de ses draps et couvertures, la petite armoire et la petite commode vides de tout vêtement. Tout le passé semblait concentré dans cette chambrette. Un fantôme hantait cette maison, songea Amelia, mais ce n'était pas Olivia, c'était elle-même. L'Amelia qu'elle aurait été – aurait dû être – si sa famille n'avait pas implosé.

Soudain, dans la chambre défraîchie d'Olivia, Amelia eut ce qu'il faut bien appeler une révélation – ce devait être ce qu'éprouvaient les gens qui avaient des visions mystiques, ceux qui, comme Sylvia, croyaient entendre la voix de Dieu ou qui sentaient la grâce divine descendre sur eux (même si elle savait que c'était en fait le signe d'un lobe temporal instable). Amelia eut simplement une certitude et cette certitude lui traversa le corps comme une onde tiède : Olivia allait revenir. Elle ne serait peut-être guère plus qu'un soupçon de graisse et de cendres, mais elle allait revenir. Et il fallait quelqu'un pour l'accueillir.

« Milly ? »

6

THEO

2004

Chaque année, il se rendait à pied à l'immeuble de Parkside, puis parcourait les trois kilomètres du retour de la même façon. Le même pèlerinage depuis maintenant dix ans. Une boucle de six kilomètres en tout, un peu plus fatigante chaque année parce qu'il prenait du poids, mais désormais aucun médecin ne pouvait plus faire peur à Theo.

Arrivé à Parkside, il était hors d'haleine et il récupéra un moment sur le trottoir avant d'attaquer l'escalier. Mains sur les cuisses, il inspira et expira lentement, avec détermination, comme un athlète qui vient de finir une course difficile. Les passants le regardaient à la dérobée (ou carrément en face) et manifestaient divers degrés de dégoût, comme s'ils essayaient d'imaginer quel terrible travers pouvait conduire quelqu'un à grossir à ce point.

Il n'avait pénétré dans l'immeuble qu'à trois reprises au cours des dix dernières années. Les autres fois, il s'était contenté d'un vague hommage sur le trottoir.

David Holroyd n'était pas mort. Il respirait encore à l'arrivée de l'ambulance et on l'avait transporté à l'hôpital où on l'avait recousu et lui avait transfusé le sang de plusieurs inconnus. Il ne travaillait plus que trois jours par semaine et le reste du temps s'occupait de son jardin dans un cottage du Norfolk rural.

La salle de conférences avait été repeinte et on avait posé une nouvelle moquette sur la tache indélébile laissée par le sang de Laura, mais comme tous ceux qui étaient présents le jour du crime se sentaient désormais mal à l'aise dans les locaux, le cabinet déménagea avant la fin de l'année pour s'installer dans un immeuble laid des années soixante près du Grafton Centre. Sous le nouveau nom de « Holroyd & Stanton » car Theo démissionna après la mort de Laura et cessa toute activité. Il avait assez d'actions, d'obligations et d'économies pour financer sa vie plutôt frugale. Il fit don de l'argent reçu dans le cadre de l'indemnisation des victimes d'actes criminels au refuge où ils avaient eu Poppy.

La porte d'entrée, jadis d'un beau vert bouteille, était repeinte en blanc et les cuivres n'avaient pas été fourbis depuis belle lurette. Pas de système de sécurité à la porte – ni serrure ni interphone ni caméra de surveillance –, on entrait toujours comme dans un moulin.

La plaque de cuivre qui portait autrefois l'inscription « Holroyd, Wyre & Stanton – Avocats » avait été remplacée par un panneau de plastique annonçant « Bliss – Thérapie de la Beauté ». Avant ça, il y avait eu un mystérieux « Hellier S.A. » qui avait fait une apparition éclair entre le troisième et le quatrième anniversaire. Après la disparition de Hellier, les locaux étaient restés très longtemps vides jusqu'à l'installation de « JM Business Consultants ». Theo y était monté, pour le sixième anniversaire, sous prétexte de se renseigner pour un stage d'informatique, mais la fille de la réception avait déclaré en fronçant les sourcils « Nous ne faisons pas ça », en se gardant d'expliquer en quoi consistaient les activités de la société qui parurent à Theo se résumer à fort peu de choses, en dehors du fait que les locaux servaient de dépôt à un amas de gros cartons. Il voulait simplement jeter un coup d'œil, voir l'endroit – la tache – mais en plus des cartons bloquant l'entrée, il y avait de minces cloisons partout et il n'avait pas voulu faire d'histoires et effrayer la fille.

L'escalier lui coupa le souffle et il dut se reposer en haut des marches avant de franchir la nouvelle porte en verre sur laquelle était gravé le mot « Bliss[1] » dans une écriture romantique ornée de fioritures. Ça sonnait comme une

---

1. Qui signifie bonheur, béatitude. (*N.d.T.*)

promesse, comme s'il était sur le point de pénétrer dans les Champs Élyséens ou au pays de Cocagne.

La réceptionniste, vêtue d'un uniforme blanc clinique, s'appelait, à en croire son badge, « Milanda », ce qui faisait plus penser à une margarine allégée qu'à un prénom. Elle regarda Theo avec horreur et il fut tenté de la rassurer en lui expliquant que la surcharge pondérale n'était pas une maladie contagieuse, mais se contenta de dire qu'il voulait faire une surprise à sa femme pour son anniversaire en la « dorlotant un peu ». C'était un mensonge qui ne faisait de mal à personne. Il regrettait aujourd'hui ne pas avoir davantage « dorloté » sa femme, mais il était beaucoup trop tard.

Une fois que Milanda eut surmonté sa panique initiale, elle lui suggéra un « forfait d'une demi-journée » – pédicure, manucure et « bain d'algues » – et Theo dit « C'est parfait, mais est-ce que je pourrais feuilleter la brochure et jeter un œil aux autres possibilités ? » Milanda répondit « Bien sûr » avec un sourire crispé parce qu'on voyait bien qu'elle craignait que Theo ne fasse une très mauvaise publicité au salon de beauté, assis à la réception sur le canapé en cannage (peut-être trop fragile) à côté de la fontaine en fibre de verre dont les glouglous rivalisaient avec les « sons apaisants » du CD de *Méditation* – un mélange bizarre de flûtes de Pan, de chants de baleines et de déferlantes.

Les bureaux avaient été complètement rénovés depuis sa dernière visite manquée : les murs étaient lilas et les portes peintes dans une palette de violets, de roses et de bleus. L'intérieur avait été entièrement repensé à l'aide de cloisons en placoplâtre qui avaient créé des espaces ouverts et des pièces plus petites : des « suites thérapeutiques », si on en croyait ce qui était écrit sur les portes.

La salle de conférences existait-elle toujours en l'état ou avait-elle été transformée en... en quoi ? En bain de vapeur, en sauna ? À moins qu'elle n'ait été divisée en petits boxes dédiés au « massage thaïlandais » ou à « l'épilation brésilienne » ? (La brochure offrait des services mirobolants.) Une femme arriva pour son rendez-vous et Milanda l'escorta jusqu'à une des suites. Theo se leva – l'air de rien, comme pour se dégourdir les jambes – et fit mine de flâner dans le couloir.

La porte de la salle de conférences (peinte dans un bleu cyanosé) était entrouverte et il suffit à Theo d'un petit coup de coude pour qu'elle s'ouvre obligeamment et lui offre une vue d'ensemble. Theo ne s'était encore jamais aventuré aussi loin et n'avait pas la moindre idée de ce que la pièce avait pu devenir en dix ans, mais il fut surpris de n'y trouver ni mobilier ni installations, de voir le parquet poussiéreux et éraflé, la peinture écaillée. La salle de conférences avait toujours été le centre névralgique du cabinet, mais aujourd'hui elle servait de réserve : elle était remplie de cartons d'huiles et de crèmes, une table de massage pliée était posée contre un mur, un panier de linge sale débordait de serviettes blanches. La cheminée de marbre blanc était toujours là, il y avait même des cendres refroidies dans l'âtre.

La tache, l'endroit où sa fille avait été tuée, se trouvait sous une sorte de chariot. Qui ressemblait à un chariot d'hôpital sauf qu'il ne croulait pas sous les médicaments mais présentait des flacons de vernis à ongles de différentes couleurs. À Saint-Pétersbourg, Theo avait un jour visité l'église du Sauveur-sur-le-Sang, construite à l'emplacement où le tsar Alexandre II avait été assassiné. C'était un merveilleux édifice de mosaïque et d'or, de flèches et de coupoles en bulbe émaillées, mais il avait trouvé l'intérieur sans âme et très froid. Il se rendait compte maintenant que l'atmosphère n'avait pas tellement d'importance, ce qui importait, c'était que l'église existait car son existence signifiait que personne n'oublierait jamais ce qui s'était passé. L'endroit où était tombée Laura était indiqué par un chariot de vernis à ongles. Pouvait-on appeler ça un mausolée ? Une source n'aurait-elle pas dû murmurer, ou un arbre fleurir à l'emplacement sacré où le sang de sa fille avait été versé ?

Exsanguination. Un mot étrange, alarmant, qui semblait directement sorti d'un drame de la vengeance, mais il n'y avait pas eu de vengeance possible pour Theo. « Un fou armé d'un couteau assassine une jeune femme », avait titré la presse régionale et nationale. L'espace de quelques jours, Laura avait fait la une de l'actualité, puis tout le monde parut oublier. Pas la police, bien sûr. Qui avait vraiment fait son boulot. Theo n'en avait jamais douté une minute. Il continuait à voir, de temps à autre, Alison, son officier de liaison, et les policiers avaient exploré toutes les pistes possibles et imaginables. Le secret professionnel chez Holroyd, Wyre & Stanton était devenu un vrai secret de polichinelle, après que la police eut passé au peigne fin le moindre dossier, la moindre correspondance. Les médias avaient parlé de crime dû au hasard, de l'œuvre d'un psychopathe, mais l'homme – le fou armé d'un couteau – avait pénétré dans le cabinet en demandant à voir Theo, « Maître Wyre ». Theo avait fait quelque chose, précipité quelque chose. Il avait rendu quelqu'un, quelqu'un vêtu d'un pull de golf jaune, fou au point de vouloir tuer. Cette soif de sang avait-elle été assouvie ? L'homme au pull de golf jaune avait-il trouvé une sorte de satisfaction primitive en tuant l'enfant de Theo ? Son propre sang.

Le chariot avait des roulettes et Theo s'apprêtait à le déplacer quand une des portes dérobées dans l'ovale du mur fut soudain ouverte par une femme svelte vêtue du même uniforme blanc que Milanda. Elle fronça les sourcils en apercevant Theo mais, avant qu'elle ait pu s'indigner de sa présence, il lança « Désolé, je me suis trompé de porte ! » et sortit de la pièce à reculons en faisant de ridicules salamalecs destinés à apaiser ses frayeurs.

« Je vais réfléchir », dit-il jovialement à Milanda en agitant la brochure qu'il tenait toujours à la main. Il gagna l'escalier aussi vite que sa corpulence le lui permettait, ce qui donnait au mieux un dandinement grotesque. Il se figura Milanda lui faisant un placage de rugby sur Parker's Piece. Son cœur battait la chamade et il se réfugia dans un café de Mill Road où il commanda un modeste latte avec un scone, mais fut cependant l'objet de la désapprobation de la serveuse, pour qui, c'était clair, quelqu'un d'aussi obèse ne devrait pas manger. Du tout.

Le temps ne cicatrisait pas la blessure, il remuait simplement le fer dans la plaie. Lentement, impitoyablement. Le monde avait continué et oublié, et il n'y avait plus que Theo pour entretenir la flamme du souvenir. Jennifer vivait désormais au Canada et, même s'ils se téléphonaient et s'envoyaient des e-mails, ils parlaient rarement de Laura.

Jennifer rechignait à évoquer ce qui s'était passé pour ne pas raviver la douleur, mais pour Theo c'était la douleur qui maintenait Laura en vie dans son esprit. Que sa souffrance commence à guérir et il craignait que Laura ne disparaisse.

Juste après le drame, il y a dix ans, Theo ne voulait plus adresser la parole à quiconque, il refusait d'admettre l'existence d'un monde qui continuait sans Laura, mais de retour de l'hôpital, il s'était forcé à appeler Jennifer. Lorsqu'elle avait décroché le combiné et entendu sa voix, elle avait dit « Quoi ? » à sa façon impatiente, comme s'il ne téléphonait que pour l'embêter. Puis elle s'était encore plus impatientée car il était incapable de proférer un mot et ce n'est qu'au prix d'un effort surhumain qu'il était parvenu à balbutier « Jenny, il est arrivé quelque chose de terrible, quelque chose d'épouvantable », et elle s'était contentée de dire « Laura » d'une voix sans expression.

Theo avait envisagé de se suicider, peut-être pas le jour même, pas avant les obsèques, pas avant d'avoir mis de l'ordre dans ses affaires, mais il n'avait pas pu car alors Jennifer aurait su (mais elle devait le savoir depuis le début, non ?) qu'il lui préférait Laura. Parce que, si ç'avait été Jennifer qui était morte au lieu de Laura, Theo savait que l'idée du suicide ne l'aurait même pas effleuré.

Aujourd'hui encore, Theo espérait que l'inconnu qui avait demandé à le voir et qui avait trouvé son enfant à la place allait revenir. Theo se voyait ouvrant la porte à l'homme au pull de golf jaune et écartant les bras pour s'offrir au couteau, pour s'offrir à la mort qui le réunirait avec Laura. Il l'avait fait enterrer et non incinérer. Il avait besoin d'une tombe sur laquelle se rendre (tout le temps), quelque part où elle fût tangible, à portée de main, à six pieds sous terre tout au plus. Par moments, le chagrin avait été si insupportable qu'il avait songé à la déterrer, à exhumer son pauvre corps décomposé, pour pouvoir la serrer une dernière fois dans ses bras, lui réaffirmer qu'il était toujours là, qu'il pensait toujours à elle, même s'il était le seul.

Theo paya son café et laissa un pourboire plus élevé que l'addition. Plus le service était mauvais, plus Theo avait tendance à laisser de gros pourboires. Ça devait être chez lui une faiblesse de caractère. Il avait l'impression de n'avoir quasiment que des faiblesses. Il dut se frayer un chemin à contre-courant du flot de touristes, enchantés par les collèges qui leur faisaient toucher du doigt histoire, érudition, architecture, beauté. Quand Theo était venu pour la première fois à Cambridge pour y étudier, il avait trouvé que c'était le plus bel endroit du monde. Il avait grandi dans un terne faubourg de Manchester et l'architecture de Cambridge lui avait semblé toucher à la transcendance. La première fois qu'il avait vu les cours intérieures des collèges, il avait eu l'impression d'entrevoir le paradis. Il ignorait qu'il existait quelque chose d'aussi magnifique. Pourtant cela faisait dix ans qu'il n'avait pris la peine de regarder un collège. Il passait devant les splendides façades de Queen's, Corpus Christi, Clare et King's College et il ne voyait rien d'autre que des pierres et du mortier et, pour finir, de la poussière.

« Clôture », disaient-ils. Ça faisait très californien. Il avait évité le mot, évité la chose, mais il savait qu'il ne pouvait pas mourir sans savoir qui était l'homme au pull de golf jaune. Il consulta sa montre. Il ne voulait pas être en retard.

Theo parcourait un numéro du *Reader's Digest*. Les salles d'attente semblaient être les seuls endroits où on voyait encore ce magazine. La réceptionniste avait dit que Mr Brodie ne pouvait pas « se libérer » pour le moment, mais qu'il pourrait le recevoir dans dix minutes s'il voulait bien attendre. « Je suis Deborah, son assistante, ajouta-t-elle, mais vous pouvez m'appeler Mrs Arnold. » Theo ne put démêler si elle avait essayé d'être drôle ou pas. Il se rappelait que c'était un sujet de plaisanterie constant chez Holroyd, Wyre & Stanton : il avait entendu les secrétaires dire au téléphone à des clients « Je suis désolée, Mr Holroyd est dans l'incapacité de se libérer pour l'instant » de cette voix chantante qu'elles avaient toutes, puis, une fois qu'elles avaient raccroché, elles éclataient de rire. Loin d'être divertie à l'idée de son patron ligoté dans quelque scénario sado-maso derrière la porte close de son bureau, la secrétaire de Mr Brodie passait sa rage sur son clavier d'ordinateur d'une façon qui laissait penser que, comme Cheryl, son ancienne secrétaire, elle avait appris à taper sur ces vieilles machines à écrire qui ressemblaient à des chars d'assaut. Il voyait encore de temps à autre Cheryl : elle était aujourd'hui à la retraite, mais Theo lui avait rendu visite dans son pavillon surchauffé et avait (plutôt mal à l'aise) bu du thé et mangé tout son gâteau au son.

Cheryl était la dernière personne à qui Laura eût parlé. « Voulez-vous d'autres photocopies de ce plan ? », des dernières paroles bien prosaïques.

Deborah Arnold s'arrêta un instant de démolir son clavier et lui proposa un café qu'il refusa. Il commençait à soupçonner que, loin d'être ligoté dans son bureau, Mr Brodie n'était même pas dans la place.

Si la police n'avait jamais retrouvé l'assassin de Laura, il semblait absurde de croire qu'un obscur détective privé puisse le faire, mais Theo se disait que la plus infime lueur d'espoir valait mieux que pas d'espoir du tout. Et si on remettait la main sur l'homme, il se pouvait que Theo n'ouvre pas grands les bras pour s'offrir à la mort. Il était possible que Theo devienne le fou armé d'un couteau.

Un homme pénétra en coup de vent dans le bureau et Deborah Arnold, sans lever les yeux de son clavier, dit « Vous voilà enfin ». « Désolé, dit l'homme que Theo supposa être Mr Brodie, j'ai dû aller chez le dentiste. » Deborah hennit de rire comme si l'excuse était ridicule. L'homme serra la main de Theo et ajouta « Jackson, Jackson Brodie, si vous voulez bien me suivre », et le fit entrer dans un bureau. Au moment où Jackson en refermait la porte, on entendit la voix sarcastique de Deborah claironner : « Mr Brodie est prêt à vous recevoir.

— Je suis désolé, dit Jackson à Theo, elle a des hallucinations. Elle se prend pour une femme. »

7

CAROLINE

L'église s'appelait St Anne's. Caroline n'avait aucune idée
de qui était sainte Anne, elle n'avait pas reçu d'éducation
religieuse, n'avait jamais assisté à un vrai service, pas même
pour son mariage avec Jonathan qui avait eu lieu dans un
bureau d'état civil car la première femme de Jonathan était
vivante et en bonne santé, encore que, Dieu merci, en
Argentine où elle vivait avec un éleveur de chevaux. Située
à l'écart, la petite église très ancienne était surmontée d'une
tour saxonne trapue et entourée d'un cimetière désaffecté
depuis des années et aujourd'hui envahi de fleurs sauvages
et de ronces. Caroline ne reconnut aucune des fleurs et se
dit qu'elle se commanderait un livre sur Internet parce que,
naturellement, ils vivaient à des kilomètres de la première
librairie.

Comme l'église se trouvait à mi-chemin de leur petit
village et d'un autre encore plus petit, Caroline supposait
qu'à un moment donné du Moyen Âge l'Église avait dû
décider de faire des économies et que les deux villages se
partageraient le même prêtre. Bien sûr, à l'époque, les
longues distances n'effrayaient personne. Les enfants de la
campagne faisaient sept kilomètres à pied pour se rendre à
l'école le matin et autant pour rentrer à la maison le soir,
sans broncher. Ou, s'ils s'étaient plaints, personne n'avait
recueilli leurs commentaires pour la postérité. Car c'était
comme ça que fonctionnait l'histoire. Si ce n'était pas écrit,
ça n'avait pas existé. Vous pouviez laisser derrière vous
bijoux, poterie, monuments funéraires, vous pouviez laisser

103

vos os qui seraient déterrés par la suite, mais aucun de ces vestiges ne pouvait exprimer ce que vous aviez *ressenti*. Les morts qui gisaient sous ses pieds dans le vieux cimetière de St Anne's avaient perdu leur langue et se taisaient. Elle voyait mal James et Hannah aller à pied à l'école : les pieds, ils avaient l'air d'ignorer à quoi ça servait.

Caroline était passée plusieurs fois devant l'église en voiture, mais il ne lui était jamais venu à l'esprit d'entrer à l'intérieur. Elle connaissait le pasteur, bien sûr, ou du moins elle l'avait connu, il était mort l'an passé et son remplaçant n'était pas encore arrivé. Le nouveau titulaire (à moins que ce ne soit une femme ?) n'aurait pas seulement deux églises, mais quatre ou cinq autres paroisses sous sa houlette car plus personne n'allait à l'église de nos jours, pas même la mère de Jonathan.

Ça n'avait rien à voir avec la religion, Caroline voulait juste s'abriter de la pluie. Elle promenait les chiens, l'église se trouvait à un kilomètre et demi de chez eux (un domaine agricole) et les chiens étaient entrés dans le cimetière où ils avançaient comme des aspirateurs, la truffe au ras du sol et la queue en l'air, leur petite cervelle de clebs enivrée à l'idée d'un territoire inexploré et des mille et une nouvelles senteurs. Caroline ne sentait qu'une seule chose : l'odeur aigre et mélancolique de la verdure.

Les chiens avaient déjà compissé plusieurs tombes et Caroline espérait que personne ne l'épiait. Regardait, pas épiait. « Bon sang, tu es si parano, Caro, disait Jonathan, voilà ce que c'est que d'être citadine. » Les chiens, des labradors, appartenaient à Jonathan. C'était la contribution de Jonathan au mariage : deux chiens et deux enfants. James et Hannah, Meg et Bruce. Meg et Bruce, c'étaient les chiens. Les chiens et les enfants se conduisaient bien avec Jonathan, moins bien avec Caroline, même si les chiens valaient mieux que les enfants. Quand il s'était mis à pleuvoir, elle avait attaché les chiens sous le porche (ce serait chouette si elle pouvait en faire autant avec les enfants). Avant de rencontrer Jonathan, elle ignorait que Caro était le diminutif de Caroline. Ça faisait très Régence, comme dans tous ces romans historiques surannés qu'elle lisait quand elle était plus jeune. Beaucoup plus jeune. Naturellement, Jonathan sortait d'un milieu – petits hobereaux de province – où les gens s'appelaient « Caroline ». Et aussi Lucy, Amanda, Jemima, il était donc bien placé pour savoir.

Il devait y avoir un terme ecclésiastique pour porche, mais si c'était le cas, elle l'ignorait, même si elle savait qu'il existait un vocabulaire spécifique pour désigner l'ossature d'une église, sa carcasse et ses côtes, tout droit sorti de la poésie médiévale – abside, chœur, nef, transept, clair-étage, sacristie, miséricorde – bien qu'elle ne sût pas trop à quoi chacun correspondait, à l'exception de miséricorde, parce que c'est un de ces mots qui ne s'oublient pas.

Les miséricordes de St Anne's étaient anciennes et en chêne, pas le chêne du portail qui était gris et décoloré comme du vieux bois flotté ayant séjourné longtemps dans l'eau de mer, non, elles avaient la couleur de la tourbe ou de feuilles de thé humides. Si on les regardait de près, on s'apercevait que les sculptures représentaient d'étranges créatures païennes, plus proches du diablotin que de l'être humain, à demi dissimulées dans les arbres et les feuillages – ici une feuille d'acanthe, là ce qui avait l'air d'être un palmier – et là-bas, il devait s'agir du fameux « homme vert », sauf qu'il y en avait une ribambelle aux extrémités des stalles – tous différents – et qu'il eût donc été plus approprié de parler d'hommes verts au pluriel. Elle ignorait qu'ils avaient des hommes verts dans le Yorkshire. Comme dans la région où elle avait vécu avant. Dans une autre vie, une vie dont parfois elle se souvenait à peine. Et que dans d'autres occasions elle ne se rappelait que trop bien.

Elle aimait le mot « miséricorde » parce qu'il faisait penser au malheur alors que ce n'était pas le cas : il signifiait « au cœur tendre », du latin *cor* signifiant « cœur » qui avait aussi donné « cordial », mais pas « cardiaque » qui venait lui, via le latin, du mot grec pour cœur *kardia* (même s'ils devaient être apparentés à l'origine). On n'enseignait pas les langues anciennes dans l'établissement qu'elle avait fréquenté, mais après ses études, lorsqu'elle avait eu beaucoup de loisirs, elle avait patiemment étudié le latin et le grec toute seule dans des manuels pour grands débutants et elle arrivait au moins à comprendre l'étymologie des mots et à remonter de branches en tronc jusqu'à leurs racines. Son prénom contenait le mot « cor » si on déplaçait les lettres. Caro. Cora. Cor. C'était aussi le cas de corbeau, les corbeaux qui se nourrissent des morts. Si vous vous agenouilliez sur le sol dur, qui dans cette église était infailliblement une froide pierre tombale (mais les morts devaient être enchantés de la compagnie) et si vous regardiez un des hommes verts dans le blanc de l'œil, vous y aperceviez une lueur de folie primitive et...

« Vous vous sentez bien ?

— Je crois que oui », fit Caroline. L'homme lui tendit la main parce qu'elle avait les genoux ankylosés d'être restée agenouillée par terre, sur les morts. L'homme avait la main douce et plutôt froide pour quelqu'un qui était de toute évidence en vie.

« John Burton, dit-il (cordialement).

— Vous êtes très jeune, fit Caroline, ou alors c'est signe que je vieillis, non, quand les pasteurs et les policiers se mettent tous à avoir l'air juvénile ? », et le pasteur (John Burton) rit et dit « Ma mère dit toujours que c'est quand les évêques commencent à vous paraître jeunes qu'il faut s'inquiéter », et Caroline se demanda quel effet ça devait faire de se mouvoir avec aisance dans un monde où votre mère plaisantait sur les évêques, où les gens se prénommaient Caro.

« Vous devez être le nouveau pasteur », dit Caroline. Comme il était en soutane (ça s'appelait bien ainsi ?) l'hypothèse n'était guère aventureuse, et il contempla ses vêtements sacerdotaux avec un sourire piteux et dit « En plein dans le mille, Émile », sauf que les mots parurent vaguement ridicules car il les prononça d'une voix languissante et aristo. Jonathan avait gardé (ou acquis) un tranchant rocailleux qui le faisait paraître très carré et énergique. « Très Heathcliff », avait dit son amie Gillian d'un air sarcastique, parce que, bien sûr, c'était un nanti : il avait été élevé à (très) grands frais et sa mère parlait comme la reine.

« Moi aussi, je sais qui vous êtes », fit John Burton, et Caroline dit « Vraiment ? » tout en pensant, nous ne sommes tout de même pas en train de flirter, et John Burton – le révérend John Burton – « Si, si, vous êtes la

106

directrice de l'école primaire », et Caroline de se dire *flûte*, car elle préférait que personne ne sache qui elle était. Absolument personne.

Son remariage ne figurait pas au programme. Elle avait prévu de s'enterrer dans une ville quelconque et de s'adonner aux bonnes œuvres, telle une quakeresse du dixhuitième siècle ou une dame de la gentry victorienne, folle de philanthropie. Elle avait même songé à partir à l'étranger – en Inde ou en Afrique – comme missionnaire impliquée dans un travail d'alphabétisation des femmes ou des parias, car elle savait ce que c'était d'être une paria.

Elle était venue dans le nord, qu'elle s'attendait à trouver rude et industriel, comme dans les romans et, naturellement, au lieu d'être comme dans *Nord et Sud*[1] ou dans *Samedi soir, dimanche matin*[2], le nord était rude et *post-industriel*, et beaucoup plus difficile qu'elle ne l'avait imaginé. Elle avait fait son année de mise à l'épreuve à Liverpool puis enseigné deux ou trois ans à Oldham avant de s'installer à Manchester. C'était une « superprof », même si l'appellation n'était pas contrôlée, formée pour sauver des gosses voués à l'exclusion et qui réussissait si bien dans la géhenne des quartiers défavorisés qu'elle était destinée à diriger un jour une école au bord de l'implosion qu'elle devrait, tel le capitaine d'un navire en perdition, essayer de sauver du désastre. Et tout cela était bel et bon car elle expiait, sauf qu'au lieu d'entrer dans un couvent, un ordre pénitent (une idée qui l'avait tentée), elle était devenue prof, ce qui était probablement plus utile que de s'enfermer pour prier jour et nuit toutes les quatre heures, encore que, allez savoir, les prières de ces femmes cloîtrées étaient peut-être la seule chose qui empêchait un cataclysme, un météore ou une catastrophe nucléaire planétaire.

Elle avait donc vécu dans un petit deux-pièces, murs blancs, bougies parfumées, d'une grande simplicité (une simplicité d'anachorète séculier en fait) et ses relations avec

---

1. Roman de Mrs Gaskell paru en 1855. (*N.d.T.*)
2. Roman d'Alan Sillitoe paru en 1958. (*N.d.T.*)

le reste du personnel enseignant se réduisaient au minimum. Il y avait deux ou trois divorcées d'âge mûr avec qui elle allait parfois au cinéma ou partageait une bouteille de vin, dans un endroit propice à la conversation. Laquelle conversation déplorait en général la pénurie d'hommes convenables – « Tous les mecs bien sont mariés ou gay » –, le refrain habituel, et, si elles fouinaient dans sa vie, elle leur lançait « Un mariage raté me suffit » sur un ton suggérant qu'il avait été trop désastreux pour qu'elle en parle. Elle faisait une pause dans ses relations avec le sexe opposé, expliquait-elle, sauf qu'elle ne précisait pas depuis quand. Vingt-deux ans qu'elle n'était pas sortie avec un homme ! Les divorcées d'âge mûr en resteraient comme deux ronds de flan si elles l'apprenaient. Mais bon, la chasteté faisait partie du lot de l'anachorète, non ? À moins qu'on ne dise anachorétesse, le révérend Burton devait savoir (« Appelez-moi John, pour l'amour du ciel ! » avait-il dit en riant). Naturellement, elle avait fait l'amour avec des femmes dans l'intervalle, alors on ne pouvait pas vraiment parler de chasteté.

Curieux bonhomme que ce John Burton. Cheveux blond roux, plutôt petit, fine ossature, rien à voir avec Jonathan. Il émanait de lui une gentillesse, une sorte de bonté intrinsèque qui était très agréable. C'était, lui aussi, un pénitent des quartiers défavorisés, mais il en était sorti quelque peu meurtri, et s'était enterré à la campagne comme un convalescent. Jonathan n'était pas du genre à faire une dépression nerveuse. Jonathan avait d'excellentes manières (héritées de sa mère, d'Ampleforth [1], bien que les Weavers ne fussent pas catholiques, loin s'en faut) et c'étaient ces manières qui l'avaient entre autres séduite, mais sous ces dehors impeccables, il était de pierre et indestructible. (« Adamantin », voilà qui le décrivait parfaitement. Du grec, quoique l'origine fût quelque peu obscure.)

Gillian, une amie qu'elle s'était faite durant son année de formation pédagogique, l'avait invitée à venir passer le long week-end de la fin août dans la ferme de ses parents. Elles s'étaient liées d'amitié car elles étaient plus âgées que la

---

1. Célèbre établissement catholique du Yorkshire. (*N.d.T.*)

plupart des autres étudiants. Elles n'étaient pas des amies intimes – bien que Gillian se fît quelques illusions à ce sujet – mais elle était facile à vivre, drôle, cynique, sans pour autant être trop critique, et après avoir débattu longtemps la question en son âme et conscience (comme elle le faisait pour tout), Caroline avait fini par accepter l'invitation. « Un week-end à la campagne, s'était-elle dit, il n'y a pas de mal à ça, non ? »

Et tout s'était bien passé. Admirablement. Les parents de Gillian étaient du genre jovial, la mère de Gillian voulait les nourrir tout le temps, ce à quoi elles ne voyaient pas d'objection. La mère de Gillian leur dit combien elle les admirait d'être des « filles » si indépendantes avec carrière, prêt immobilier et choix dans la vie, alors que ce qu'elle voulait dire en réalité, c'était que Gillian – sa fille unique – avait la trentaine bien tassée et qu'il serait grand temps qu'elle songe à lui donner des petits-enfants.

La chambre d'amis était propre et confortable et Caroline dormit comme elle n'avait pas dormi depuis des années, sans doute parce que le cadre était si paisible : on n'entendait que des bêlements de moutons, des cocoricos, des chants d'oiseaux et de temps à autre le bruit tout à fait supportable d'un tracteur. L'air embaumait et elle se rendit compte qu'il y avait longtemps qu'elle n'avait pas respiré du bon air pur. De sa fenêtre elle avait une vue magnifique : de vertes vallées, couturées et galonnées de murets en pierre grise, ondulaient et couraient à l'infini, Caroline n'avait jamais rien vu de plus beau de sa vie (elle en avait vu des vertes et surtout des pas mûres). Résultat, elle était amoureuse du paysage avant de tomber amoureuse de Jonathan, qui, d'une certaine façon, n'était qu'un prolongement de ce paysage.

Il faisait chaud, beaucoup plus chaud qu'elle ne s'y attendait, si tant est qu'elle ait su à quoi s'attendre, vu que c'était la première fois qu'elle mettait les pieds dans le Yorkshire. (« Comment ? Jamais visité le comté de Dieu en personne ? » s'était écrié Jonathan en feignant d'être horrifié. « Je ne suis pour ainsi dire allée nulle part », avait-elle répondu sans mentir.)

Le samedi après-midi, Gillian emmena Caroline à une

foire agricole, une petite manifestation propre à la vallée, « Rien à voir avec le Great Yorkshire Show ou autre – c'est plus une fête », expliqua Gillian. Ça se tenait à trois kilomètres de là, dans un champ situé aux abords d'un village qu'elle adorerait, lui assura Gillian, parce qu'il avait un « pittoresque de carte postale », et Caroline sourit sans rien dire, parce que, d'accord, tout était peut-être très beau et c'était peut-être le Yorkshire (qui était plus un état d'esprit qu'une région, apparemment) mais c'était quand même la *cambrousse*. Naturellement, Gillian avait raison, le village était la quintessence du village anglais : un pont en dos d'âne, un ru bordé d'iris jaunes serpentant parmi des maisons de pierre grise, une vieille cabine téléphonique rouge, la petite boîte aux lettres encastrée dans un mur, la place du village où broutaient en liberté de blancs et gras moutons. (« Des moutons du Yorkshire, dit Jonathan, ils sont plus gros. » Des mois plus tard, elle ressortirait la remarque à une collègue de son école qui se tordrait de rire, si bien qu'elle se sentirait bête. Elle arborerait alors une bague en rubis et diamant, ayant jadis appartenu à la mère du père de Jonathan. La mère de Jonathan, Rowena, lui avouerait par la suite avoir refusé cette même bague et insisté pour avoir des diamants neufs à la place – de chez Garrard – parce qu'elle ne voulait pas d'un bijou « de seconde main ».)

Caroline, inutile de le dire, n'était encore jamais allée à une foire agricole et tout l'enchanta. Oui, c'était bien ça : elle avait été enchantée, ensorcelée, bluffée en quelque sorte par les moutons bien peignés, les vaches ébouriffées et les porcs proprets, par les tentes avec leurs étalages de confitures et de gâteaux de Savoie primés, les châles en crochet et les brassières tricotées, les déploiements de courges, de pommes de terre, de poireaux et de roses, par le Women's Institute[1] servant des thés complets sous un chapiteau chauffé par le soleil et qui sentait bon l'herbe, par le pasteur – un homme corpulent à la trogne enluminée – qui ouvrit

---

1. Association britannique de femmes particulièrement active en milieu rural. (*N.d.T.*)

la foire en racontant des blagues (rien à voir avec son successeur John Burton). Il y avait un marchand de glaces, un gymkhana pour enfants et un merveilleux petit manège à l'ancienne. C'était irréel. C'était ridicule. Caroline s'attendait à tout moment à voir arriver un train à vapeur et les acteurs de ce satané *Heartbeat*[1] descendre sur le quai. Mais au lieu de ça, ce fut Jonathan, qui *entra à grandes enjambées*. « Tu as vu ses cuisses, c'est le résultat de concours hippiques, murmura Gillian, il fait ça en amateur, mais il aurait pu aller loin, comme on dit. » Oh, non, on se serait cru dans un roman de Jilly Cooper[2].

« Gentry, dit Gillian, vieille famille exploitant la terre depuis Guillaume le Conquérant, tu vois le genre, sauf que ce sont des dilettantes et pas de vrais exploitants agricoles, ajouta-t-elle avec amertume.

— Pourquoi ça ?

— Ils ont toujours eu d'autres sources de revenus, en pagaille – des baux à Londres, des terres, la traite des esclaves, en veux-tu, en voilà –, alors ils font joujou – leur troupeau de rousses du Devon est digne d'un concours agricole, leurs moutons n'auraient pas déparé le Hameau de Marie-Antoinette – et nous sommes ici dans une région d'élevage ovin, ne l'oublions pas, où un mouton est un mouton, où toutes les fermes sont modernisées et ont le chauffage central, et voilà qu'ils restaurent le potager dans son état d'origine avec l'argent du National Trust[3], excusez du peu. »

Caroline ne comprenait pas vraiment cette diatribe de fille d'agriculteur et se contenta de dire « D'accord », puis Gillian rit et conclut : « Mais, nom d'une pipe, je suis prête à me le faire, où il veut, quand il veut. »

---

1. Série télévisée qui montre la vie du commissariat de police d'une petite ville du Yorkshire dans les années 60. (*N.d.T.*)

2. Romancière anglais dont les romans dépeignant les gens riches et célèbres abondent en scènes torrides. (*N.D.T.*)

3. Organisme non gouvernemental qui assure la conservation de certains paysages et monuments historiques. (*N.d.T.*)

Elle avait le souvenir de s'être arrêtée devant le stand « Meilleure confiture de fraise » – les pots, coiffés d'une charlotte en vichy et étiquetés à l'ancienne, étaient garnis de rosettes et de petits cartons portant l'inscription « Recommandé » –, et de s'être dit qu'on devrait pouvoir goûter la confiture primée, au lieu de se contenter de la regarder, quand soudain il fut à ses côtés. Il se présenta, puis il y eut une sorte de trou noir, car l'instant d'après, elle était juchée sur le siège passager de sa Range Rover en route pour son domicile. Il avait dit quelque chose de poli, du style « Vous viendriez bien prendre le thé chez moi », mais ce devait être la concupiscence à l'état brut, et trop longtemps contenue, qui l'avait poussée – elle avait abandonné Gillian qui lui en voulait à mort (et à juste titre) d'avoir filé au vu et au su de tout le monde avec quelqu'un qu'elle venait juste de rencontrer.

Ils roulèrent sur une longue route droite à travers bois et ce n'est qu'au bout d'environ cinq minutes qu'elle se rendit compte que la route, les bois, tout lui appartenait – il possédait le *paysage*, bon sang de bois. Et bien que mue par la concupiscence, elle avait sincèrement cru que cette invitation à prendre le thé voudrait dire un salon élégant, clair, aux murs duquel seraient accrochés des tableaux représentant des chevaux et des chiens. De vastes canapés capitonnés de soie damassée jaune pâle, un piano à queue croulant sous des photos de famille dans de lourds cadres en argent (cette image était en grande partie le souvenir d'une demeure historique visitée dans son enfance). Elle se voyait nerveusement perchée sur le bord d'un des canapés de soie damassée jaune pâle tandis que la mère de Jonathan officierait devant le service à thé – en jolie porcelaine ancienne – et l'interrogerait sur sa « fascinante » vie de citadine.

En réalité, la mère de Jonathan était encore à la foire où elle remettait avec grâce des cocardes au club de poney et ni Jonathan ni Caroline n'étaient jamais parvenus au salon (qui s'avérerait très différent de ce qu'elle avait imaginé) car ils avaient fait le tour par-derrière et Jonathan l'avait entraînée dans une sorte d'arrière-cuisine. Ils n'avaient pas plus tôt franchi le seuil que Jonathan lui roulait le slip jusqu'aux chevilles, la forçait à se pencher sur la vieille paillasse en bois et la prenait à la hussarde, et tout en se cramponnant aux (pratiques) robinets du timbre d'office, Caroline s'était dit *Bon Dieu, voilà ce qui s'appelle se faire foutre.* Et elle en était où aujourd'hui ? Elle conduisait une Land Rover Discovery, s'achetait des vêtements « sport décontracté » à Harrogate et prenait son petit déjeuner en face de lui sur une table (en acajou, de style Chippendale) en compagnie de ses deux morveux. Quelqu'un aurait-il l'obligeance de lui expliquer comment diable elle en était arrivée là ?

« Bon, dit John Burton, il faudrait que j'y aille. » Ils étaient restés assis tranquillement côte à côte sur un banc sans éprouver le besoin de parler. C'est ce qu'il y a de bien dans une église, on peut se taire sans que personne ne se pose de questions. La pluie avait quasiment cessé, bien qu'on la sentît encore − verte, estivale − par la porte ouverte. « La pluie s'est calmée », dit-il, et Caroline « Oui, je crois bien ». Il se leva et l'escorta au-dehors. Les chiens qui avaient dormi firent tout un cirque pour saluer sa réapparition, même si elle savait qu'ils se fichaient royalement d'elle.

« Bon, eh bien, au revoir », dit John Burton en lui serrant de nouveau la main. Elle ressentit un émoi, comme si quelque chose qui sommeillait depuis longtemps en elle renaissait à la vie. Il enfourcha sa bicyclette et se retourna une fois pour agiter la main, ce qui eut pour effet de le faire tanguer d'une façon grotesque. Ignorant délibérément les chiens surexcités, elle le regarda s'éloigner. Elle était amoureuse. Comme ça. Est-ce que ce n'était pas totalement, absolument dément ?

8

JACKSON

Les rites funéraires de Victor élevèrent le minimalisme à un nouveau sommet d'austérité. Jackson, Julia et Amelia étaient les seules personnes présentes, à moins d'inclure Victor en train de se décomposer tranquillement dans un cercueil en chêne verni bon marché, que n'ornaient ni fleurs ni couronnes. Jackson s'était au moins attendu à une certaine solennité. Il s'était imaginé que les obsèques de Victor auraient lieu dans la chapelle de St John's, son ancien collège, où ses ex-collègues feraient son éloge au cours d'un service anglican dont l'ennui serait ponctué de cantiques massacrés sur fond de grandes orgues affligées.

Amelia et Julia étaient assises au premier rang du crématorium. Jackson avait décliné leur invitation à s'asseoir entre elles, à la place du fils non existant de Victor. Jackson se pencha en avant et murmura à Julia « Pourquoi est-ce qu'il n'y a personne ? » Théoriquement, il était là à titre professionnel, pour voir qui assisterait aux obsèques et le fait qu'il n'y avait pas un chat était en soi aussi intéressant.

« Il n'y a personne parce que nous n'avons prévenu personne », répondit Amelia comme si c'était là la chose la plus raisonnable au monde.

Amelia ne portait pas le moindre soupçon de noir pour les obsèques de son père, en fait c'était quasiment le contraire : elle arborait des collants de laine d'un écarlate quasi alarmant. Jackson se demanda s'il fallait y voir une signification symbolique – il devait sans doute exister à Cambridge une ancienne coutume obligeant les bas-bleus à porter des sous-vêtements rouges à la mort de leur père. Il semblait y avoir d'antiques coutumes pour presque tout à Cambridge (désolé, *Oxford*). Pourquoi porter des collants de laine en plein été ? Le crématorium était réfrigéré par la climatisation, mais dehors il faisait très chaud. Julia ne valait pas mieux : boudant le noir du deuil, elle était emmitouflée des pieds à la tête dans un manteau vintage en velours vert gazon (avaient-elles le sang froid comme les reptiles ?). Sa folle chevelure donnait l'impression d'avoir été coiffée par une troupe de chiens de cirque. Jackson en costume et stricte cravate noire semblait être le seul à porter le deuil de Victor.

Les jambes effrontées d'Amelia lui rappelèrent les pattes d'un échassier aperçu récemment dans un *National Geographic* qui traînait dans la salle d'attente de sa dentiste.

Julia se retourna vers Jackson. « Je me dis toujours en pareille occasion, enfin pas comme aujourd'hui – elle fit un geste désinvolte en direction du cercueil – mais dans les fêtes familiales comme les anniversaires ou Noël, qu'Olivia pourrait apparaître.

— C'est ridicule, fit Amelia.

— Je sais. » La tristesse les gagna toutes deux, puis Julia se ressaisit et dit « Vous êtes très beau en costume, Mr Brodie ». Amelia jeta à sa sœur un regard quelque peu méprisant. Julia avait les larmes aux yeux et la gorge nouée mais elle déclara que c'était à cause d'un rhume des foins et non du chagrin. « Au cas où vous vous feriez des idées fausses. » Elle offrit son aérosol à Jackson qui le déclina. Jackson n'avait jamais eu une seule allergie de sa vie (sauf aux gens, peut-être) et considérait qu'il jouissait d'une robuste constitution nordique. Récemment, sur une chaîne satellite de vulgarisation scientifique, il avait vu un documentaire montrant que les gens du nord avaient encore de l'ADN d'intrépide Viking et que les gens du sud avaient autre chose, de plus doux, quelque chose de saxon ou de français.

« Le décor est on ne peut plus lugubre », chuchota à haute et intelligible voix Julia, et Amelia fit bruyamment claquer sa langue comme si elle était au théâtre et Julia une gêneuse. « Qu'est-ce qu'il y a ? dit Julia avec humeur, il ne

116

va pas jaillir de son cercueil pour protester, non ? » Un bref spasme d'horreur contracta les traits d'Amelia à cette perspective, mais l'idée d'un Victor ressuscité d'entre les morts eut au moins le mérite de leur clouer le bec, ne serait-ce que momentanément. Même l'ennui d'un service anglican eût été préférable aux chamailleries des sœurs Land.

Avant de se rendre aux obsèques de Victor, Jackson était allé voir les anciens bureaux de Holroyd, Wyre & Stanton, devenus un salon de beauté du nom de Bliss. « Thérapeutes de la beauté », disait la plaque, ce qui évoquait plus la psychiatrie que des soins du visage et des manucures. Soigner les gens par la beauté. Comment y parvenait-on ? Musique ? Poésie ? Paysage ? Sexe ? Vers quoi se tournait Jackson quand il avait des bleus à l'âme ? *From Boulder to Birmingham* par Emmylou Harris. Le visage de sa fille. C'était ringard, mais c'était vrai.

Theo l'avait invité pour lui montrer quelque chose de spécial. Jackson n'aurait pas pu vivre avec ça chez lui. Une chambre à l'étage qui ressemblait à la salle des opérations d'un commissariat de police – photos et cartes punaisées aux murs, organigrammes et tableaux blancs, calendriers des événements. Deux classeurs métalliques, débordant de dossiers, des boîtes par terre contenant également des dossiers. Tout ce qui se rapportait de près ou de loin à la mort de sa fille se trouvait rassemblé dans cette pièce. Un bon nombre d'éléments n'auraient pas dû se trouver entre les mains de Theo : les photos de la scène du crime, par exemple, que Theo n'avait pas (grâce à Dieu) accrochées au mur, mais qu'il sortit d'un classeur métallique. D'affreux clichés du corps de sa fille que Theo manipulait avec une sorte de détachement professionnel comme s'il s'agissait d'instantanés de vacances susceptibles d'intéresser Jackson. Jackson savait qu'il n'en était rien, que le temps avait en quelque sorte aguerri Theo à toutes les horreurs, mais il n'en fut pas moins choqué. « J'ai quelques relations », dit Theo, sans s'appesantir. Il avait été avocat et Jackson savait par expérience que les avocats ont toujours des relations.

Theo avait consacré les dix dernières années de sa vie à

enquêter sur la mort de sa fille. Était-ce bien indiqué ou était-ce de la folie ? La pièce ressemblait à l'antre d'un psychopathe, pas un de ceux que Jackson avait rencontrés dans la vie, mais dans les romans policiers et les feuilletons télévisés, où on ferait mieux d'ailleurs de parler de la criminalité au volant due à des gamins de quatorze ans shootés à la colle, au cidre et à l'ennui. Ce serait beaucoup plus réaliste, sauf que ce ne serait pas très intéressant.

Des centaines de personnes avaient assisté aux obsèques de Laura Wyre, si on en croyait les journaux. Theo n'en avait quasiment gardé aucun souvenir, bien qu'il eût toutes les coupures de presse. Quand Jackson avait interrogé Theo sur l'enterrement de sa fille, ses yeux avaient papilloté comme si sa cervelle se dissociait du souvenir. N'y avait-il pas des étapes dans le travail de deuil – choc, dénégation, culpabilité, colère, dépression –, puis la phase d'acceptation où vous étiez censé sortir du tunnel et passer à autre chose ? Jackson avait eu droit une fois à l'aide psychologique, pour un deuil. Son établissement scolaire avait fait venir quelqu'un de « l'antenne psychiatrique pour adolescents du West Yorkshire », titre ronflant et bien lourd à porter pour les épaules voûtées du psychologue, un petit rouquin à l'haleine fleurant l'oignon cru, que Jackson consultait dans le cagibi qui tenait lieu d'infirmerie dans son lycée. Le rouquin barbu avait dit à Jackson qu'il fallait tourner la page, aller de l'avant, mais Jackson avait douze ans et n'avait nulle part où aller.

Jackson se demanda combien de fois les gens avaient suggéré à Theo d'aller de l'avant. Theo Wyre était resté coincé au tout début du travail de deuil, à un endroit qu'il avait fait sien et où, s'il se battait bec et ongles, il croyait pouvoir faire revenir sa fille. Ça n'arriverait pas. Jackson savait que les morts ne reviennent jamais.

Le pull de golf jaune. Voilà l'indice qui aurait dû les conduire au meurtrier. Aucun des clients de Theo n'avait manifesté le moindre intérêt pour le golf (« sport royal » à moins que ce ne soit le tennis ?). Cette royale indifférence s'expliquait par le fait que la plupart des clients de Theo étaient des femmes – ses dossiers étaient pratiquement tous des affaires de divorce et de famille. (Pourquoi, dans ce cas, se trouvait-il à Peterborough pour une querelle de bornage le jour où sa fille était morte ?) C'était déprimant de consulter ses dossiers : un défilé à n'en plus finir de femmes battues, violées et vaincues par la vie, sans parler du cortège de celles qui étaient simplement malheureuses comme les pierres, parce qu'elles ne pouvaient plus voir en peinture le pauvre type auquel elles étaient mariées. C'était des plus édifiants (même si Jackson n'avait rien à apprendre dans ce domaine) car Theo avait un talent extraordinaire pour recenser les détails banals de l'échec, la kyrielle de minuscules lézardes et imperfections, insignifiantes vues de l'extérieur, mais qui, vues du dedans, avaient l'air d'abîmes sans fond : « Il m'achète des œillets, des saloperies d'œillets, toute femme qui se respecte les a en horreur, pourquoi il est pas au courant ? » « Il ne pense jamais à mettre un peu de Harpic autour de la cuvette des W-C, alors que je laisse le bidon bien en vue et que je lui ai répété, des centaines de fois, de le faire. » « S'il s'avise de repasser, c'est tout de suite "Regarde-moi, je repasse, admire comme je m'en tire bien, je repasse beaucoup mieux que toi, je suis le meilleur, je fais ça dans les règles". » « Il m'apporterait le petit déjeuner au lit, si je lui demandais, *mais je ne veux pas avoir à lui demander.* » Les hommes savaient-ils à quel point ils tapaient sur les nerfs des femmes ? Theo Wyre certainement.

Jackson s'était toujours bien conduit : il n'avait jamais laissé le siège des toilettes relevé ni rien, et de toute façon il était en minorité, deux femmes contre un homme. Les garçons mettaient longtemps à devenir des hommes mais les filles étaient des femmes dès le coup d'envoi. Jackson avait espéré qu'ils auraient un autre bébé : il aurait bien aimé avoir une deuxième fille, à dire vrai, il aurait aimé en avoir cinq ou six. Les garçons étaient par trop familiers mais les filles, les filles étaient extraordinaires. Josie n'avait jamais manifesté l'envie d'avoir un autre enfant et l'unique fois où Jackson avait soulevé la question, elle lui avait lancé un regard noir et dit « Fais-le toi-même ».

Arrivait-il à quelqu'un qui ne s'intéressait pas au golf de porter un pull de golf ? Et d'ailleurs qu'est-ce qui distinguait un pull de golf d'un pull tout court ? Jackson avait fouillé dans les photos de la police pour retrouver celle d'un pull jaune qui, de l'avis des témoins oculaires, était « très similaire » à celui porté par le tueur de Laura Wyre. Les témoins étaient une vraie catastrophe. Jackson examina de près le petit logo cousu sur le pull : un joueur levant son club. Porterait-on ce genre de pull si on ne jouait pas au golf ? On aurait pu l'acheter d'occasion et se moquer du logo parce que c'était un pull de bonne qualité (« 60 % lambswool, 40 % cachemire ») et qu'il était d'un prix abordable.

Jaune pour danger, comme ces minuscules grenouilles jaunes venimeuses. Cette SDF, ce matin dans St Andrew's Street, avait des cheveux de la couleur d'une grenouille venimeuse. Il avait failli trébucher sur elle en se rendant au salon de beauté. Elle était accompagnée d'un chien, du genre whippet.

« Pouvez-vous m'aider ? » lui avait-elle dit, et il s'était accroupi pour être à sa hauteur et avait demandé « Que voulez-vous que je fasse ? », et elle avait fixé un point à mi-distance et répondu « Je ne sais pas ». Elle avait la peau abîmée, elle avait tout d'une camée, d'une gosse perdue. Comme il était en retard, il avait planté là la fille aux cheveux jaune grenouille en se disant qu'il lui demanderait son nom au retour.

Parmi les époux de toutes ces femmes mécontentes qui remplissaient le classeur de Theo, y en avait-il qui jouaient au golf ? La police avait enquêté sur chacun d'entre eux et découvert deux joueurs de golf : tous deux avaient des alibis en béton. Elle avait tout passé au peigne fin – rancunes à propos de divorces ou de liaisons, de l'autorité parentale, de pensions alimentaires et autres prestations compensatoires – et n'avait pu dégoter un seul suspect plausible. Elle avait interrogé tout le monde, noté tous les alibis, était allée jusqu'à faire des relevés d'empreintes génétiques et digitales, bien qu'on n'en eût pas trouvé sur la scène du crime, car l'homme n'avait touché à rien. Il n'avait même pas ouvert la porte du cabinet – la porte du bas était maintenue ouverte à l'aide d'une cale et la réceptionniste (Moira Tyler) avait signalé qu'il avait poussé la porte du premier avec son coude. Il était allé droit à la salle de conférences, schlack, schlack, et il était reparti comme il était venu. Pas d'atermoiement, pas de cris, pas d'insultes, pas d'explosion de colère. Du boulot de tueur à gages plutôt qu'un crime passionnel. Il avait dû emporter son couteau car on ne l'avait jamais retrouvé.

Jackson avait vérifié si les ex-maris avaient fait l'objet de sanctions pénales. *Nada. Rien*[1]. Tout le monde avait été interrogé, tout le monde avait des alibis solides. Quant à la possibilité que le tueur ait fait partie des relations personnelles de Theo, hum, Theo ne semblait pas avoir de relations personnelles en dehors de ses deux filles, en dehors de Laura. Il ne faisait quasiment jamais mention de l'autre. Jennifer. (Pourquoi ?)

Julia semblait endormie. Affalée sur son siège, Amelia contemplait la moquette d'un œil morne. Elle se tenait d'une façon épouvantable. Jackson avait supposé que quelqu'un prendrait acte de la mort de Victor, qu'un pasteur viendrait prononcer quelques paroles impersonnelles avant de lancer Victor dans l'inconnu. Aussi quel ne fut pas son étonnement quand le cercueil de Victor glissa soudain sans bruit pour disparaître derrière des rideaux, sans plus de cérémonie que s'il avait été une valise sur un tapis roulant. « C'est *tout* ? s'enquit Jackson auprès de Julia.

— Qu'est-ce que vous vouliez ? » demanda Amelia qui se leva et sortit d'un air digne sur ses pattes rouges d'échassier. Julia prit Jackson par le bras et ils sortirent de la chapelle comme s'ils venaient juste de se marier. « Ça n'a rien d'illégal, dit-elle joyeusement, on a vérifié. »

Il faisait très chaud, ce n'était pas du tout un temps d'enterrement, et Julia, qui s'était mise à éternuer dès qu'ils furent dehors, dit gaiement « Fait pas aussi chaud que là où papa se trouve en ce moment ». Jackson chaussa ses lunettes noires et Julia s'exclama « Ouh là là, ce que vous avez l'air sérieux, Mr B., on dirait un agent des services secrets », et Amelia émit un bruit de porc qui fouille avec son groin. Elle les attendait dans l'allée. « C'est tout ? répéta Jackson en lâchant le bras de Julia.

---

1. En français dans le texte.

« — Non, bien sûr que non, dit Amelia. C'est maintenant l'heure du thé et des gâteaux. »

« Si vous étiez un chien, que seriez-vous ? » demanda Julia en enfournant un gros morceau de gâteau. « Je ne sais pas, fit Jackson en haussant les épaules. Un labrador, peut-être ? » et elles s'écrièrent en chœur « Non ! » avec incrédulité, comme s'il était insensé de ne serait-ce qu'envisager une telle possibilité. « Vous n'avez *rien* d'un labrador, Jackson, dit Julia, les labradors sont *terre à terre*.

— Les labradors chocolat ne sont pas trop mal, fit Amelia, ce sont les jaunes qui sont... assommants.

— Les labradors chocolat, s'esclaffa Julia, je me dis toujours qu'on devrait pouvoir les manger.

— À mon avis, Mr Brodie est un pointer anglais, dit Amelia d'un ton catégorique.

— Sapristoche ! fit Julia. Je n'y aurais pas pensé. » Jackson ne s'était pas rendu compte qu'on disait encore « sapristoche ». Elles n'étaient pas du genre discret, les sœurs Land. C'en était gênant. Il aurait préféré qu'elles soient moins démonstratives. Naturellement, la folie étant endémique à Cambridge, elles se fondaient dans la masse. Il aurait détesté se trouver avec elles dans un café de sa ville natale dans le nord, où personne n'avait jamais dit « sapristoche » depuis que le monde était monde. Elles semblaient particulièrement espiègles aujourd'hui, une humeur qui n'était apparemment pas sans rapport avec le fait qu'elles venaient d'incinérer leur père.

Julia entreprit de vider sa seconde tasse de thé. Il faisait trop chaud pour boire du thé, Jackson mourait d'envie de descendre une bière bien glacée. La tasse à thé blanche de Julia portait l'empreinte rouge de sa bouche et Jackson se souvint soudain de sa sœur. Elle portait un rouge à lèvres plus discret, rose pastel, et sur toutes les tasses, tous les verres dans lesquels elle buvait, elle laissait le décalque fantomatique de ses lèvres. À l'idée de Niamh, il eut le cœur lourd.

« Moi, je ne suis pas d'accord, fit Julia après avoir ruminé la question du chien (leur arrivait-il d'être d'accord sur quelque chose ?), non, pas un pointer. Et certainement pas

122

anglais, un ancien chien d'arrêt danois à la rigueur. Aucune allusion à votre âgc, Mr Brodie. Ou encore un braque français. Notez bien, Mr Brodie, que je n'ai pas dit un Français braque. Mais tu sais, Millie, je pense que Mr Brodie est un berger allemand. On voit bien qu'il vous sortirait d'un bâtiment en flammes ou d'une rivière en crue. Qu'il vous *sauverait* ! s'exclama-t-elle en se tournant vers Jackson et en le gratifiant d'un éclatant sourire théâtral. N'est-ce pas ?

— Vous croyez ? » dit Jackson.

Amelia se leva brusquement et annonça « C'était très agréable, mais nous ne pouvons pas passer toute la journée à nous goberger », et Julia s'ébroua et lança « Oui, allez, Milly, grouille, on a des courses à faire. Des pseudo-achats », ajouta-t-elle, et Amelia gémit et dit « J'ai ça en horreur ».

Jackson sortit son portefeuille pour régler l'addition. Il y conservait la photo d'Olivia et chaque fois qu'il l'ouvrait pour en extraire une des cartes dont il avait quasiment épuisé tout le crédit, il apercevait sa frimousse qui lui faisait un grand sourire. Pas vraiment à lui, bien sûr, mais à celui ou à celle qui avait pris la photo.

« Maman, dit Julia, papa ne faisait jamais de photos. » Tous trois fixèrent tristement l'instantané.

« Il n'y a plus que Julia et moi, dit Amelia, nous sommes les deux seules personnes au monde à nous souvenir d'Olivia. Nous ne pouvons pas mourir sans savoir ce qui lui est arrivé.

— Pourquoi maintenant, au bout de tout ce temps ? demanda Jackson perplexe.

— Il n'y a pas "d'au bout de tout ce temps" qui tienne, s'irrita Amelia, nous n'avons *jamais* oublié Olivia. Mais le fait de trouver Souris Bleue, je ne sais pas, on a l'impression que c'est *elle* qui nous a trouvées.

— En fait, nous sommes trois, corrigea Julia, Sylvia se souvient d'Olivia.

— Sylvia ? demanda Jackson intrigué.

— Notre sœur aînée », répondit dédaigneusement Amelia. Jackson garda un silence éloquent. « Elle est religieuse, finit par dire Julia.

— Et vous aviez l'intention de m'en parler quand ? demanda Jackson qui essaya de ne pas trop laisser voir son irritation.

— C'est ce qu'on fait, dit Julia comme si elle était l'incarnation même de la raison. Ne soyez pas ronchon, Mr Brodie, vous êtes beaucoup plus sympa que vous en avez l'air, vous savez.

— Non, dit Jackson.

— Si, si », fit Julia. (Pourquoi ne fichaient-elles pas le camp, nom d'une pipe ?) Soudain, à la surprise de Jackson, Julia se mit sur la pointe des pieds et l'embrassa sur la joue. « Merci d'être venu aux obsèques et tout et tout », dit-elle.

Jackson commençait à avoir peur d'être en retard. Il dut se frayer un passage à travers un troupeau de jeunes étrangers venus étudier l'anglais : ils se croyaient seuls au monde. Envahie par un mélange de touristes et d'adolescents étrangers, qui tous n'avaient été mis sur terre que pour *traînailler*, Cambridge, l'été, était l'idée que Jackson se faisait de l'enfer. Les ados semblaient tous porter des treillis kaki, des tenues de camouflage, comme si on était en guerre. Comme s'ils étaient les troupes (Que Dieu nous vienne en aide, si c'était le cas !) Et les vélos, pourquoi les gens trouvaient-ils que les vélos étaient une bonne chose ? Pourquoi les cyclistes étaient-ils si suffisants ? Pourquoi roulaient-ils sur les trottoirs alors qu'il y avait d'excellentes pistes cyclables ? Qui avait trouvé que c'était une bonne idée de louer des bicyclettes à des ados italiens venus apprendre l'anglais ? Si l'enfer existait, ce dont Jackson ne doutait pas, il devait être gouverné par un comité d'Italiens de quinze ans à bicyclette.

Quant aux touristes... captivés par les collèges, l'histoire, ils refusaient de voir ce qui se cachait derrière : le pouvoir et l'argent. Les vastes étendues de terre possédées par les collèges, et pas seulement à Cambridge, qui leur appartenait déjà en majeure partie de toute façon. Les collèges continuaient à avoir leur mot à dire pour les licences et les baux et Dieu sait quoi d'autre. Quelqu'un lui avait rapporté un jour un vieux dicton selon lequel il était possible de parcourir l'Angleterre du nord au sud sans jamais quitter les terres de Trinity College. Sans parler de tous ces beaux jardins qu'on ne pouvait voir qu'en acquittant un droit d'entrée. Toutes ces richesses et ces privilèges détenus par quelques-uns pendant que les rues regorgeaient d'exclus, de mendiants, de poivrots, de fous. Cambridge semblait avoir un pourcentage élevé de malades mentaux.

Pourtant, et il s'en fallait de peu, Jackson préférait encore la population estivale aux « formidâble » et autres « Charles-Henry » de l'année universitaire. C'était seulement la jalousie des laissés-pour-compte ? La voix de son père que Jackson entendait dans sa tête ? Jackson s'inquiétait de finir en vieux grincheux. Peut-être qu'un vieux grincheux n'était pas nécessairement une mauvaise chose. Avoir en permanence une rage de dents n'arrangeait rien, naturellement. (« Traitement endodontique », lui avait murmuré Sharon d'un air aguichant lors de son dernier rendez-vous.)

Jackson se gara en double file devant la maison. Les stores vénitiens en bois étaient relevés de sorte qu'il voyait l'intérieur du séjour – livres du sol au plafond, palmiers en pots, vastes canapés – défraîchis mais bohèmes, des universitaires, sans doute. La rue était encombrée de tout-terrains surdimensionnés – le véhicule de prédilection de la mère de famille bobo – qui tous arboraient à la lunette arrière les incontournables « Enfant à bord ! » ou « Bébé à bord ! » Jackson alluma une cigarette et écouta *Sweet Old World* de Lucinda William en antidote. La maison signalait son statut de maison en fête par des ballons attachés au montant de porte. Des cris de gamines hystériques s'élevaient du jardin de derrière et emplissaient l'air comme l'appel de quelque terrifiant oiseau préhistorique. Les tout-terrains étaient vides, les conductrices toutes à l'intérieur, mais Jackson décida de rester dans sa voiture. Il ne se sentait pas d'attaque pour affronter la bienveillance inquisitoriale qui semblait l'accueillir chaque fois qu'il se joignait à une horde de mères.

Il feuilleta quelques-uns des nombreux papiers et classeurs qu'il avait emportés avec lui de chez Theo. La pièce – la salle des opérations comme il l'appelait désormais – n'était pas la chambre de Laura, qui donnait sur le jardin à l'arrière. Jackson s'était plus ou moins attendu à ce qu'elle ait été préservée en l'état : il avait déjà visité ce genre de mausolées, d'année en année plus tristes et fanés, mais il fut surpris de découvrir que la chambre de Laura ne gardait aucune trace de sa présence. Peinte dans des couleurs neutres à la manière d'un hôtel, ce n'était guère qu'une chambre d'amis. « C'est pas que j'aie des amis », avait dit Theo, avec le sourire triste, un peu forcé qui était le sien. Il ressemblait à un gros toutou mélancolique, à un terre-neuve ou à un saint-bernard. Oh, non, voilà qu'il imitait Julia. Quelle sorte de chien était-il ? Il avait dit « labrador » parce que c'était le premier nom qui lui était venu à l'esprit. Jackson ne connaissait rien aux chiens, il n'en avait jamais eu, pas même étant gosse. Son père détestait ça.

Jackson se rappelait la chambre de Laura Wyre, dix ans auparavant. Une courtepointe en patchwork, un aquarium rempli de poissons des tropiques et une ribambelle de nounours sur le lit. Des livres partout, des vêtements par terre, des produits de maquillage, des photos. Le fouillis qu'on s'attend à trouver dans la chambre d'une fille de dix-huit ans. Ce n'était pas l'impression que Theo donnait de Laura aujourd'hui. Morte, elle était devenue incapable de désordre, d'imperfections. Laura s'était transformée en sainte dans la mémoire de Theo, en innocente. C'était naturel, songea Jackson.

Dix ans plus tôt, il y avait une photo encadrée au mur de la chambre – un cliché de Laura avec un chien. Elle était jolie et avait un ravissant sourire. Elle avait l'air d'une gentille fille, pas d'une sainte. Jackson songea à Olivia, à l'abri dans son portefeuille, avec son grand sourire que personne ne voyait dans l'obscurité de sa poche. « Cloîtrée. » C'est ce qu'Amelia avait dit de Sylvia quand il lui avait demandé si elle avait été conviée aux obsèques. (« Pas même Sylvia ? ») « Évidemment, nous lui avons *dit*, fit Amelia, mais elle ne peut pas venir, elle n'a pas le droit de sortir. Elle est *cloîtrée.* »

Olivia était-elle cloîtrée quelque part, sous un plancher, dans la terre ? Un minuscule tas d'ossements fins comme ceux d'un levraut attendant qu'on le découvre.

C'était par hasard que Jackson avait vu la chambre de

Laura. Il travaillait à l'époque sur une autre affaire concernant une fille du nom de Kerry-Anne Brockley qui avait disparu du quartier de Chesterton. Âgée de seize ans, Kerry-Anne était sans emploi et n'était certainement plus vierge. Elle avait été assassinée alors qu'elle rentrait chez elle après une soirée entre amis – violée, étranglée et jetée dans un champ à l'écart de la ville. Elle rentrait à pied d'une boîte de nuit à deux heures du matin, portant beaucoup de maquillage et très peu de vêtements, et d'aucuns avaient pensé sans le dire qu'elle ne l'avait pas volé. Mais pas dans l'équipe de Jackson. S'il avait cru qu'un seul de ses officiers raisonnait ainsi, il ne l'aurait pas loupé.

Ils n'avaient toujours pas de suspect sous les verrous et Jackson rentrait chez lui pour sa première nuit de sommeil depuis plusieurs jours, à l'arrière d'une voiture de patrouille, en compagnie d'un officier de liaison (une femme prénommée Alison que Jackson aurait dû épouser au lieu de Josie). Alison rapportait des photos de Laura à Theo. Des photos, toujours des photos. Toutes ces images poignantes de filles qui avaient disparu. Les Kerry-Anne, les Olivia et les Laura, toutes aussi précieuses, toutes perdues à jamais. Toutes des innocentes. Sacrifiées à quelque déité inconnue du mal. S'il vous plaît, mon Dieu, jamais Marlee.

Theo Wyre était venu ouvrir la porte, le visage creusé par le chagrin et pâle comme un fromage de Wensleydale. Il leur proposa du thé et Jackson s'étonna – ni pour la première ni pour la dernière fois – que les gens continuent comme si de rien n'était, même quand leur univers n'existait plus. Theo leur offrit même du gâteau « Cerise et amande, je l'ai fait la veille de sa mort. Ça se conserve bien ». Il secoua la tête avec tristesse comme s'il avait du mal à croire que son gâteau soit toujours là, mais pas sa fille. Inutile de dire que ni l'un ni l'autre n'y toucha. Jackson demanda « Ça vous embête si je jette un œil à la chambre de Laura, Mr Wyre ? » car il savait qu'aux yeux de Theo il n'était qu'un inspecteur de police de plus et non quelqu'un d'étranger à l'affaire. Ce n'était guère que de la curiosité de la part de Jackson : rien ne laissait penser que le meurtre de Laura Wyre fût lié à « son » meurtre, celui de Kerry-Anne Brockley. Ce n'était qu'une chambre, une chambre en désordre dans laquelle une fille n'entrerait plus jamais pour flanquer son sac par terre, enlever ses chaussures d'un coup de pied, s'allonger sur le lit, lire un livre ou écouter sa stéréo, dormir du sommeil agité, innocent des vivants.

C'était deux ans avant la naissance de Marlee et Jackson ne savait pas alors ce qu'il savait aujourd'hui, ce que c'était d'aimer un enfant : on est capable de donner sa vie en un battement de cœur pour sauver la sienne, il est plus précieux que le plus précieux des trésors. Josie ne lui avait pas manqué autant qu'il l'avait cru, mais Marlee lui manquait tout le temps. Voilà pourquoi il ne voulait pas prendre Theo Wyre comme client. Theo Wyre le terrifiait, son histoire faisait de la mort de son enfant à lui une possibilité, elle l'obligeait à l'imaginer, à substituer Marlee à Laura Wyre. Mais que faire ? Il pouvait difficilement dire non à ce pauvre vieux, gros comme un dirigeable, qui soufflait et haletait malgré son aérosol et à qui il ne restait qu'un souvenir : les contours d'un espace qu'aurait dû occuper une femme de vingt-huit ans.

Theo avait un corps, Amelia et Julia en cherchaient un. Olivia occupait un autre genre d'espace, c'était un mystère incorporel, une question sans réponse. Une énigme qui pouvait rendre fou. Jackson ne trouverait jamais Olivia, ne découvrirait jamais ce qui lui était arrivé, il le savait et il ne lui restait plus qu'à trouver le bon moment pour l'annoncer aux sœurs Land. Il ne pourrait jamais non plus leur présenter une facture... Désolé, votre petite sœur est morte et enterrée, ça vous fera 500 livres. (« Vous êtes trop gentil pour être dans ce métier, lui répétait chaque mois Deborah Arnold quand elle faisait les comptes, trop gentil ou trop stupide. »)

S'il s'agissait de Marlee et qu'il dût décider – morte ou disparue à jamais –, que choisirait-il ? Non, impossible de s'aventurer sur ce terrain, l'idée lui était intolérable, l'envisager serait tenter le destin. Les deux scénarios représentaient la pire chose qui pût arriver. Que faisiez-vous quand le pire vous était déjà arrivé – comment viviez-vous votre vie ? Il fallait reconnaître ce mérite à Theo Wyre : le simple fait de continuer à vivre exigeait une forme de courage que la plupart des gens n'avaient pas.

La porte de devant s'ouvrit et toutes les petites filles du goûter d'anniversaire et leurs mères se répandirent dans la rue en faisant un raffut de tous les diables. Jackson se dépêcha de fourrer les clichés de la scène du crime de Laura Wyre sous le siège passager. Il s'apprêtait à descendre de voiture et à entrer dans la maison quand Marlee en sortit en courant. Bon Dieu, elle était attifée comme une pute. Où Josie avait-elle la tête ? Laisser sortir sa fille dans cette tenue : un vrai rêve de pédophile. Marlee portait même du rouge à lèvres. Il pensa à JonBenet Ramsay. Une autre gosse perdue. Chez Bliss un peu plus tôt, une fille était entrée, une amie de la réceptionniste (Milanda – était-ce un nom inventé ?) et avait pris rendez-vous pour une « épilation brésilienne » et Milanda avait dit « Ah, ouais ? », et l'autre « Mon petit ami veut avoir l'impression de faire l'amour avec une petite fille », et Milanda « Ah, ouais ? » comme si c'était une bonne raison.

Jackson connaissait les statistiques, savait combien de pédophiles recensés traînaient leurs guêtres dans une zone donnée, savait comment ils s'agglutinaient, comme des mouches, autour des cours de récréation, des écoles, des piscines (et des maisons qui se signalent par des ballons). Claire's Accessories, voilà où irait Jackson s'il était pédophile. Et si la réincarnation existait et que vous reveniez sous la forme d'un pédophile ? Que fallait-il avoir fait pour mériter un tel sort ? Sous quelle forme revenaient les Innocentes ? Volée de colombes, bouquet d'arbres ?

« Salut, mon trésor ! C'était un bon goûter ? » (Tu te précipitais dans la rue sans même savoir si quelqu'un t'attendait ?) « Où allais-tu ? Tu savais que j'étais là ?

— Ouais.

— Tu t'es souvenue de dire "merci" ?

— Ouais. J'ai dit " Merci beaucoup de m'avoir invitée ".

— Tu me fais marcher, dit Jackson.

— Pas du tout.

— Si, si, vérité première de tout interrogatoire, les gens regardent à gauche quand ils se souviennent, à droite quand ils inventent. Tu as regardé à droite. » La ferme, Jackson. Elle n'écoute même pas.

« Scuse-moi, dit-elle avec indifférence.

— Scuse-moi ? » Qu'est-ce que c'était que ce langage ? Elle semblait vannée, elle avait des cernes noirs sous les yeux. Qu'est-ce qu'ils fabriquaient dans ces goûters ? Elle était trempée de sueur.

« On a dansé, dit-elle, sur Christina Aguilera, elle est supercool. » Elle eut un petit déhanchement, si sexuel, que Jackson en eut le cœur chaviré. Elle n'avait que huit ans, bordel.

« C'est bien, mon trésor. » Elle sentait le sucre et la sueur. Il se rappela la première fois qu'il l'avait tenue dans ses bras, quand sa tête tenait tout entière dans la paume de sa main. Josie avait dit « Fais attention » (comme si c'était nécessaire) et il s'était juré qu'il ne lui arriverait rien de mal. Jamais. Une promesse solennelle, un serment. Theo Wyre avait-il fait le même serment quand il avait tenu Laura dans ses bras pour la première fois ? Il y avait de grandes chances. (Et Victor Land ?) Mais Jackson ne pouvait protéger Marlee du danger, ni personne d'autre d'ailleurs. La seule fois où on était à l'abri de tout danger, c'est quand on était mort. Theo était un éternel inquiet, mais s'il y avait une chose dont il ne se préoccupait pas, c'était bien de savoir si sa fille était à l'abri du danger.

« T'es tout plein de rouge à lèvres », fit Marlee. Jackson se regarda dans le rétroviseur et découvrit l'empreinte écarlate de la bouche de Julia sur sa joue. Il frotta énergiquement mais la couleur resta comme s'il avait une joue en feu.

« C'était un tout petit bout de chou », expliquait Binky Rain à Jackson qui n'écoutait pas vraiment. Il avait cédé devant une rafale de *Carmina Burana* et proposé à Marlee « Ça te dirait de rendre visite à une vieille dame sur le chemin du retour ? », enrobant cette invitation pas très alléchante de la promesse qu'il y aurait des chats. Résultat, Marlee était en train de se rouler dans la jungle de mauvaises herbes qu'était devenu le jardin de Binky avec un assortiment de félidés récalcitrants.

« C'est votre fille ? s'enquit Binky en regardant Marlee d'un air dubitatif. Je ne vous voyais pas avec un enfant.

— Ah, bon ? » fit-il d'un air absent. Il pensait à Olivia Land, c'était aussi un tout petit bout de chou. Se serait-elle aventurée au-dehors et perdue ? Amelia et Julia disaient que non, qu'elle était très « obéissante ». Suffisamment pour quitter la tente au beau milieu de la nuit et suivre quelqu'un qui le lui demandait ? Pour aller où ? Jackson avait essayé d'amadouer sa vieille copine Wendy aux archives de la police pour qu'elle lui montre les pièces à conviction de l'affaire Olivia Land, mais quand bien même elle aurait accepté, ça n'aurait pas servi à grand-chose car le dossier était manquant. « Désolée, Jackson, "sorti sans permission", avait déclaré Wendy, ce sont des choses qui arrivent. Trente-quatre ans, ça fait un bail.

— Pas tant que ça », dit Jackson. L'affaire n'avait jamais été officiellement classée, mais presque tous les enquêteurs avaient disparu. C'était avant l'ère des tests ADN sophistiqués et du profilage policier, avant les ordinateurs, bon sang de bois ! Si Olivia était enlevée aujourd'hui, les chances de la retrouver seraient plus grandes. À voir. Tous les inspecteurs qui s'étaient occupés de l'affaire étaient morts, la seule personne dont Jackson avait pu retrouver la trace était un commissaire du nom de Marian Foster qui semblait s'être chargée de la plupart des entretiens avec les filles Land. Elle venait de prendre sa retraite dans un endroit du nord de l'Angleterre qui était trop proche de l'ancien domicile de Jackson pour que la perspective de lui rendre visite l'enchante. Naturellement, de nos jours, les parents seraient les premières personnes auxquelles on songerait, surtout le père. La police avait-elle fait preuve de suffisamment de pugnacité quand elle avait interrogé Victor ? Si Jackson avait été chargé de l'affaire, Victor Land aurait été son principal suspect.

Jackson demanda discrètement à Binky « Vous vous souvenez de la disparition d'Olivia Land ? Une petite fille enlevée près d'ici, il y a trente-quatre ans ?

— Frisky, dit Binky qui ne voulait pas lâcher le morceau. Ce n'est guère qu'un chaton.

— La famille Land, insista Jackson, vous connaissiez ? Lui était assistant de maths à St John's, ils avaient quatre petites filles. Vous n'avez quand même pas oublié la disparition d'une enfant du voisinage ?

— Oh, *celles-là*, dit Binky, c'étaient de vraies *sauva-*

131

geonnes, aucune discipline. Les enfants, selon moi, on ne devrait ni les voir, ni les entendre. Vraiment, les familles de ce genre n'ont que ce qu'elles méritent. » Jackson songea à plusieurs réparties possibles, mais finit par décider de les garder pour lui. « Naturellement, poursuivit Binky, c'était le fils d'Oswald Land, le soi-disant héros polaire, moi je peux vous assurer que c'était le roi des charlatans.

— Vous vous souvenez d'avoir aperçu quelqu'un qui n'aurait pas été du coin, un inconnu ?

— Non. Les policiers étaient empoisonnants au possible, ils allaient de maison en maison, posaient des questions, ils sont même allés, le croiriez-vous, jusqu'à fouiller *mon* jardin. Inutile de vous dire que je les ai envoyés paître. Elle était très étrange.

— Qui ça ? Mrs Land ?

— Non, l'aînée, une grande bringue pâlichonne.

— Étrange comment ?

— Très *sournoise.* Vous savez, elles se permettaient d'entrer dans mon jardin, de crier des horreurs, et de chiper les poires de mes jolis poiriers. C'était un si joli verger. » Jackson jeta un coup d'œil aux « poâriers », aujourd'hui aussi vieux et noueux que Binky Rain.

« Sylvia ?

— Oui, c'est cela. »

Jackson quitta le domicile de Binky par la porte du jardin de derrière. Il n'était encore jamais sorti par là et fut surpris de se retrouver dans la ruelle courant derrière le jardin de Victor. Il ne s'était pas rendu compte à quel point les deux jardins étaient proches : il n'était qu'à quelques mètres de l'endroit où la tente fatidique avait été plantée. Quelqu'un avait-il escaladé le mur à cet endroit, cueilli Olivia dans son sommeil ? Avant de repartir par le même chemin ? Quelles difficultés présenterait l'escalade pour quelqu'un chargé d'une moufflette de trois ans ? Jackson s'en serait tiré sans problème. Le mur était complètement étouffé par du lierre et fournissait de nombreuses prises pour les mains et les pieds. Mais cette façon d'entrer supposait un intrus et n'expliquait pas pourquoi le chien n'avait pas aboyé cette nuit-là. Rascal. Selon Amelia et Julia, c'était le genre de chien à aboyer : il devait donc connaître le ravisseur d'Olivia. Combien y avait-il de personnes pour lesquelles le chien n'aurait *pas* aboyé ?

Il tira sur le lierre et découvrit une porte dans le mur, la sœur jumelle de celle de Binky. Il songea au *Jardin secret*[1], un film qu'il avait regardé sur son magnétoscope avec Marlee et qui l'avait enchantée. Nul besoin d'escalader quoi que ce soit, il suffisait de pousser la porte. À moins que personne ne soit entré puis ressorti avec Olivia... à moins que quelqu'un soit sorti avec Olivia puis revenu. Victor ? Rosemary Land ?

Marlee était presque endormie lorsqu'ils arrivèrent chez David Lastingham. Arriverait-il un jour à dire chez David et Josie ? (Non.) Il y avait belle lurette que le coup de fouet donné par le sucre s'était transformé chez Marlee en irritabilité. Elle était couverte de brins d'herbe et de poils de chat qui allaient à tous les coups déclencher une dispute avec Josie. Jackson proposa à sa fille de dormir chez lui, comme ça au moins il pourrait la nettoyer, mais elle déclina son offre parce qu'ils allaient « cueillir des baies » le lendemain matin.

« Cueillir des baies ? » dit Jackson en sonnant à la porte de David Lastingham. Ça faisait très chasse et cueillette, très paysan.

« Pour que maman puisse faire des confitures.

— Des confitures ? Ta mère ? » L'épouse réinventée, la mère paysanne qui faisait des confitures, sortit de la cuisine en se léchant les doigts. La femme qui était auparavant trop occupée pour faire la cuisine – la reine d'Islande – passait maintenant ses soirées à préparer des petits frichtis et à composer avec insouciance des salades pour sa nouvelle famille recomposée. Difficile de croire que c'était la même femme qui lui taillait des pipes pendant qu'il conduisait, le plaquait contre toutes les surfaces disponibles en gémissant

---

1. Film d'Aonieska Holland (1993) dans lequel une jeune orpheline trouve la clé d'un jardin extraordinaire. Adaptation d'une œuvre de Frances Hodgson Burnett surtout connue pour *Le Petit Lord Fauntleroy*. (*N.d.T.*)

« *Tout de suite*, Jackson, vite », qui se blottissait contre lui dans son sommeil, se tournait vers lui chaque matin pour lui dire à demi éveillée « Je t'aime toujours », comme si elle était soulagée que la nuit ne lui eût pas dérobé les sentiments qu'elle lui portait. Jusqu'à ce beau matin, trois ans après la naissance de Marlee, où elle s'était réveillée et n'avait rien dit.

« Vous êtes en retard, déclara Josie, où étiez-vous passés ?

— On est allés voir une sorcière », répondit Marlee.

Le chat noir. Les chats noirs. Chats avait-il un genre ? Disait-on *chatte* ?

« *Bonsoir, Jackson* », dit Joan Dodds en mettant l'accent sur *soir* plutôt que sur *bon*. Elle méprisait le manque de ponctualité chez les gens.

« *Bonsoir, Jackson* », reprit en chœur toute la classe au moment où Jackson faisait d'un air penaud une entrée tardive.

« *Vous êtes en retard comme toutes les semaines* », dit Joan Dodds. C'était une prof à la retraite qui avait le genre de caractère qui eût fait d'elle une excellente dominatrice. Jackson se rappelait une époque où les femmes de sa vie avaient l'air de vouloir le rendre heureux, maintenant elles paraissaient tout le temps en rogne. Jackson avait le sentiment d'être un petit garçon pas très sage. « *Je suis désolé* », dit-il. Étonnant comme les Français ont réussi à donner à ce simple mot un côté si extrême et désespéré.

Chez Bliss, Jackson avait montré sa carte à Milanda et demandé à voir l'endroit où Laura Wyre avait été tuée. « Morbide », avait-elle dit pour tout commentaire. La salle de conférences, comme Theo l'avait signalé, servait désormais de réserve. Le chariot de vernis à ongles avait été déplacé et ne tenait plus lieu de cénotaphe. Le sang de Laura était visible de tous, une tache délavée (mais seulement en partie) sur le plancher nu. « Merde, dit Milanda, enfin tirée de sa torpeur, je croyais que c'était de la peinture ou un truc de ce genre. C'est dégoûtant. »

Alors qu'il prenait congé, Milanda lança « Elle ne hante pas les lieux. Je le saurais sinon. J'ai le don de seconde vue, je le sentirais si elle était là.

— Vraiment ? » fit Jackson car Milanda ne faisait pas une voyante extralucide très convaincante. Elle répondit « Oh, oui, je suis la septième fille d'une septième fille », et Jackson pensa immédiatement consanguinité, ruralité, tandis que Milanda le fixait de ses yeux bleu layette – une couleur anormale, saisissante, qui, songea-t-il, devait être due à des lentilles – et enchaînait « Vous, par exemple », et Jackson fit « Oui ?

— Ouais, dit Milanda, les chats noirs vous portent bonheur », et Jackson éprouva une déception inattendue car, l'espace d'un instant, il avait eu le pressentiment étrange et troublant qu'elle allait lui annoncer une mauvaise nouvelle.

9

AMELIA

« *Ne soyez pas ronchon, Mr Brodie*, contrefit Amelia. Tu as vu comment tu es, Julia ? (Elle l'avait embrassé ! Elle l'avait bel et bien embrassé !) Pourquoi ne pas te déshabiller dans la rue pendant que tu y es ?

— Oh, je crois bien que tu es jalouse, Milly ! s'exclama Julia en riant avec une (cruelle) délectation. Que dirait Henry s'il savait ?

— La ferme, Julia. » Amelia sentait son sang bouillir et accéléra le pas pour s'éloigner de sa sœur. Julia dut courir pour la rattraper. Elle avait l'air poussive mais c'était insensé de fumer autant quand on souffrait d'un rhume des foins. Amelia n'éprouvait pas la moindre compassion pour elle.

« On est obligées d'aller aussi vite ? Tu as de plus longues jambes que moi. »

Elles étaient dans St Andrew's Street et approchaient d'une fille assise par terre, sur un vieux drap ; un chien – un genre de bâtard – était allongé à ses côtés.

Si Jackson s'était pas mal fichu qu'Amelia le voie en pointer anglais, il avait paru ravi que Julia l'imagine en berger allemand. C'est qu'elle avait mis en plein dans le mille : il n'était ni un doberman, ni un rottweiler et certainement pas un pointer, il était à cent pour cent berger allemand. Amelia avait menti à Jackson, enfin pas exactement menti, mais elle lui avait laissé entendre qu'elle était universitaire à Oxford alors qu'en fait elle était prof dans un IUT où elle enseignait les « techniques de la communication » (appellation ridicule s'il en fut) à des apprentis couvreurs et maçons et autre racaille. Elle aurait voulu aimer ces garçons, les trouver bien – un peu trop exubérants peut-être, mais braves au fond – mais ce n'était pas le cas, c'étaient des petits salauds qui n'écoutaient pas un traître mot de ce qu'elle leur racontait.

Julia fut naturellement tout de suite attirée par le chien de la SDF, ce qui signifiait que l'une ou l'autre allait devoir donner de l'argent à la fille car on ne pouvait pas décemment faire tout un plat du chien et ne rien donner en échange. Si ? Agenouillée sur le trottoir, Julia laissait le chien lui lécher la figure. Amelia aurait préféré qu'elle s'en dispense, on ne savait pas où la langue de ce chien était allée se fourrer avant, enfin, si justement, raison de plus pour n'avoir pas envie qu'il vous débarbouille.

La fille avait des cheveux d'une drôle de couleur jaune canari et le visage cireux, presque bilieux. Amelia donnait jadis de l'argent aux mendiants et aux vendeurs de la presse des rues, mais maintenant elle était plus circonspecte. Elle était tombée une fois sur une de ses élèves en train de mendier dans Oxford High Street. Amelia savait de source sûre que la fille – Lisa, une apprentie coiffeuse – vivait confortablement chez ses parents et que le chien qui était à ses côtés (parce qu'ils avaient tous des chiens, naturellement) était l'animal de compagnie de la famille. Sans compter qu'il était de notoriété publique que nombre de mendiants avaient un domicile et que quelques-uns possédaient même une voiture. C'était de notoriété publique ? D'où tirait-elle cette information ? Du *Sun* sans doute, les couvreurs en laissaient toujours traîner des exemplaires dans leur sillage. Une extraordinaire image lui jaillit soudain dans le cerveau : des exemplaires du soleil semés négligemment aux quatre coins de l'univers comme autant de pièces d'or. Elle rit et la fille lui demanda « Pouvez-vous m'aider ? », et Amelia dit « Non.

— Oh, Milly, pour l'amour du ciel, fit Julia en interrompant son monologue canin et en fouillant dans son sac pour trouver son porte-monnaie, rappelle-toi *There but for Fortune*[1] etc. » Julia en sortit un billet de cinq livres – cinq

---

1. Chanson de Phil Ochs qui fut un grand succès de Joan Baez et qui ici signifie que seul le manque de chance est responsable du sort de cette fille. (*N.d.T.*)

livres qu'elle devait justement à Amelia – et le tendit à la fille qui le prit comme si elle lui rendait service. Ce n'était pas une question d'argent, la fille ne voulait pas d'argent, pas vraiment. Elle avait demandé à Amelia si elle pouvait l'aider et Amelia lui avait dit la vérité. Elle ne pouvait pas, elle ne pouvait aider personne. Elle n'était même pas fichue de s'aider elle-même.

« Elle va s'acheter de la drogue avec, dit-elle à Julia comme elles s'éloignaient.

— Elle peut le dépenser comme bon lui semble, dit Julia. En fait, la drogue me parait une bonne idée. Si j'étais à sa place, c'est ce que je ferais.

— Elle en est arrivée là *à cause* de la drogue.

— Qu'est-ce que tu en sais ? Tu ne sais rien d'elle.

— Je sais qu'elle vit aux crochets de gens qui se crèvent à gagner leur vie. » Oh, mon Dieu, elle devenait fasciste en vieillissant. Elle n'allait pas tarder à réclamer le rétablissement de la pendaison et de la flagellation, enfin peut-être pas de la flagellation, mais de la peine de mort – après tout, pourquoi pas ? Il y avait déjà bien assez de gens comme ça sur terre pour garder des saligauds qui torturaient enfants et animaux et machettaient des innocents. « Saligauds », c'était un mot typique des tabloïds, sorti tout droit du *Sun* des couvreurs. Si ça continuait, elle ferait aussi bien d'annuler tout de suite son abonnement au *Guardian*.

« Ça existe le verbe "machetter" ? demanda Amelia.

— Je ne crois pas », fit Julia.

C'était le pompon, elle se mettait à américaniser les mots. C'était le commencement de la fin.

Elles s'arrêtèrent devant un fast-food. Il était bondé d'étudiants étrangers venus améliorer leur anglais et Amelia poussa un gémissement en les apercevant. Elle était persuadée que la seule chose qu'ils amélioraient à Cambridge, c'était leur vocabulaire dans deux domaines : celui des obscénités et celui de la néfaste-food.

À Londres, Julia faisait beaucoup de pseudo-achats pour une agence : elle vérifiait le service dans les fast-foods, les pizzerias, les magasins de vêtements et les grosses chaînes de pharmacies. Julia y voyait presque un numéro d'actrice sans compter que le plus souvent elle gardait ses achats ou mangeait gratis. L'agence avait été ravie de découvrir qu'elle était à Cambridge où elle n'avait plus d'enquêtrice.

« Bon, fit Julia en consultant un papier, nous devons commander un hamburger avec des frites, un pouléburger sans frites, un grand Coca, un milk-shake à la banane et un Capuccino corrosion.

— C'est quoi ?

— Une glace. Grosso modo.

— Ne compte pas sur moi pour demander un pouléburger, fit Amelia. Je ne le ferais même pas pour te sauver la vie.

— Si, tu le ferais. Mais t'inquiète, je vais tout commander moi-même. Ce n'est pas à emporter, c'est sur place.

— Ce n'est même pas grammatical, dit Amelia.

— Il n'y a rien de grammatical dans ce repas. La grammaire n'a rien à voir là-dedans. Nous jugeons la qualité du service.

— Je ne peux pas me contenter d'un café ?

— Non », fit Julia qui se remit à éternuer. C'était toujours embarrassant quand Julia était prise d'éternuements : ils se succédaient, explosifs, incontrôlables, comme une salve de coups de canon. Amelia avait une fois entendu dire qu'on pouvait deviner à quoi ressemblaient les orgasmes d'une femme en l'entendant éternuer. (Comme si c'était un truc qu'on avait envie de savoir.) Ce souvenir la mit mal à l'aise. Au cas où le fait serait de notoriété publique, Amelia avait pris la résolution de ne jamais éternuer en public, autant que faire se pouvait. « Bon sang, reprends du Zyrtek », dit-elle avec humeur à Julia.

Amelia était au supplice dans ce type d'endroit. Ils lui donnaient l'impression d'être vieille et élitiste, qualificatifs qu'elle aurait voulu faire mentir, alors qu'ils lui allaient comme un gant. Julia par contre était un caméléon qui s'adaptait à tous les environnements : elle cria sa commande au blanc-bec boutonneux qui trônait derrière le comptoir (ces gens-là se lavaient-ils les mains ?) avec une sorte d'accent de l'Essex qu'elle trouvait sans doute plébéien mais qui était en complet désaccord avec sa tenue. Le manteau de Julia était bizarre, tout droit sorti d'un dessin d'Aubrey Beardsley, Amelia ne l'avait pas encore examiné de près. Il était d'une couleur si vive qu'on ne risquait pas de perdre Julia, sauf si elle s'allongeait dans l'herbe d'une colline en été, ce qui la rendrait invisible. Quand Olivia était devenue invisible, elle portait une chemise de nuit en coton, qui avait appartenu tour à tour à chacune d'elles et avait été jadis rose, mais qui, arrivée à Olivia, était délavée au point de ne plus avoir de couleur. Amelia revoyait Olivia, comme si c'était hier, entrant dans la tente, dans sa chemise de nuit décolorée, avec ses pantoufles roses à oreilles de lapin, serrant Souris Bleue contre sa poitrine.

Le manteau de Julia était trop grand pour elle : il bâillait et traînait par terre tandis qu'elle manœuvrait son plateau à travers une poche de résistance constituée d'étudiants étrangers. Amelia n'arrêtait pas de répéter « Pardon, pardon » d'une voix pleine de sous-entendus, mais c'était peine perdue : la seule façon de les faire bouger, c'était de jouer brutalement des coudes.

Quand elles obtinrent enfin des places assises, Julia se mit à mordre dans le burger avec une sorte de plaisir primitif. « Miam, la viande, dit-elle à Amelia.

— Tu es sûre ? » fit Amelia. Elle aurait vomi si elle avait avalé, ne fût-ce qu'une bouchée de ce repas. « C'est définitivement de la viande, dit Julia, de quel animal, ça c'est une autre histoire. Nous avons bien mangé de la queue. Un bœuf, des bœufs... drôle de pluriel.

— Moins drôle que pouléburger, il doit y avoir toute une génération d'enfants qui croient que "poulet" s'écrit "poulé".

— Il y a plus grave.

— Quoi par exemple ?

— Les météores.

— La possibilité qu'un météore entre en collision avec la terre ne signifie pas que nous devons accueillir à bras ouverts l'américanisation de notre langue et de notre culture.

— Oh, la ferme, Milly, je t'en prie. »

Julia mangea le pouléburger, mais s'avoua vaincue par le Capuccino corrosion. Amelia renifla à titre d'essai le milk-shake à la banane. Il avait une odeur complètement artificielle comme s'il avait été fabriqué dans un laboratoire. « C'est cent pour cent chimique.

— Comme tout, non ?

— Ah oui ?

— Bon, dit Julia, assez de vains bavardages, mettons-nous au travail. » Elle prit un formulaire qu'elle commença à remplir. « " *Votre serveur vous a-t-il salué ?* " Je suis sûre que oui.

— Pourquoi tu ne mets pas tes lunettes ? Tu ne vois rien sans.

— Qu'est-ce qu'il a dit le serveur ?

— Tu es d'une vanité, Julia !

— Je crois qu'il a dit "Jour".

— Je ne sais pas, je ne faisais pas attention. Julia ?

— Ils sont tous australiens. Le personnel britannique est dans sa totalité australien.

— Julia, Julia... écoute-moi. Quand Victor regardait tes devoirs dans son bureau... est-ce qu'il a jamais eu, tu sais, un geste... ? Est-ce qu'il t'a jamais tripotée ?

— Qui fait leur boulot en Australie, à ton avis ? Allons, Milly, il faut en finir. " *Votre serveur a-t-il souri ?* " Mince, je ne me rappelle absolument pas. »

Elle voyait d'ici ce que Jackson pensait d'elle : stupide, une stupide gonzesse. Il avait une morosité masculine des plus exaspérantes – c'était le genre à penser que les femmes étaient esclaves de leurs règles, du chocolat, des petits chats (ce qui était une assez bonne description de Julia) alors qu'Amelia n'était pas vraiment comme ça, enfin, sauf pour les chatons peut-être. Elle voulait qu'il ait meilleure opinion d'elle, elle voulait qu'il l'aime bien. *Ouh là là, ce que vous avez l'air sérieux, Mr B., on dirait un agent des services secrets.* Julia était *si peu subtile*. « Ouh là là ! », pour l'amour du ciel !

« Tu veux du thé ? demanda-t-elle à Julia en entrant dans la cuisine un verre vide à la main.

— Non, je vais me reprendre du gin », dit Julia en farfouillant dans les placards de la cuisine pour trouver une bricole à manger. Julia buvait-elle toujours autant ? Buvait-

142

elle quand elle était seule ? Pourquoi était-ce pire que boire en compagnie ?

Il aimait bien Julia, naturellement, tous les hommes aimaient bien Julia, ça n'avait rien de surprenant, vu qu'elle s'offrait à eux sur un plateau. Julia lui avait raconté une fois qu'elle aimait tailler des pipes (ce qui expliquait sans aucun doute ce rouge à lèvres écarlate) et Amelia eut la vision pénible de Julia agenouillée devant la... – elle voulait dire « bite » de Jackson, mais son esprit ne pouvait s'y résoudre parce que le mot était trop obscène et que « pénis » paraissait toujours d'un ridicule achevé. Amelia aurait aimé ne pas être aussi prude, elle avait l'impression de s'être trompée de génération. Elle aurait dû vivre à une époque codifiée par le rang et des règles, où un bouton de gant défait était signe de licence. Ce type de restrictions lui aurait tout à fait convenu. Elle avait lu trop de Henry James et d'Edith Wharton. Personne dans l'univers de Wharton n'avait vraiment envie d'être là, mais Amelia se serait débrouillée comme un chef dans un roman d'Edith Wharton. En fait, elle aurait vécu heureuse dans n'importe quel roman écrit avant la Seconde Guerre mondiale.

Elle entendait la baignoire se remplir à l'étage (il fallait des siècles) et savait que Julia emmènerait son verre de gin dans la salle de bains (ainsi sans doute qu'un pétard) et resterait des heures allongée dans son bain. Amelia se demanda quel effet ça devait faire d'être aussi sybaritique. Julia arracha un morceau de pain et le fourra dans sa bouche. Pourquoi ne pas utiliser un couteau comme tout le monde ? Comment se débrouillait-elle pour faire de la mastication d'un morceau de pain un geste érotique ? Amelia aurait préféré ne pas avoir eu cette vision de Julia en train de faire – allez, dis-le – une pipe à Jackson. Elle n'avait jamais taillé de pipe de sa vie, non qu'elle eût l'intention de s'en vanter auprès de Julia : elle se remettrait à pérorer sur « Henry » et ses besoins sexuels. Pitié !

« Tu es sûre de ne pas en vouloir, demanda Julia en agitant la bouteille de gin, ça pourrait t'aider à te détendre ?

— Je n'ai pas envie de me détendre, merci beaucoup. » Comment en était-elle arrivée là ? Comment était-elle devenue cette personne qu'elle ne voulait pas être ?

Amelia ne comprenait pas comment être « bonne en littérature » l'avait amenée à enseigner les « techniques de la communication ». Il y avait là une anomalie. Elle avait essayé de s'inscrire à Oxford ou Cambridge quand elle était en terminale : elle voulait montrer à ses professeurs et à Victor – surtout à Victor – qu'elle avait l'intelligence requise. Ayant des doutes, ses professeurs ne l'avaient pas du tout aidée à se préparer, si bien qu'elle avait cafouillé aux examens d'entrée avec leurs questions absconses sur *La Reine des fées*[1] et *La Dunciade*[2] – qu'elle n'avait lues ni l'une ni l'autre – et leurs absurdes stratagèmes destinés à tester l'ingéniosité des candidats. « Imaginez que vous proposez l'idée de la roue » – la tête des couvreurs et des maçons si elle les faisait plancher sur pareil sujet ! Ils arriveraient à y coller du sexe, ils en fourraient partout. Amelia ignorait s'ils le faisaient exprès parce qu'ils savaient que ça la gênait (c'était ridicule de piquer des fards à quarante ans passés) ou s'ils l'auraient fait de toute façon.

À la surprise d'Amelia, Newnham l'avait convoquée pour un entretien. Il lui fallut longtemps pour comprendre que Victor avait dû user de son influence, ou que le collège, reconnaissant le nom, avait agi par politesse. D'aussi loin qu'elle s'en souvînt, elle avait toujours voulu aller à Newnham : enfants, elles essayaient d'apercevoir le jardin par la porte. C'était toujours ainsi qu'elle s'était imaginé le paradis. Elle ne croyait pas au paradis, évidemment. Ni à la religion. Ça ne signifiait pas qu'elle n'avait pas envie de croire au paradis.

Avant l'entretien, elle avait rêvé de flâner dans ces mêmes jardins, d'admirer la belle bordure de plantes herbacées, de discuter de *Middlemarch* et de *Guerre et Paix* avec une nouvelle amie studieuse ou de se faire promener en barque par quelque bel étudiant en médecine un peu voyou, d'être quelqu'un que les gens avaient envie de connaître – « Oh, regarde, voici Amelia Land, allons lui parler, elle est si

---

1. Épopée allégorique d'Edmund Spenser (1552-99). (*N.d.T.*)
2. Poème satirique d'Alexander Pope (1728). (*N.d.T.*)

intéressante » (ou « si drôle » ou « si jolie » ou même « tout ce qu'il y a de plus olé olé »), mais les choses ne s'étaient pas passées ainsi. L'entretien à Newnham avait été humiliant : ils avaient été gentils, soucieux même, l'avaient traitée comme si elle était un peu patraque, ou souffrait d'une infirmité, mais ils lui avaient posé des questions sur des œuvres et des auteurs dont elle n'avait jamais entendu parler, pire que Spenser et Pope, il s'agissait maintenant de *Rasselas, Prince d'Abyssinie* [1] et de *Unto This Last* [2] de Ruskin. Ce n'était pas l'idée qu'Amelia se faisait de la littérature. La littérature, c'étaient des gros bouquins (*Middlemarch* et *Guerre et Paix*) dont vous tombiez amoureuse et dans lesquels vous vous perdiez à jamais. Elle s'était donc retrouvée dans une université éloignée et quelconque, dénuée de tout prestige intellectuel, mais où au moins on vous laissait écrire de longues dissertations sur votre histoire d'amour avec *Middlemarch* et *Guerre et Paix*.

Julia réapparut dans la cuisine pour se reverser du gin. Elle commençait à taper sur les nerfs d'Amelia. « Je croyais que tu étais en train de prendre un bain, dit-elle d'une voix irritée.

— C'est ce que je fais. Quelle mouche t'a piquée ?

— Rien. »

Amelia emporta son thé au salon et alluma la télé. Sammy la rejoignit sur le canapé. Elle tomba sur une émission de téléréalité « people ». Elle ne connaissait aucun des « people » en question et les situations difficiles dans lesquelles ils se débattaient semblaient dénuées de toute réalité. Elle n'avait pas envie d'aller se coucher, de dormir dans la chambre glaciale de Sylvia qui avait l'inconvénient d'avoir un réverbère sous la fenêtre et de l'humidité qui s'infiltrait par le toit. Pourquoi ne pas s'installer dans la chambre d'amis ? À sa connaissance, personne n'y avait jamais dormi. Leur mère ferait-elle peser une malédiction

---

1. Roman philosophique de Samuel Johnson publié en 1759. (*N.d.T.*)

2. *Quatre essais sur les premiers principes d'économie politique.* (*N.d.T.*)

145

sur sa tête ? Si leur mère était un fantôme, non qu'Amelia crût aux revenants, c'est dans la chambre d'amis qu'elle élirait domicile. Amelia l'imagina allongée sur le petit lit à la courtepointe piquetée de moisissure, paressant à longueur de journée, entourée de magazines et de boîtes de chocolat dont les emballages joncheraient le sol, maintenant qu'elle n'était plus esclave des tâches ménagères. Quant à la chambre d'Olivia, Amelia supporterait-elle d'y dormir ? Pourrait-elle s'allonger sur le petit lit et contempler sans avoir le cœur brisé le papier peint à motifs de comptines qui se décollait ?

Qui avait pris Olivia ? Victor avait-il traversé la pelouse à pas de loup et attrapé Olivia avec ses énormes battoirs pendant qu'Amelia dormait ? Son propre père ? Pourquoi pas, c'était courant, non ? Avait-il gardé Souris Bleue en guise de terrible souvenir ? Ou existait-il une explication plus innocente ? (Mais laquelle ?)

Elles s'étaient toujours réfugiées dans l'idée qu'Olivia vivait une vie différente de la leur, quelque part, plutôt que de la tenir pour morte. Des années durant, elles avaient toutes les trois inventé une histoire : Olivia avait été enlevée de nuit par un personnage du style Reine des Neiges, sauf qu'elle était gentille, aimante et venait d'un royaume plus tempéré. Cette créature céleste voulait désespérément une petite fille et avait jeté son dévolu sur Olivia car elle était parfaite à tous points de vue. Cette Olivia fictive grandissait dans un paradis des plus luxueux, fruit de leur imagination enfantine – toute de soie et de fourrures emmitouflée, nourrie de gâteaux et de bonbons, entourée de chiens, de chatons et (allez savoir pourquoi) de paons, prenant son bain dans des baignoires en or et dormant dans des lits en argent. Et tout en sachant qu'Olivia était heureuse dans cette nouvelle vie, elles croyaient qu'un beau jour elle aurait la permission de rentrer au bercail.

Olivia grandit en même temps qu'elles et ce n'est qu'au moment où Julia parvint à l'adolescence (ses hormones produisant alors assez d'énergie pour alimenter une petite ville) que l'autre vie, fabuleuse, d'Olivia perdit de son éclat. Mais elle était tellement gravée dans leur esprit qu'aujourd'hui encore Amelia avait du mal à croire qu'Olivia puisse en fait être morte et non une femme de trente-sept ans qui vivait quelque part dans une idyllique retraite ombragée.

Julia entra dans le salon et s'affala sur le canapé entre Amelia et Sammy, où il n'y avait de toute évidence pas de place pour elle. « Va-t'en », lui dit Amelia. Julia sortit une tablette de chocolat et en cassa un morceau pour Amelia et un autre pour le chien.

« Je veux dire, ce n'est pas *impossible* qu'Olivia soit toujours vivante, dit Julia, comme si elle avait lu dans les pensées d'Amelia (quelle horrible idée). Peut-être qu'elle a été kidnappée par des gens en mal d'enfant, qui l'ont élevée comme leur fille, de sorte qu'elle a oublié notre existence, oublié qu'elle était Olivia, qu'elle s'est prise pour quelqu'un d'autre, mettons... Charlotte...

— Charlotte ?

— Oui. Et lorsque les kidnappeurs ont été à l'article de la mort, ils lui ont révélé qui elle était : " Charlotte, tu es en réalité Olivia Land, tu vivais dans Owlstone Road à Cambridge. Tu as trois sœurs – Sylvia, Amelia et Julia."

— En quoi c'est plausible, Julia ? »

Amelia zappa jusqu'au moment où elle tomba sur *Now, Voyager*[1] et Julia dit « Oh, laisse.

— Ton bain va déborder.

— Milly ?

— Quoi ?

— Tu sais ce que tu m'as demandé au sujet de Victor ?

— Quoi ?

— S'il m'avait jamais *tripotée*. Quel terme stupide, c'est un tel euphémisme, alors que ce que tu veux dire en réalité, c'est : est-ce que papa t'a jamais fait sucer sa bite ou pénétrée avec ses doigts tout en se branlant... »

Excédée, Amelia se concentra sur une Bette Davis à l'air tragique et essaya de refouler les obscénités débitées par Julia.

« Quelle que soit la façon dont on considère la question, il s'agit d'un viol, conclut Julia. Eh bien, non, puisque tu me le demandes, il ne m'a rien fait. Il a essayé pourtant. »

---

1. Film d'Irving Rapper datant de 1942 avec Bette Davies. (*N.d.T.*)

147

Amelia voulait se boucher les oreilles, elle voulait être sourde.

« Il a *essayé* ? Qu'est-ce que tu entends par là ?

— Il a essayé une fois de fourrer ses mains dans ma petite culotte, mais j'ai gueulé comme un putois. Il était en train de m'expliquer les fractions », ajouta-t-elle, comme si cela avait un rapport.

C'était du Julia tout craché de se mettre à crier, Amelia l'aurait simplement laissé faire. Sauf qu'il ne lui avait rien fait, il n'avait jamais tenté quoi que ce soit avec elle. Il ne l'avait jamais *tripotée*.

« Qu'est-ce qu'il t'a fait, Milly ? » demanda gentiment Julia, en posant sa main sur l'avant-bras d'Amelia comme si elle était malade ou endeuillée. Amelia avait surpris une fois Victor avec Sylvia. Elle était entrée dans le bureau sans frapper, ce qui était strictement interdit, elle devait donc être perdue dans une de ses rêveries, et elle avait trouvé papa avec Sylvia et depuis lors essayé d'oublier ce qu'elle avait vu. Sylvia couchée à plat ventre sur le bureau de Victor comme une martyre à demi crucifiée, ses maigres fesses blanches à l'air, et Victor se *préparant...*

Amelia repoussa la main de Julia et dit d'une voix dure : « Rien, il n'a jamais rien fait, je ne l'aurais jamais laissé faire. Va prendre ton bain, Julia. »

Amelia se réveilla en sursaut. La maison était plongée dans l'obscurité et silencieuse, aucun fantôme n'y déambulait, on n'entendait que le grésillement du réverbère sous la fenêtre. Ne se souvenant pas si Julia était sortie de son bain, Amelia se leva pour aller vérifier qu'elle ne s'était pas noyée sans faire de bruit. La baignoire était vide et la salle de bains ruisselait de gouttelettes de condensation. Des serviettes de toilette traînaient un peu partout. Julia était dans son lit, ses draps et couvertures étaient sens dessus dessous comme d'habitude, ses cheveux de caniche encore humides. Elle respirait profondément, régulièrement, bien qu'Amelia perçût un gargouillis dans sa poitrine. Les poumons de Julia donnaient toujours l'impression d'avoir besoin d'un bon essorage, comme des torchons. Que ferait-elle si Julia mourait avant elle ? Si elle était la dernière ?

(Sylvia comptait pour du beurre.) Endormi sur le lit de Julia, Sammy se réveilla à l'entrée d'Amelia et il remua la queue. Amelia remonta les couvertures de Julia et le chien se laissa glisser gauchement du lit pour lui emboîter le pas.

Alors qu'elle gagnait sa chambre, Amelia s'arrêta devant la porte close d'Olivia. Sammy l'interrogea du regard et elle tourna la poignée et entra. Le clair de lune filtrait à travers les vitres sales. Elle s'allongea sur le petit lit. Gémissant sous l'effort, Sammy s'affala par terre.

Le dernier jour de sa vie, Olivia s'était réveillée dans ce lit étroit et avait contemplé ces murs. Serait-elle morte si elle avait dormi ici et non sous la tente ? Si seulement Amelia pouvait revenir en arrière, prendre la place d'Olivia cette nuit-là, et repousser l'être maléfique qui l'avait emportée. Si seulement c'était elle, Amelia, qui avait été choisie à la place.

10

THEO

La gamine serrait un tube de bonbons dans sa main – des trucs de couleurs criardes, composés sans doute entièrement de substances chimiques et de E quelque chose. Elle en offrit un à Theo qui accepta par politesse. Ça avait un vague goût d'essence ou de gaz à briquet. Ça n'avait pas le goût de quelque chose qui favorisait la croissance des os et des esprits. Theo n'achetait jamais de bonbons, et bien qu'il adorât le chocolat, il n'aimait pas en acheter dans les magasins à cause de la désapprobation qu'il suscitait. Les gros n'étant pas censés manger, et surtout pas des confiseries, il appartenait à un « club de dégustation » en ligne. Chaque mois, il recevait de la part d'un fabricant de chocolats une nouvelle gamme de produits à tester et envoyait un rapport en contrepartie (« crémeux et délicieux, la praline à la noisette apporte un parfait contraste »). Il trouvait à ce travail un côté étrangement pénible, comme s'il s'agissait d'un devoir scolaire bizarre. C'est ainsi qu'il limitait sa consommation. À une boîte de délicieux chocolats crémeux par mois.

Il ne se souciait pas vraiment de son cholestérol ni de sa tension, il aurait été content de mourir d'une attaque ou d'un infarctus. « Les attaques ne tuent pas nécessairement, papa, lui expliqua Jennifer dans un e-mail agacé, elles ont plus de chances de te laisser très amoindri, c'est ce que tu souhaites ? » Peut-être craignait-elle de devoir s'occuper de lui, mais il ne lui ferait jamais ça. En ce qui concernait Theo, les relations parents-enfants étaient à sens unique, vous leur donniez tout votre amour et ils n'avaient aucune obligation de vous rendre quoi que ce soit. Évidemment, s'ils vous aimaient, c'était la feuille d'angélique sur le gâteau. Avec en plus des copeaux de chocolat et ces petites billes argentées qui bousillent les plombages. Laura les adorait. Il décorait toujours ses gâteaux. Gâteaux, pâtisserie, scones, il avait appris à tout faire après la mort de Valerie. Il s'était avéré bien meilleur cuisinier qu'elle.

Il avait engagé une femme pour faire le ménage deux fois par semaine et une étudiante pour aller chercher ses filles à l'école et les garder en attendant qu'il rentre du travail. Il s'occupait de tout le reste lui-même – tâches ménagères, garde d'enfants, il allait aux réunions parents-profs, aux réunions de parents d'élèves, emmenait ses filles à des goûters d'anniversaire, donnait des goûters d'anniversaire en retour. Les mères des autres enfants le traitaient en femme honoraire et disaient qu'il ferait une merveilleuse épouse, ce qu'il prenait pour un compliment.

La gamine prétendait avoir huit ans mais elle était plutôt habillée comme une ado. C'était la règle aujourd'hui. Jadis, on habillait les enfants comme de petits adultes, il n'y avait donc rien de nouveau. Quand Laura avait huit ans, elle portait des salopettes, des jeans et de belles robes dans les grandes occasions. « Des robes du dimanche », aurait dit Valerie, si elle avait été de ce monde. Des socquettes blanches, des sandales, des tee-shirts et des shorts. Laura avait ses vêtements à elle : il ne l'habillait pas avec les vieilles affaires de Jennifer. Beaucoup de gens trouvaient que Theo gâtait trop ses filles, mais comment était-il possible de gâter un enfant ? Par négligence, d'accord, mais pas par amour. Il fallait leur donner tout l'amour possible, même si donner autant d'amour pouvait vous faire souffrir, vous angoisser, vous horrifier et même si, pour finir, cet amour pouvait vous détruire. Parce qu'elles partaient, pour l'université ou un mari, elles partaient au Canada ou au cimetière.

Theo refusa un autre bonbon. « Ça se fait d'en offrir à tout le monde », dit Deborah Arnold à la gamine. Plutôt à contrecœur, nota Theo, la fillette se laissa glisser de sa chaise, alla au bureau de Deborah et sans un mot lui présenta son tube. Deborah en prit trois. Il y avait quelque chose d'étrangement admirable chez cette femme. De terrifiant mais d'admirable.

« C'est quoi votre métier ? lui demanda la gamine.

— Retraité, fit Theo en se demandant si elle savait ce que ça signifiait.

— Parce que vous êtes vieux, dit-elle en hochant la tête avec sagacité.

— Oui, c'est ça, fit Theo.

— Mon papa va prendre sa retraite, dit-elle, il va aller vivre en France. » Deborah Arnold eut un rire de dérision.

« En France ? » fit Theo. Pour on ne sait quelle raison, il n'arrivait pas à imaginer Jackson en France. « Tu es déjà allée en France ?

— Oui, en vacances. J'ai vu des gens manger des grives.

— Oh, mon Dieu, dit Deborah Arnold. Vous n'êtes ni l'un ni l'autre censés être ici, ajouta-t-elle, comme s'ils étaient conjointement responsables du fait que les Français se régalaient d'innocents oiseaux chanteurs.

— Je voulais juste dire deux mots à Mr Brodie – voir comment allaient les choses », fit Theo d'un air contrit. Deborah Arnold semblait débordée : elle tapait, classait et photocopiait comme une possédée. Les affaires de Jackson Brodie marchaient-elles à ce point ? Il paraissait un petit peu trop décontracté pour avoir une assistante aussi occupée. Elle s'était présentée comme son assistante, Brodie l'avait présentée comme sa secrétaire.

« Mr Brodie est sur une affaire ? » s'enquit Theo, plus pour faire la conversation que pour autre chose. Deborah lui lança un regard de pitié par-dessus ses lunettes, comme si elle n'arrivait pas à croire qu'il pût être assez bête pour s'imaginer que Jackson travaillait pour de bon. Au bout de cinq minutes, elle lança « Il est chez le dentiste. Une fois de plus.

— Papa a le béguin pour sa dentiste », dit la gamine en fourrant un autre bonbon dans sa bouche pleine. C'était triste que des petites moufflettes comme ça n'ignorent rien du « béguin », aient la moindre notion de sexe. Peut-être n'en était-il rien, peut-être ne connaissaient-elles que les mots. Cette Marlee semblait très précoce pourtant, on lui aurait plus facilement donné dix-huit ans que huit. Ce n'était pas comme sa Laura (car Laura aurait toujours dix-huit ans), Laura avait une fraîcheur, une innocence, comme une lumière venue de l'intérieur. Jackson n'avait jamais mentionné qu'il avait une fille, parce que ça ne se faisait pas, non ? Les directeurs de banque, les conducteurs de bus ne passaient pas leur temps à crier sur tous les toits : « À propos, j'ai une fille. »

« Vous avez des enfants ? lui demanda Marlee.

— Oui, fit Theo. J'ai une fille prénommée Jenny, elle vit au Canada. Elle est grande. » Bien sûr, il avait l'impression de renier Laura, s'attendait à entendre un coq chanter chaque fois qu'il faisait cette réponse, mais les gens n'avaient aucune envie d'entendre « Oui, j'en ai deux, l'une est vivante et en bonne santé, elle habite Toronto, et l'autre est morte et enterrée ».

« Des petits-enfants ? demanda Marlee.

— Non », fit Theo. Jennifer et son mari, Alan – juif new-yorkais, débordant de bonhomie, cardio-chirurgien –, avaient décidé de ne pas avoir d'enfants et Theo avait jugé indélicat de leur demander pourquoi. Jennifer avait sa carrière, bien sûr, elle était médecin orthopédiste, et ils avaient une vie agréable, une jolie maison en banlieue, une autre sur le lac Ontario, un « cottage » comme disent les Torontois pour parler de leurs immenses villas au bord du lac. Theo y était allé un été. La maison était entourée d'arbres sur trois côtés et, la nuit, c'était l'endroit le plus silencieux et le plus sombre de la terre. La seule lumière provenait des lucioles qui dansaient toute la nuit devant la fenêtre de sa chambre. C'était un endroit épatant – ils avaient un canoë pour se promener sur le lac, des sentiers de randonnée qui sillonnaient les bois anciens à l'entour, ils faisaient chaque jour un barbecue sur leur terrasse donnant sur le lac –, ç'aurait été un paradis pour les gosses. Bien sûr, on ne regrette jamais ce qu'on n'a jamais eu. Et une fois qu'on l'a eu, on le regrette tout le temps. Peut-être Jennifer était-elle raisonnable. En n'ayant pas d'enfants, elle ne risquait pas d'en perdre.

« Vous êtes triste ?

— Non. Oui. Un peu, par moments. (Très, tout le temps).

154

« — Prenez un autre bonbon.

— Merci. »

Au bout de dix ans, Theo s'était soudain impatienté. Dix ans à recueillir les preuves, à accumuler obstinément les moindres bribes d'information, maintenant il voulait savoir. Jackson avait emporté tous ses dossiers clients, avait rempli le siège arrière et le coffre de sa voiture d'une multitude de cartons contenant les histoires des autres gens – leurs divorces, leurs achats de maison, leurs dernières volontés et leurs testaments. Jackson avait-il déjà discerné quelque chose dans cette masse de renseignements, comme ces voyants extralucides auxquels on fait appel, auxquels Theo lui-même avait eu recours. Jusqu'à la police qui en avait fait venir un, mais elle ne l'avait pas briefé correctement et il avait cru qu'on cherchait un corps alors que, naturellement, on en avait déjà un. Le voyant avait déclaré que le corps de la fille se trouvait « dans un jardin, pas loin de la rivière », ce qui, en admettant qu'on ait cherché un corps, mais ce n'était pas le cas, aurait circonscrit le champ des recherches à la moitié de Cambridge ! Combien de filles gisaient ainsi, épargnées par la charrue, invisibles au passant ? Si seulement on pouvait enfermer les filles dans des tours, des donjons, des couvents, dans leur chambre, n'importe où, pourvu que ce fût un lieu sûr.

Il n'arrêtait pas de croiser une fille. Parfois elle était dans Regent Street, souvent dans Sydney Street et il l'avait aperçue au Grafton Centre, assise sur un vieux drap, une couverture jetée sur ses épaules. Une « mendiante », sortie tout droit de l'histoire, du dix-huitième siècle. Ce matin, elle était dans St Andrew's Street et Theo lui donna toute sa mitraille, cinq livres.

La fille avait l'air malade mais le chien qui l'accompagnait paraissait toujours bien nourri, un beau croisement de retriever et de lévrier au pelage noir brillant, encore jeune. La mendiante avait de courts cheveux jaune citron, coupés n'importe comment et personne ne semblait jamais lui donner d'argent, peut-être parce qu'elle n'en demandait pas, ne regardait personne, ne lançait jamais de remarque joyeuse pour que les gens se sentent contents d'eux,

155

contents qu'elle soit mendiante. Ou peut-être parce qu'elle donnait l'impression qu'elle allait tout claquer pour s'acheter de la drogue. Theo pensait qu'elle achèterait sans doute de la nourriture pour chiens avant. Theo lui donnait toujours de l'argent mais il devait y avoir quelque chose de mieux à faire – lui payer un bon repas, lui trouver une chambre, lui demander son nom, n'importe quoi, avant qu'elle ne disparaisse de la circulation, mais il était trop timide, trop inquiet à l'idée qu'elle se méprenne sur ses intentions et dise d'une voix rageuse « Fous le camp, vieux vicelard ».

« Ton père sait que tu es ici ? demanda Deborah Arnold à Marlee.

— Maman lui a laissé un message sur son portable.

— C'est que je dois m'absenter, dit Deborah, je dois poster le courrier avant la levée. » Cette dernière remarque s'adressait à Theo qui se demandait ce qu'on attendait de lui. « Vous pouvez la surveiller ? » demanda Deborah en indiquant Marlee d'un signe de tête, et Theo eut envie de dire « Mais je suis un parfait inconnu ou presque, comment savez-vous que je ne vais pas lui faire quelque chose d'abominable ? » Se méprenant sur son hésitation, Deborah ajouta « Juste pour un quart d'heure, ou jusqu'au retour de Sa Majesté ». Marlee grimpa sur les genoux de Theo, passa ses bras autour de son cou et dit « S'il vous plaît, s'il vous plaît, gentil monsieur, dites oui », et Theo songea « Oh, mon Dieu, personne ne lui a jamais dit de se méfier des inconnus ? » Le fait qu'il ressemblait au père Noël ne le rendait pas inoffensif, même s'il l'était, bien sûr. Mais Theo n'eut pas le temps de protester : Deborah Arnold était déjà en bas de l'escalier.

« Mon papa rentrera bientôt », le rassura Marlee. « Mon papa », à ces mots, Theo eut une boule dans la gorge. Le film préféré de Laura après *Dirty Dancing* était *The Railway Children*[1] et il avait acheté la cassette vidéo deux

---

1. Film de Lionel Jeffries (1970), adaptation d'une œuvre d'Edith Nesbit. (*N.d.T.*)

ou trois ans avant sa mort. Ils l'avaient regardée ensemble plusieurs fois et à chaque fois ils avaient pleuré à la fin, quand le train s'arrête, que la vapeur et la fumée se dissipent lentement pour révéler la silhouette du père de Bobby et que Jenny Agutter (qui lui rappelait toujours un peu Laura) s'écrie « Papa, mon papa ! » C'était étrange parce que c'était un moment si heureux pour Bobby et pourtant ça semblait toujours d'une tristesse insupportable. Naturellement, Theo n'avait plus regardé le film depuis la mort de Laura. Ça l'aurait achevé. Theo n'avait jamais douté un seul instant de retrouver Laura lorsqu'il mourrait et dans son esprit, ce serait exactement comme dans *The Railway Children* – il sortirait du brouillard et Laura serait là et dirait « Papa, mon papa ! » Non que Theo crût en une religion, un Dieu, ou à la vie éternelle, il savait seulement qu'il était impossible d'éprouver autant d'amour et qu'ensuite il n'y ait plus rien.

Marlee s'embêtait. Elle n'avait plus de bonbons, ils avaient joué au morpion – jeu qu'elle connaissait déjà – et au pendu, que Theo lui fit découvrir, mais elle commençait à pleurnicher car elle avait l'estomac dans les talons. La fenêtre de l'agence de Jackson située au premier étage donnait sur un magasin de sandwichs terriblement tentant. « Je meurs de faim », déclara Marlee d'un air mélodramatique en se pliant en deux pour mieux illustrer ses affres.

Et si Deborah Arnold ne revenait pas ? Et si Jackson ne revenait pas, parce qu'il n'avait jamais reçu le message au sujet de sa fille ? Parce qu'il avait mal réagi à l'anesthésie ou qu'il était mort durant l'anesthésie, ou parce qu'il s'était fait écraser en rentrant de chez le dentiste.

Il pourrait laisser Marlee seule le temps de courir en face acheter quelque chose à manger. Ça lui prendrait, au maximum, quoi... dix minutes ? Que pouvait-il lui arriver de mal en dix minutes ? C'était là une question absurde car Theo était bien placé pour savoir ce qui pouvait arriver en dix minutes : un avion pouvait exploser au-dessus d'une ville ou s'encastrer dans un immeuble, un train pouvait dérailler, un fou en pull de golf jaune pouvait se ruer dans un bureau en brandissant un couteau. Laisser Marlee... il

157

n'y pensait pas ! Les bureaux figuraient en première place à son hit-parade des endroits dangereux, avant les avions, les montagnes ou les écoles.

« Viens, lui dit-il, on va faire un saut en face pour acheter un sandwich

— Et si papa revient et ne nous trouve pas ? »

Theo fut touché par le « nous ». « Eh bien, on va laisser un mot sur la porte, dit-il.

— De retour dans dix minutes, fit Marlee, c'est ce que met papa. »

Bien sûr, les choses ne furent pas aussi simples : il était trois heures de l'après-midi, le magasin allait fermer et les rares sandwichs qui restaient – œuf mayonnaise et rosbif au raifort – amenèrent Marlee à mimer une crise de vomissements très convaincante. En sortant du magasin, elle glissa dans la main de Theo sa menotte sèche qu'il serra pour la rassurer. Elle s'anima soudain en apercevant un fast-food de l'autre côté de la rue et y traîna presque Theo. Qui pensa aussitôt maladie de Creutzfeld-Jakob mais Marlee voulait un « pouléburger » et Theo espéra qu'il contenait du poulet et non de la vache folle. Oui, mais de quel morceau s'agissait-il et quelle était la date de péremption ? Et de quoi s'étaient nourris les poulets ? De vache folle certainement.

Il lui acheta un pouléburger (« avec des frites », suppliat-elle) et un Coca. Pour un fast-food, le service était très lent et Theo se demanda si quelqu'un surveillait la bonne marche de ce genre d'établissement. La majorité du personnel avait l'air d'être des enfants, australiens, qui plus est.

Cela faisait beaucoup plus de dix minutes qu'ils avaient quitté l'agence et si Jackson était rentré il devait être en train d'envoyer des équipes à leur recherche. Comme si le fait de penser à lui suffisait à le faire apparaître, Jackson sortit soudain d'une bousculade d'étudiants étrangers. Il avait l'air un tantinet remonté et agrippa le bras de Marlee qui jeta les hauts cris « *Papa*, attention à mon Coca !

— Où étais-tu passée ? » cria Jackson. Il foudroya Theo du regard. Quel toupet, alors que Theo ne faisait que s'occuper d'une gamine dont les parents auraient été bien inspirés d'en faire autant.

« Je fais du baby-sitting, déclara Theo à Jackson, je ne les prends pas au berceau.

— D'accord, fit Jackson, naturellement, je suis désolé, je m'inquiétais.

— Theo veille sur moi, dit Marlee en enfournant une énorme bouchée de pouléburger, et il m'a acheté des frites. Je l'aime bien. »

Quand Theo repassa par St Andrew's Street, la fille aux cheveux jaune citron n'y était plus et il s'inquiéta de ne plus jamais la revoir. Parce que ça se passait comme ça : vous étiez là à rire, parler, respirer et, l'instant d'après, vous aviez disparu. À jamais. Et il ne restait rien de vous dans le monde que vous veniez de quitter : ni trace de sourire, ni le moindre chuchotement. Rien.

11

JACKSON

« Votre voile du palais a l'air très enflammé, murmura Sharon, ça vous fait mal ?

— Nnnn, naaaan.

— Je crois que vous avez un abcès en train de crever, Jackson. »

Officiellement, elle s'appelait « Miss S. Anderson, docteur en chirurgie dentaire » et elle ne l'avait jamais invité à l'appeler Sharon, même si elle ne se gênait pas pour l'appeler Jackson. Les médecins, les banquiers, de parfaits inconnus, tout le monde aujourd'hui vous appelait par votre petit nom. C'était une des bêtes noires de Binky Rain : « J'ai dit à l'employé de banque ("l'ompleuyé de bonque") – un *caissier* – "Excusez-moi, jeune homme, mais je n'ai pas le souvenir qu'on nous ait présentés. En ce qui me concerne, mon nom est *Mrs* Rain et je me fiche pas mal de connaître le vôtre". » Binky Rain avait prononcé le mot « caissier » comme s'il s'agissait d'une saleté qu'on ne voudrait surtout pas ramasser sous ses semelles.

Allongé dans le fauteuil, il se sentait d'une vulnérabilité absurde, accablé et impuissant, soumis aux caprices de Sharon et de son assistante silencieuse. Toutes deux avaient des yeux noirs, énigmatiques et une façon de le regarder, d'un air détaché, par-dessus leurs masques comme si elles envisageaient quelles tortures elles allaient bien pouvoir lui infliger, telles des danseuses du ventre sadiques armées d'instruments chirurgicaux.

Jackson tenta de ne pas penser à la fameuse scène de

161

Marathon Man et s'évertua à s'imaginer en France. Il pourrait cultiver des légumes, il n'en avait jamais fait pousser un seul de sa vie : la jardinière, c'était Josie, il avait exécuté ses ordres, *bêche ici, enlève ça, tonds la pelouse.* En France, les légumes pousseraient sans doute tout seuls de toute façon. Toute cette terre chaude et fertile. Des tomates, des pêches. Des vignes, pourrait-il cultiver la vigne ? Des olives, des citrons, des figues, c'était biblique. Voir les vrilles s'accrocher, les fruits gonfler. Oh, mon Dieu, il avait une érection (en pensant à des légumes, qu'est-ce qui ne tournait pas rond chez lui ?) Paniqué, il avala sa salive et s'étrangla. Sharon remit le dossier du fauteuil en position verticale et dit « Ça va ? », la tête penchée de côté pour faire croire qu'elle se souciait de lui, tandis qu'il s'étouffait bruyamment. L'assistante silencieuse lui tendit un gobelet en plastique rempli d'eau.

« C'est bientôt fini », mentit Sharon, en le remettant en position couchée. Jackson s'obligea cette fois à penser à quelque chose de désagréable. Au corps de Laura Wyre. Abattue sur place, comme un animal, comme une biche.

Maître Wyre, il est où ? La question était bizarrement posée – ne serait-il pas plus normal de demander « Où est Maître Wyre ? » ? Le tueur avait-il vraiment dit ça ? Et s'il avait dit « Miss Wyre », ou « Mrs Wyre » ? Se pouvait-il que Moira Tyler (la seule personne à qui le tueur ait parlé) ait mal entendu ? Dans le branle-bas général ? Mais branle-bas était un bien grand mot pour décrire un type en pull de golf jaune demandant simplement où se trouvait un des avocats.

Quant à la vie privée de Laura, était-elle aussi transparente qu'il y paraissait ? Une vierge vouée au sacrifice. Était-elle vierge ? Jackson ne se souvenait pas de l'avoir lu dans le rapport d'autopsie. Theo en était persuadé, bien sûr. Jackson n'avait aucun mal à imaginer Marlee mariée et divorcée trois fois, mère de dix enfants, et lui continuant à la croire vierge.

La presse avait adoré le caractère irréprochable de Laura. C'était tellement mieux quand c'était une gentille fille de la bourgeoisie ayant de saines habitudes et aspirant à s'instruire qui se faisait buter, et non une prostituée ou une adolescente sans emploi aux allures de pute (les Kerry-

Anne Brockley de ce monde). Mais qui pouvait prétendre que Laura Wyre n'avait pas de secrets ? Une liaison avec un homme marié qu'elle aurait cachée à son père pour ne pas le choquer, peut-être. À moins qu'elle ne se soit, en toute innocence, fait un admirateur qui la suivait à la trace, un sale petit pervers qui faisait une fixation sur elle ? Peut-être s'était-elle montrée agréable envers lui (il suffisait de ça, parfois) et il s'était mis à délirer, à la croire amoureuse de lui, à penser qu'il se passait quelque chose de cosmique entre eux. Il existait un mot pour ça, Jackson n'arrivait pas à s'en souvenir, un syndrome, mais pas de Munchausen. Il n'y avait que quatre possibilités. Ou le type connaissait personnellement Theo ou il ne l'avait jamais rencontré. Ou il connaissait personnellement Laura ou il ne l'avait jamais rencontrée. Érotomanie, voilà le mot qu'il cherchait. Ça faisait mauvais film porno hollandais.

Une enquête avait montré, des années auparavant, que les femmes ne se sentaient pas menacées par un homme qui lisait le *Guardian* ou qui portait un badge du CND[1]. Jackson s'était demandé à l'époque combien de violeurs s'étaient mis à trimballer un exemplaire du quotidien. Regardez Ted Bundy[2], baladez-vous avec un bras dans le plâtre et les femmes croiront n'avoir rien à craindre de vous. Aucune femme n'était vraiment à l'abri du danger. Même si vous étiez aussi solide que Sigourney Weaver dans *Alien, la résurrection* ou que Linda Hamilton dans *Terminator 2, le jugement dernier*. Où que vous alliez, il y avait des hommes. Des cinglés. Ce qu'il aimait chez les femmes fortes comme Ripley et Sarah Connor (oui, il savait que c'étaient des personnages de fiction) c'était qu'elles avaient beau être des dures à cuire, elles étaient animées par une sorte d'amour maternel, un amour maternel qui englobait le monde entier. Halte là, Jackson ! Cesse de fantasmer sur Sarah Connor, pense à quelque chose de désagréable, au

---

1. Campaign for Nuclear Disarmament. Mouvement anglais pour le désarmement nucléaire. (*N.d.T.*)

2. Le plus illustre des tueurs en série américain, auteur de dizaines de meurtres. Il commença sa « carrière » en arborant un bras en écharpe et en demandant de l'aide à de jolies jeunes femmes. (*N.d.T.*)

pot d'échappement de ta bagnole qui a besoin d'être réparé, à quelque chose d'emmerdant. Au golf.

« J'ai nettoyé le pus, Jackson, susurra Sharon, et je vais mettre un pansement, mais on ne peut pas continuer à traiter les symptômes, il va falloir éliminer la cause. La racine. »

Les meilleurs amis de Laura en terminale avaient été Christina, Ayshea, Josh, Joanna, Tom, Eleanor, Emma, Hannah et Pansy. Jackson était au courant parce que Theo avait un tableau mural intitulé « Élèves de terminale » distinct d'un deuxième tableau recensant les « Amis de Laura en dehors du lycée » (club de plongée, personnel du pub où elle avait travaillé, etc.) et d'un troisième consacré aux « Connaissances de Laura » (qui comprenait en gros toutes les personnes qui avaient un jour croisé son chemin).

« Élèves de terminale » était une liste numérotée selon le degré d'intimité : le numéro un était son amie la plus proche et ainsi de suite. Tous les élèves du lycée étaient répertoriés. Combien de temps Theo avait-il passé à déterminer si tel ou tel méritait la cent huitième plutôt que la cent neuvième place ? Il n'avait même pas établi cette liste sur ordinateur mais avait laborieusement écrit tous les noms à la main. Ce type avait un grain.

Les amis étaient aussi classés selon le sexe – les filles en bleu, les garçons en rouge, ce qui permettait de se rendre compte que les meilleurs amis de Laura étaient pour la plupart des filles. Les dix premiers noms étaient en bleu à deux exceptions près : Josh et Tom. Laura Wyre avait de toute évidence été une « fille à filles » destinée à ne jamais devenir une « femme à femmes ». En queue de liste se trouvait une phalange presque compacte de noms en rouge – des grappes de garçons auxquels, pour la plupart, Laura n'avait sans doute jamais prêté attention et encore moins adressé la parole. L'encre rouge faisait ressortir les garçons, leur donnait un air plus dangereux ou incorrect d'une certaine façon. Jackson revit soudain ses dissertations criblées de commentaires furieux par ses profs. Ce n'est qu'après avoir quitté l'école et s'être engagé dans l'armée qu'il avait découvert qu'il était intelligent.

La police avait interrogé tous les élèves du lycée de

Laura, mais malheureusement la plupart des dix premiers noms de la liste manquaient à l'appel. « En voyage [1] », avait expliqué Theo à Jackson. Il avait redouté que Laura veuille passer une année à visiter les coins dangereux de la planète, mais elle aurait été plus en sécurité dans un asile de nuit de Bangkok infesté de puces et bourré d'héroïne que dans le cabinet de son père. « Mea culpa », avait dit Theo à Jackson avec son triste sourire de bon gros chien.

Tout au long de leur enquête, les policiers avaient toujours considéré Laura comme celle qui avait eu le malheur d'être là, ils étaient persuadés que c'était Theo qui était réellement visé. Jackson se souvint soudain de Bob Peck dans *The Edge of Darkness* – une dramatique télévisée comme on n'en faisait plus, en fait, c'était peut-être la dernière bonne dramatique de la BBC que Jackson avait vue. En 1984 ? 1985 ? Il essaya de se rappeler l'année 1985. Trois ans après la guerre des Malouines. Howell avait quitté l'armée et Jackson rempilé pour cinq ans. Il sortait avec une fille prénommée Carol mais, voici que devenue membre du CND, elle lui annonce que ses idées politiques sont « incompatibles » avec leur relation. Jackson eut beau faire remarquer qu'il n'était pas particulièrement en faveur de la guerre nucléaire, elle avait préféré s'enchaîner et traiter la police de la vallée de la Tamise de noms d'oiseaux.

En 1985, Laura Wyre avait neuf ans et Olivia était morte depuis quinze ans. Dans *The Edge of Darkness*, Craven, le personnage joué par Bob Peck, était aussi obsédé par sa fille – prénommée Emma, comme la fille qui occupait le sixième rang de la liste rouge et bleue de Theo et la seule des filles bien classées à vivre pas trop loin de Cambridge. Christina, l'amie numéro 1, était mariée et vivait en Australie, Ayshea était prof dans le Dorset, Tom travaillait pour le Conseil de l'Europe à Strasbourg, Josh semblait avoir disparu de la circulation, Joanna était médecin à Dublin, Hannah aux États-Unis, Eleanor avocate à Newcastle, Pansy travaillait pour un éditeur en Écosse. Une hégire de filles. Fuyaient-

---

1. Les étudiants anglo-saxons qui en ont les moyens s'accordent une année, souvent passée à voyager, avant ou après leurs études universitaires. (*N.d.T.*)

elles quelque chose ? (« Si on court à l'infini, on revient à son point de départ, Jackson. ») Il voulait parler à quelqu'un qui avait connu une autre Laura. Non que la Laura de Theo ne fût pas authentique, mais aussi proche qu'il eût été de sa fille, il y avait des choses qu'il ignorait ou ne comprenait pas chez sa fille. Forcément. L'idée avait beau vous faire horreur, elles auraient toujours des secrets.

Emma Drake vivait à Londres, à Crouch End, et travaillait pour la BBC. Quand Jackson lui avait téléphoné, elle s'était déclarée ravie de lui parler et lui avait donné rendez-vous après son travail, au Langham, en face de l'immeuble de la BBC « pour des cocktails ».

C'était une gentille fille, polie, bavarde, et elle descendit coup sur coup trois Manhattan, d'une façon qui laissait penser qu'elle aimait arrondir les angles de la journée au plus vite. Ce n'était plus vraiment une fille, c'était une femme de vingt-huit ans.

« Je me souviens que je me suis dit que ç'aurait pu être moi, fit-elle en enfournant une cacahuète. Je n'ai pas encore mangé, s'excusa-t-elle, je suis restée enfermée toute la journée dans un studio. C'était une réflexion égoïste de ma part, je suppose.

— Pas vraiment, dit Jackson.

— Enfin, ce n'était pas vraiment possible, je n'étais pas sur place, à l'époque, mais il y a quelque chose dans la violence aveugle...

— Aveugle ? dit Jackson, vous ne croyez pas que le type qui a tué Laura pourrait avoir prémédité son geste, que c'était elle sa cible et non son père ? » Un homme en smoking s'assit à un piano dans un coin de la salle et leva les doigts au-dessus du clavier, à la façon ostentatoire de Liberace [1], et se mit à interpréter une version tapageuse, pleine de fioritures de *Some Enchanted Evening*.

« Oh là là », dit Emma Drake qui fit la grimace et rit. « Peut-être qu'elle avait rencontré quelqu'un, je ne sais pas, tout le monde avait l'air d'être en voyage ou de travailler à

---

1. Pianiste et chanteur américain (1919-1987) très flamboyant sur scène. (*N.d.T.*)

l'étranger. Laura était une des rares à aller directement à l'université à la fin des grandes vacances. J'étais au Pérou, je n'ai appris sa mort que des semaines après. Ç'a été pire d'une certaine façon car pour les autres, c'était déjà de l'histoire ancienne.

— Vous ne voyez pas un tout petit détail que personne n'aurait songé à mentionner », insista Jackson. Il se demanda si un autre Manhattan aiderait ou aurait l'effet contraire, et si c'était bien de sa part de pousser les jeunes femmes à boire et de les laisser ensuite se débrouiller toutes seules dans les rues mal famées de Londres. C'était ça le sort qui attendait Marlee ? Faire de bonnes études et se retrouver avec un boulot merdique à la BBC, boire trop et faire toute seule le long trajet en métro jusqu'à Crouch End pour regagner un appartement loué ? Il proposa un café à Emma Drake et fut soulagé quand elle accepta.

« Je suis désolée, je ne vois rien, dit-elle en fronçant les sourcils tandis que le pianiste se lançait dans un pot-pourri d'airs d'Andrew Lloyd Webber. Quoique, il y avait bien ce truc avec Mr Jessop.

— Mr Jessop ?

— Stan. » Les plis de son front se creusèrent mais pour des raisons qui semblaient sans rapport avec *Le Fantôme de l'Opéra*. « Son prof de biologie.

— Un truc ? Une relation, vous voulez dire ? » Il avait déjà vu le nom de Stan Jessop, il figurait sur un des autres tableaux de Theo : « Professeurs du lycée de Laura. » Il avait été interrogé par la police, deux jours après le meurtre de Laura, puis éliminé de l'enquête.

Emma Drake se mordit la lèvre et fit tourner le restant de son Manhattan dans son verre. « Je ne sais pas, vous devriez demander à Christina, elle était beaucoup plus proche de Laura que moi, et en plus elle était dans la classe de Mr Jessop.

— Elle élève des moutons au beau milieu de l'outback[1] australien.

— Vraiment ? fit Emma qui s'anima un instant. C'est

_____

1. Terres isolées de l'intérieur du pays. (*N.d.T.*)

dingue ! On s'est tous perdus de vue, qui aurait cru un truc pareil ? » Eh oui, songea Jackson, c'est ce qui nous pend au nez à tous.

Le café arriva et Jackson se dit qu'il aurait dû également lui commander un sandwich. Qu'est-ce que les filles comme elle mangeaient quand elles finissaient par rentrer chez elles ? Si tant est qu'elles mangent.

« On s'était tous juré de nous retrouver dix ans après, jour pour jour, dit-elle. Devant le Hobbs Pavilion[1]. Ça tombait il y a quinze jours et, évidemment, il n'y avait personne.

— Vous y êtes allée ? »

Elle fit signe que oui et ses yeux s'emplirent de larmes. « Stupide. Je me suis sentie stupide d'être là à attendre. Je n'ai jamais cru que quelqu'un viendrait, pas vraiment, mais je me suis dit que je devais y aller, juste au cas où. C'est surtout le fait que *Laura* ne soit pas venue qui m'a fichu un coup. Enfin, je sais qu'elle est morte et je ne m'attendais pas à la voir apparaître, mais ça m'a fait toucher la réalité du doigt – il n'y avait pas de "dix ans" qui tiennent pour Laura, pas d'avenir. Tout s'était arrêté pour elle. Comme ça. »

Jackson lui tendit un mouchoir (il avait toujours des mouchoirs sur lui, la moitié des gens qu'il rencontrait avaient l'air de finir en larmes). « Et Mr Jessop ?

— C'était une rumeur, en fait, Laura n'était pas spécialement cachottière, mais elle était discrète, elle ne parlait pas de choses personnelles. Bon sang, on croirait entendre ma mère. Je ne pense jamais à Laura. C'est horrible, non ? Horrible de finir oubliée et quand les gens se souviennent de vous, ce ne sont que des clichés. Je veux dire par là que j'ai pensé à elle devant le Hobbs Pavilion parce que je savais que, s'il y avait une chance pour que les autres viennent, il n'y avait absolument aucun espoir de voir apparaître Laura. Mais le reste du temps... » Elle se mordilla la lèvre et Jackson eut envie de lui dire d'arrêter car elle allait saigner. « C'est comme si elle n'avait pas existé », conclut-elle d'une voix éteinte.

---

1. Ancien pavillon de cricket de Cambridge reconverti en restaurant. (*N.d.T.*)

« Elle n'était pas vierge, vous savez », lança timidement Jackson, et Emma de soupirer : « Oui, bon, personne ne l'était. Ce n'était pas une *sainte*. Elle était comme tout le monde, elle était *normale*.

— Mais elle n'avait pas l'air d'avoir de petits amis. La police n'en a interrogé aucun.

— Elle n'est jamais vraiment sortie avec quelqu'un. Elle a couché avec quelques garçons, c'est tout. »

C'était une pratique répandue ? Il y a dix ans ? Et si oui, que faisaient les filles d'aujourd'hui ? Et que feraient-elles dans dix ans ? Quand Marlee aurait l'âge auquel Laura avait cessé d'exister. Putain.

« Elle s'entendait très bien avec Josh, ils se connaissaient depuis l'école primaire. Je ne l'ai jamais beaucoup aimé. Il était très imbu de sa personne. Très intelligent.

— Je n'arrive pas à découvrir où il se trouve, fit Jackson.

— Il a abandonné ses études, maintenant il est, apparemment, DJ à Amsterdam. C'est avec lui que Laura a perdu sa virginité.

— Son père la croyait vierge », fit Jackson, et Emma Drake dit en riant : « C'est toujours ce que croient les pères.

— Même quand il existe des preuves du contraire ?

— Surtout à ce moment-là.

— Et Mr Jessop ? souffla Jackson.

— Oh, on craquait toutes pour lui. » Emma sourit à ce souvenir. « Il était très mignon, beaucoup trop beau pour être prof. Laura et Christina étaient dans sa classe en terminale, Laura était sans discussion sa chouchoute, sa meilleure élève et tout. Mais il n'y avait rien entre eux, il avait une femme et un bébé. » (Comme si ça avait jamais dissuadé quelqu'un !) Laura faisait du baby-sitting pour eux, j'allais lui tenir compagnie. Laura croyait ne pas savoir s'y prendre avec les enfants, mais elle se débrouillait bien avec Nina, le bébé des Jessop. Laura aimait bien sa femme, Kim. Elles s'entendaient bien. J'ai toujours trouvé ça bizarre. Kim était très vulgaire. » Emma Drake porta une main à sa bouche, horrifiée. « Oh, mon Dieu, quelle horreur, c'est d'un snob ! Mais vous voyez ce que je veux dire, le genre blondasse et pute sur les bords. Une Geordie [1], quoi. Oh là là, je ferais mieux de me taire. »

Cette fille était une mine de renseignements. Pourtant on ne l'avait jamais interrogée. Pas plus que Kim Jessop. « Personne n'a fait état d'une histoire entre Mr Jessop et Laura, fit Jackson.

— Évidemment, ce n'est pas lui le fou qui l'a poignardée. Écoutez... ce n'était qu'une rumeur, rien de plus qu'un béguin. Je me sens coupable d'en avoir parlé.

— Avoir le béguin pour son prof n'a rien d'extraordinaire. Je suis sûr que ça ne dérangerait pas Laura qu'on en parle. » Comme si elle était vivante, comme si elle était réelle. Laura Wyre ne se souciait plus de quoi que ce soit.

« Oh, non, non, ce n'est pas Laura, c'est Mr Jessop qui avait le béguin ! Pour Laura. »

Jackson mit Emma Drake dans un taxi et donna au chauffeur vingt-cinq livres, une somme d'une générosité ridicule, pour qu'il la ramène à Crouch End et la raccompagne jusqu'à sa porte. Puis il regagna, à moindres frais, la gare de King's Cross et passa tout le voyage du retour à regarder par la fenêtre du train, les yeux dans le vague.

« Ça y est, Jackson, vous voilà tout rafistolé et prêt à partir. » Sharon baissa son masque et lui sourit comme s'il avait trois ans. Il s'attendait presque à ce qu'elle lui file un badge ou un autocollant.

« Fixons un rendez-vous pour extraire la racine. »

Il avait cru qu'elle parlait métaphoriquement quand elle avait parlé de racine la dernière fois, mais il s'agissait d'une vraie *racine*. Dans sa tête.

Dehors, dans la rue, il vérifia son téléphone. Il y avait un message de Josie, lui demandant de s'occuper de Marlee pour l'après-midi et l'informant que sa fille l'attendait à son bureau. Sauf qu'elle n'y était pas. Il n'y avait personne à

---

1. Surnom des habitants du Tyneside, au nord-est de l'Angleterre. (*N.d.T.*)

l'agence qui n'était pas fermée à clé. Un message sur la porte, dont il connaissait l'écriture mais qui n'était ni celle de Deborah ni celle de Marlee, disait « De retour dans dix minutes ». Il dut réfléchir un moment avant de reconnaître l'écriture de Theo (Dieu sait s'il l'avait assez vue ces derniers jours). Cette fois, l'encre était d'un noir neutre. « De retour dans dix minutes » ne signifiait rien quand on ignorait quand les dix minutes avaient commencé. Jackson fut pris d'une panique inattendue. Que savait-il de Theo ? Il avait l'air d'un brave type, totalement inoffensif, mais les psychopathes dangereux ne portaient pas « dangereux psychopathe » tatoué sur le front. Pourquoi pensait-il que Theo était un brave type ? Parce que sa fille était morte ? Était-ce une garantie ?

Jackson dévala les escaliers pour se précipiter dans la rue. Où était-elle ? Avec Theo ? Avec Deborah ? Toute seule ? Avec un *inconnu* ? Il avait voulu acheter un téléphone portable à Marlee mais Josie s'y était opposée (quand était-elle devenue la seule à prendre des décisions au sujet de leur enfant ?). Comme ce serait utile en pareil cas. Jackson aperçut Theo qui sortait du fast-food un peu plus loin. Il était si gros qu'on ne pouvait pas le rater. Marlee était avec lui. Merci, mon Dieu. Elle portait une jupette ultracourte et un petit haut de rien du tout. On trouvait des photos de mouflettes habillées comme ça partout sur Internet.

Jackson se fraya, sans ménagement, un chemin à travers un groupe d'adolescents espagnols, agrippa le bras de Marlee et lui cria « Où étais-tu passée ? » Il avait envie de coller un marron à Theo, tout en ne sachant pas pourquoi, car de toute évidence Marlee allait très bien : elle s'empiffrait de frites. Elle suivrait sans doute le premier venu pour un bonbon au chocolat.

« Je fais du baby-sitting, déclara Theo à Jackson, je ne les prends pas au berceau », et Jackson eut honte. « D'accord, fit-il, bien sûr, je suis désolé, je m'inquiétais.

— Theo veille sur moi, dit Marlee, et il m'a acheté des frites. Je l'aime bien. » Putain, c'était aussi simple que ça ?

« Ta mère t'a larguée ici sans s'occuper du reste ? demanda Jackson quand ils furent de retour à l'agence.

— C'est David qui m'a amenée.

171

— Oui, bon, il t'a larguée. » Quel guignol.

« Deborah était là.

— Ben, elle n'y est pas pour l'instant. » (Où diable était-elle passée ?) « Tu es partie en laissant la porte ouverte si bien que n'importe qui aurait pu entrer et tu as suivi un parfait inconnu. Est-ce que tu sais seulement à quel point ça peut être dangereux ?

— Mais tu le connais, Theo ?

— Là n'est pas la question, toi, tu ne le connaissais pas. »

La lèvre de Marlee se mit à trembler et elle chuchota « C'est pas ma faute, papa », et se sentant à la fois coupable et contrit, Jackson eut un coup au cœur. « Désolé, ma chérie, dit-il, tu as raison, c'est la mienne. » Il la prit dans ses bras et l'embrassa sur la tête. Elle sentait le shampooing au citron et le graillon. « Scuse-moi », murmura-t-il dans ses cheveux.

« On peut entrer ? » Une femme se tenait hésitante sur le seuil. Jackson lâcha Marlee qu'il venait de serrer contre lui à l'étouffer et qui s'était laissé faire avec une patience à toute épreuve.

« Je viens pour prendre un rendez-vous », dit la femme. Elle allait sur ses quarante ans, portait un jean, un tee-shirt, des sandales à lanières, paraissait en pleine forme (kick-boxing, songea Jackson) mais avait des cernes sous les yeux. Le genre Sarah Connor. Ou de cette infirmière dans *ER*[1], dont tous les hommes sont convaincus qu'ils la traiteraient tellement mieux que ne le fait son petit ami à l'écran. (Jackson s'était mis à beaucoup regarder la télé depuis sa rupture avec Josie). Elle avait un air familier. La plupart des gens qui paraissaient familiers à Jackson s'avéraient en général être des criminels, mais elle n'avait pas l'air d'en être une.

« Eh bien, dit-il, en indiquant son bureau d'un vague signe de tête, nous pouvons parler maintenant, si vous le désirez ? »

La femme regarda Marlee et dit « Non, je crois que je

---

1. Feuilleton d'humour noir américain dont l'action se situe dans un hôpital. (*N.d.T.*)

vais me contenter de prendre rendez-vous », et Jackson sut aussitôt qu'il s'agissait de quelque chose qu'il n'avait pas envie de savoir.

Elle prit rendez-vous pour le mercredi suivant à onze heures : « Parce que je ne serai pas de nuit », et Jackson se dit « infirmière », ça expliquait son air familier car les infirmières et les flics se voient beaucoup trop dans l'exercice de leur métier. Il aimait bien les infirmières, pas à cause des films *Carry On*[1], ni des cartes postales cochonnes, ni des panoplies porno, ni pour aucune des raisons habituelles, et pas les grosses infirmières dotées de sens pratique et d'énormes popotins, mais sans imagination (il y en avait en pagaille), non, il aimait celles qui comprenaient la souffrance, celles qui avaient elles-mêmes souffert, celles qui avaient des yeux cernés et qui ressemblaient à Sarah Connor. Celles qui comprenaient la douleur, à la façon de Trisha, Emmylou et Lucinda quand elles chantaient. Et peut-être même quand elles ne chantaient pas, qui sait ?

Elle avait définitivement quelque chose. Un certain *je ne sais quoi*[2]. Elle se prénommait Shirley, lui dit-elle, et il sut sans avoir à lui demander pourquoi elle était venue. Elle avait perdu quelqu'un, ça se lisait dans ses yeux.

« On rentre à la maison ? demanda avec un soupir à fendre l'âme Marlee en s'installant à l'arrière de la voiture. *Je meurs de faim.*

— Mais non.

— Si. Je suis en pleine croissance, ajouta-t-elle d'un ton défensif.

— Je m'en serais jamais aperçu.

— La voiture sent la cigarette, ça *pue*, papa. Tu ne devrais pas fumer.

— Je ne suis pas en train de fumer. Assieds-toi de l'autre côté, pas derrière moi.

---

1. Série de vingt-huit films censés faire la satire des mœurs britanniques, des institutions, etc., mais qui est surtout passée à la postérité pour son humour très au-dessous de la ceinture. (*N.d.T.*)

2. En français dans le texte.

— Pourquoi ?

— Pourquoi pas ? » (Parce que si pour une raison quelconque la ceinture de sécurité venait à lâcher, tu passerais à travers le pare-brise, ce qui est un tout petit peu moins dangereux que si tu rentrais dans mon siège.) Marlee s'installa à gauche de la banquette arrière. À la place de la princesse Diana. Elle verrouilla sa portière. « Ne verrouille pas, Marlee.

— Pourquoi ?

— Parce que. » (Pour qu'il soit plus facile de te sortir, si la voiture prend feu.)

« Qu'est-ce qu'elle voulait la dame ?

— Miss Morrison ? » Shirley. C'était un joli nom. « T'as bien bouclé ta ceinture ?

— Ouais.

— On dit "oui", pas "ouais". Je ne sais pas ce qu'elle voulait. » Il le savait. Il l'avait lu dans ses yeux. Elle avait perdu quelque chose, quelqu'un, une perte de plus à inscrire dans le grand registre.

Pendant des mois, son affaire la plus intéressante avait été Nicola Spencer (ça voulait tout dire), sinon, ç'avait été la routine et la grisaille et voici que soudain, en l'espace de deux ou trois semaines, il se retrouvait avec un meurtre perpétré de sang-froid et un enlèvement vieux de trente-quatre ans à résoudre, sans compter les nouvelles souffrances que Shirley Morrison s'apprêtait à déposer à ses pieds.

Il jeta un coup d'œil à Marlee qui se contorsionnait sur son siège comme un mini-Houdini. Elle disparut soudain de son champ visuel. « Qu'est-ce que tu fabriques ? Ta ceinture est toujours bouclée ?

— Oui, j'essaie d'attraper ce truc par terre, dit-elle d'une voix étouffée par l'effort.

— Quel truc ?

— Ça ! fit-elle d'un air triomphant en refaisant surface comme un plongeur en apnée. C'est une boîte, je crois. » Jackson regarda dans le rétroviseur l'objet qu'elle tenait bien haut pour qu'il l'examine. Oh, bon Dieu, les cendres de Victor.

« Remets ça où tu l'as trouvé, ma chérie.

— C'est quoi ? » Elle essayait d'ouvrir l'horrible urne

métallique et Jackson se retourna pour la lui arracher des mains. La voiture fit une embardée et Marlee poussa un cri d'horreur. Il mit l'urne en lieu sûr, au pied de la place du mort. Julia lui avait demandé de passer la chercher au crématorium ce matin, « parce que vous êtes motorisé, Mr Brodie, ce qui n'est pas notre cas », raison qui n'avait pas paru très valable à Jackson, étant donné qu'il n'avait pas connu Victor. « Mais vous êtes le seul à avoir assisté aux obsèques », avait ajouté Julia.

« Tu ne vas pas te mettre à pleurer ? dit-il en regardant dans le rétroviseur.

— Non ! » fit-elle. Marlee pouvait être une vraie furie quand elle était en colère. « T'as failli avoir un accident !

— Mais non. » Il fouilla dans la boîte à gants pour trouver des bonbons, mais n'y trouva que des cigarettes et de la petite monnaie pour les parcmètres. Il la lui offrit.

« Qu'est-ce qu'il y a dans la boîte ? insista-t-elle en prenant l'argent, c'est quelque chose d'horrible ?

— Non, rien d'horrible. » Pourquoi ne pas lui dire, la mort ne lui était pas étrangère, elle avait enterré suffisamment de hamsters en huit ans d'existence sans compter que Josie, l'an passé, l'avait emmenée à l'enterrement de sa grand-mère. « Tu sais, ma chérie, commença-t-il d'une voix hésitante, quand les gens meurent ? »

« Je m'embête.

— Jouons à quelque chose dans ce cas.

— À quoi ? »

Bonne question. Les jeux n'étaient pas le fort de Jackson. « Je sais, si tu étais un chien, qu'est-ce que tu serais ?

— J'sais pas. » Oublions. Marlee se mit à pleurnicher pour de bon. « J'ai faim, papa. *Papa.*

— Ouais, d'accord, on mangera un morceau en route.

— On dit "oui", pas "ouais". En route pour où ?

— Un couvent.

— Qu'est-ce que c'est ?

— Une bande de femmes enfermées ensemble.

— Parce qu'elles sont méchantes ?

— Parce qu'elles sont gentilles, j'espère. »

C'était une façon de mettre les femmes à l'abri du danger. Les enfermer dans un couvent. « Va-t'en dans un couvent[1]. » Le couvent sentait l'encens et l'encaustique à plein nez comme toutes les églises catholiques dans lesquelles Jackson était allé. Les gens lui répétaient toujours « Quand on est catholique, c'est pour la vie », mais ce n'était pas vrai, Jackson n'avait pas mis les pieds dans une église depuis des années – à part pour des enterrements (les mariages et les baptêmes ne semblaient jamais figurer à son programme) – et il ne croyait en aucun dieu. Sa mère, Fidelma, avait fait de son mieux pour les élever dans la religion catholique mais ça lui avait glissé dessus. Parfois des bribes de souvenirs lui revenaient, la voix depuis longtemps oubliée de sa mère. *Anima Christi, sanctifica me.*

Ses parents avaient émigré au nord de l'Angleterre dans des circonstances et pour des raisons ignorées de Jackson. Son père, Robert, était un mineur de Fife en Écosse et sa mère originaire du comté de Mayo en Irlande, une union celtique qui n'avait pas été des plus harmonieuses. Jackson et son frère Francis avaient une sœur Niamh. Francis portait le prénom du père de sa mère et Jackson le nom de la mère de son père. Non que sa grand-mère fût prénommée Jackson – c'était son nom de jeune fille (Margaret Jackson), une tradition écossaise, lui avait expliqué son père.

Jackson ignorait de qui (s'il y avait un qui) Niamh tenait son prénom. Sa grande sœur avait un an de moins que Francis et cinq ans de plus que lui. Après la naissance de Niamh, sa mère avait maîtrisé avec brio la méthode Ogino et la naissance de Jackson, conçu dans une pension de famille du Ayrshire, avait été une surprise. Il était le bébé de la famille.

« À quoi tu penses, papa ?

— À rien, ma chérie. » Ils chuchotaient, bien que sœur Michael, la grosse religieuse quasi exubérante qui les entraînait dans son sillage, eût une voix de stentor qui résonnait dans le couloir.

---

1. Shakespeare, *Hamlet*, Acte III, scène 1. (*N.d.T.*)

Sœur Michael, lui avaient expliqué Amelia et Julia, était « sœur portière ». Elles étaient six dans le couvent à s'occuper des relations avec le monde extérieur au nom des « moniales » – celles qui ne quittaient jamais la clôture, qui passaient leurs journées, jour après jour, jusqu'à ce que mort s'ensuive, en prières et en contemplation. Sylvia était moniale.

Marlee était absolument fascinée par ce monde nouveau. « Pourquoi elle a un nom d'homme sœur Michael ?

— Elle porte le nom d'un saint, dit Jackson, saint Michel. » Pourquoi Marks et Spencer utilisaient-ils St Michael comme nom de marque ? Pour avoir l'air moins juif ? Sœur Michael connaîtrait-elle la réponse à cette question ? Il n'avait pas l'intention de la lui poser. Michel était le saint patron des parachutistes, ça, Jackson le savait. À cause des ailes ? Mais tous les anges ont des ailes. (Non que Jackson crût à l'existence des anges.) Le couloir qui conduisait à un deuxième puis à un troisième était jalonné de statues et de tableaux – de saint François et de sainte Claire, naturellement, et de multiples christs aux yeux de biche, sanguinolents et brisés sur la Croix. *Corpus Christi, salva me.*

Bon Dieu, il avait oublié combien tout ça pouvait être gore. Des « inepties sado-maso et homoérotiques », avait résumé avec mordant Amelia. Pourquoi était-elle tout le temps aussi crispée ? Il était persuadé que ça n'avait rien à voir avec Olivia. Ni avec la mort de son père. Il savait que c'était tout ce qu'il y avait de plus politiquement incorrect et Dieu sait qu'il ne l'aurait jamais dit à haute voix, pas pour tout l'or du monde, mais, regardons les choses en face, Amelia Land avait besoin de se faire sauter.

« Et ici nous avons Notre-Dame de Cracovie, expliquait sœur Michael à Marlee, en indiquant une statuette en plâtre sous un globe de verre, une rescapée de la guerre, rapportée de Pologne par un prêtre. En période de crise nationale, il lui arrive de pleurer. » Le curé aurait peut-être mieux fait de sauver quelques juifs, songea Jackson.

« Elle pleure ? demanda Marlee stupéfaite.

— Oui, des larmes coulent le long de ses joues. » Jackson avait envie de dire « C'est des conneries, Marlee, n'écoute pas », mais sœur Michael se retourna et le regarda, et

177

malgré son visage replet et joyeux, elle avait des yeux de nonne et les yeux de nonne, Jackson le savait, pouvaient lire dans vos pensées. Il fit donc un signe de tête respectueux à la statue. *Sanguis Christi, inebria me.*

Sœur Mary Luke les attendait, dit sœur Michael, en s'enfonçant de plus en plus profondément dans le dédale de couloirs. Sa robe claquait tant elle allait vite. Jackson se souvint que les nonnes avaient une façon de tracer, sans jamais courir, comme si elles étaient montées sur roulettes. Ça faisait peut-être partie de leur formation. Il était surpris qu'il n'y ait pas plus de criminels qui se déguisent en religieuses. C'était un leurre parfait – personne ne prêterait attention à votre visage, tout ce qu'on noterait, ce serait l'habit. Songez à tous les témoins du meurtre de Laura, la seule chose qu'ils avaient retenue, c'était le pull de golf jaune.

Julia lui avait dit que Sylvia était un « lévrier » mais peut-être qu'elle avait dit « *avait* un lévrier », parce que c'était le cas. Il était docilement assis à ses côtés, de l'autre côté de la grille de clôture, un dispositif qui n'était pas sans évoquer un parloir de prison ou un harem, même si Jackson se demandait de quel repli de sa mémoire pouvait bien sortir le harem. Sylvia ressemblait à un lévrier dans la mesure où elle était grande et maigre, mais ce n'était pas un « beau brin de fille » comme aurait dit son père. Elle avait des grandes dents et des lunettes, tandis que le lévrier était une créature élégante et pommelée, le genre de chien qu'on voit sur les peintures médiévales, accompagnant une noble dame à la chasse. Jackson ne savait pas trop non plus d'où lui venait cette image. Peut-être parce qu'il y avait d'une manière générale quelque chose de médiéval dans un couvent. Le chien se leva lorsqu'ils entrèrent et lécha gentiment les doigts de Marlee à travers la grille.

Des franciscaines, se rappela Jackson. « Une sorte d'ordre hippie, avait dit Julia, elles se baladent pieds nus l'été, elles se fabriquent des sandales pour l'hiver, elles ont des animaux de compagnie et sont toutes végétariennes. » Amelia et Julia l'avaient amplement informé au sujet du couvent, elles semblaient franchement mépriser la vocation de Sylvia. « Ne vous laissez pas prendre à ses airs de sainte-nitouche, l'avait prévenu Julia, sous sa tenue de pingouin, elle est restée Sylvia. » « Ce n'est qu'une forme d'évasion, avait ajouté Amelia d'un ton dédaigneux, elle n'a pas de factures à payer, ni à se demander d'où viendra le prochain repas, elle n'est jamais *seule*. » Était-ce la raison pour laquelle Amelia était si renfrognée ? Parce qu'elle était seule ? Mais Julia n'avait-elle pas parlé d'un « Henry » ? Il était difficile d'imaginer Amelia dans les bras d'un homme. Si Henry il y avait, il ne faisait pas ce qu'il fallait. (Quand avait-il cessé de l'appeler « Miss Land » pour dire « Amelia » ?)

Amelia avait dit qu'elle ne rendait quasiment jamais visite à Sylvia, mais qu'elles entretenaient une correspondance irrégulière et consciencieuse, « bien que Sylvia n'ait pas grand-chose à raconter – prières, prières, toujours des prières – et puis, bien sûr, elle fait beaucoup de ce que d'autres appelleraient tâches ménagères – fabrication d'hosties, amidonnage et repassage de vêtements sacerdotaux, ce genre de choses. Elle jardine aussi beaucoup et *tricote* même pour les pauvres », avait-elle ajouté sur un ton désobligeant, et Julia avait dit « Le tricot, c'est une invention », et Amelia « Pas du tout », et Julia « Si, c'est de l'invention, je suis allée la voir, tu sais, pas mal de fois », et Amelia « Oui, quand tu auditionnais pour le rôle de la novice dans *La Mélodie du bonheur* », et Julia « Non, c'est faux », et Jackson « Oh, bouclez-la, toutes les deux », et elles s'étaient retournées pour le regarder comme si elles le voyaient pour la première fois. « Ben oui, quoi, un peu de tenue », avait-il dit en se demandant à quel moment il s'était mis à parler comme sa mère.

« C'était intéressant », dit Jackson en s'adressant à Marlee via le rétroviseur. Elle semblait sur le point de s'assoupir. Sœur Michael l'avait emmenée pour lui donner un en-cas, après qu'elle eut fait connaissance avec le chien de sœur Mary Luke (« Jester », son nom de course, apparemment, c'était un rescapé). Les autres sœurs avaient été aux petits soins pour Marlee comme si elles n'avaient encore jamais vu d'enfant et Marlee avait plus qu'apprécié le festin improvisé de toasts aux haricots blancs à la tomate, de pets-de-nonne et de crème glacée. Si elles lui avaient offert des frites, elles auraient sans doute fait d'elle une convertie pour la vie.

179

« Ne dis pas à ta mère que je t'ai emmenée dans un couvent », fit-il.

En fait, ça n'avait pas été si intéressant que ça. Sylvia savait qu'il venait. Amelia lui avait téléphoné et expliqué que Jackson enquêtait sur la disparition d'Olivia, mais ne lui avait pas dit ce qui motivait la réouverture du dossier. Une fois Marlee partie avec sœur Michael, Jackson sortit la souris bleue de sa poche où il l'avait fourrée (« cloîtrée ») pour la montrer à Sylvia. Il voulait créer un choc, il se souvenait que Julia lui avait dit qu'Amelia s'était trouvée mal en la voyant et tomber dans les pommes n'était pas, après tout, le genre d'Amelia. Sylvia contempla la souris bleue, sans desserrer ses lèvres minces et sèches, sans que le regard de ses petits yeux couleur de boue ne flanche. Au bout de quelques secondes, elle dit « Souris Bleue » et passa un doigt à travers la grille. Jackson approcha la souris et elle caressa tendrement son vieux corps infirme. Une larme roula silencieusement sur sa joue. Non, elle ne l'avait pas revue depuis la disparition d'Olivia et elle n'avait pas la moindre idée de ce qu'elle faisait dans les affaires de son père.

« Je n'ai jamais été proche de papa », fit-elle.

« Les pets-de-nonne étaient bons », fit Marlee ensommeillée.

Le téléphone de Jackson sonna, il regarda le numéro – Amelia et Julia – et gémit. Il laissa sa boîte vocale prendre le message, mais quand il l'écouta, il fut si affolé par son contenu qu'il dut se garer sur le bas-côté de la route pour le réécouter. Amelia sanglotait, une sorte de lamentation primitive et informe qui était du chagrin à l'état pur et brut. Jackson se demanda si Julia était morte.

« Bon sang, respire, Amelia, dit-il. De quoi s'agit-il ? » mais elle se contentait de dire « S'il vous plaît, Jackson ("Jackson" ? Elle ne l'avait encore jamais appelé par son prénom. Beaucoup trop intime pour le goût de Jackson), s'il vous plaît, Jackson, venez, je vous en prie, j'ai besoin de vous. » Puis elle avait été coupée, ou plus vraisemblablement, elle avait coupé, si bien qu'il allait devoir aller à Owlstone Road pour découvrir ce qui s'était passé (il ne pouvait tout de même pas s'agir de Julia ?)

« Qu'est-ce que c'est, papa ?

— Rien, ma chérie, nous allons juste faire un petit détour avant de rentrer à la maison. » Jackson avait parfois l'impression que sa vie tout entière était un détour.

« On est allés dans un couvent, cria Marlee en se précipitant dans la maison.

— Un couvent ? » dit en riant David Lastingham qui attrapa Marlee au passage et la souleva bien haut avant de la serrer contre lui. Je vais attendre qu'il la repose par terre, songea Jackson et ensuite je l'envoie au tapis, mais Josie sortit alors de la cuisine, ceinte d'un tablier, bon sang de bois. C'était la première fois qu'il la voyait en tablier. « Un couvent ? répéta-t-elle, qu'est-ce que tu faisais là-bas ?

— Elles avaient des pets-de-nonne », fit Marlee.

Josie se tourna vers Jackson pour avoir une explication mais il se contenta de hausser les épaules et dit : « Normal, non ?

— Et le chien était mort, dit Marlee, soudain déconfite au souvenir.

— Quel chien ? demanda brusquement Josie, tu as écrasé un chien, Jackson ? », et Marlee « Non, maman, le chien était vieux et maintenant il est heureux au paradis. Avec tous les autres chiens morts ». Marlee paraissait sur le point de se remettre à pleurer (elle avait déjà versé des torrents de larmes) et Jackson lui rappela qu'ils avaient aussi vu un chien vivant. « Jester, se souvint-elle joyeusement, il était prisonnier avec une des sœurs, elles ont une statue qui pleure et papa a dans sa voiture une boîte avec un mort dedans. »

Josie lança un regard dégoûté à Jackson : « Pourquoi faut-il que tu la mettes toujours dans des états pareils, Jackson ? » Avant qu'il ait pu protester, elle se tourna vers David et dit « Veux-tu bien l'emmener là-haut, chéri, et lui faire prendre son bain ? » Jackson attendit que Marlee et David – l'usurpateur, l'homme qui aujourd'hui s'occupait de mettre sa fille au lit et baisait sa femme – aient disparu avant de demander : « Tu crois vraiment que c'est prudent ?

— Prudent ? De quoi tu parles ?

— Du fait que tu laisses un homme que tu connais à peine seul avec ta fille nue. Notre fille nue. Oh, et pendant

181

que j'y suis, tu trouves que c'est une bonne idée de laisser ta fille s'habiller comme une prostituée ? »

Rapide comme l'éclair, elle lui donna un coup de poing dans la figure. Il chancela sous le coup de la stupéfaction plus que de douleur – c'était un direct de femme – car pas une seule fois au cours de leur mariage il n'y avait eu de violence entre eux.

« Putain, mais qu'est-ce que ça veut dire ?

— Pour te punir de tes propos inqualifiables, Jackson. David est l'homme avec qui je vis, l'homme que j'aime, tu crois honnêtement que je vivrais avec quelqu'un à qui je ne pourrais pas confier Marlee les yeux fermés ?

— Si tu savais le nombre de fois où j'ai entendu cette phrase. »

David Lastingham devait les avoir entendus élever la voix car il se précipita dans l'escalier en criant « Qu'est-ce que vous lui faites ? », ce que Jackson trouva un peu fort de café, et Josie de lancer obligeamment « Il t'accuse de tripoter Marlee.

— *Tripoter* ? ricana Jackson, c'est comme ça qu'on dit chez les bourgeois ? », mais David Lastingham était maintenant arrivé en bas de l'escalier et il envoya un crochet du droit imprécis mais furieux que Jackson ne vit pas venir mais qu'il sentit définitivement atterrir sur sa joue, en fait il aurait juré avoir entendu sa pommette craquer. Ça y est, cette fois-ci, je le tue, songea-t-il, mais Marlee apparut soudain en haut des marches et dit « Papa ? »

Josie lui jeta à la figure « Fous le camp d'ici immédiatement, Jackson, oh, à propos, est-ce que je t'ai dit ? Nous déménageons pour la Nouvelle-Zélande. J'avais l'intention de te faire asseoir et de te l'annoncer gentiment devant une tasse de thé, mais tu ne mérites pas tant d'égards. David s'est vu offrir un poste à Wellington, il l'a accepté et nous l'accompagnons. Alors, qu'est-ce que tu en dis, Jackson ? »

Jackson gara son Alfa dans un des garages qu'il louait en haut de la ruelle et éprouva le pincement de culpabilité habituel à cause du bruit de son pot d'échappement. Il pensa à Sylvia, renonçant à toute vie pour s'enfermer dans ce couvent. Elle en savait plus long qu'elle ne voulait bien le dire, c'était sûr. Mais pour l'instant, il n'avait pas envie de penser à Sylvia, il avait envie d'un bon bain chaud et d'une bière bien glacée. Il était furieux de s'être laissé flanquer un coup de poing par David Lastingham. Il était en train de se dire que le pire était passé, tout en sachant par expérience que les choses pouvaient toujours empirer quand, comme pour illustrer cette théorie, une silhouette sombre surgit de l'obscurité derrière le garage et lui asséna un coup sur la tête avec quelque chose qui ressemblait terriblement à la crosse d'une arme à feu.

« Ouais, mais je t'assure, t'aurais dû voir l'autre type », plaisanta faiblement Jackson, mais Josie ne rit pas. Elle avait une odeur de fruits et de soleil et il se souvint de la cueillette prévue. Ses avant-bras brunis étaient couverts d'écorchures comme si elle s'était battue avec des chats. « Les buissons de groseilles à maquereau, dit-elle quand il les lui fit remarquer.

— Je suis désolé, dit Jackson, ils ont trouvé ma carte de donneur d'organe et tu y figurais en qualité de proche parente. La commotion n'a été que légère, ils n'auraient pas dû te déranger.

— Tu es resté inconscient une grande partie de la nuit, Jackson. Encore heureux qu'il ait fait aussi chaud. Rends-toi compte si ç'avait été en hiver », dit-elle sur un ton plus accusateur que compatissant, comme s'il était responsable de son agression. En fait, il aurait vraiment aimé voir l'autre type car il était persuadé de l'avoir pas mal amoché. Jackson avait eu de la chance, il avait eu des réflexes rapides et reculé d'instinct quand il avait vu la silhouette s'approcher de lui, assez pour atténuer le coup qui l'avait commotionné au lieu de lui briser le crâne comme un œuf. Il avait riposté, pas avec quelque chose de bien pesé, du style bon vieux crochet du droit ou coup de savate, ni avec une des tactiques et manœuvres plus sophistiquées apprises à un moment ou à un autre de sa vie, non, il avait eu les réflexes brutaux d'un dur à cuire qui se saoule la gueule le samedi soir : il avait donné un coup de boule au gars. Il entendait encore le nez du type s'écraser quand son front en avait percuté les cartilages. Ça n'avait pas arrangé sa commotion, naturellement, et c'est à ce moment-là qu'il avait dû tourner de l'œil car tout ce dont il se souvenait ensuite, c'était du laitier essayant de lui faire reprendre connaissance un peu avant l'aube.

Josie le reconduisit chez lui. « Ils veulent que quelqu'un reste vingt-quatre heures avec moi, fit-il en s'excusant, au cas où je perdrais à nouveau connaissance.

— Il va falloir te trouver quelqu'un d'autre », dit-elle en s'arrêtant en haut de la ruelle, en ne le déposant même pas à sa porte. Il se rendit compte qu'il attendait toujours des marques de compassion qui ne viendraient pas. Il s'extirpa tant bien que mal du siège passager de la Volvo. Tous les os de son crâne semblaient avoir subi une réorganisation, telles des plaques tectoniques ripant et s'entrechoquant. Le moindre mouvement se réverbérait dans sa tête. Il se sentait sérieusement amoindri.

Josie baissa sa vitre pour lui parler. L'espace d'une seconde, il crut qu'elle allait se pencher pour le gratifier d'un baiser ou d'adieux conjugaux, ou pour lui proposer de rester s'occuper de lui, mais elle déclara : « Il serait peut-être temps que tu te trouves une autre proche parente, Jackson. »

Rentré chez lui, Jackson installa Souris Bleue sur le manteau de cheminée. Il savait que tôt ou tard il tirerait parti de ce maudit machin. Il posa l'urne de Victor (au milieu de toute cette hystérie, il avait oublié de la rendre à Amelia et Julia) entre Souris Bleue et le seul objet qui ornât son manteau de cheminée – un souvenir bon marché en poterie qui portait l'inscription « Scarborough vous souhaite bonne chance ». Après la rupture, les biens maritaux avaient été partagés d'une façon jugée équitable par Josie : Jackson avait pris sa « merde » (terme de Josie pour désigner ses CD de musique country et le petit souvenir porte-bonheur) et Josie tout le reste. Peut-être Souris Bleue veillerait-elle sur lui, voyant qu'il n'y avait personne d'autre pour le faire. Jackson avala deux des analgésiques donnés par l'hôpital (même s'il aurait préféré de la morphine), s'allongea sur le canapé et écouta Emmylou chanter *From Boulder to Birmingham*, mais il souffrait trop pour que même Emmylou puisse panser ses blessures.

12

CAROLINE

Caroline jeta un coup d'œil à ses beaux-enfants installés sur la banquette arrière de la Discovery et remercia le ciel de ne pas les avoir dans son école. Ils fréquentaient une petite école privée située en rase campagne, où ils faisaient beaucoup d'activités de plein air et parlaient français toute la journée du mercredi. En principe, naturellement, il n'y avait rien de mal à ça et il aurait été intéressant d'introduire ces pratiques dans le curriculum de quelques-uns des établissements-ghettos où elle avait enseigné. Il y avait seulement deux ans de cela, mais ça semblait une autre vie. Une autre vie de plus. Combien de fois pouvait-on changer de peau ? Hannah et James lui faisaient des grimaces dans le rétroviseur. De deux choses l'une : ou ils étaient assez stupides pour croire qu'elle ne les voyait pas, ou ils s'en fichaient. Dans les deux cas, ils étaient tarés. Rowena, la mère de Jonathan, n'avait que le mot « élevage » à la bouche parce qu'elle avait une écurie de hunters (de grosses brutes effrayantes), mais parfois elle semblait appliquer le concept à sa famille, et Caroline avait envie de lui faire remarquer que si la sélection naturelle produisait une espèce vigoureuse, « l'élevage » avait pour résultat des tares congénitales, de pâles enfants blonds qui parlaient français le mercredi et dont les visages sans expression, tout droit sortis du *Village des damnés*, suggéraient une idiotie latente. De l'avis professionnel de Caroline.

Après le mariage, Rowena s'était installée dans la « maison de la douairière », une maisonnette appartenant au

domaine, qu'elle appelait toujours « mon petit cottage »
bien qu'il eût quatre chambres à coucher et deux salons.
Elle tenait à « ne pas s'immiscer » et, bien sûr, elle ne faisait
que ça, mais dans le dos de Caroline. Elle sauvait les
apparences pourtant, le jour du mariage, elle avait souri
avec bienveillance de bout en bout, comme si elle était
shootée au Valium, et elle avait raqué pour tout : la tente, le
quatuor à cordes, les laquais qui faisaient le service au
guéridon, le saumon froid et le gibier rôti, les immenses
vases de lis blancs dont on avait oublié d'ôter les étamines
si bien que les invités étaient couverts de pollen. Personne
ne mentionna que c'était un mariage civil et un remariage,
bien que la progéniture du premier se fût suffisamment fait
remarquer en courant partout comme des rats que l'on
aurait transformés en enfants : ils étaient accoutrés de
tenues de satin blanc qui n'auraient pas déparé la cour
condamnée de Louis XVI.

Ils étaient arrivés par avion de Buenos Aires quelques
jours avant le mariage et n'y étaient jamais retournés parce
que Jemima – la première épouse – avait décidé qu'ils
devraient recevoir une éducation anglaise et Jonathan était
d'accord. Et ça n'avait pas vraiment gêné Caroline car (oui,
elle était sensible à l'ironie) elle s'entendait très bien avec les
enfants et excellait dans son travail. Les deux n'allaient pas
nécessairement de pair : elle connaissait un tas d'enseignants
pour qui les enfants étaient plus un des aléas du métier que
sa raison d'être. Elle ne s'attendait simplement pas à ce que
Hannah et James soient de pareils petits salopards.

Comme c'était le jour de congé de la jeune fille au pair,
Caroline s'était proposée pour aller les chercher à l'école.
La jeune fille au pair était une Espagnole prénommée Paola
et Caroline essayait de lui remonter le moral avec force
rasades de Rioja et démonstrations de solidarité car elle
semblait toujours sur le point de rendre son tablier. Qui
pouvait lui en vouloir ? Coincée en pleine cambrousse, avec
un climat pourri et deux sales morveux qui n'arrêtaient pas
de la faire tourner en bourrique. Ils ne prenaient même pas
la peine de prononcer son prénom correctement –
« Paaoola », les corrigeait-elle constamment, en allongeant
exotiquement les voyelles comme un chat qui bâille, ce qui

ne les empêchait pas de continuer à dire « Porla » d'un petit air snob et pincé. Ils avaient vécu dans un pays hispanophone les deux années précédentes, nom d'une pipe, et ils n'étaient même pas fichus de dire « *Buenos días* » ou, si c'était le cas, ils s'y refusaient.

Dans leur petite école coupée de tout, les élèves passaient de plus longues heures qu'à l'école du village. Caroline avait fini sa journée depuis plus d'une heure, mais Hannah et James avaient toutes sortes d'activités extrascolaires rajoutées en fin de journée – clarinette, cricket, piano, « voix » (comme s'ils n'en avaient pas déjà une), danse folklorique (putain) –, sans compter qu'ils se prétendaient fleurettistes – la première fois qu'ils avaient mentionné le mot, elle avait cru à une activité horticole. Elle aurait aimé les parachuter – de préférence de très haut – dans une classe de Toxteth[1] ou Chapeltown[2] pour voir à quoi leur serviraient leurs rapières.

Ils passèrent devant l'école de Caroline et elle entendit James émettre des grognements. Elle l'avait entendu traiter les gosses du village de « gros porcs » et avait failli lui coller une beigne. Elle avait remarqué depuis qu'il se mettait systématiquement à grogner dès que les classes inférieures entraient dans son champ olfactif. Elle n'était pas certaine de pouvoir se retenir de le frapper plus longtemps.

Le hasard avait voulu que la directrice de l'école primaire prenne sa retraite à leur retour de lune de miel. Caroline avait obtenu le poste sans problème, elle était plus que qualifiée pour s'occuper d'une école rurale à trois classes, et elle s'était sentie chez elle dès le troisième jour, après son retour de Jersey – où ils avaient passé leur semaine de lune de miel, à l'Atlantique, dans une chambre donnant sur St Ouen's Bay, même s'ils n'avaient pas vu grand-chose de la mer car ils avaient passé le plus clair de leur temps au lit. « Oh, l'Atlantique, avait dit Rowena, à leur retour, quel hôtel charmant, qu'avez-vous fait de toute la semaine ? », et Jonathan avait répondu « Oh, tu sais bien, le zoo, les orchi-

---

1. Quartier de Liverpool qui a connu des émeutes en juillet 1981. (*N.d.T.*)

2. Quartier défavorisé de Leeds. (*N.d.T.*)

dées, une promenade jusqu'à la Corbière, le thé au Secret Garden », et Rowena avait arboré un sourire si satisfait devant cet itinéraire aussi bourgeois qu'assommant qu'il s'en était fallu d'un cheveu pour que Caroline ne lance « En réalité, Rowena, on a baisé comme des malades ».

« Vous avez donc l'intention de travailler après votre mariage ? » lui avait demandé Rowena dans l'atmosphère étouffante de la grande tente, et Caroline avait répondu « Oui » sans éprouver le besoin d'entrer dans les détails. Le col de l'ensemble en soie sauvage crème de Rowena était souillé d'une tache de pollen orange foncé et Caroline espérait bien que les teinturiers auraient le plus grand mal à l'enlever.

Tous les gens du village ne cessaient de répéter combien ce devait être difficile d'être directrice d'école mais c'était on ne peut plus facile : les gosses étaient des enfants de la campagne charmants, gentils, un seul cas sans gravité de troubles de l'attention, deux ou trois gosses couverts de croûtes, un petit merdeux et, statistiquement, il aurait dû y avoir au moins un gosse victime de sévices sexuels, mais Caroline ne l'avait pas encore repéré. Ils étaient presque tous au niveau en lecture (un miracle), ils connaissaient des vieux jeux de cour de récréation et leur vie était rythmée par le calendrier agricole : la fête des moissons était une vraie fête et on apportait un vrai agneau en classe pour la leçon de choses au printemps. Le Premier Mai, on installait même sur la place du village un mât enrubanné autour duquel les enfants dansaient, sans soupçonner toutes les connotations phalliques. Elle adorait son travail qu'elle espérait pouvoir garder en cas de divorce car tout était si sacrément féodal dans le coin que le boulot dépendait probablement du bon vouloir du châtelain, lequel châtelain semblait n'être autre que Jonathan. Non qu'elle eût l'intention de divorcer, mais il était difficile de croire que les choses dureraient éternellement, rien n'était éternel, alors pourquoi sa situation présente ? On ne pouvait pas tout le temps garder une longueur d'avance. Peu importait depuis quand vous aviez disparu, tôt ou tard, on vous retrouverait.

Il serait impossible de vivre dans le coin sans travailler, que ferait-elle à longueur de journée ? Jonathan s'inventait des activités : il faisait sans cesse des sauts au bureau du domaine ou arpentait les collines pour inspecter champs et clôtures, mais les moutons auraient été aussi bien gardés et le domaine aussi bien géré sans lui puisqu'il y avait un régisseur. Il sortait beaucoup avec son fusil et tuait des trucs comme si c'était une donnée cruciale de la gestion d'un domaine agricole, alors qu'en fait c'était juste parce qu'il aimait tirer (ou tuer). C'était une fine gâchette et un bon prof, et Caroline s'était découvert un certain talent de tireuse d'élite, non qu'elle tirât sur quoi que ce soit de vivant, comme Jonathan, elle se contentait de cibles, de pigeons en argile et de boîtes de conserve posées sur des murs. Elle aimait les fusils, elle aimait sentir leur poids sur son bras, elle aimait le moment de délicat équilibre juste avant d'appuyer sur la gâchette quand vous saviez que vous alliez mettre dans le mille. C'était effarant de pouvoir se balader dans la campagne (même si elle vous appartenait) en brandissant des armes meurtrières sans que personne ne vous arrête.

Lorsqu'il ne faisait pas semblant de gérer le domaine ou de tirer sur plus petit et plus sans défense que lui, Jonathan sortait sur l'un ou l'autre des hunters de sa mère. Tout le monde demandait sans cesse à Caroline « Vous faites du cheval ? » et personne n'en croyait ses oreilles quand elle répondait que non. Rowena était, il va sans dire, une « merveilleuse cavalière » qui ne faisait qu'un avec sa monture (une vraie centauresse) et Jemima avait l'air d'avoir passé la plus grande partie de son mariage sur un canasson. Les gens semblaient avoir peine à croire que Jonathan ait épousé quelqu'un qui ne faisait pas la différence entre un toupet et un boulet, mais en réalité, il se fichait royalement de savoir si elle aimait ou non les chevaux. C'était un de ses très bons côtés – il était totalement indifférent à ce qu'elle faisait, en fait, il était à peu près indifférent à tout ce que les autres faisaient. Il y avait là un mauvais contact, elle en était persuadée, une carence dans la relation à autrui, dans d'autres circonstances, on aurait pu l'étiqueter comme psychopathe. Il y avait des psychopathes partout, ils n'étaient pas nécessairement en train de tuer, de violer et d'exercer la profession de tueur en série. Tendances psychopathiques, c'est ce qu'on avait dit de Caroline, enfin pas de Caroline bien sûr, mais de la personne qu'elle était avant. Une grave erreur de diagnostic, selon elle. James, par contre, était un vrai sociopathe, voilà à quoi menait l'élevage.

Jemima, leur mère, leur avait rendu visite l'été dernier. C'était la parfaite petite porcelaine anglaise, Rowena et elle s'entendaient de toute évidence comme larronnes en foire, elles se passionnaient pour les sangles et les martingales, les rousses du Devon et les problèmes de la « pâture du haut » – Caroline ne savait même pas qu'ils avaient une pâture du haut et encore moins un problème avec.

« Vous avez donc divorcé… pourquoi au juste ? » demanda-t-elle à Jonathan lors d'une moite et collante étreinte postcoï-tale, tandis que, huit cents mètres plus loin, dans une des trois chambres d'amis de la maison de la douairière, Jemima posait sa délicate tête blonde sur des oreillers en duvet d'oie de Hongrie qui avaient coûté cent vingt livres *pièce*. « Oh, mon Dieu, gémit Jonathan, Jem était si chiante, tu ne peux pas savoir, Caro », et il éclata d'un rire cochon, la retourna et la prit par derrière – on pouvait dire tout ce qu'on voulait, le gaillard avait du tempérament – et tout en manquant de s'étouffer dans leurs oreillers (à peine moins coûteux) Caroline se demanda si Jemima s'était jamais fait ramoner le cul, mais allez savoir avec les filles de la haute, elles sont capables de toutes sortes de dépravations dont les ploucs n'ont pas idée.

Ils avaient passé leur lune de miel à Jersey, car Caroline s'était aperçue un peu tard qu'elle n'avait pas de passeport. Jonathan s'en fichait : en dehors du North Yorshire, le monde ne l'intéressait que modérément. Elle aurait pu se faire faire un passeport, elle disposait d'un extrait de naissance – au nom de Caroline Edith Edwards. « Edith » devait être le nom d'une grand-mère car c'était un prénom démodé pour quelqu'un né en 1967. « Caroline Edwards » avait six ans de moins que Caroline, même si, naturelle-ment, elle n'était jamais parvenue à l'âge de Caroline : elle

190

était morte à l'âge de cinq ans « emportée par un ange », à en croire l'épitaphe, bien que son certificat de décès prétendît plus prosaïquement que c'était la leucémie. Caroline s'était rendue sur sa tombe à Swindon et y avait déposé un petit bouquet, juste pour dire merci à Caroline Edwards de lui avoir donné son identité, même s'il s'agissait plus d'une usurpation que d'un don.

Quand ils rentrèrent enfin à la maison, il était presque cinq heures et demie et Hannah et James réclamèrent immédiatement à manger. Assise l'air morose à la table de la cuisine, Paola se leva dès qu'elle les vit et se mit à fourrager dans le congélateur pour trouver des mini-pizzas. Caroline dut lui dire de se rasseoir et de ne rien faire parce que c'était son jour de congé. Il n'y avait pas beaucoup d'endroits où aller. Elle allait parfois se promener mais elle était de Barcelone et n'avait aucune affinité avec la campagne verte et humide. Parfois Caroline la déposait à l'arrêt d'autocar sur le chemin de l'école, et Paola passait la journée à se morfondre à Richmond ou Harrogate, mais le retour posait un problème. Le plus souvent, elle restait enfermée dans sa chambre. Deux ou trois fois, Caroline lui avait donné de l'argent pour qu'elle aille passer le week-end à Londres où elle semblait connaître des centaines d'Espagnols. Caroline était terrifiée à l'idée qu'elle ne revienne pas : Paola était ce qui se rapprochait le plus d'une amie, quelqu'un qui était encore plus étranger qu'elle à la région. Il y avait belle lurette que Gillian était partie comme coopérante au Sri Lanka, et Caroline regrettait aujourd'hui de ne pas en avoir fait autant.

Rowena ne voyait pas l'intérêt d'avoir une fille au pair et trouvait sans cesse moyen de se mettre Paola à dos. « Les enfants ne sont pas là de la journée, faisait-elle valoir, ce n'est pas comme si vous aviez un bébé. » Cette remarque était pleine de non-dit. Caroline avait-elle l'intention d'avoir un enfant ? Rowena ne voulait pas que la lignée des Weaver soit diluée par l'ADN suspect de Caroline. (« Que faisait au juste votre père, ma chère ? » Le père de Caroline Edith Edwards était boucher, mais c'eût été le coup de grâce pour Rowena, et Caroline parla vaguement de comptabilité.) Ils n'avaient pas besoin de bébé, ils avaient déjà un héritier et

Hannah ferait l'affaire comme suppléante. Ils formaient une famille complète – deux adultes, deux enfants, les quatre coins d'un carré aussi solide que le donjon d'un château. Il n'y avait pas de place pour plus, pour le bébé de la taille d'une puce, qui poussait dans le ventre de Caroline. Jonathan serait sans doute fier comme Artaban. Combien de fois répéterait-elle la même erreur ? On avait le droit de faire une grosse bêtise dans sa vie, de la corriger et de ne plus recommencer. D'ailleurs, qu'on la corrige ou non, quelle importance, car elle vous poursuivrait à jamais, où que vous alliez, quoi que vous fassiez. Il arriverait toujours un moment où vous reverriez le microbe couché par terre, le microbe qui à force de pleurer avait sombré dans le sommeil de l'oubli. Le microbe dans sa salopette Osh-Kosh toute neuve.

Les cheveux de John Burton commençaient à s'éclaircir : on devinait les vagues contours d'une tonsure de moine au sommet de sa tête. Caroline fut tout attendrie quand elle remarqua cette calvitie naissante. Elle s'émerveillait sans cesse des absurdités de la passion. Il était agenouillé devant l'autel en train de s'acquitter, supposa-t-elle, de quelque devoir religieux, mais elle se rendit compte en s'approchant qu'il balayait le sol avec une pelle et une balayette. Il eut un rire gêné en l'apercevant et dit : « La dame qui nettoie l'église est en vacances.

— Où ? » Elle adorait la façon dont il avait dit « la dame » plutôt que « la femme ».

« À Majorque.

— Vous la payez ?

— Bien sûr, fit-il d'un air choqué.

— Je croyais qu'il y avait toujours un tas de femmes prêtes à faire des trucs pour le plaisir dans les églises : bouquets de fleurs, astiquage des cuivres et tout le reste.

— Ça, c'était dans le passé ou ce qu'on voit à la télé. »

Caroline s'assit dans la première rangée de bancs et dit « Je me fumerais bien une cigarette ». Il s'assit à côté d'elle avec sa pelle et sa balayette et fit « Je ne savais pas que vous fumiez ? », et elle « Non, pas vraiment ». Il portait un pantalon de pasteur, noir, quelconque, bon marché, un tee-shirt blanc et un vieux cardigan gris qu'elle avait envie de caresser comme un animal. Même en civil, il avait l'air d'un pasteur. Elle n'arrivait pas à l'imaginer en jean ou en costume. Il était à cent lieues de se douter de ce qu'elle éprouvait pour lui. Si elle lui en parlait, il perdrait de son innocence. Bien sûr, elle ne le connaissait pas, elle ne savait rien de lui, en fait. Mais quelle importance ? Peut-être n'était-il pas fait pour elle (ça crevait les yeux) sans compter qu'elle était mariée (et alors ?), mais il ne pouvait tout de même pas n'y avoir qu'une seule personne au monde qui vous fût destinée ? Si c'était le cas, il y avait très peu de chances pour que vous la rencontriez et, avec le manque de bol qui caractérisait Caroline, même si elle la rencontrait, elle ne la reconnaîtrait probablement pas. Et si la personne qui lui était destinée était un habitant des bidonvilles de Mexico, un prisonnier politique en Birmanie ou l'un des millions d'êtres humains avec qui elle ne risquait guère d'avoir une relation ? Comme, par exemple, un pasteur anglican à la calvitie précoce dans une paroisse rurale du North Yorkshire ?

Elle eut soudain les larmes aux yeux. « Ma jeune fille au pair va me quitter », dit-elle. Comme ça devait lui paraître pitoyable. Comparée à la paix et à la pauvreté dans le monde, une jeune Espagnole au pair malheureuse ne devait pas peser bien lourd. Mais il fut gentil, comme elle l'avait prévu, et dit « Je suis navré » comme s'il l'était vraiment, puis ils restèrent assis sans rien dire, les yeux fixés sur l'autel, à écouter la pluie d'été tambouriner sur les vieilles dalles de pierre.

13

AMELIA

Julia apporta un seau rempli de charbon dans le salon, escortée par un Sammy clopinant. « Je n'arrive pas à croire que Victor n'ait jamais fait installer le chauffage central », dit-elle essoufflée en laissant tomber son seau, ce qui répandit sur la moquette de la poussière et de minuscules fragments de charbon, semblables à du jais brut, brillant. Amelia fit les gros yeux et dit « Je viens juste de nettoyer », et Julia « C'est ce qui sera écrit sur ta tombe », et Amelia « Oh, vraiment, par toi ? », et Julia « Bon Dieu, j'en peux plus, pas toi ? », et Amelia « De quoi au juste ?

— Deux semaines de chasteté forcée depuis que nous sommes ici, ça me tue, sans blaguer. Je suis obligée de me branler toutes les nuits.

— Oh, pour l'amour du ciel, Julia, ce que tu peux être *grossière*, c'est répugnant. » Amelia détestait ce mot, les couvreurs et les maçons n'avaient que ça à la bouche, les coiffeuses aussi, les filles ne valaient pas mieux que les garçons. « Sale branleur ! » se lançaient-ils en plein cours.

« Comment tu dirais, toi ? » demanda Julia, et Amelia « Je ne sais pas, moi... se faire une gâterie », et Julia de s'écrouler de rire et de répliquer « Bon sang, ne me dis pas que tu ne le fais pas, Milly, tout le monde le fait, c'est normal, je suis sûre que tu le fais en pensant à Henry... oh, non, tu ne penses pas à Henry, je parie que tu penses à *Jackson* ! » Julia parut particulièrement ravie à cette idée, Amelia eut envie de la gifler. « C'est bien ça, hein, Milly, tu t'astiques le bouton en pensant à Jackson !

« — Tu es répugnante, Julia. Et parfaitement ignoble. »
Amelia savait qu'elle était aussi rouge que ses collants – mis
exprès au cas où Jackson passerait aujourd'hui car ils avaient
eu l'air de lui taper dans l'œil aux obsèques de Victor. Elle
s'était réveillée ce matin avec l'impression qu'un miel chaud
coulait dans ses veines, s'était dit « Il va venir ce matin »,
avait emprunté un peu de maquillage à Julia, laissé flotter
ses cheveux sur ses épaules, c'était plus féminin, et elle avait
préparé du café et fait réchauffer les croissants rassis que
Julia avait achetés la veille. Elle avait également cueilli des
fleurs dans le jardin (difficiles à trouver au milieu des
mauvaises herbes) et les avait mises dans un vase pour que
Jackson la regarde et voie qu'elle était une femme. Mais il
n'était pas venu, naturellement, elle n'avait jamais eu
d'intuition, féminine ou autre. Ce n'avait été qu'un vœu
pieux.

Julia se mit à claironner « Milly a un nouveau petit ami,
pauvre vieux Henry, Milly craque pour Jackson » comme si
elle était redevenue une gamine de huit ans. Une part de
Julia serait à jamais âgée de huit ans tout comme une part
d'Amelia serait à jamais âgée de onze ans, l'âge qu'elle avait
quand le monde s'était arrêté.

« Tu as quel âge, Julia ?

— Je ne suis pas aussi vieille que toi.

— Je préfère quitter cette pièce car je sens que je vais
frapper. »

Amelia se rafraîchit les joues au robinet de la cuisine. Elle
entendait encore Julia glousser toute seule dans le salon.
Qu'elle s'avise de recommencer et elle lui arracherait la
tête. Mais Julia, qui ne voulait pas lâcher le morceau, vint la
rejoindre dans la cuisine et lança : « Bon Dieu, Milly, tu
es si collet monté, je n'arrive pas à me représenter ce que
Henry et toi pouvez bien faire au lit. » Amelia non plus,
bien sûr, car Henry n'existait pas. C'était une invention,
surgie du néant, née de son exaspération devant les piques
continuelles de Julia au sujet de sa chasteté et (horreur)
devant ses offres répétées de la « caser ». « J'ai déjà
quelqu'un, merci, avait-elle répondu d'un air irrité à Julia
qui venait de poser une question indiscrète de trop, c'est un
collègue. » Alors qu'elle cherchait un prénom, Henry était

196

le premier qui lui était venu à l'esprit, c'était le nom du chien de Philip, son voisin du dessous, un révoltant petit pékinois dont les yeux semblaient constamment sur le point de lui sortir de la tête. « Si Henry était un chien, qu'est-ce qu'il serait ? » avait demandé, comme il fallait s'y attendre, Julia, et Amelia avait répondu sans réfléchir « Un pékinois », si bien que Julia avait froncé les sourcils et dit « Oh, pauvre Milly ».

Depuis lors, cet Henry fictif avait par petites touches successives acquis les signes extérieurs d'une personnalité. Il commençait à perdre ses cheveux et à avoir du ventre, c'était un buveur de bière plutôt qu'un amateur d'alcools forts, et il avait eu jadis une épouse qui était morte d'un cancer et qu'il avait soignée avec dévouement. Henry n'avait pas d'enfant mais il avait une chatte tigrée, du nom de Molly, qui attrapait bien les souris. Mentir, découvrit Amelia, était uniquement une question de détails.

Henry et Amelia entretenaient des relations placides et fictives consistant en sorties au théâtre, dans les cinémas d'art et d'essai, les restaurants italiens, les pubs de campagne et en randonnées vivifiantes. Ils avaient passé un week-end dans les Mendips et un autre au nord du Devon, Amelia avait soigneusement étudié les deux destinations sur Internet au cas où Julia poserait des questions de géographie ou d'histoire, mais, bien sûr, Julia ne s'intéressait qu'à deux choses : la bouffe et le sexe (« Oh, Milly, ne fais pas ta sainte-nitouche »). Comme il était important de ne pas rendre Henry trop intéressant, Julia risquant alors de vouloir le rencontrer, le sexe était « un peu routinier » mais néanmoins « agréable », mot que Julia avait en horreur. Dernièrement, Amelia avait révélé que Henry était un passionné de golf, passe-temps qui ne pouvait que susciter l'indifférence de Julia.

Henry avait rencontré un tel succès auprès de Julia qu'Amelia s'était mise à parler de lui au travail. Il était un antidote utile aux airs apitoyés et amusés qu'elle semblait toujours susciter chez ses collègues. Elle avait entendu des profs la traiter de « vieille fille » et savait que deux ou trois la croyaient lesbienne. L'idée même la dégoûtait un tant soit peu. Julia s'était vantée d'avoir eu des relations sexuelles avec des femmes : elle avait laissé tomber la remarque dans la conversation avec l'air détaché qu'elle aurait eu pour parler de son supermarché préféré ou des derniers livres qu'elle avait lus. Amelia s'était fait un point d'honneur de ne pas avoir l'air surprise car c'était, évidemment, le genre de réaction que Julia adorait. N'y avait-il aucune limite à ce que Julia pouvait faire ? Ferait-elle ça avec un chien ?

« Bestialité, rumina Julia, hum, seulement si j'y étais obligée.

— Obligée ? Pour un rôle ?

— Non, bien sûr que non, mais pour te sauver la vie, par exemple. »

Amelia irait-elle jusqu'à avoir des relations sexuelles avec un chien pour sauver la vie de Julia ? Quel test épouvantable.

Pour la salle des profs, Henry lui avait été présenté par sa sœur. Comme Julia était comédienne, ils étaient tous persuadés qu'elle menait une vie glamour, ce qui était d'ordinaire agaçant pour Amelia mais parfois pratique. Cet Henry-là habitait Édimbourg, ce qui le rendait inaccessible et donnait à Amelia des occupations pour le week-end : « Oh, je m'envole pour l'Écosse, Henry m'emmène pêcher », ce qui était le genre de chose, imaginait-elle, que les gens faisaient en Écosse – elle gardait en tête l'image de la reine-mère, incongrue en imper et cuissardes, ferrant la truite au milieu d'une rivière aux eaux brunes et peu profondes (du côté de Brigadoon[1], of course). Amelia n'était jamais allée plus au nord que York et encore c'était pour voir Julia jouer dans une pantomime le chat de Dick Whittington[2], dans une interprétation suggérant que l'ani-

---

1. Village écossais légendaire de la comédie musicale *Brigadoon* (1947) dont Minnelli tira un film avec Gene Kelly et Cyd Charisse en 1954. (*N.d.T.*)

2. Les pantomimes se jouent au moment des fêtes de fin d'année. Avant de devenir avec son chat un personnage de pantomime, Dick Whittington fut quatre fois maire de Londres au XVe siècle. (*N.d.T.*)

mal était constamment en rut. Amelia se figurait qu'entre York et les hautes terres écossaises infestées par la famille royale s'étendaient des friches industrielles hérissées de grues à l'abandon et d'usines fermées, peuplées de gens trahis mais nonobstant à toute épreuve. Oh, et la lande, bien sûr, de vastes étendues sombres surmontées de cieux menaçants, et arpentant ladite lande, des hommes sombres, menaçants, bien décidés à atteindre leur demeure ancestrale dont ils allaient brutalement ouvrir la porte avant de fustiger des gouvernantes orphelines mais néanmoins déterminées. Ou, mieux encore, les hommes sombres et menaçants chevauchaient des montures noires à l'énorme croupe musclée, luisante de sueur...

« Milly ?

— Quoi ?

— Tu ne m'écoutes pas, je disais que nous pourrions utiliser une partie de l'argent de la maison pour prendre des supervacances. » Julia préparait une flambée : elle pliait et plissait des pages de journal pour en faire des allume-feu improvisés. Amelia fronça les sourcils et alluma la télé. Au début, elle avait suggéré à Julia de regarder les chaînes les plus culturelles, Performance ou Discovery, ou à la rigueur TV5 pour améliorer leur français rouillé (même si malheureusement TV5 semblait noyée dans un océan de chaînes porno et sportives) mais Julia avait écrasé cette idée dans l'œuf (« Il faut vivre un peu, Milly ») et désormais elles passaient de longues heures près du feu à regarder des rediffusions de sitcoms et de séries ringardes des années 70 : *Bergerac* suivi de *Poldark*, le tout couronné par *Only Fools and Horses*, qui semblaient passer en boucle dans l'éther.

« Je veux dire des vacances grandioses, fit Julia, un safari en Afrique ou un trek au Népal, visiter les temples du Machu Picchu ou aller en bateau jusqu'en Antarctique. Qu'est-ce que tu en dis, Milly ? »

Amelia n'avait jamais voyagé parce qu'elle n'avait jamais eu personne pour lui tenir compagnie. Julia était la seule avec qui elle ait été en vacances – une fois au Portugal (agréable) et une fois au Maroc (cauchemardesque), de sorte qu'Amelia avait le sentiment d'avoir vu le monde par le petit bout de la lorgnette. Pourtant, à l'idée de s'aventurer *au-dehors*, dans le vaste univers, au sommet d'une montagne, au milieu de l'océan, dans un endroit dangereux, étranger, loin de la tiède quiétude d'un salon anglais, la tête lui tournait immédiatement et elle était malade de peur.

« Tu pourrais faire une surprise à Henry, poursuivit Julia avec insouciance, l'emmener à New York ou Paris pour le week-end, descendre dans un hôtel somptueux, au George V ou au Bristol...

— Ton feu est en train de crever. »

La plupart du temps, « Henry » descendait passer le week-end à Oxford et Amelia racontait le lundi matin à ceux qui lui posaient la question qu'ils avaient passé un « merveilleux » week-end – excursion à Cliveden, un « délicieux » déjeuner à Bray[1]. On ne se bousculait pas pour lui poser la question, mais ses collègues convenaient que, depuis qu'elle avait rencontré Henry, Amelia était un peu moins cassante et abrasive.

Dans la version destinée à ses collègues, Henry était un tantinet moins déplumé et bedonnant que dans celle concoctée à l'intention de Julia. Il était aussi plus actif et dynamique – toutes ces parties de pêche – et incontestablement plus riche (« Dans la finance, oh, bon sang, ne me demandez pas quoi, tout ça, c'est de l'hébreu pour moi »). Elle aimait particulièrement étaler les côtés plus fringants de ce Henry devant Andrew Vardy, un prof de « communication » comme elle, et le seul homme avec qui, en fait, Amelia avait eu des relations sexuelles.

Ça s'était passé dix ans plus tôt parce qu'Amelia avait peur de vivre et de mourir vieille fille. Parce qu'il lui avait paru ridicule d'être encore vierge à trente-cinq ans, à la fin du vingtième siècle. Parce qu'elle ne comprenait pas pourquoi elle avait l'impression d'être morte alors qu'elle n'avait jamais vécu. Elle croyait en être arrivée là parce qu'elle était timorée, qu'un rien l'effarouchait, que le sexe semblait sacrément intimidant (et regardons les choses en

---

1. Bray-on-Thames : village anglais qui a deux restaurants affichant trois étoiles au Michelin. (*N.d.T.*)

face, vaguement dégoûtant). À l'université, elle avait une réputation de fille très comme il faut, mais elle espérait toujours qu'un garçon (ou un homme sombre et menaçant) briserait cette stratégie de défense, balaierait ses inhibitions et introduirait la passion physique dans sa vie. Mais sombre, menaçant ou autre, personne n'avait eu l'air de s'intéresser à elle. Elle se demandait parfois si elle dégageait la bonne odeur, ou pas d'odeur du tout, car c'était aussi primitif que ça, n'est-ce pas, il suffisait de regarder les chats, les reines des abeilles et les chevrotains porte-musc.

Plus curieux encore que le fait que personne ne désirait Amelia était le fait qu'elle-même ne désirait personne... en dehors des hommes peuplant les romans du dix-neuvième siècle, ce qui renouvelait le concept d'« inaccessibilité ». Même Sylvia n'était pas vierge, elle avait couché avec des dizaines de garçons avant sa « conversion ». Et si Sylvia avait pu se dégoter des petits amis, Sylvia qui était restée un « vilain canard » au lieu de se transformer en cygne, alors pourquoi pas Amelia ? Pendant très longtemps, Amelia attendit l'apparition de celui pour qui son cœur se mettrait à battre la chamade, son cerveau à se brouiller et son intellect à partir en javelle, et quand rien de tel ne se produisit, elle se dit que la nature l'avait peut-être destinée à être chaste, qu'il y avait lieu de se réjouir (en secret à tout le moins) de ce statut de vestale et qu'au lieu de se faire du mouron pour son hymen inviolé, elle devrait le considérer comme un trophée inaccessible aux simples mortels. (Une récompense équivoque, soit dit en passant.)

Elle mourrait en noble reine vierge, en nouvelle Gloriana[1]. C'était à l'époque où elle faisait un genre de dépression nerveuse – liée en grande partie à l'impossibilité de « communiquer » avec les maçons, couvreurs et autres coiffeuses et en partie à l'absolue futilité de la vie (bien que toute personne un tant soit peu dotée d'intelligence ne pût qu'être habitée par une irrémédiable tristesse existentielle). C'est donc alors qu'elle se sentait au plus bas et très vulné-

---

1. L'une des incarnations d'Elizabeth Ire dans *La Reine des fées*, long poème épique d'Edmund Spenser (1552-99). (*N.d.T.*)

rable qu'Andrew Vardy lui avait déclaré tout à trac « Tu sais, Amelia, si jamais tu avais envie de faire l'amour, je serais très heureux de te rendre ce service ». Texto – comme si elle était une vache qui avait besoin d'être saillie. Ou une vierge qui avait besoin d'être déflorée. Avait-il deviné qu'elle était intacte, qu'elle n'avait pas perdu la plus belle rose de son chapeau, rien qu'à la regarder ? Comme ces expressions anciennes étaient jolies. Que diraient les couvreurs ? « Perdre son berlingot ? » Ils ne connaissaient sans doute même pas de vierges. Ni de termes décents pour le sexe, ils ne faisaient que « niquer » (à toute heure du jour et de la nuit, apparemment). Les filles, pareil.

Elle avait emporté un Cheveu-de-Vénus dans son établissement, pour égayer l'atmosphère cafardeuse de la salle des profs, une bouture prélevée sur une plante de Philip, son voisin au pékinois. Quelqu'un, une vieille baderne à l'esprit mal tourné, qui se conduisait comme si la salle des profs était la bibliothèque d'un club de gentlemen londonien, s'était exclamé « Ah, certains de ces vieux noms de plantes sont merveilleusement vénériens, Cheveu-de-Vénus, pubis de vierge dans le folklore anglais – quoi de plus délicieux ? », ce qui avait fait pouffer de rire plusieurs personnes (y compris des femmes, bon sang de bois, savaient-elles ce qu'elles faisaient ?) Amelia lui aurait volontiers brisé son pot de fleurs sur la tête. « Et le pied-de-veau, qui se dit " cuckoo pint " en anglais, poursuivit-il, figurez-vous que ce " pint " du coucou, qui a l'air bien innocent, hein, est en fait l'abréviation de " pintle " qui veut dire pénis ! » Quelle tête il ferait si elle lui coupait le sien ? Ça lui ferait fermer son clapet. Elle s'affaira comme si elle avait cours, ce qui n'était pas le cas, et essaya de jouer celle qui ignorait que son visage avait viré au cramoisi de la honte et de l'humiliation. Dieu merci, la plante ne tarda pas à s'étioler et à crever et Amelia refusa d'y voir la moindre métaphore, mais quand Andrew Vardy lui avait fait des avances quelques semaines plus tard, elle avait eu une réaction qui l'avait surprise.

Aujourd'hui, quand elle apercevait Andrew Vardy dans la triste salle des profs aux relents de soupe instantanée, elle ne comprenait pas comment elle avait pu – infâme souvenir – se retrouver nue en sa compagnie, et encore moins unir des parties intimes, délicates de son anatomie aux siennes qui étaient moches à souhait et grumeleuses. Sa seule conquête masculine n'avait rien d'un Adonis. Son visage était grêlé et marqué de vieilles cicatrices d'acné et il avait une petite moustache gay que sa femme aurait dû lui conseiller de raser. Il n'était pas gay, pas du tout, il était catholique, père de cinq enfants, plutôt petit, en fait il était légèrement plus petit qu'Amelia, mais il pouvait être rigolo, et mon Dieu, c'était mieux que rien. Pendant deux ans, ils avaient échangé des propos cyniques devant un café et de temps à autre eu une conversation plus longue et plus philosophique au cours d'un des atroces déjeuners servis par la cafétéria de leur établissement. Andrew était près de ses sous (il avait cinq enfants, après tout, rappelait-il) et n'offrait de payer pour Amelia que le jour où les élèves de première année de gestion hôtelière étaient de cuisine et servaient un déjeuner de trois plats à moitié prix (le risque de mourir d'intoxication alimentaire étant deux fois plus grand).

Amelia était flattée qu'Andrew Vardy apprécie sa compagnie, car il avait l'air d'être le seul, et ce fut donc au terme d'une journée misérable et épuisante, alors qu'il ne restait plus qu'eux deux dans la salle des profs, qu'il avait eu ces paroles mellifues pour la séduire (en résumé : « Tu sais, Amelia, si jamais tu avais envie de faire l'amour, je serais très heureux de te rendre ce service ») et qu'elle s'était dit, oui, pourquoi pas.

Pas séance tenante, naturellement, pas dans la salle des profs – quelle horreur s'il l'avait déflorée au milieu des journaux froissés et des vieilles tasses avec leurs restes de Nescafé pendant qu'elle se serait sans cesse demandé si le concierge n'allait pas passer son nez à la porte. Mais non, Andrew s'était contenté de ramasser son sac à dos et avait dit « Bon, ben, bonsoir et à demain » comme si rien d'important n'avait eu lieu entre eux.

Avant Andrew Vardy, Amelia avait imaginé que le sexe serait (pour une raison ou pour une autre, Dieu sait laquelle) un amalgame de mystique et de grossière animalité, une expérience chaude et douce qui transcenderait la mécanique. Ce qu'elle n'avait pas envisagé, c'était que ça puisse être banal et plutôt casse-pieds. Tout en restant, malheureusement, vaguement dégoûtant.

« De l'audace », se dit-elle et elle l'invita à venir prendre « une tasse de café, un de ces soirs », elle était convaincue que tous deux savaient à quoi s'en tenir, mais si la soirée devait se limiter à ça – la tasse de café – elle aurait l'air moins cruche. Elle s'acheta un magazine féminin avec un supplément scellé dont la couverture annonçait « Bons tuyaux pour le rendre fou au lit » et tenta (en vain) d'en apprendre certains par cœur. Elle avait l'impression de se préparer pour un examen auquel elle ne pouvait qu'échouer. Qui diable pouvait avoir envie qu'on lui fasse couler de la cire de bougie sur les mamelons ? Lui infligerait-il ce supplice ? Certainement pas. « Déshabillez-vous lentement, conseillait le supplément, tous les hommes apprécient un strip-tease sexy. » Amelia avait plutôt espéré qu'ils garderaient leurs vêtements de bout en bout. Néanmoins, elle se rasa les jambes et les aisselles, même si elle n'en voyait absolument pas la nécessité, se vernit (plutôt maladroitement) les ongles des orteils, se doucha et s'aspergea d'un parfum français que Julia avait oublié lors d'une visite. Elle avait l'impression de se préparer à un sacrifice. Elle avait mis de côté une très bonne bouteille de bordeaux et acheta des olives farcies et des cacahuètes comme si elle s'apprêtait à donner une soirée Tupperware. Elle avait assisté une fois à l'une d'elles, invitée par une femme qui faisait cours aux esthéticiennes et aux coiffeuses, et s'était acheté un très utile distributeur de céréales. C'était la seule soirée à laquelle elle était allée en cinq ans.

Les olives et les cacahuètes ne figuraient pas parmi les « bons tuyaux », même si le supplément suggérait un emploi du pop-corn qui, selon Amelia, avait plus sa place dans un film porno que dans un magazine féminin occupant le devant des présentoirs. On n'aurait jamais cru que le sexe avait pour but la reproduction de l'espèce, qu'il s'agissait simplement de la conjonction d'organes mâles et femelles à des fins biologiques. En tout cas, pas à en croire les auteurs des « Bons tuyaux pour le rendre fou au lit », pour qui ça semblait être l'occasion de se farcir tous les orifices avec le premier truc qui vous tombait sous la main.

Elle attendit cinq soirs d'affilée. Le sixième, Amelia

commença à se demander si elle avait mal compris, s'il avait offert de lui « rendre service » autrement, en lui prêtant un livre ou un programme informatique. Dans la salle des profs, il n'était fait mention ni de café ni de sexe, la seule conversation qu'ils eurent roula sur le fait qu'il fallait prétendre que les couvreurs avaient atteint leurs objectifs d'apprentissage « basés sur des critères » si on voulait les voir terminer leur cursus et débarrasser le plancher. Elle cessa de se préparer chaque soir, se remit à avoir du poil aux jambes, oublia tous les bons tuyaux pour le rendre fou et, naturellement, la poisse voulut qu'Andrew Vardy sonne à sa porte le soir où, attifée de ses plus vieilles nippes, elle était en train de repeindre une petite table de chevet achetée dans une vente aux enchères.

Ni fleurs, ni chocolats, ni cour – elle avait espéré un minimum de cour tout de même – et lorsqu'elle proposa « Veux-tu une tasse de café ? » il eut un petit sourire narquois. Elle offrit le bon vin uniquement parce qu'elle se voyait mal affronter l'expérience sobre comme un chameau. Elle mit les cacahuètes et les olives dans des ramequins en verre qu'elle disposa sur la table basse. Est-ce que les autres faisaient ça ? Les autres femmes qui se préparaient pour un amant ? Ne s'enduisaient-elles pas d'huiles parfumées et d'onguents, ne peignaient-elles pas leurs cheveux, ne s'allongeaient-elles pas sur des draps de soie pour présenter les pommes de grenade de leurs seins aux baisers de leur amant ? Elles ne présentaient tout de même pas des amuse-gueule. Si ?

Dès qu'ils furent assis sur le canapé, il se mit à l'embrasser et elle sentit qu'il avait les lèvres toutes sèches et gercées. Il avait gardé ses vêtements de travail et empestait la transpiration. Puis il tira sur son tee-shirt couvert de taches de peinture et se mit à lui peloter les seins qu'il pétrit comme si c'était de la pâte à modeler, tout en déboutonnant son pantalon. À quoi bon avoir bûché tous ces préliminaires, on se le demandait. Écrasée contre les coussins, elle ne voyait pas vraiment ce qu'il fabriquait et lorsqu'elle se rendit compte qu'il mettait un préservatif, elle se sentit horriblement gênée (ce qui était ridicule), bien qu'une part d'elle eût envie de lui dire d'arrêter les frais pour discuter du catholicisme et de l'éthique de la contraception – il avait cinq enfants, après tout, y avait-il une règle pour sa femme et une autre pour sa maîtresse ? (Ce mot appliqué à sa personne lui fit éprouver un petit frisson.) Et d'une manière générale, croyait-il vraiment à l'infaillibilité du pape car elle s'était souvent demandé comment une personne intelligente (Sylvia, par exemple) pouvait croire à de telles sornettes, mais l'heure n'était plus aux discussions de dogme car il était en train de la pénétrer (beaucoup plus fluide et plus froid que prévu) et elle dut réprimer l'envie de le repousser car cela paraissait si inconfortable et contre nature. Puis il roula maladroitement sur elle pendant un moment, fit valser les cacahuètes et renversa le vin (incroyablement négligent de sa part) avant d'émettre soudain un bruit sourd et animal, comme une vache en train de vêler, et l'instant d'après sa chose devenue toute flasque glissa hors d'elle et atterrit sur sa cuisse comme un poisson rouge crevé.

Amelia regarda le plafond et y aperçut une fissure qu'elle n'avait jamais remarquée. Elle avait toujours existé ou la maison s'affaissait-elle ? Elle contempla le sol jonché de cacahuètes et l'immense tache de vin qui auréolait la moquette pâle, comme du sang anémié, et elle se demanda si même un nettoyage professionnel en viendrait à bout.

Andrew Vardy se ressaisit et se rajusta – son épaule de veste était ornée d'un peu d'écume blanche caillée qui, suspecta Amelia, était dû à un renvoi de bébé. Amelia se sentit défaillir. « Désolé, je vais devoir y aller, Amelia, dit-il, comme si elle le suppliait de rester. J'ai promis à Bernie de rapporter une pinte de lait. » Amelia supposa qu'il l'avait casée avec l'épicerie. Une pinte de lait et une petite baise rapide. Elle le raccompagna donc à la porte, il l'embrassa sur la joue en disant « C'était super », se jeta une olive dans la bouche et partit. Il dévala quasiment l'escalier tandis que Henry, le pékinois, jappait furieusement quelque part à l'étage en dessous. Il y avait une autre tache sombre sur le canapé et il fallut quelques secondes à Amelia pour s'apercevoir que ce n'était pas du bordeaux mais son propre sang. Ses genoux se dérobèrent sous elle et elle s'affala par terre. Elle se sentait souillée. Elle entendit la Passat salie par la marmaille d'Andrew Vardy s'éloigner et se mit à pleurer.

Elle voulait Jackson. Désespérément. Elle s'allongea sur son lit, pensa à lui et se fit (eh oui) une petite gâterie, bon sang, quel terme stupide. *Mr Brodie vous sauverait*, avait affirmé Julia quand elle avait décrété qu'il était un berger allemand. Amelia voulait être sauvée par Jackson, c'était ce qu'elle désirait le plus au monde. Jackson, l'idée de Jackson, était un espoir, une promesse et une consolation, c'était un galet chauffé par le soleil dans sa main, le parfum des roses sous la pluie, c'était la possibilité d'un changement. Peut-être devrait-elle lui proposer « Si jamais vous aviez envie de faire l'amour, Jackson, je serais heureuse de vous rendre ce service ».

Elle se mit à se déshabiller. Il était tôt, vraiment trop tôt pour se mettre au lit. Dehors, le ciel était encore clair et elle se souvint qu'enfant, elle aimait se coucher quand il faisait encore jour, en été, car elle avait peur du noir. C'était avant la disparition d'Olivia. Après, qu'il fît jour ou qu'il fît nuit, elle ne s'était plus jamais sentie en sécurité.

Elle examina son corps nu dans le miroir tout piqué de la petite armoire de Sylvia. Sa chair ressemblait à du fromage blanc battu, elle avait des pneus comme le bonhomme Michelin, son ventre faisait des plis, ses seins ballottaient entraînés par leur propre poids, on aurait dit qu'elle avait porté une douzaine d'enfants, elle ressemblait à un de ces anciens symboles de fertilité gravés dans la pierre. Pourtant il n'y avait rien de fertile chez elle. Elle devenait trop vieille pour avoir des enfants, son utérus se ratatinait lentement mais sûrement. « J'ai encore le temps d'en pondre un », avait déclaré la veille Julia avec sa vulgarité habituelle. Amelia n'avait plus le temps d'en pondre un, la planète ne tarderait pas à ne plus avoir besoin d'elle. Personne ne l'avait jamais trouvée séduisante, personne n'avait jamais eu envie d'elle, pas même Victor ; son propre père l'avait trouvée trop laide pour la séduire...

Un hurlement interrompit le cours de ses pensées, un cri terrifiant comme si Julia était en train de se faire étriper, un cri qui présageait une horreur absolue. Amelia attrapa sa robe de chambre et se précipita dans l'escalier.

Julia était allongée par terre dans un coin de la cuisine et Amelia crut d'abord qu'il lui était arrivé quelque chose d'abominable, puis elle se rendit compte qu'elle serrait le corps de Sammy dans ses bras. Les yeux de ce dernier avaient perdu de leur éclat, tout chez lui indiquait un dépérissement général mais, entendant la voix affligée d'Amelia, il remua faiblement la queue. « J'appelle le vétérinaire, non ? » proposa Amelia, et Julia répondit d'une voix étouffée car elle avait le visage enfoui dans le pelage de Sammy « Je crois qu'il est trop tard. Je crois qu'il vient d'avoir une attaque.

— Dans ce cas, il faut appeler le véto.

— Non, vraiment, Milly, il est en train de mourir, c'est un vieux chien. Fiche-lui la paix. » Julia lui prit une patte et l'embrassa. Elle murmura des paroles apaisantes à l'oreille du chien mourant, lui embrassa les oreilles, la truffe, le museau en frottant son visage sur ses poils blancs. Amelia la détesta d'être celle qui croyait faire ce qu'il fallait. « Contente-toi de le caresser », dit Julia mais Amelia, qui cherchait désespérément dans les pages jaunes un vétérinaire de garde, rata l'instant où Sammy mourut et ne s'en aperçut qu'au moment où Julia se releva, couverte de poils de chien et le visage tout froissé. Elle avait dû rester cramponnée à Sammy un sacré bout de temps.

Amelia n'en pouvait plus. Elle avait téléphoné à Jackson parce qu'elle voulait qu'il mette fin à sa douleur. Elle ne voulait personne d'autre que lui. Elle voulait qu'il la prenne dans ses bras et l'apaise comme Julia avait fait pour le chien. (« *S'il vous plaît, Jackson, venez, je vous en prie, j'ai besoin de vous.* » Elle avait éprouvé une certaine exaltation à prononcer des paroles aussi passionnées, aussi désespérées. Elle avait ressenti les affres de la passion et du désespoir.) La dernière chose qu'elle souhaitait, c'était le voir arriver l'air fumasse (oh, mon Dieu, encore du vocabulaire de couvreur) et certainement pas avec une gamine à la remorque. *Sa* gamine. Parce qu'elle n'avait jamais envisagé qu'il puisse avoir un enfant. Il faut dire qu'elle ne s'en était jamais inquiétée. Il avait aussi une femme ? Il n'avait pas plus tôt mis le pied dans la maison qu'elle lui posa la question, l'accusa comme une folle. Elle savait qu'elle avait l'air d'une folle avec ses cheveux dans tous les sens, son visage ravagé par les larmes et ses seins qui bringuebalaient sous sa robe de chambre trop grande. « Je ne savais pas que vous étiez marié, Mr Brodie », fit-elle, crachant les mots comme s'il l'avait trahie. La gamine en fut toute retournée, ce qui eut pour effet d'accroître l'irritation de Jackson, et c'est Julia qui apaisa les esprits en disant « Je suis désolée, Mr Brodie, nous ne sommes pas dans notre état normal ce soir, le pauvre Sammy vient hélas de nous quitter ». Après ça, tout fut un peu confus, Julia n'avait pas cessé de verser du cognac et la gamine avait manifesté un intérêt quasi morbide au chien mort, en caressant son poil sans vie et en répétant « Pauvre toutou mort », jusqu'au moment où Amelia avait failli la gifler parce que ce n'était pas son chien. Elle avait oublié que c'était celui de Victor ! Jackson avait expliqué à la gamine que le chien était heureux au paradis des chiens, puis Julia avait aidé Amelia à se mettre au lit et c'est là qu'elle se trouvait depuis. Elle pleurait à chaudes larmes, d'une façon discrète mais néanmoins pas jolie à voir, et c'étaient des pleurs qui n'étaient pas près de s'arrêter car ils englobaient trop de choses.

Elle pleurait parce qu'elle se sentait malheureuse en général (c'était permis de temps à autre, non ?) et elle pleurait sur elle-même et sa petite vie desséchée et vide de sens. Elle ne la supportait plus, mais alors plus du tout. Elle pleurait pour Victor, Olivia, Rosemary et Rascal (qui était mort deux ans après la disparition d'Olivia). Elle pleurait parce qu'elle n'avait fait l'amour qu'avec Andrew Vardy, parce que Mozart était mort jeune et Sammy mort vieux, parce qu'elle était grosse et laide et qu'elle devait faire cours aux couvreurs, parce qu'elle ne connaîtrait jamais le réconfort des bras de Jackson.

Elle pleurait aussi parce qu'elle ne croyait ni en Jésus ni en un paradis canin et qu'elle n'aurait jamais personne dans son lit, le dimanche matin, pour lire le journal avec elle, lui frotter le dos ou lui demander « Je peux faire quelque chose pour toi ? » Parce qu'il n'y avait pas de bonheur, rien que du vide. Parce qu'elle voulait avoir seize ans et de longs cheveux brillants (qu'elle n'avait jamais eus), guetter anxieusement à la fenêtre d'en haut et entendre sa mère lui crier d'en bas « Il est là ! » Elle se précipiterait alors d'un pas léger dans l'escalier, monterait dans une voiture au volant de laquelle serait installé son séduisant petit ami et ils s'en iraient faire l'amour, qui serait chaud et doux, quelque part, puis il la ramènerait chez elle où sa famille l'attendrait. Victor la saluerait d'un signe de tête paternel et bourru, lorsqu'elle apparaîtrait à la porte, une Julia adolescente et contrariante l'ignorerait délibérément tandis que Sylvia, svelte étudiante de première année à l'université, aurait un sourire supérieur. Quelque part, dans la chambre d'amis peut-être, une Annabelle de cinq ans aux contours flous dormirait. Et Rosemary, leur mère, lui demanderait avec un air de complicité féminine si elle s'était bien amusée avant de lui offrir du lait chaud au miel (ce qu'elle n'avait jamais fait de son vivant, Amelia était prête à le jurer) et peut-être qu'avant de sombrer dans le doux sommeil paisible d'une jolie adolescente de seize ans, Amelia passerait voir Olivia, âgée de huit ans et tranquillement endormie dans son lit.

Dans le courant de la nuit, Julia entra dans la chambre, s'allongea sur le lit, passa ses bras autour d'Amelia et la tint comme elle avait tenu Sammy mourant. « Tout va bien, Milly, je t'assure », dit-elle et c'était un mensonge si énorme et si merveilleux que ça ne valait même pas la peine de discuter.

14

JACKSON

« Bon sang, Jackson, qu'est-ce qui vous est arrivé ? » La même note de reproche dans la voix de Deborah Arnold que dans celle de Josie, remarqua-t-il.

« Oui, merci, je me sens beaucoup mieux », dit-il en se dirigeant vers le saint des saints où Shirley Morrison l'attendait. Elle tressaillit en l'apercevant (comme elle était infirmière, il devait avoir sale mine). Il arborait un spectaculaire œil au beurre noir grâce aux bons soins de David Lastingham (le salopard) et le coup reçu sur la tête ainsi que la nuit passée au grand air n'avaient pas dû améliorer son apparence.

« C'est moins grave qu'il n'y paraît », dit-il à Shirley Morrison même si c'était probablement faux. Shirley Morrison était assise dans la position du lotus. Elle avait le dos bien droit et un corps mince de danseuse. Elle avait quarante ans mais en faisait trente jusqu'à ce que vous la regardiez dans les yeux et vous aperceviez qu'elle avait vécu plus d'une vie. Il savait qui elle était, elle n'avait jamais changé de nom. Ça s'était passé avant qu'il ne s'installe à Cambridge, mais quand il avait demandé à Deborah de faire des recherches sur Shirley Morrison, elle avait répondu « Shirley Morrison... ce n'est pas la sœur de Michelle Fletcher ? La tueuse à la hache ? »

« ... Elle était assise par terre et elle avait encore la hache à la main. Je ne sais pas depuis combien de temps elle était comme ça. Keith était mort depuis une heure, d'après le rapport du médecin légiste. » Shirley Morrison tenait sa tasse de café à deux mains comme pour se réchauffer alors qu'il faisait une chaleur infernale dans le bureau de Jackson et que son café devait être froid depuis longtemps. Elle regarda au loin et Jackson eut l'impression qu'elle passait mentalement en revue l'autopsie de Keith Fletcher. « Quand je suis entrée, elle a souri et elle a dit " Oh, Shirley, comme je suis contente que tu sois venue, je t'ai fait du gâteau au chocolat ". J'ai donc tout de suite compris qu'elle avait perdu la tête.

— Son avocat a plaidé un accès de démence », dit Jackson. Deborah ne s'était pas contentée de lui raconter les potins, elle avait aussi fait des recherches. Michelle Rose Fletcher, née Morrison, dix-huit ans, condamnée à perpétuité pour avoir, selon le juge très respecté de l'époque, « tué de sang-froid et de façon préméditée » son époux. « Un homme totalement innocent. » Jackson ne croyait pas à l'entière innocence de qui que ce soit, hormis à celle des animaux et des enfants, et encore, pas tous les enfants. Il lui proposa un autre café mais elle se contenta de secouer la tête comme s'il était un insecte gênant.

« Michelle voulait absolument tout contrôler, je l'adorais, c'était ma grande sœur, vous voyez ce que je veux dire ? » Jackson opina, les grandes sœurs, il savait ce que c'était. Sa grande sœur à lui, Niamh.

« Mais tout devait être parfait pour Michelle, tout le temps. Absolument tout le temps. Je vois d'où ça vient, il faut voir la façon dont nous avons été élevées, c'était… – Shirley Morrison haussa les épaules, chercha le mot exact – le foutoir. Notre mère n'était pas fichue de s'occuper d'un chien, alors une maison et des gosses, vous pensez… Quant à papa, il buvait. C'était donc très important pour Michelle de ne pas être comme eux. Mais le bébé la vidait. On ne peut pas contrôler les bébés.

— Vous pensez donc qu'elle souffrait de dépression postnatale ? » Jackson se souvint de Josie après la naissance de Marlee, pleurant de tristesse à longueur de journée tandis que Marlee pleurait toute la nuit à cause de coliques. Jackson s'était senti complètement impuissant parce qu'il ne savait pas quoi faire ni pour l'une, ni pour l'autre. Puis soudain, comme le soleil sortant des nuages, ce fut fini, et Josie regarda Marlee paisiblement endormie dans son berceau, et dit en riant « Elle est mignonne, gardons-la ». C'était du temps où ils étaient heureux.

Shirley Morrison eut l'air de se demander ce qu'il pouvait bien savoir du malheur post-partum, haussa les épaules et dit : « Peut-être. Probablement. Elle ne dormait pas, le manque de sommeil rend fou. Mais ils voulaient tous sa peau : la presse, la famille de Keith. Il n'avait rien fait de mal, il ne la battait pas ni rien. C'était un chic type, très facile à vivre. Je l'aimais bien. Tout le monde l'aimait bien. Et il adorait Tanya.

— Michelle avait des ecchymoses sur le visage », fit Jackson.

Shirley le regarda d'un air interdit : « Ah, bon ?

— Ça figure dans le rapport du policier qui a effectué l'arrestation, pourquoi n'a-t-on pas utilisé ce détail pour sa défense ?

— Je l'ignore. »

Les pieds minces de Shirley étaient très bronzés comme si elle marchait souvent pieds nus dehors. Elle portait des sandales indiennes, en cuir gaufré, qui les mettaient très en valeur. Jackson aimait les pieds des femmes, pas d'une façon fétichiste (il l'espérait) et pas les pieds laids, or, pour une raison mystérieuse, beaucoup de femmes ravissantes ont des pieds moches. Il était attiré par les jolis pieds, c'est tout. (Essayait-il de se justifier ?) Nicola Spencer avait de grands pieds, avait-il remarqué. Elle était en ce moment même sur un vol de nuit pour Prague, faisant Dieu sait quoi.

« L'odeur était incroyable, épouvantable, c'est ce dont je me souviens le mieux, c'était... révoltant. Tanya était dans son parc et elle criait mais criait comme je n'ai plus jamais entendu un bébé crier depuis. Je suis infirmière en pédiatrie, ajouta-t-elle. Dans une unité de soins intensifs », mais Jackson le savait déjà, il avait téléphoné à l'hôpital et demandé « Dans quel service travaille Shirley Morrison ? » et on lui avait répondu. La plupart des gens n'imaginent pas à quel point il est facile d'obtenir des renseignements. Il suffit de poser la question. Pas les grandes questions, évidemment, du style qui a tué Laura Wyre et où se trouvent les restes d'Olivia Land. Ou pourquoi la femme qu'il avait jadis promis d'aimer et de protéger tant qu'il aurait un souffle de vie avait décidé d'emmener leur enfant unique à l'autre bout du monde. Comme ça. («Oui, Jackson, "comme ça". »)

« La première chose que j'ai faite, c'est de prendre Tanya mais elle ne s'est pas arrêtée de hurler pour autant. Elle était dans un état, Dieu sait depuis combien de temps elle n'avait pas été changée, et elle était éclaboussée de sang. » Cette image et tout ce qu'elle impliquait la désarçonnèrent, lui firent perdre sa maîtrise d'elle-même. Shirley Morrison regarda par la fenêtre, les yeux perdus dans le lointain.

« Elle portait la salopette neuve que je lui avais achetée. Osh-Kosh. Je travaillais dans un petit magasin tous les samedis après l'école. Michelle et moi avons toujours travaillé, nous n'aurions jamais rien eu, sinon. Je me rappelle avoir pensé au prix que cette salopette m'avait coûté et au sang qui ne partirait jamais. Mon beau-frère venait d'être assassiné par ma sœur et moi, je pensais au détachage.

— Dissociation mentale destinée à nous empêcher de devenir fous.

— Vous croyez que je l'ignore, Mr Brodie ? »

Shirley Morrison avait les ongles des pieds vernis dans une teinte pâle et elle portait une délicate chaînette en or autour de la cheville. Jackson se souvenait d'une époque où seules les femmes de mauvaise vie et les putes en portaient. Une prostituée habitait dans la rue de Jackson quand il était jeune. Elle portait de l'ombre à paupière vert émeraude, des talons aiguilles rouges et avait des jambes blanches veinées. Portait-elle un bracelet de cheville ? Avait-elle un nom ? Jackson passait en courant devant sa maison, terrifié à l'idée qu'elle sorte pour l'attraper, car sa mère lui avait affirmé que c'était « une servante de Satan », ce qui le troublait fort, « Satan » étant le nom d'un chien – un gros rottweiler – appartenant à un gars des jardins ouvriers.

Jackson n'avait pas repensé à cette rue depuis longtemps, une triste rangée de maisons mitoyennes avec des passages semblables à des tunnels qui débouchaient sur une ruelle à l'arrière. Ils avaient déménagé pour une rue mieux fréquentée quand Jackson avait neuf ans. Plus de putes debout devant leur porte en train de se foutre les poumons en l'air, la clope au bec. Shirley Morrison était-elle mariée ? Elle avait une bague au doigt, mais ce n'était ni une alliance ni une bague de fiançailles. Elle était en argent, de style celte ou scandinave – que signifiait-elle ?

« Quand j'ai pris Tanya dans mes bras, Michelle a ri et elle a dit "Elle n'arrête pas, hein ?" » Ça, c'est de la dissociation.

— Elle a bien dû avoir une raison de le tuer, fit Jackson, même si ce n'était pas prémédité. Il a dû y avoir un détonateur. »

On avait l'impression de manquer d'air dans le bureau. Il n'était pas encore midi mais on étouffait déjà. Les cheveux châtain clair de Shirley étaient noués à la diable au sommet de sa tête et les petits cheveux de sa nuque avaient foncé à cause de la transpiration. Il se demanda ce qu'elle ferait s'il l'invitait à déjeuner, dans un pub sympa avec un jardin, ou s'il achetait des sandwichs et proposait une promenade au bord de la rivière. Ce ne serait pas manquer aux devoirs de sa profession, il ne ferait que déplacer son rendez-vous à l'extérieur. De qui se moquait-il ? Ses raisons n'avaient rien de professionnel.

Si Josie mourait, Jackson aurait l'entière autorité parentale. Marlee ne partirait pas à l'autre bout du monde (« *Le Seigneur des anneaux* », lui avait-elle dit, tout émoustillée, comme si Bilbo, Gandalf et le reste de la fine équipe vivaient réellement en Nouvelle-Zélande et s'attendaient à ce qu'elle devienne membre de leur communauté. Elle n'avait pas lu les livres, n'avait vu que les DVD qui étaient beaucoup trop effrayants pour une gamine de huit ans selon Jackson, mais pas selon David Lastingham, apparemment).

De son côté, bien sûr, Josie avait failli à toutes ses promesses – l'aimer et l'honorer, lui être fidèle –, il entendait encore le petit trémolo dans sa voix quand elle avait dit « jusqu'à ce que la mort nous sépare ». Ils avaient choisi un mariage traditionnel. Et voici qu'elle envisageait une cérémonie sur une plage tropicale avec gospels entonnés par un chœur maori et vœux de mariage personnalisés. Elle allait épouser ce branleur et « commencer une nouvelle vie ».

Jackson se demanda s'il serait capable de tuer Josie. Il était mieux placé que la plupart des gens : il connaissait toutes sortes de méthodes. Là n'était pas le problème, le problème était de ne pas se faire pincer. Il n'attendrait pas des heures avec une hache sur les genoux. Que disait cette comptine sur Lizzie Borden déjà ? « Lizzie Borden d'une hache s'empara, et à sa mère quarante coups elle donna. » S'il tuait Josie, il faudrait que ce soit « de sang-froid et de façon préméditée » – incendie, explosifs, fusil. Un fusil de préférence, un fusil de sniper L96 A1 équipé d'un viseur Schmidt & Bender, qui permet de tirer de très loin –, il ne pourrait pas commettre un meurtre intime, quelque chose de rapproché et de personnel du style étranglement ou coups de poignard. Il ne pourrait pas regarder le sang cesser de circuler dans son cœur de traîtresse, la vie disparaître de ses yeux. Ni l'empoisonner. Le poison, c'était pour les psychopathes et les femmes dérangées de l'époque victorienne. Quel était le mobile de son agresseur l'autre soir ? Il ne lui avait rien pris, ni son portefeuille, ni sa montre, ni sa voiture, mais il faut dire qu'il avait contre-attaqué avant que le type puisse lui prendre quoi que ce soit. Jackson savait pourtant par expérience que les voleurs n'essaient pas en général de vous fracasser le crâne. « Il y a un tas de gens méchants, monsieur », lui avait dit l'inspecteur de police (« DC Lowther, monsieur ») qui avait pris sa déposition. On lui avait envoyé un inspecteur au lieu d'un simple agent de police. Il aurait dû se sentir flatté. Il se souvenait de Lowther du temps où il était une jeune recrue tout feu tout flamme. « Il y a eu récemment une vague d'agressions, inspecteur », déclara Lowther, et Jackson dit « Maintenant, c'est Mr Brodie tout court ». C'était drôle car il n'avait jamais vraiment été Mr Brodie tout court, il s'était engagé dans l'armée à seize ans et jusqu'alors il avait été Jackson, parfois « Brodie ! » pour ses profs hommes. Puis ç'avait été « soldat Brodie » et ainsi de suite jusqu'à ce qu'il quitte l'armée, puis il avait recommencé dans la police. Il ne savait pas trop quel effet ça lui faisait d'être « Mr Brodie tout court ».

« Avez-vous des ennemis, monsieur ? lui demanda l'inspecteur Lowther avec espoir.

— Pas vraiment », répondit Jackson. Quasiment tous ceux qu'il avait rencontrés.

La chemise de Jackson lui collait à la peau, il faisait beaucoup trop chaud pour être dans un bureau.

« Je ne sais pas quel a été le détonateur, dit Shirley, elle a simplement pété les plombs. »

Il y avait toujours un facteur déclenchant. La défense aurait pu faire valoir un tas d'arguments – épisodes psychotiques, manque de sommeil, baby blues, enfance merdique, autodéfense (quid des ecchymoses au visage ?) « Au tribunal, fit Jackson, Michelle a déclaré qu'il avait réveillé le bébé. *Le bébé était endormi et Keith l'a réveillé,* elle n'a pas donné d'autre mobile. » Jackson voyait d'ici la tête du juge. C'était comme si elle avait plaidé coupable. Michelle Fletcher ne s'était pas enfuie, elle n'avait pas inventé d'histoire, elle avait simplement attendu d'être découverte. Par sa sœur.

Si elle avait purgé les deux tiers de sa peine, Michelle Fletcher avait dû être remise en liberté en 1989, à l'âge de vingt-huit ans. L'âge qu'aurait Laura Wyre aujourd'hui si elle avait vécu. Jackson était prêt à parier que Michelle Fletcher avait été une prisonnière modèle, transférée dans une prison ouverte dès 85, finissant sans doute ses études pour pouvoir commencer une « nouvelle vie » à la sortie. Comme Josie. Un nouveau départ, effaçant le passé. Comme ça. Que faisait-elle aujourd'hui ? Shirley Morrison l'ignorait, évidemment. C'était la raison pour laquelle elle était venue le voir.

« J'ai promis à Michelle de m'occuper de Tanya, dit Shirley, et je l'aurais fait, bien sûr, mais je n'avais que quinze ans et les services sociaux ont décidé que nos parents étaient inaptes – ce qui était vrai – et ils ont confié la garde de Tanya aux parents de Keith. Mais ils ne valaient guère mieux. La dernière fois que j'ai vu ma sœur, c'était au tribunal, le jour du verdict. Elle a refusé de nous voir, rejeté nos demandes de visites, refusé de lire nos lettres, on n'a rien pu faire. J'aurais pu comprendre si elle avait refusé de voir papa ou maman – ils sont tous les deux morts sans

217

l'avoir revue. Mais pas qu'elle refuse de me voir... je veux dire par là que je me fichais pas mal qu'elle ait tué Keith, c'était toujours ma sœur, je l'aimais toujours. » Elle haussa les épaules et ajouta : « N'importe qui est capable de tuer dans certaines circonstances. » Elle fixa de nouveau un monde lointain, celui qui existait au-delà de la fenêtre. Jackson aurait pu dire « Ouais, j'ai tué des gens », mais ce n'était pas le genre de dialogue qu'il avait envie d'avoir un lundi, à onze heures et demie du matin, par une température pareille, et il se tint donc coi.

« On nous a prévenus de sa libération, poursuivit Shirley, mais elle ne nous a jamais contactés. Je ne sais pas où elle est allée, ni ce qu'elle fait maintenant. Finalement, elle a refait sa vie et nous, on est restés coincés avec l'ancienne. "Meurtre", c'est un tel stigmate, n'est-ce pas ? Ça fait tellement... sordide. Je voulais aller en fac de médecine pour devenir médecin, mais ça ne risquait pas de se faire, après tout ce qu'on avait subi.

— Et maintenant vous voulez que je retrouve votre sœur ? »

Shirley rit comme s'il avait dit une absurdité. « Grand Dieu, non. Pourquoi vouloir la retrouver alors qu'elle a si clairement fait savoir qu'elle ne voulait pas qu'on la retrouve ? Elle ne s'intéresse plus à moi. Je ne veux pas retrouver Michelle. Je veux retrouver Tanya. »

C'était l'heure du thé dans le jardin de Binky. La végétation était une telle jungle qu'une machette aurait été plus à sa place sur la table que le déploiement de couteaux à beurre et de cuillers à confitures ternis qui faisaient partie de la complexe cérémonie du thé de Binky. « Darjeeling », annonça Binky, mais il s'agissait d'un brouet grisâtre qui n'avait pas vu de plantation de thé depuis des années et avait un goût de vieilles chaussettes. Les tasses ne semblaient pas avoir été lavées depuis des lustres. « Nous avons le plaisir d'avoir aujourd'hui un invité, annonça-t-elle, comme une présentatrice de talk-show plutôt hautaine, mon petit-neveu, Quintus. » Tu parles d'un nom à trimbaler toute sa vie !

« Ah, bon ? » fit Jackson. Binky n'avait jamais dit qu'elle avait de la famille.

« C'est un garçon que je connais à peine, ajouta-t-elle avec un geste dédaigneux de la main, mon neveu et moi n'étions pas proches, mais ce garçon est la seule famille qui me reste. » Binky avait-elle jamais été proche de quelqu'un ? Bizarre d'imaginer qu'il y avait eu jadis un professeur Rain qui avait partagé le lit et le couvert avec elle. Elle n'avait pas toujours été vieille, mais il était difficile de croire qu'elle avait été une jeune femme nubile, se pliant aux exigences sexuelles de « Julian »… ah, bon sang, Jackson, ôte-toi cette idée de la tête immédiatement. Il fut si alarmé par l'image peu ragoûtante qu'il venait de voir surgir qu'il renversa son thé, mais une tache de plus n'aurait pas changé grand-chose à la nappe qui était un véritable palimpseste de précédents accidents du même genre. « Quelque chose ne va pas, Mr Brodie ? » s'enquit Binky en épongeant le thé avec l'ourlet de sa jupe, mais avant qu'il ait pu répondre, un cri qui avait tout d'un « Taïaut ! » retentit au bout du jardin, annonçant l'arrivée de Quintus Rain.

Le mot « garçon » employé par Binky avait amené Jackson à croire qu'il s'agissait d'un adolescent, aussi quelle ne fut pas sa surprise quand « Quintus » s'avéra être un solide gaillard de quarante ans et des poussières, aux traits larges et insipides et dont les cheveux lui tombaient dans la figure. Il avait un physique de pilier de rugby, mais avec de la graisse à la place des muscles : il n'aurait pas survécu à une mêlée. Il portait des chinos, une chemise rayée bleu et blanc à col blanc, une cravate rose et un blazer bleu marine négligemment jeté sur l'épaule. Le conservateur pur sucre. « Élevé dans le Herefordshire », murmura Binky à Jackson comme si ça expliquait tout. Mais le détail vraiment intéressant, intéressant du moins pour Jackson, c'était que Quintus arborait un énorme pansement sur son nez qui paraissait avoir subi le type de dégâts qu'occasionne un coup de boule donné par quelqu'un qui aurait essayé de se protéger de coups de crosse.

Mais pourquoi diable quelqu'un que Jackson n'avait jamais rencontré, avec qui il n'entretenait aucune relation, aurait-il voulu s'attaquer à lui de cette façon ? Quintus parut particulièrement contrarié de le voir dans le jardin de sa grand-tante. Quant à Binky, elle ignora joyeusement le fait qu'elle prenait le thé avec deux hommes hostiles et amochés et continua à pérorer au sujet de Frisky.

Quintus ne donnait pas l'impression d'avoir rendu fréquemment visite à sa grand-tante, mais il faut dire que le garçon avait eu une vie mouvementée – expédié de la fille patrie en Angleterre dès son plus jeune âge pour qu'on fasse de lui un gentleman anglais –, Clifton, Sandhurst, officier des Royal Lancers (Jackson croyait reconnaître le ton tonitruant de la classe des officiers), puis « un temps au fond de la mine » et maintenant une vague occupation à Londres.

« Au fond de la mine ? répéta Jackson d'un air incrédule tout en repêchant un poil de chat au fond de sa tasse.

— Onâfric, dit Binky.

— Onâfric ?

— Du Sud. Dans les mines de diamonts. Responsâble des noârs. »

Binky alla refaire du thé et lança : « Vous devriez avoir beaucoup de choses à vous raconter tous les deux, Mr Brodie, vous avez été tous les deux dans l'armée, après tout. »

Cela faisait longtemps que Jackson ne se voyait plus comme un militaire, il n'était pas sûr de s'être jamais considéré comme tel. « Quel régiment ? demanda Quintus d'un ton bourru.

— Dans l'infanterie. Prince of Wales Own, fit Jackson laconiquement.

— Quel rang ? »

À quoi jouait-on, se demanda Jackson, à « la mienne est plus grosse que la tienne » ? Il haussa les épaules et dit : « Deuxième classe.

— Ouais, j'aurais pu deviner », fit Quintus qui prononça toutes les voyelles de « ouais » plus quelques autres pour faire bonne mesure.

Jackson ne prit pas la peine de préciser que, bien qu'entré comme simple soldat, il avait quitté l'armée avec le grade d'adjudant-chef dans la police militaire : il n'avait nullement l'intention de jouer à Billy-la-grosse-bite avec Quintus. On avait proposé à Jackson de devenir officier avant son départ de l'armée, mais il savait qu'il ne serait jamais à l'aise de l'autre côté : il ne se voyait pas manger au mess avec des connards comme Quintus qui considèrent les Jackson de ce monde comme de la vermine.

« Je pourrais vous montrer mes tatouages », proposa Jackson. Quintus déclina, ce qui n'était pas plus mal car Jackson n'en avait pas. Shirley Morrison avait un tatouage, entre la nuque et les omoplates, une rose noire sur la cinquième vertèbre. En avait-elle d'autres à des endroits moins visibles de son anatomie ?

Quintus rapprocha soudain sa chaise de Jackson comme s'il allait lui confier un secret et lui dit d'une voix menaçante « Je sais à quoi vous jouez, Brodie ». Jackson essaya de ne pas rire, il avait (sans grand enthousiasme) réussi à caser deux guerres dans sa carrière militaire et il aurait fallu autre chose qu'un traîneur de sabre comme Quintus pour l'effrayer. Il suffisait de le regarder pour savoir qu'il ne tiendrait pas trois rounds contre un lapin. « À quel jeu faites-vous exactement allusion, *Mr* Rain ? » Jackson n'obtint jamais de réponse à sa question, car un matou particulièrement miteux décida à cet instant précis de marquer son territoire et choisit la jambe de Quintus comme avant-poste.

Jackson marcha jusqu'à la rivière et trouva un peu d'ombre sur la rive. Il avait dans sa poche un sandwich écrasé qu'il avait acheté chez Prêt à Manger et le partagea avec des canards enthousiastes. Il y avait un trafic incessant de barques sur la rivière : la plupart charriaient des touristes emmenés par des étudiants, ou le genre étudiant, affublés de canotiers, de blazers à rayures, les garçons en pantalon de flanelle, les filles en jupe peu flatteuse. Il y avait un peu de tout parmi les touristes – des Japonais, des Américains (moins nombreux qu'avant), beaucoup d'Européens, certains non identifiables (une sorte d'Européen de l'Est type) et des natifs du nord de l'Angleterre qui dans l'air engourdi de Cambridge semblaient plus étrangers que les Nippons. Tous paraissaient aux anges comme s'ils vivaient une expérience authentique – comme si les autochtones occupaient leurs loisirs à se balader en barque sur la rivière et à prendre des thés complets en écoutant l'horloge de Grantchester sonner trois heures [1]. Quel tas de conneries, comme aurait dit son père.

« Mr Brodie ! Hou, hou, Mr Brodie ! »

Oh, bon Dieu, se dit Jackson avec lassitude, était-il impossible de leur échapper ? Elles faisaient un tour en barque, nom d'une pipe, du moins Julia manœuvrait la perche tandis qu'Amelia se contentait de la regarder de dessous un grand chapeau de soleil avachi qui avait dû connaître des jours meilleurs sur la tête de sa mère. Elle portait aussi des lunettes de soleil et donnait l'impression de sortir de l'hôpital après un lifting particulièrement difficile.

« Quelle belle journée ! lança Julia, nous allons prendre le thé à Grantchester, sautez, Mr Brodie. Il faut à tout prix que vous veniez.

— Non, non.

— Si, si, dit joyeusement Julia, allez, montez. Ne soyez pas si grincheux. » Jackson se leva avec un soupir et l'aida à amener la barque le long de la rive. Il monta maladroitement et Julia dit en riant « Vous n'avez pas le pied marin, Mr B. ? » Pourquoi étaient-elles encore à Cambridge ? Allaient-elles se décider un jour à rentrer chez elles ? Amelia à l'autre bout de l'embarcation lui fit vaguement signe sans le regarder. La dernière fois qu'il l'avait vue, elle était affolée par la mort du chien (« *S'il vous plaît, Jackson, venez, je vous en prie, j'ai besoin de vous* »). Elle avait l'air épouvantable, d'un vrai cageot, avec sa vieille robe de chambre et son maquillage – il ne l'avait encore jamais vue fardée –, le résultat était horrible comme si elle s'était maquillée dans le noir, et elle n'avait pas relevé ses cheveux qui pendouillaient en écheveaux secs de part et d'autre de son visage. Passé un certain âge, les femmes ne devraient plus porter les cheveux longs, même les femmes belles qui ont de beaux cheveux, et ni Amelia ni ses cheveux n'avaient jamais eu la moindre beauté.

Jackson décida que le mieux était de faire comme si rien ne s'était passé l'autre soir. D'ailleurs que s'était-il passé ?

---

1. Allusion à un célèbre poème de Rupert Brooke : *Le vieux presbytère, Grantchester. (N.d.T.)*

222

« *Je ne savais pas que vous étiez marié, Mr Brodie ?* »
Qu'est-ce que ça signifiait, bon sang ? Comme s'il était un
amant adultère qui l'avait trahie. Il n'avait jamais donné à
Amelia Land la moindre raison de penser qu'il y avait
quelque chose entre eux. S'était-elle récemment amoura-
chée de lui ? (Mon Dieu, faites que non.) Stan Jessop avait
le béguin pour Laura Wyre. C'était dangereux, un béguin ?
Ça n'avait pourtant l'air de rien.

« Saperlipopette ! Que vous est-il arrivé, Mr Brodie ?
s'exclama Julia en l'examinant de son regard de myope.
Vous vous êtes battu ! » Amelia se décida à le regarder, mais
détourna les yeux quand il croisa son regard. « Comme
c'est excitant, fit Julia.

— Ce n'est rien », dit Jackson. (Juste quelqu'un qui a
essayé de me tuer.) « Quel jour sommes-nous ?

— Mardi », répondit aussitôt Julia.

Amelia grommela quelque chose qui ressemblait à
« Mercredi.

— Ah, bon ? lui fit Julia. Mazette, c'est fou ce que les
journées passent vite ! » (Mazette ? Qui employait des mots
pareils ? En dehors de Julia ?) « J'ai toujours pensé que les
mercredis étaient violets, dit Julia qui paraissait d'une
humeur exceptionnellement joyeuse. Et que les mardis
étaient jaunes, évidemment.

— Non, ce n'est pas vrai, ils sont verts, fit Amelia.

— Ne sois pas sotte, dit Julia. De toute façon aujour-
d'hui c'est violet et c'est le jour idéal pour aller à l'Orchard
Tea Rooms. On y allait souvent étant gamines. Avant
Olivia. N'est-ce pas, Milly ? »

Amelia était retombée dans son mutisme et agita vaguement la main en guise de réponse. Pour la première fois
depuis qu'il avait fait leur connaissance, elles portaient une
tenue de saison. Amelia arborait une ample robe de coton
et d'horribles chaussures de marche. Avec une bonne coupe
de cheveux et des vêtements seyants, elle aurait pu être
deux fois mieux. Julia avait l'avantage d'être agréable à
regarder et elle manœuvrait la perche comme un chef. Elle
portait un haut minuscule qui aurait mieux convenu à une
adolescente mais qui révélait de beaux biceps bien fermes
(elle devait à tous les coups s'entraîner) et au moins elle,

elle avait des triceps, contrairement à Amelia qui avait sous les bras des chairs qui pendouillaient tellement qu'elle aurait pu sans problème faire du vol à voile entre les cimes des arbres. Malgré le soleil, Amelia était restée pâle et sans intérêt, tandis que Julia avait pris la couleur de la noix de cajou grillée. Il la regarda pousser sur sa perche, clope pendant au coin de sa bouche fardée, se dit que c'était une chic fille et fut surpris de s'apercevoir qu'il commençait à s'attacher sincèrement à elle. Et que « chic fille » appartenait au langage de Julia, pas au sien.

« Vous regardez mes nénés, Mr Brodie.

— Pas du tout.

— Si, si. » Julia poussa soudain un petit cri de surprise et Jackson se retourna pour voir ce qu'elle regardait. Un homme entre deux âges regagnait la rive – couilles à l'air, maigre, bronzé de la tête aux pieds. Un nudiste ? Ils se qualifiaient de naturistes aujourd'hui, non ? L'homme se sécha, s'allongea sur la berge, puis sans le moindre complexe se mit à lire un livre.

« Ciel ! dit Julia en riant. Vous avez vu ça ? T'as vu, Milly ? C'est légal, Mr Brodie ?

— Pas vraiment.

— Est-ce que ce ne serait pas merveilleux, dit Julia, d'enlever tous ses vêtements et de piquer une tête dans l'eau ? Les Neo-Pagans avaient l'habitude de nager nus dans Byron's Pool. Vous ne pourriez pas faire ça, Mr Brodie, vous déshabiller et plonger ? » Julia se lécha la lèvre supérieure avec sa langue de chat rose et Amelia émit un grognement déplaisant. Jackson se souvint soudain de Binky Rain disant que les filles Land étaient de « vraies sauvageonnes ». Difficile à croire dans le cas d'Amelia, mais Julia, Julia, c'était autre chose. Ça ne lui aurait pas déplu de nager nu en sa compagnie.

« Qu'est-ce qu'il lisait ? » demanda Julia, et Amelia, qui n'avait pas paru accorder la moindre attention à l'homme nu, répondit « *Principia Mathematica* » et foudroya Jackson du regard.

« Encore un peu de thé, Mr Brodie ? demanda Julia sans attendre sa réponse pour lui en verser. Il reste du miel pour le thé ? Oui, quel délice, nous allons en mettre sur nos scones. Milly, tu veux du miel sur tes scones ? »

Au moins le thé de l'Orchard Tea Rooms était-il buvable, contrairement à celui de Binky. Telle une dame très comme il faut, Julia buvait avec le petit doigt en l'air. Une cicatrice en faisait le tour, comme un mince anneau d'argent. Elle surprit le regard de Jackson. « Tranché », dit-elle avec désinvolture. Amelia émit un grognement. « Accidentellement », ajouta Julia. Amelia grogna derechef. « Tu vas te transformer en cochon si ça continue, Milly », fit-elle.

Jackson s'avisa qu'il avait interrogé Binky au sujet des sœurs Land, mais qu'il n'avait jamais interrogé ces dernières au sujet de Binky Rain. « Binky Rain, dit Jackson, votre voisine, la voisine de Victor ? »

Julia n'avait pas l'air de voir. « Des chats, ça ne vous dit toujours rien ? poursuivit Jackson.

— J'ai joué une chatte tigrée dans le chœur de *Cats*, dit Julia, mais seulement quelques semaines, j'ai attrapé une bronchite. Quel dommage, c'était une tournée très importante.

— Non, fit patiemment Jackson, Binky Rain, elle a une ribambelle de chats.

— La vieille sorcière ! » s'exclama soudain Amelia, et Julia « Oh, *elle* ? On l'évitait soigneusement.

— On la voyait, dit Amelia, et puis on a arrêté.

— Pourquoi ? demanda Jackson, mais Amelia semblait être retombée dans un état catatonique.

— C'est Sylvia qui nous a dit de ne plus y aller », expliqua Julia. Elle plissa le front pour se souvenir. « C'était après la disparition d'Olivia, je crois. Elle prétendait que le jardin était maudit et que si on s'y aventurait, on serait transformées en chats. Que tous ses chats étaient des gens qui avaient pénétré dans son jardin. Sylvia a toujours été un peu bizarre, bien sûr. Ne me dites pas que Mrs Rain est encore en vie ? Elle doit bien avoir trois cents ans.

— Presque », fit Jackson.

On ne pouvait nier que c'était agréable d'être étalé sur une chaise longue sous les arbres. Le bourdonnement des insectes et des touristes était soporifique et Jackson se sentait envahi par un désir irrésistible de fermer les yeux et de somnoler, mais Julia continuait à pérorer sur les Neo-Pagans, Wittgenstein et Russell.

« Est-ce que ce n'étaient pas tous des snobs de droite ? demanda Jackson.

— Oh, ne venez pas nous empoisonner avec votre point du vue d'homme du nord et de socialiste », dit Julia.

Amelia continuait à bouder et à ne s'exprimer que par monosyllabes.

« Brooke[1] se baladait tout nu, dit Julia, peut-être que le nudisme est un truc de Cambridge.

— Rupert Brooke n'était qu'un protofasciste », lança soudain Amelia de dessous son chapeau de soleil, et Julia dit « Oui, bon, il est mort et c'était un poète abominable, alors il a eu ce qu'il méritait », et Amelia « Voilà bien l'argument le plus spécieux que j'aie jamais entendu », et Julia... mais Jackson s'était assoupi.

Jackson regagna sa voiture garée devant la maison de Binky. Une Lexus or métallisé, un véhicule et une couleur qui n'étaient pas du tout sa tasse de thé, était collée au pare-chocs de son Alfa et Jackson eut la quasi-certitude qu'elle appartenait à Quintus. Il n'avait pas la moindre idée de ce qu'il y avait entre eux. Ce n'était tout de même pas Quintus qui l'avait agressé. Si ?

Il descendit Silver Street en écoutant l'album *Hell Among the Yearlings* de Gillian Welch. Ses goûts musicaux devenaient de minute en minute plus déprimants, si tant est que la chose soit possible. Il avait rendez-vous avec Steve Spencer à l'Eagle, non qu'il eût quoi que ce soit à lui raconter sur Nicola, et il ruminait encore sur Quintus quand brusquement il emboutit l'arrière d'une Ford Galaxie arrêtée à un feu rouge près de Fitzbillies dans Trumpington Street.

L'avant de l'Alfa Romeo souffrit beaucoup plus que l'arrière de la Ford Galaxie, mais les choses auraient pu être autrement plus graves si Jackson n'avait pas déjà ralenti en

---

1. Rupert Brooke (1887-1915). Poète dont la beauté et la mort prématurée à l'âge de 28 ans sur l'île de Skiros, en Grèce, ont fait le symbole d'un certain romantisme patriotique. (*N.d.T.*)

prévision du feu rouge. Ce fait n'impressionna pas la conductrice de la Galaxie qui jaillit de son véhicule et se mit à hurler que Jackson avait volontairement mis en danger la vie de ses enfants. Trois petits minois curieux le dévisageaient à la lunette arrière. Quand la police débarqua, la femme était au beau milieu de la rue et martelait du doigt son autocollant « Enfant à bord ! »

« Mes freins ont lâché, expliqua Jackson au plus âgé des deux policiers.

— Menteur ! Sale menteur ! cria la femme.

— Putain, Jackson, dit le flic, tu as l'art de les ramasser. »

L'accident avait démantibulé quelque chose dans la tête de Jackson. Sa dent rebelle ne lui faisait plus tant l'effet d'être une dent qu'un couteau qui s'enfonçait dans sa gencive. Il en avait plus qu'assez des châtiments corporels.

Les flics le firent souffler dans le ballon, notèrent les circonstances de l'accident et dirent à la Galaxie et à sa conductrice déchaînée de s'en aller. Puis ils appelèrent une dépanneuse qui remorqua la voiture de Jackson jusqu'au garage de la police où un mécanicien l'examina. Le plus vieux flic devait dix livres à Jackson sur un sweepstake du Derby d'Epsom, trois ans plus tôt, et Jackson considéra que la dette était pleinement remboursée.

« Les freins ont lâché », répéta Jackson pour la énième fois. L'accident l'avait perturbé. Il avait déjà eu des accidents – dérapages et collisions – mais ce n'était jamais lui qui avait emplafonné les autres. Il se revoyait emboutissant inexorablement l'arrière de la Galaxie, attiré comme par un aimant par le signe « Enfant à bord ! » « C'est le liquide de freins qui a dû fuir, dit-il au mécanicien.

— Ça, pour fuir, il a fui, répondit le mécanicien, on a percé un mégatrou dans le réservoir. Il doit y avoir quelqu'un qui ne vous aime pas.

— Putain, dit joyeusement un des flics, ça va être dur de limiter les recherches.

— Merci. » Peut-être qu'il devrait mentionner le nom de Quintus Rain au jeune et zélé inspecteur Lowther qui avait pris sa déposition à l'hôpital.

Une voiture de police le déposa devant sa porte. Il sentait qu'il commençait à faire baisser le standing du quartier. Il était neuf heures du soir et l'air était imprégné d'une odeur de barbecue. Il n'avait pas besoin de regarder son portable pour savoir que la boîte vocale était saturée de messages de Steve Spencer demandant ce qui lui était arrivé. Il s'abstint de penser que la journée ne pouvait pas empirer et fut récompensé par un spectacle qui lui remonta immédiatement le moral. Shirley Morrison était assise devant sa porte avec une bière bien fraîche dans chaque main. « Je me suis dit que vous aviez peut-être besoin d'un petit remontant », fit-elle.

Plus tard, beaucoup plus tard — il y avait déjà des lueurs dans le ciel, les petits oiseaux avaient salué l'aube et on était jeudi (qui était bleu selon Julia et orange selon Amelia) —, Jackson se tourna pour regarder le visage endormi de Shirley et essaya de se rappeler pour quelle raison il n'était pas censé coucher avec elle. Ah, oui, parce que c'était une cliente. Question de déontologie. Bravo, Jackson ! Il se demanda s'il n'allait pas regretter d'avoir franchi la ligne rouge. Pas tellement parce que c'était une cliente, ou parce qu'il pensait qu'il allait y avoir quelque chose entre eux. Ils avaient dévié de leur orbite et étaient entrés en collision, voilà tout. (Même s'il était agréable de croire qu'il puisse y avoir plus.) Ç'avait été cataclysmique, extraordinaire, mais à ses yeux la relation était sans lendemain. Ce n'était pas ça qui le turlupinait, c'était le fait que lorsque Shirley lui avait raconté son horrible histoire, la veille, elle avait presque tout le temps regardé à droite.

15

THEO

Il faisait très chaud dans le cimetière. Son visage ruisse-lait de sueur, toute sa graisse devait être en train de fondre. Bien que Little St Mary's fût en pleine ville, Theo n'avait jamais rencontré âme qui vive, ni âme morte d'ailleurs, parmi les pierres tombales et les fleurs des champs. Laura lui ayant dit qu'elle avait l'habitude de s'asseoir dans l'herbe avec ses livres pour réviser, il avait fait installer un banc avec une plaque disant « Pour Laura qui aimait cet endroit ». Il se sentait plus proche d'elle – d'une façon indéfinissable – quand il s'y asseyait. C'était pour lui une des stations de son chemin de croix, un des endroits liés à Laura. Ses ossements reposaient au City Cemetery de Newmarket Road, mais tout Cambridge faisait office de mausolée dédié à sa mémoire.

Les gens éparpillaient les cendres de leurs défunts dans le cimetière et on avait fait pousser de la pelouse sur la terre grise, caillouteuse des morts. Sur la tombe de Laura, au cimetière municipal sans caractère, Theo avait planté des perce-neige, sa fleur préférée. Il y avait des arbres dans le cimetière et Theo se demandait si leurs racines avaient déjà trouvé Laura, si elles s'étaient entortillées autour de sa cage thoracique, enroulées autour de ses chevilles, de ses poignets, tels des bracelets.

Jackson était allé voir Emma à Londres. Theo avait des souvenirs flous d'Emma, il croyait se rappeler qu'elle avait eu une liaison avec un homme et que ça s'était mal terminé. Emma travaillait pour la BBC, avait dit Jackson.

Theo ne se demandait jamais ce que Laura aurait fait si elle avait vécu. Il n'y avait pas d'avenir à imaginer, sa vie tenait entre ces deux dates : 15 janvier 1976-19 juillet 1994. Ses résultats de A levels étaient arrivés trois semaines après sa mort, comme un étrange post-scriptum. Theo avait ouvert la grande enveloppe brune adressée à « Laura Wyre » et vu qu'elle avait obtenu mention très bien dans ses quatre matières. Il ne lui était pas venu à l'esprit d'annuler son inscription à l'université et, une semaine après le début du premier trimestre, un employé de l'administration de l'université d'Aberdeen avait téléphoné et dit « Est-ce que je pourrais parler à Laura Wyre, s'il vous plaît ? », et Theo avait répondu « Non, je suis désolé, ce n'est pas possible » et fondu en larmes.

Theo avait trop chaud, le banc de Laura se trouvait dans un endroit très ensoleillé, contre le mur de l'église. La sueur avait formé une petite flaque dans le creux grassouillet de ses reins. Ce n'était pas le bon jour pour venir. Bien qu'allergique à presque tout ce qui poussait dans le cimetière, Theo, armé de lunettes de soleil et de Zyrtek, avait espéré batailler un peu plus longtemps avec la flore abondante de Little St Mary's, mais ses yeux et son nez avaient commencé à couler et il savait qu'il allait devoir partir. Il se leva avec peine. « Au revoir, ma chérie », dit-il, car Laura était partout. Et nulle part.

Assis dans une petite tondeuse autotractée, un homme coupait l'herbe de Christ's Pieces. Theo voyait à peine tant ses yeux larmoyaient. Le mouchoir qu'il tenait sous son nez était déjà trempé. Les gens lui lançaient de drôles de regards, mais il continuait à avancer d'un pas lourd sans s'occuper du reste. Les cars à la gare routière de Drummond Street faisaient rugir leurs moteurs comme des bêtes sauvages mécaniques, Theo aurait juré avoir un goût de gaz d'échappement dans la bouche. Qui avait eu l'idée de construire une gare routière à côté d'un espace vert ? Sa respiration dans sa poitrine faisait autant de bruit que la tondeuse à gazon. Être allergique à l'été semblait à certains égards répréhensible. Son épouse, Valerie, n'avait jamais montré la moindre compassion, elle considérait ses allergies et son asthme comme des faiblesses de caractère. Il n'y avait pas eu d'animaux domestiques chez eux avant les quatorze ans de Laura, mais elle avait tellement envie d'un chien qu'il avait fini par céder : ils étaient allés au refuge et en étaient revenus avec Poppy. Elle n'avait que quelques mois, mais un automobiliste s'était débarrassé d'elle sans même s'arrêter. Comment pouvait-on faire des choses pareilles ? Quel genre d'être humain pouvait infliger de telles souffrances ? Laura avait déclaré qu'elle allait « étouffer » Poppy d'amour pour compenser. Et Theo s'était petit à petit habitué au poil de chien, au point qu'il pouvait même laisser Poppy grimper sur ses genoux et la caresser. Il s'était lui aussi pris d'affection pour elle et avait souffert quand elle s'était fait écraser, petit signe précurseur du drame qui allait suivre.

Sa poitrine se contracta. Sa respiration devint sifflante et il chercha sa Ventoline. Elle ne se trouvait pas dans la poche habituelle. Il essaya ses autres poches et revit soudain avec une aveuglante clarté son aérosol posé sur la table de l'entrée, attendant d'être transféré dans une autre veste. La panique fut comme un coup de poing au cœur. Ses genoux faillirent se dérober sous lui et il s'affala sur un banc dans le Princess Diana Memorial Rose Garden, essayant de rester calme, essayant de tenir la terreur à distance. La journée ensoleillée avait des contours noirs et des taches dansaient devant ses yeux. La douleur lui nouait la poitrine et il se demanda s'il n'était pas en train de faire un infarctus.

Il avait du mal à respirer. Il devrait essayer de signaler à quelqu'un qu'il avait besoin d'aide, qu'il n'était pas seulement un gros bonhomme transpirant sur un banc de parc mais un gros bonhomme en train de mourir. La panique lui comprimait la poitrine, resserrait son étau. Il faisait des bruits horribles pour retrouver sa respiration, ce n'était pas possible que personne n'entende.

Ça passera comme le reste, se dit-il, mais ça ne passait pas. Il avait espéré éprouver un sentiment de paix et d'acceptation, que le manque d'oxygène l'aurait préparé à la mort, mais son corps luttait bec et ongles. Que ça lui plaise ou non, il se battait jusqu'au bout.

Une silhouette sombre se tenait devant lui, quelqu'un qui

lui cachait le soleil : ce devait être Laura, venue le ramener à la maison. Il voulut prononcer son nom mais impossible de parler, impossible de voir, impossible de respirer. Elle lui disait quelque chose, mais c'était comme si elle avait parlé sous l'eau. Elle lui toucha le bras et ses doigts lui parurent glacés. « Je peux faire quelque chose ? », les mots résonnèrent et déferlèrent dans son oreille comme un ressac, et une part de lui eut envie de dire « Non, je vais bien », parce qu'il ne voulait pas l'inquiéter, mais une autre part, plus forte, plus insistante, sur laquelle il n'avait aucune prise, s'accrochait, tentait de traduire son désespoir. Il entendit d'autres voix. Quelqu'un lui colla quelque chose devant la bouche et il lui fallut une seconde pour s'apercevoir que c'était un aérosol.

Ensuite, le trou noir. Puis l'ambulance où il se sentit nauséeux et faible, mais le masque à oxygène lui parut extraordinairement rassurant. L'ambulancier le souleva légèrement pour qu'il puisse parler et Theo demanda s'il avait fait un infarctus et l'autre secoua la tête « Non, je ne crois pas ». Puis Theo s'endormit.

Il se réveilla dans un lit d'hôpital. À côté de lui se trouvait un vieillard relié à un tas de tubes. Theo se rendit compte que c'était aussi son cas. Quand il se réveilla la fois suivante, le vieil homme n'était plus là, et quand il se réveilla pour la troisième fois, il était dans une autre salle. C'était l'heure des visites : un flot de visiteurs apportaient des magasines, des fruits et des sacs de vêtements. Theo tourna la tête pour les suivre du regard et aperçut une fille assise à son chevet. Il se rendit compte de deux choses en même temps : un, c'était la mendiante aux cheveux jaune canari, deux, c'était la fille qui l'avait aidé sur Christ's Pieces. Et non Laura.

Le lendemain après-midi, elle était de nouveau là, perchée précautionneusement au bord de son siège, comme si elle craignait qu'il ne supporte pas son poids, bien qu'elle fût maigre comme un coucou. Elle n'avait pas apporté de magazines, ni de fruits, ni rien de ce que les autres visiteurs apportaient, mais elle lui fourra quelque chose dans la main et la lui referma. Quand il l'ouvrit, il vit un galet lisse qui avait gardé la chaleur de la main sèche et sale de la fille, de sorte que le cadeau semblait curieusement intime. Theo se demanda si elle était simple d'esprit. Il devait certainement exister un terme plus politiquement correct, mais Theo ne parvenait pas à s'en souvenir. Il avait la cervelle embrumée et supposa que c'était les médicaments.

Elle n'avait pas envie de parler, ça tombait bien, lui non plus. Elle lui dit cependant s'appeler Lily-Rose et il fit « C'est un joli prénom », et elle eut un petit sourire timide avant d'ajouter « Merci, c'est le mien », ce qui était une drôle de réflexion.

Une infirmière vint lui prendre sa température. Elle fourra un thermomètre dans la bouche de Theo et annonça avec un sourire à Lily-Rose « Je crois que votre papa sort demain », et Lily-Rose dit « C'est bien », et Theo rien car il avait toujours le thermomètre dans la bouche.

Jackson vint en soirée et Theo fut touché parce qu'il semblait se soucier sincèrement de sa santé. « Il va falloir vous occuper de vous, mon grand », dit-il en lui tapotant la main, et Theo eut les larmes aux yeux car personne ne le touchait plus jamais, à part les doigts inquisiteurs du personnel médical. Et la main froide de la fille aux cheveux jaunes. Lily-Rose. Jackson avait l'air de s'être fait une fois de plus démolir le portrait et Theo s'enquit « Vous allez bien, Jackson ? », et Jackson répondit d'un air peiné « Tout dépend de ce que vous entendez par " aller bien ", Theo ».

Elle l'accompagna jusqu'au taxi, en lui tenant le coude pour l'empêcher de tomber, alors qu'elle serait passée derrière une affiche sans la décoller. Le chauffeur et une infirmière aidèrent Theo à monter dans le taxi. L'infirmière tint la portière ouverte pour Lily-Rose. Le chien de Lily-Rose sauta dans le taxi puis en redescendit quand il s'aperçut qu'elle ne suivait pas. Theo voulait lui laisser son nom et son numéro de téléphone mais il n'avait pas de papier. « Tenez, prenez ça », dit Lily-Rose et elle lui donna un bristol et ce n'est qu'après y avoir inscrit ses coordonnées que Theo le retourna et s'aperçut que c'était une carte de visite de Jackson. Il lui lança un regard perplexe et demanda « Vous connaissez Jackson ? », et elle dit « Qui ? », mais l'infirmière claqua la portière et le taxi démarra. L'infirmière et Lily-Rose agitèrent la main sur le trottoir et Theo leur rendit la politesse. C'était vraiment absurde, mais lorsqu'il avait cru que Lily-Rose allait monter dans le taxi, son cœur avait eu un petit battement de joie supplémentaire.

Il n'avait été absent que deux jours mais sa maison lui paraissait déjà étrangère. Sa Ventoline était restée sur la table de l'entrée. Comme les pièces sentaient le renfermé, Theo ouvrit toutes les fenêtres et se dit qu'il achèterait bien une bougie parfumée, de luxe, pas celles qui sentent la vanille industrielle et le désodorisant. Il monta dans la chambre d'amis, « la salle des opérations » comme l'appelait Jackson, et ce fut comme s'il la voyait pour la première fois, il se rendit compte à quel point elle pouvait paraître macabre et effrayante.

Il s'assit devant son ordinateur et commanda en ligne de jolies boîtes de rangement, à fleurs : il allait tout emballer, étiqueter comme il faut, et demander peut-être ensuite à Jackson de l'aider à monter le tout au grenier. Puis il se rendit sur le site du supermarché Tesco pour commander de l'épicerie mais il ne cliqua pas sur « Mes favoris » parce qu'il savait que ses favoris – cheesecake surgelé et glaces, pâtisseries fourrées et yaourts au lait entier – étaient mortels. Il commença une nouvelle liste – lait écrémé et flocons d'avoine, légumes, fruits, pain complet, grandes bouteilles d'Évian – qui lui parut bien tristounette. Ce n'était pas que Theo se sentît mieux ou plus joyeux ou qu'il entrevît un avenir radieux pour lui-même, mais il ne cessait de repenser à la façon dont il s'était accroché à la vie au moment où elle l'abandonnait, dont il avait lutté bec et ongles pour rester en vie sur Christ's Pieces. Laura n'avait pas eu l'occasion de se battre, mais lui l'avait eue et ça signifiait peut-être quelque chose, même s'il ne savait pas très bien quoi.

Il s'apprêtait à régler ses achats, mais y réfléchit à deux fois, sélectionna « Aliments pour animaux » et commanda six boîtes de « Petits délices pour chien ». Juste au cas où. Il paya, quitta le site et éteignit l'ordinateur.

Puis il attendit.

16

CAROLINE

Elle n'en avait encore soufflé mot à personne. Elle était enceinte de quatre mois mais ça ne se voyait pas. Elle avait de bons abdominaux. Elle avait fait une échographie et tout était « normal » : elle ne portait pas de jumeaux ni d'extra-terrestre. Lèvres pincées et air supérieur, la sage-femme était un vrai chameau et Caroline avait envisagé de répondre par un mensonge à la question « Grossesses antérieures », mais comme on découvrirait rapidement la vérité, elle dit : « Oui, il y a vingt-cinq ans, le bébé a été adopté » (ce qui était vrai). Elle vit la sage-femme calculer dans sa tête : vingt-cinq ans auparavant, « Caroline Edith Edwards » aurait eu douze ans. La sage-femme haussa le sourcil et Caroline eut envie de dire « Va te faire voir, garce », mais s'abstint, car c'est ce qu'aurait dit Michelle, pas Caroline Edith Edwards.

Caroline aurait aimé parler des risques supplémentaires que lui faisait courir sa grossesse tardive, mais elle ne pouvait guère dire « En fait, j'ai quarante-trois ans et non trente-sept ». De toute façon, le bébé avait l'air bien ancré, entier et en bonne santé, il avait l'air d'avoir des intentions.

Elle tenta de s'imaginer annonçant à Hannah et James qu'ils allaient avoir une petit sœur (ou un petit frère, mais elle était sûre que c'était une fille), elle voyait d'ici leurs expressions de dégoût et de jalousie, puis leurs petits sourires sournois et conspirateurs tandis qu'ils concocteraient quelles horreurs ils allaient pouvoir infliger au bébé. Caroline mit une main protectrice sur son ventre et sentit la gelée froide que ce chameau de sage-femme n'avait pas pris la peine d'essuyer. Et Jonathan – comment pourrait-elle annoncer la nouvelle à Jonathan ? « Chéri, devine, tu vas de nouveau être papa. » Il serait bouffi d'orgueil à l'idée que sa semence avait de nouveau fait ses preuves, parce que ce ne serait pas un *bébé*, une personne, ce serait une *chose* de plus, à l'image du nouveau tracteur, ou du hongre bai de Hannah, un poney de dressage beaucoup trop grand pour elle, si bien qu'avec un peu de chance elle allait faire une chute et se casser le cou. (Elle ne devrait vraiment pas penser à des trucs pareils, ça risquait d'être mauvais pour le bébé.) Dressage, tel était le nouveau plan de Rowena pour Hannah. « Il n'est jamais trop tôt pour commencer à apprendre la *discipline* », avait-elle déclaré au cours d'un « lunch » auquel elle avait convié Caroline dans son « petit cottage confortable », comprendre « pas dans la grande baraque que vous m'avez prise ». Dressage. C'était si anglais, si anal. Jemima, inutile de le dire, était une experte dans ce domaine.

« Ça ne vous gêne pas que je vous pose la question, n'est-ce pas, ma chère ? dit Rowena en se penchant au-dessus des reliefs de saumon poché que quelqu'un d'autre avait dû préparer car Rowena n'était pas fichue de trouver un couteau à pain. Mais comment pourrais-je m'exprimer... » Ses yeux bleu pâle étaient distants, presque visionnaires, et Caroline se dit : je craque. « Suis-je en cloque ? lança-t-elle obligeamment et Rowena eut un petit spasme embarrassé devant le dialecte de Caroline. Non, je ne le suis pas. » Caroline savait très, très bien mentir.

« Vous en êtes sûre ?

— Oui », et elle regarda Rowena lutter pour réprimer un sourire de soulagement lorsqu'elle proposa « Prendrons-nous le café dans le jardin ? »

C'était la première fois qu'elle allait à un office à St Anne's, la première fois qu'elle l'entendait prêcher. Il avait l'air différent dans son surplis blanc amidonné et elle se demanda qui s'occupait de cette tâche. Une « dame » qu'il payait ? Il ne mentionna pas très souvent Dieu, ce dont Caroline lui sut gré, et parla un peu pour ne rien dire, mais la teneur générale de son sermon était que les gens devraient être tous plus gentils les uns avec les autres et Caroline songea : Ça, c'est sûr, et les dix fidèles, Caroline incluse, qui composaient l'assemblée opinèrent tous affablement devant ce message. Une fois l'office fini, tout le monde se serra la main, ce qui faisait très quaker, selon Caroline. Elle était tout le temps fourrée à la chapelle quand elle était en prison, pour une simple raison : les offices permettaient de rompre le train-train et les chapelains se montraient toujours particulièrement agréables avec elle, à cause sans doute de ce qu'elle avait fait. Plus le crime était grand, plus les chapelains vous avaient à la bonne si vous alliez aux offices. La brebis égarée et retrouvée qui cause plus de joie, etc.

Il se tenait à la porte, serrait à nouveau la main de ceux qui partaient et leur disait un mot gentil, bien sûr. Elle s'arrangea pour être la dernière et s'attendait presque qu'il l'invite à prendre une tasse de café, ou même à déjeuner, mais il n'en fit rien, se contenta d'un « C'est un plaisir de vous voir ici, Caroline » comme si elle était une nouvelle convertie. Elle éprouva une déception absurde et dit quelque chose d'insignifiant avant de sortir faire un tour dans le cimetière, avec l'espoir qu'il la suivrait, mais il rentra dans St Anne's.

Elle n'était plus jamais tombée amoureuse depuis Keith et ç'avait été une de ces toquades d'adolescente qui, normalement, aurait dû se terminer par un divorce quelconque. Ça faisait du bien d'être à nouveau amoureuse. Elle avait l'impression de retrouver une partie de la personnalité qu'elle avait perdue. Elle aimait, évidemment, le microbe, Tanya, mais c'était une autre forme d'amour, primitif. Elle ne l'avait pas aimée, *à l'époque*, du moins pas d'une manière qu'elle comprenait, elle avait appris à l'aimer *depuis*, durant les années d'absence. Et bien que cet amour lui fût venu trop tard, il l'aidait cependant à remplir toutes les années manquantes. Amour rétroactif. Il en irait différemment pour Tanya, naturellement. Elle ignorait tout de l'amour que sa mère lui portait, à moins que Shirley ne lui en ait parlé (« Ta maman t'aimait très fort, mais elle n'a pas pu être avec toi »). Elle avait fait promettre à Shirley de faire comme si

237

elle était morte et de s'occuper du microbe. Shirley aussi, elle l'avait aimée du même amour primitif, sinon elle n'aurait pas fait ce qu'elle avait fait pour elle. Un nouveau départ. C'était ce qu'elle avait dit à Shirley. « Emmène Tanya, donne-lui un nouveau départ, sois pour elle la mère que je ne peux pas être. » D'une façon moins cohérente, évidemment, eu égard aux circonstances...

« Je croyais que vous aviez une maison très agréable qui vous attendait », fit-il, l'air amusé. Il avait retiré son surplis et remis son vieux cardigan de laine grise. Une tenue très efféminée, un cardigan passé sur ce qui était au fond, regardons les choses en face, une robe. Elle ne put s'empêcher de se demander négligemment à quoi il ressemblait sous ces jupes noires, mais, bien qu'elle fût volontiers tombée à genoux dans l'herbe pour le sucer, hic et nunc, dans le cimetière, elle fut agréablement surprise de s'apercevoir que ce dont elle avait vraiment envie, c'était de s'occuper de lui, de faire quelque chose de gentil pour lui : lui préparer des œufs brouillés avec des toasts et du thé, lui frotter le dos, lui lire à haute voix un classique de la littérature anglaise. Elle était folle, décidément. « Je suis enceinte, dit-elle.

— Oh, félicitations. C'est merveilleux. » Il essaya de déchiffrer son visage. « Non ?

— Si, fit-elle en riant, c'est merveilleux. Mais n'en parlez à personne, je vous en prie.

— Parbleu, bien sûr que non. »

Comment pouvait-elle être amoureuse d'un homme qui disait « parbleu » ? Sans problème, apparemment.

Elle l'avait dans sa ligne de mire. Elle le suivit le long de la crête de la colline puis jusqu'aux enclos à moutons vides en bas, où il se reposa accoudé à une barrière en bois, le fusil cassé sur le bras. Il était caricatural avec ses bottes vertes en caoutchouc, son Barbour bleu et ses chiens qui s'agitaient à ses pieds. Il qualifiait Meg et Bruce de « chiens de chasse » mais ils ne valaient pas tripette. Il devait chercher des lapins. De quel droit tuait-il des lapins ? Qu'est-ce qui faisait que sa vie avait plus de prix que celle d'un lapin ? Qui décidait de ces choses ? Elle arma son fusil. Sa tête constituait vraiment une cible parfaite. De là où elle était, elle pourrait mettre en plein dans le mille. Lui exploser le crâne. Comme une citrouille, un melon ou un navet. Pan ! pan ! Évidemment, elle n'en ferait rien, elle n'avait jamais tué de sa vie, pas même un moucheron, du moins pas intentionnellement. Il se remit en route, quitta le champ, contourna le bois et disparut. Caroline regarda sa montre. C'était l'heure du thé.

17

JACKSON

Jackson fit descendre ses deux cachets avec une tasse de café infect. Il attendait dans le terminal que Nicola et le reste de l'équipage débarquent de leur avion. Il était sept heures du matin, heure particulièrement infernale pour être dans un aéroport. Si un inconnu ne le tuait pas, il supposa que ce serait sa dent.

L'avion avait déjà déversé son lot de passagers débraillés et désorientés. Jackson n'était jamais allé à Malaga. Du temps où ils étaient mariés, Josie avait insisté pour qu'ils prennent une fois par an des vacances coûteuses, dans des « villas avec piscine » situées dans des endroits « merveilleux » : Corse, Sardaigne, Crète, Toscane. Tout ce qui lui en restait aujourd'hui, c'était une sorte de souvenir méditerranéen type – Marlee, luisante de produit solaire et armée de petites bouées, pataugeant joyeusement dans la partie la moins profonde de la piscine, Josie dans une chaise longue, lisant un roman, tandis qu'il faisait inlassablement des longueurs dans la piscine, comme un requin agité et obsessionnel.

Surveiller Nicola n'était qu'un dérivatif, pour tenter de chasser de son esprit le fait que quelqu'un essayait de le dégommer (même si, admettons-le, ce genre de fait était plutôt difficile à oublier).

Et voici qu'il devait en plus se soucier de Tanya. À propos de quoi Shirley ne lui avait-elle pas dit la vérité ? Walter et Ann Fletcher, les parents de Keith, avaient déménagé à Lowestoft après le meurtre et paraissaient s'être fort mal

241

occupés de la fille unique de leur fils unique. Shirley avait essayé, disait-elle, de garder le contact avec sa nièce, mais les Fletcher lui avaient dit de se tenir à distance. « La sœur de la femme qui avait assassiné leur seul enfant, avait dit Shirley, on ne peut pas leur en vouloir totalement. » À douze ans, Tanya avait commencé à fuguer, à quinze ans, elle n'était plus revenue. « Je l'ai cherchée partout, avait dit Shirley, mais elle semble avoir disparu sans laisser de trace. »

Jackson ajouta Tanya au sinistre tableau de calculs qu'il gardait désormais en mémoire. En admettant qu'elle soit en vie, Tanya Fletcher aurait aujourd'hui vingt-cinq ans. Olivia Land trente-sept. Laura Wyre vingt-huit, Kerry-Anne Brockley vingt-six. Il espérait que Tanya vivait son avenir, qu'elle avait vraiment vingt-cinq ans et qu'elle coulait des jours tranquilles, contrairement aux Innocentes, Kerry-Anne, Olivia, et Laura. Et Niamh. La grande sœur de Jackson, qui aurait eu cinquante ans cette semaine.

Les membres de l'équipage firent leur apparition, roulant leur petit bagage soigné derrière eux, arpentant le tarmac à fond de train, n'aspirant qu'à une chose : rentrer chez eux, ne plus être de service. Qu'un passager les intercepte pour leur demander une mignonnette de whisky ou un second petit pain et ils l'auraient probablement envoyé au tapis avant de lui passer sur le corps avec armes et bagages. Il n'y avait que des hôtesses, pas de steward – même si une liaison de Nicola avec un steward paraissait hautement improbable, Jackson n'en avait pas encore vu d'hétérosexuel. Les femmes étaient affublées de couvre-chefs qui n'auraient pas déparé la tête des demoiselles de St Trinians[1]. Nicola fermait la marche avec le copilote. Il avait l'air d'avoir la trentaine, portait beau (dans le genre pilote) mais n'était guère plus grand que Nicola. Il n'était pas en train de la tripoter ? Le pilote – plus âgé, plus sérieux que le copilote – se retourna et dit quelque chose qui fit rire Nicola. Voilà qui était plus prometteur : Jackson ne se rappelait pas l'avoir vue rire avant.

---

1. *The Belles of St Trinians*, comédie britannique de Frank Launder (1954) tirée des caricatures de Ronald Searle qui mettent en scène une école de filles très indisciplinées qui boivent du gin, etc. (*N.d.T.*)

Jackson les suivit jusqu'au parking. Nicola et le pilote étaient garés côte à côte et Jackson se dit que c'était peut-être signe de quelque chose, mais ils se dirent au revoir nonchalamment, sans s'embrasser, sans se toucher, sans échanger de regards lourds de signification. Aucun soupçon d'adultère. Nicola monta dans sa voiture, appuya sur le champignon et prit comme d'habitude un départ de Grand Prix. Jackson la suivit à une vitesse moins suicidaire. Il avait une Fiat Punto de location à la place de son Alfa. La Punto était d'une couleur orange qui lui donnait l'impression de ne pas passer inaperçu. C'était à tous les coups une voiture de femme. Son Alfa était toujours au garage de la police, où les experts continuaient leurs examens. « La police prend ce type de sabotage très au sérieux, Mr Brodie », lui avait déclaré un nouvel enquêteur (nouveau du moins pour Jackson) et Jackson avait répondu « Très bien ». Il n'avait pas mentionné le nom de Quintus. Qu'est-ce que la police aurait pu faire de plus que lui ?

Il était passé chez Binky la veille au soir pour voir si Quintus était là, mais son coup de sonnette était resté sans effet. La Lexus n'était plus là et Jackson s'était demandé si Quintus avait emmené Binky en promenade ou dîner dehors. Était-ce vraisemblable ?

En l'espace de quelques minutes, il perdit la Ford Ka de Nicola et lorsqu'il s'arrêta à bonne distance de sa pelouse, elle avait déjà enfilé un jean et un sweat et tondait son gazon avec une furie qui ne fut pas sans rappeler à Jackson l'attitude combative de Deborah envers son clavier d'ordinateur. Ou l'attitude combative de Josie envers tout... avant que David Lastingham ne la lobotomise pour en faire une parfaite épouse de Stepford. Nicola avait gardé le camouflage protecteur de son maquillage, qui jurait avec sa tenue décontractée. Son langage corporel était peut-être belliqueux, mais son visage était un masque.

Il aurait dû apporter quelque chose à Theo, des fleurs, des fruits, un bon livre, mais il n'y avait pas pensé et maintenant il était trop tard. Theo paraissait moins volumineux dans son lit d'hôpital. Il faisait moins montagne de chair et davantage petit garçon sans sa maman. Jackson aurait voulu trouver un moyen de le rendre heureux. Il lui dit qu'il était allé voir Emma à Londres mais Theo semblait trop dans le cirage pour s'intéresser vraiment à la question. Il avait pourtant demandé à Jackson s'il allait bien (ce qui était ironique au vu des circonstances de Theo) et Jackson avait répondu « Tout dépend de ce que vous entendez par "aller bien", Theo ».

Ce qui tracassait surtout Jackson, c'était que dans l'hypothèse (hautement improbable) où il mettrait la main sur l'homme au pull de golf jaune, ça ne changerait strictement rien à la douleur de Theo, en fait ça serait pire car Theo aurait alors la « clôture » qu'il recherchait. Et Laura serait toujours morte.

Jackson parcourut les couloirs surchauffés qui séparaient les urgences de l'unité de soins intensifs en pédiatrie. Il entra sans qu'on lui demande rien : l'infirmière le reconnut et ne lui posa pas de questions. Il aurait préféré qu'il en soit autrement. On ne devrait pas entrer dans un hôpital comme dans un moulin.

Jackson observa Shirley par une paroi vitrée qui aurait pu aussi bien être une glace sans tain, vu le peu d'attention qu'on lui prêtait. Shirley portait une blouse bleue. Existait-il quelque chose de plus sexy qu'une femme en blouse chirurgicale ? Jackson se demanda s'il était le seul à penser ainsi ou si la plupart des mecs partageaient son opinion. On devrait faire des sondages sur ces questions. Shirley était penchée sur une couveuse et prenait délicatement un petit bébé cireux. Relié à tout un assortiment de tubes et de moniteurs, il ressemblait à une créature étrange et fragile de l'espace intersidéral.

« Donnez-moi une seconde et je vais lui dire que vous êtes là », fit un jeune infirmier australien. (Qui s'occupait de l'Australie ? Ils étaient tous là. Dieu sait pourquoi.)

Jackson vit un médecin se diriger vers Shirley, lui toucher l'épaule et lui dire quelque chose. Il y avait un je-ne-sais-quoi d'intime dans ce geste et à la façon dont elle se tourna vers lui et lui sourit, Jackson sut immédiatement qu'ils couchaient ensemble. Ils contemplèrent tous deux le bébé. Jackson se sentit encore plus voyeur que d'habitude. L'infirmière qui l'avait reconnu (comment s'appelait-elle déjà ? Elaine ? Eileen ?) vint le rejoindre et dit : « Comme c'est mignon !

— Mignon ? » fit Jackson en se demandant ce qu'il pouvait bien y avoir de mignon dans ce petit tableau de famille. Une femme avec qui il avait récemment passé une nuit torride s'extasiant sur un bébé malade en compagnie d'un autre amant.

« Enfin triste, en fait, je suppose, dit Elaine/Eileen. Ils ne peuvent pas avoir d'enfant.

— Ils ? Ils forment un *couple* ? Shirley Morrison et le toubib ?

— Le professeur Welch est son mari, dit Elaine/Eileen en le regardant de travers. Il est chef du service pédiatrique.

— Ils sont *mariés* ?

— Oui, inspecteur Brodie. Vous enquêtez sur Shirley ?

— Mr Brodie tout court. J'ai quitté la police, il y a deux ans, Eileen.

— Elaine.

— Qu'est-ce qui vous fait croire que j'enquête sur elle ? »

Elaine haussa les épaules. « La façon dont vous m'interrogez, peut-être.

— Désolé. »

Elaine se rapprocha de lui, son ton se fit plus confidentiel : « Vous savez, n'est-ce pas, qu'elle est la sœur de...

— Oui, coupa Jackson. Je suis au courant. » Shirley Morrison n'avait pas changé de nom après la condamnation de sa sœur, ni quand elle s'était mariée, visiblement ! Alors qu'ils nageaient encore en pleine euphorie postcoïtale, il lui avait demandé « Tu n'as jamais changé d'identité ? », et elle avait répondu « C'était la seule chose qui me restait ». L'époux alla se pencher sur un autre petit extraterrestre et Shirley remit celui qu'elle tenait dans son berceau spatial.

L'infirmier australien pénétra dans l'unité de soins intensifs et dit quelque chose à Shirley qui leva les yeux et fronça les sourcils en apercevant Jackson. Ce dernier haussa les épaules et fit une mimique désespérée. Il indiqua son annulaire nu puis pointa du doigt celui de Shirley. Elle leva les yeux au ciel comme si elle n'arrivait pas à croire qu'il puisse communiquer de cette façon grotesque. Elle lui fit signe d'aller à l'entrée de l'unité. Elle entrouvrit à peine la porte comme s'il représentait une menace.

« Pourquoi ne m'as-tu pas dit que tu étais mariée ? lui demanda-t-il.

— Ç'aurait fait une différence ?

— Oui.

— Putain, Jackson, tu te prends pour qui, le dernier des justes ? C'était une partie de jambes en l'air, point. Remets-toi. » Et elle lui ferma la porte au nez. Il avait eu un mauvais pressentiment à son sujet, il aurait dû se fier à son instinct. Savait-elle bien mentir ou seulement bien esquiver la vérité ? Y avait-il une différence ? Il aimait à croire que la vérité était un absolu, mais cela faisait peut-être de lui un fasciste constipé sur le plan moral.

Alors qu'il quittait les lieux, Jackson faillit rentrer dans la SDF aux cheveux jaunes qui rôdait dans le couloir. Elle marmonnait, comme si elle récitait le rosaire, et Jackson eut envie de lui dire bonjour parce qu'il l'avait aperçue si souvent dernièrement qu'il avait l'impression de la connaître, ce qui n'était pas le cas, bien sûr, aussi ne dit-il rien et fut-il surpris quand elle s'adressa à lui.

« Vous le connaissez, hein ?

— Qui ?

— Le vieux type obèse.

— Theo ? dit-il.

— Ouais, il va s'en tirer ?

— Il va bien », dit Jackson. La fille fit mine de s'éloigner et Jackson lança : « Les visites ne sont pas terminées, vous pouvez aller le voir, il est aux urgences.

— Non, je l'ai vu cet après-midi, je cherchais quelqu'un d'autre. »

Jackson sortit avec elle de l'hôpital. Frissonnante, bien que la soirée fût douce, elle s'alluma une cigarette et dit « Désolée » et en offrit une à Jackson. Il l'alluma et dit « Vous êtes trop jeune pour fumer », et elle « Et vous, vous êtes trop vieux. De toute façon, j'ai vingt-cinq ans, j'ai l'âge de faire ce que je veux ». Elle en faisait dix-sept, dix-huit, à tout casser. Elle récupéra son chien attaché à un banc. « Vous êtes un de ses amis ? demanda-t-elle.

— Theo ? Euh. » Était-il un ami de Theo ? Peut-être

bien. Était-il un ami d'Amelia et Julia ? Dieu l'en garde. (Oui ?) Il n'était pas l'ami de Shirley Morrison, quoi qu'ils aient fait l'autre nuit, à la faveur de l'obscurité. « Oui, finit-il par dire, je suis un ami de Theo. Je m'appelle Jackson.

— Jackson », répéta-t-elle comme si elle essayait de graver le nom dans sa mémoire. Il sortit une poignée de cartes de visite de sa poche « Jackson Brodie – Détective privé » et lui en donna une.

« Normalement, c'est à votre tour de vous présenter », fit-il, et elle dit « Lily-Rose ». De près, elle n'avait pas tant l'air d'une camée que d'avoir souffert d'un manque de soins et de malnutrition. Elle avait l'air si légère qu'un coup de vent aurait pu l'emporter et Jackson eut envie de l'emmener à la pizzeria la plus proche et de la regarder manger. Elle avait un petit ventre gonflé comme ces enfants qu'on voit mourir de faim en Afrique à la télé. Jackson se demanda si elle était enceinte.

« C'est moi qui l'ai trouvé, dit-elle, dans le parc. Christ's je ne sais plus quoi.

— Pieces.

— Quel nom stupide.

— Très stupide, convint Jackson.

— Il était en pleine crise.

— Il m'a dit que quelqu'un lui avait donné un aérosol.

— C'était quelqu'un d'autre, dit Lily-Rose. Il va s'en tirer ? répéta-t-elle.

— Très bien », fit Jackson avant de se rendre compte qu'il lui parlait comme si elle avait l'âge de Marlee. Il avait du mal à croire qu'elle avait vingt-cinq ans. « Non, il ne va pas très bien, dit Jackson, sa fille a été assassinée il y a dix ans et il n'arrive pas à s'en remettre.

— Ça se comprend. »

Stan Jessop enseignait dans un autre établissement scolaire mais il habitait toujours la même petite maison jumelée des années 30 qu'il y a dix ans. Le prénom « Stan » faisait penser à un vieux type bricolant dans son jardin ouvrier mais il n'avait que trente-six ans. À la mort de Laura, Stan Jessop n'avait que vingt-six ans. Vingt-six ans paraissait incroyablement jeune à Jackson – un an de plus seulement que Lily-Rose, deux ans de moins qu'Emma Drake (il fallait qu'il arrête ces calculs). Une vieille Vauxhall Vectra avec un siège pour bébé à l'arrière était garée dans l'allée : le tapis de sol était jonché de jouets, de papiers de bonbons et autres détritus domestiques. Dix ans plus tôt, Stan Jessop avait un enfant, Nina, avait dit Emma, aujourd'hui il semblait en avoir une ribambelle : le jardin ressemblait à un champ de bataille où on faisait la guerre avec le contenu d'un mégastore de jouets. « Les gosses, que voulez-vous y faire ? » dit Stan Jessop en haussant les épaules et Jackson songea, oui, bon, commence par ranger, mais se contenta de hausser à son tour les épaules, accepta une tasse de café instantané aqueux et s'assit dans le salon. La tasse avait des traces de dégoulinades sur le côté comme si elle n'avait pas été bien lavée. Jackson la posa sur la table basse et n'y toucha pas.

Emma Drake avait dit que Stan Jessop était « vraiment mignon » il y a dix ans et il avait gardé un côté séduisant et juvénile. « J'enquête sur certains aspects de l'affaire Laura Wyre », fit Jackson, et Stan dit « Ah, ouais ? » d'une manière décontractée qui, pour une raison quelconque, ne convainquit pas Jackson.

De l'étage au-dessus parvinrent les cris assourdissants de petits mômes refusant d'aller au lit et la voix de plus en plus frustrée d'une femme. Le numéro paraissait parfaitement au point. « Trois garçons, dit Stan, comme si ça expliquait tout, autant vouloir mettre des hordes barbares au lit. Je devrais aller à la rescousse », ajouta-t-il en s'affalant sur le canapé. Il était clair que les hordes barbares avaient eu raison de lui depuis longtemps. « Qu'est-ce que vous voulez savoir d'elle ? demanda-t-il avec irritation.

— Qui ?

— Laura ? L'affaire est rouverte ?

— Elle n'a jamais été classée, Mr Jessop. J'ai parlé à certaines de ses amies, elles pensent que vous aviez le béguin pour elle.

— Le béguin ? » Jackson crut voir une ombre traverser le visage de Stan Jessop. « C'est pour ça que vous êtes venu, parce que j'avais le "béguin" pour Laura Wyre ?

— C'était le cas ?

« — Vous savez ce que c'est, soupira-t-il, comme si toute explication était futile, quand vous êtes jeune prof, les choses peuvent parfois déraper. » Il se renfrogna. « Toutes ces filles, intelligentes, jolies, leurs hormones les rendent folles, elles n'arrêtent pas de vous draguer.

— Vous êtes censé être adulte.

— Ce sont de petites allumeuses, elles passent leur temps à baiser. À cet âge, elles ouvrent les jambes à n'importe qui. Ne me dites pas que vous agiriez autrement. Si on vous l'offrait sur un plateau, que feriez-vous ?

— Je refuserais.

— Oh, épargnez-moi cette merde moralisatrice. On n'est qu'un homme en fin de compte. » (Qu'avait dit Shirley ? *Vous vous prenez pour qui, Jackson, le dernier des justes ?* C'était le cas ? Il espérait que non.) « Mettez n'importe quel homme dans cette situation et il serait tenté. Vous aussi.

— Je refuserais, répéta Jackson, parce que j'ai une fille, comme vous. »

Stan Jessop se leva du canapé comme s'il s'apprêtait à lui flanquer un coup de poing (Pourquoi pas ? Les autres ne se gênaient pas) mais sa femme entra dans la pièce et leur lança à tous deux un regard soupçonneux. Elle ne correspondait pas à la description d'Emma Drake, « blondasse et pute sur les bords » (« *vulgaire* »). Elle portait un jean, un tee-shirt et avait des cheveux bruns coupés court. Emma avait dit que Laura s'entendait bien avec elle et pourtant personne n'avait jamais interrogé Kim Jessop. (Pourquoi ?) Jackson tendit la main et dit « Enchanté de vous rencontrer, Mrs Jessop, je suis Jackson Brodie. J'enquête sur certains aspects de la mort de Laura Wyre » et elle le regarda sans comprendre et dit « Qui ça ? ».

Jackson téléphona de sa voiture au domicile de Deborah Arnold et dit : « Pouvez-vous envoyer une lettre standard à Miss Morrison pour lui annoncer que nous ne sommes plus en mesure de travailler pour elle.

— Vous avez déjà entendu parler des horaires de bureau ?

— Et vous ? »

Était-il mesquin ? D'accord, elle était mariée et elle avait couché avec lui, l'adultère était on ne peut plus répandu (il suffisait de regarder son ex-épouse), est-ce que ça expliquait le mauvais pressentiment qu'il avait eu à son sujet ? Est-ce que ça expliquait la raison pour laquelle il y avait quelque chose qui ne collait pas dans son histoire à propos de Michelle ? Si Tanya avait voulu retrouver Shirley, est-ce qu'elle ne l'aurait pas déjà fait ? Jackson ne voulait pas aider Shirley. Il ne voulait même plus la voir. Il fourragea dans la boîte à gants pour mettre la main sur un CD de Lee Ann Womack et sauta directement au morceau intitulé *Little Past Little Rock*. Une chanson country sur deux parlait de femmes qui laissaient quelque chose derrière elles : une ville, un passé, mais essentiellement des hommes. Après que sa femme l'eut quitté, Jackson avait fait une compilation de toutes les femmes qui avaient beaucoup souffert, les Lucinda, Emmylou et autres Trisha, égrenant leurs tristes chansons qui parlaient de départs en train, en avion, en car, mais surtout au volant d'une voiture, bien sûr. Une autre hégire.

Rentré chez lui, Jackson réchauffa quelque chose d'insipide au micro-ondes. Il n'était que neuf heures du soir mais il était lessivé. Un seul message sur son répondeur, de la part de Binky. Il avait eu l'intention de faire un saut chez elle mais maintenant il n'en avait plus l'énergie. Le message disait : « Mr Brodie, Mr Brodie, j'ai vraiment besoin de vous voir, c'est urgent », puis plus rien, même pas au revoir. Il la rappela mais ça ne répondait pas. À la seconde même où il raccrochait, la sonnerie retentit et il décrocha à nouveau.

C'était Amelia. Une Amelia hystérique. Une fois de plus.

« Qui est mort cette fois-ci ? demanda-t-il quand elle fit une pause pour reprendre son souffle. Parce que si ça ne dépasse pas la taille d'un gros cheval, j'aimerais beaucoup que vous vous en occupiez vous-mêmes. » Malheureusement, cette sortie eut pour effet de redoubler l'hystérie d'Amelia. Jackson coupa la communication, compta jusqu'à dix puis appuya sur la touche « rappel du correspondant » et vit apparaître le numéro de Binky Rain. Il eut un mauvais pressentiment. (Lui arrivait-il d'en avoir de bons ?)

« Qu'est-ce qu'il y a ? » demanda-t-il quand Amelia répondit et elle réussit à se calmer, le temps de dire : « Elle est morte. La vieille sorcière est morte. »

Il était une heure du matin quand Jackson rentra chez lui. Il avait l'impression d'avoir dépassé le stade du sommeil, d'être ailleurs, dans un ailleurs gris, brumeux, où toute son énergie était réquisitionnée pour faire fonctionner son système nerveux en pilotage automatique alors que le reste de son cerveau et de son corps avait baissé le rideau depuis belle lurette. Il grimpa son escalier à quatre pattes. Il n'avait pas refait son lit depuis la nuit passée avec Shirley Morrison, en fait il n'était même pas certain d'avoir dormi depuis. Elle portait un anneau celtique à l'annulaire. Il avait commis la faute de ne pas demander : « Vous êtes mariée ? », c'eût été une question claire et précise. Aurait-elle menti ? Sans doute. La femme qui adorait les bébés, qui ne pouvait pas en avoir. C'était pour ça qu'elle avait couché avec lui, pour tomber enceinte ? Dieu l'en préserve. Son mari était au courant ? La femme qui adorait les bébés, qui avait perdu de vue le bébé dont elle était censée s'occuper entre tous : Tanya. Quelque chose lui titillait la mémoire mais il était si fatigué que c'est tout juste s'il se souvenait de son propre nom.

Il ouvrit une fenêtre. On étouffait dans la chambre. Il faisait très lourd. Si un orage n'éclatait pas bientôt, les gens allaient devenir fous. Il y en avait eu un après la disparition d'Olivia. Amelia avait raconté que Sylvia avait prétendu que c'était « Dieu pleurant sa petite brebis égarée ». Amelia avait eu, ce soir, une conduite encore plus bizarre que d'habitude : elle avait débité des âneries au sujet d'Olivia alors que c'était le corps de Binky qu'elle avait trouvé. Débiter des âneries. Encore une des expressions de son père. Ça faisait presque un an que le vieil homme était mort. Seul et solitaire dans son lit d'hôpital. Il avait soixante-quinze ans et toutes les maladies possibles et imaginables : silicose, emphysème, cirrhose du foie. Jackson ne voulait pas marcher sur ses traces.

Qu'est-ce que Binky voulait lui dire ? Il ne le saurait jamais. Il songea au corps de Binky, léger comme une plume, gisant dans ce qui restait du verger, les hautes

251

herbes trempées de rosée, même si l'herbe sur laquelle Binky était couchée était aussi sèche que ses vieux os. « Elle est restée là des heures », avait dit le médecin légiste, et Jackson avait eu un coup au cœur. Il était passé chez elle, il aurait peut-être pu lui porter secours. Il aurait dû enfoncer la porte, escalader le mur. Il aurait dû l'aider.

Il s'apprêtait à tirer le rideau quand son œil fut attiré par quelque chose. Marchant sur le mur, de l'autre côté de la ruelle, se frayant un chemin parmi les roses trémières qui poussaient comme du chiendent : un chat noir. Si Binky Rain se réincarnait, reviendrait-elle sous la forme d'un chat ? Noir ? Combien y avait-il de chats noirs à Cambridge ? Des centaines. Jackson ouvrit plus grand la fenêtre, se pencha et – franchement, il ne se croyait pas descendu si bas – il appela doucement « Nigger ? » dans la touffeur de la nuit.

Le chat s'arrêta net et regarda autour de lui. Jackson dévala son escalier, se rua dehors puis ralentit pour adopter un pas de loup digne d'un dessin animé afin de ne pas effrayer l'animal. « Nigger ? » chuchota-t-il derechef et le chat miaula et sauta du mur. Jackson le ramassa et sentit combien il était maigre. Il éprouvait un étrange sentiment de camaraderie pour l'animal efflanqué et dit « Tout va bien, mon vieux, ça te dit de venir chez moi ? » Jackson n'avait pas d'aliments pour chats – il n'avait rien à manger chez lui – mais il avait du lait. Il fut surpris de ressentir un élan d'affection inattendu pour le chat. Naturellement, il y avait peu de chances pour que ce soit Nigger (et, Dieu du ciel, ce nom devrait être changé par celui ou celle qui adopterait ce matou). Le chat aurait probablement fait bon accueil à n'importe quoi, mais la coïncidence était trop curieuse pour l'esprit épuisé de Jackson. Il rebroussa chemin pour rentrer chez lui. Et la maison explosa. Comme ça.

Que disait la chanson de Hank Williams déjà ? Qu'on ne quitte jamais ce monde en vie ?

18

AMELIA

Amelia était la seule à avoir vu qu'il y en avait d'autres. Julia était trop occupée à flirter – *Mr Brodie par-ci, Mr Brodie par-là* – et Jackson trop occupé à reluquer les seins de Julia. Naturellement, il était difficile pour un homme de ne pas regarder les seins de Julia quand elle en faisait ainsi étalage. Elle était même allée jusqu'à se lécher les lèvres quand elle avait proposé à Jackson de nager nus ! Elles avaient nagé dans la rivière étant gamines, bien que Rosemary le leur ait toujours interdit. Julia avait toujours été la meilleure nageuse des trois. Des quatre. Est-ce qu'Olivia savait nager ? Amelia croyait se rappeler le petit corps de grenouille d'Olivia avançant dans l'eau, dans son maillot bleu à smocks, mais elle ne savait pas si le souvenir était réel ou pas. Amelia avait parfois l'impression d'avoir passé toute sa vie à attendre le retour d'Olivia pendant que Sylvia parlait à Dieu et que Julia *s'envoyait en l'air.* Elle éprouvait une tristesse insupportable quand elle songeait à toutes les choses qu'Olivia n'avait jamais faites : monter à bicyclette, grimper aux arbres, lire un livre toute seule, aller à l'école, au théâtre, au concert. Elle n'avait jamais écouté du Mozart, n'était jamais tombée amoureuse. Elle n'avait même jamais écrit son nom. Olivia aurait vécu sa vie, Amelia avait simplement enduré la sienne.

Vous regardez mes nénés, Mr Brodie. Julia avait parfois un côté très pute. Amelia se souvenait de Victor ramenant manu militari une Julia adolescente à la maison alors qu'elle tentait de s'éclipser pour aller voir un garçon. Il avait hurlé

253

qu'elle avait l'air d'une « vulgaire traînée ». (Avec combien d'hommes Julia avait-elle couché ? Trop sans doute pour qu'on puisse les compter.) Victor l'avait obligée à enlever son maquillage à la brosse à ongles. Il lui arrivait de les ignorer pendant des jours, de ne sortir de son bureau qu'à l'heure des repas et puis, tout à coup, il était tout le temps sur leur dos, comme une sorte de patriarche religieux.

Après la mort de Rosemary, Victor avait engagé une femme qui venait tous les jours faire la cuisine et le ménage. Elle s'appelait Mrs Gordon et on n'avait jamais su quel était son prénom. C'était tout à fait typique de Victor de choisir quelqu'un qui n'aimait pas les enfants et était une terrible cuisinière. Il arrivait quelquefois à Mrs Gordon de leur préparer le même dîner plusieurs soirs d'affilée – elle avait une prédilection pour les saucisses brûlées, les haricots blancs à la tomate en boîte et les pommes de terre bouillies pleines d'eau. Victor n'avait jamais l'air de s'en apercevoir. « La nourriture est un simple carburant, aimait-il à répéter, peu importe ce que c'est. » Quelle enfance épouvantable elles avaient eue.

Jackson était vraiment la dernière personne qu'elle avait envie de voir. Pourquoi était-il assis sur la berge ? Pourquoi avait-il fallu que ce soit lui ? Ce n'était pas juste. (Rien n'était juste.) Les dieux la *narguaient*. Elle ne voulait pas aller à Grantchester, pas le moins du monde, c'était Julia qui l'avait persuadée d'aller faire un tour en barque sur la rivière, qui l'avait cajolée comme si elle avait affaire à une frêle invalide ou à une agoraphobe : « Allez, Milly, tu ne peux pas passer tes journées à te morfondre devant la télé. » Elle ne se morfondait pas, elle était dé-pri-mée, nom d'une pipe. Elle avait le droit d'être déprimée, tout de même ? Elle avait le droit de regarder *Dogs with Jobs* sur la chaîne National Geographic et de manger un paquet entier de biscuits fourrés au chocolat, si ça lui chantait, parce que personne ne se souciait d'elle. En fait, elle pourrait rester scotchée à la télé toute la journée, commencer par *Barney and Friends*[1]

---

1. Émission éducative américaine racontant les aventures d'un charmant dinosaure et de ses amis. (*N.d.T.*)

254

pour finir par *Babes Laid Bare*[1] et se taper entre les deux des heures et des heures du Landscape Channel[2] ainsi que la production entière d'une biscuiterie jusqu'à ce qu'elle soit devenue un dirigeable obèse, cloué au sol, dont le corps mort et boursouflé devrait être enlevé de la maison par une équipe de pompiers équipée d'un treuil hydraulique, parce que personne ne se souciait d'elle. *Moi, si, Milly.* Ouais, bon, comme diraient les couvreurs.

Si Julia se souciait autant d'elle, elle ne flirterait pas avec Jackson sous ses yeux. Elle les imagina dans l'eau ensemble, Julia nageant comme une loutre autour du corps nu de Jackson, ses lèvres rouges se refermant autour de son... non ! N'y pense pas, n'y pense pas, n'y pense pas.

Un soir, entre une chaîne de santé et une chaîne de mode, Amelia était tombée sur « La chaîne de Dieu » et avait découvert qu'il existait une émission intitulée *Un mot de la part de Dieu* qui passait à minuit et elle l'avait regardée ! Pour voir si Dieu avait quelque chose à lui dire. Non, naturellement.

Milly, tu veux du miel sur tes scones ? Voici qu'elle se mettait à parler de Rupert Brooke nu, elle ne pourrait pas la fermer un peu sur la nudité ? Parce qu'en fait c'était très agréable d'être allongée sur une chaise longue sous les arbres du verger, d'absorber la chaleur estivale – pourquoi n'était-elle pas seule avec Jackson, pourquoi ce n'était pas *lui* qui lui versait du thé et lui beurrait ses scones, pourquoi fallait-il que Julia soit là avec ses seins qui jaillissaient presque de son soutien-gorge quand elle se penchait vers lui pour *baver* du miel sur ses scones. C'était un ravissant balconnet, tout blanc avec des dentelles, pourquoi Amelia n'avait-elle jamais eu de jolis sous-vêtements ? Ce n'était pas juste.

Elle s'était complètement ridiculisée l'autre soir (« *Vous êtes marié, Mr Brodie ?* ») comme une fille déshonorée dans un roman victorien sentimental. Elle avait vu à la façon

---

1. Film porno. (*N.d.T.*)

2. Chaîne musicale diffusant sans commentaire de la musique classique sur fond de paysages grandioses. (*N.d.T.*)

dont il l'avait regardée qu'il la croyait délirante. (Était-ce le cas ?) Elle était si gênée qu'elle n'osait pas le regarder. Dieu merci, elle portait des lunettes et un chapeau de soleil. (Lui donnaient-ils l'air un tant soit peu mystérieux et énigmatique ?) Le charmant visage de Jackson était tout meurtri (parce que, bien sûr, elle l'avait quand même regardé) et elle aurait aimé le réconforter, prendre son visage entre ses seins (qui étaient aussi gros que ceux de Julia, même s'ils ne défiaient pas autant les lois de la gravité). Mais ça n'arriverait jamais, n'est-ce pas ?

Elle les avait bel et bien vus. Jackson et Julia avaient cru qu'il n'y avait que l'homme qui lisait *Principia Mathematica,* mais elle en avait aperçu sept ou huit autres, tous aussi nus que l'homme aux *Principia Mathematica.* Deux ou trois avaient plongé dans l'eau pendant que le reste d'entre eux bavardaient, allongés sur la berge dans des positions diverses, comme s'ils faisaient revivre une scène pastorale idéale. Était-ce des naturistes ? Le souvenir inattendu d'avoir nagé dans la rivière revint soudain à Amelia : son corps gorgé de soleil avait fendu sans heurts l'eau fraîche et translucide. Elle éprouva tout à coup un désir physique, comme une faim. Pourquoi était-elle prisonnière de ce corps empoté, mastoc, pourquoi ne pouvait-elle pas retrouver son corps d'enfant ? Pourquoi ne pouvait-elle retrouver son enfance ?

Il s'agissait peut-être de situationnistes en train de créer quelque œuvre d'art bizarre, indifférents aux regards d'autrui. Ou d'une sorte de culte ? D'un sabbat de nudistes ? La plupart paraissaient avoir la quarantaine passée et des corps imparfaits – culottes de cheval, fesses en goutte d'huile, toisons pubiennes grises, grains de beauté, taches de rousseur, vieilles cicatrices d'opérations – et certains étaient aussi ridés qu'un mâtin de Naples. Ils avaient un bronzage intégral, donc, quelle que fût leur occupation, ils devaient s'y adonner souvent. Puis, comme un rêve, ils s'évanouirent, à un coude de la rivière.

Amelia galopait devant Julia parce qu'elle lui en voulait pour tout, mais surtout d'avoir autant flirté avec Jackson la veille sur la rivière. Julia devait courir pour la suivre mais soudain elles entendirent le carillon d'un marchand de glaces ambulant et Julia dit « Écoute les carillons de minuit[1] », et Amelia rétorqua « La citation n'est guère appropriée », mais, tel un chien de Pavlov, Julia se dirigeait au petit trot vers la camionnette.

Amelia traversa Christ's Pieces au pas de charge, passa devant la roseraie dédiée à la mémoire de la princesse Diana, et y jeta un regard méprisant. Quelle ineptie que tout ce tintouin autour de la princesse Diana (morte ou vive). Nulle part sur terre il n'y avait quoi que ce soit pour rappeler la mémoire d'Olivia : ni roseraie, ni banc, ni même cénotaphe. Brusquement, alors qu'elle ne s'y attendait pas du tout, Amelia fut accostée par la SDF aux cheveux canari qui lui empoigna le bras et se mit à la tirer en arrière. On m'agresse, c'est d'un ridicule achevé, se dit Amelia qui essaya bien de crier mais se découvrit sans voix, comme dans les cauchemars. Elle se débattit, essayant de voir où pouvait bien être Julia – Julia la tirerait des griffes de la fille aux cheveux jaunes, Julia avait toujours été bagarreuse quand elles étaient petites – mais la fille l'entraînait sur le sentier comme si elle était une enfant récalcitrante. C'était absurde car Amelia était au moins deux fois plus costaude que sa ravisseuse, mais la fille aux cheveux jaunes était d'une détermination aussi déconcertante que singulière, et en plus crasseuse, sans abri, droguée et peut-être même retardée mentale, et Amelia était morte de peur.

Le chien de la fille aux cheveux jaunes courait à leurs côtés et sautait comme un complice nerveux. Si seulement la fille lâchait prise une seconde, Amelia lui donnerait son porte-monnaie ou son sac, tout ce qu'elle voulait. Les mots « La bourse ou la vie » lui vinrent soudain à l'esprit (le cerveau fait des trucs très bizarres sous l'effet du stress). « Bandite de grand chemin », on n'en entendait jamais parler. Ça existait ? Les bandits de grand chemin relevaient-ils, à l'instar des pirates et des barons de la pègre, davantage du mythe que de la réalité ? C'était quoi au juste un baron

---

1. Shakespeare, *Henry IV*, deuxième partie, Acte III, 2. (*N.d.T.*)

257

de la pègre ? La bandite de grand chemin ne disait pas « La bourse ou la vie », elle répétait son refrain habituel « Aidez-moi ».

Non, pas tout à fait. Elle disait « Aidez-le, aidez-le » et montrait du doigt un gros bonhomme affalé sur un banc qui respirait bruyamment, le même râle d'agonie que Victor sauf que Victor s'était asphyxié passivement tandis que le gros bonhomme battait l'air de ses bras comme s'il était possible de ramasser de l'oxygène avec les mains. « Aidez-le », répéta encore une fois la fille aux cheveux jaunes, mais Amelia, paralysée, fixait le mourant. Elle n'avait pas la plus petite idée de ce qu'elle pourrait faire d'utile pour lui.

Heureusement pour le gros bonhomme, Julia fit son apparition, portant triomphalement en l'air deux cornets tel quelqu'un (une actrice peut-être) portant des flambeaux. Quand elle se rendit compte de ce qui se passait, elle laissa tomber ses glaces et courut jusqu'au banc, sortit sa Ventoline de son sac et la fourra dans la bouche ouverte comme celle d'un poisson du gros bonhomme. Puis elle dégaina son portable, le colla sous le nez d'Amelia et lui intima « Appelle une ambulance » comme si elle jouait de nouveau dans *Casualty*, mais Amelia n'arrivait même pas à tendre la main pour lui prendre le téléphone. « Putain, Milly », fit Julia qui donna le téléphone à la fille aux cheveux jaunes, qui était peut-être retardée mentale, stupide, crasseuse, sans abri et droguée, mais qui au moins, contrairement à Amelia, était capable de faire le 999 et de sauver une vie.

Julia fit des œufs brouillés pour le dîner et, après le repas, téléphona à l'hôpital et annonça à Amelia « Il va bien, apparemment », et Amelia « Ah bon ? », et Julia « Ça ne t'intéresse pas ? », et Amelia « Non ». Parce que ça ne l'intéressait pas, en théorie peut-être, mais pas au fond de son cœur, car pourquoi devrait-elle se soucier de quelqu'un d'autre (comment pourrait-elle se soucier de quelqu'un d'autre) alors que personne ne se souciait d'elle ? Et Julia dit « Oh, bon sang, Amelia, secoue-toi » (ce qui, comme chacun sait, est la dernière chose à dire aux gens déprimés) et Amelia se précipita dans le jardin en larmes et se jeta dans l'herbe pour pleurer tout son saoul.

Le sol était dur et inconfortable, bien qu'il eût emmagasiné la chaleur de la journée, et elle se souvint soudain de la nuit passée sous la tente. En fait, elle se trouvait presque à l'emplacement exact où la tente avait été montée lors de la nuit fatale. Amelia s'assit et regarda autour d'elle. C'était l'endroit où Olivia avait dormi. Elle fit courir sa main dans l'herbe comme si la forme d'Olivia avait pu l'aplatir. C'était ici qu'Olivia lui avait dit « Bonne nuit, Milly », les yeux remplis de sommeil et de bonheur, en serrant Souris Bleue dans ses bras. Amelia l'avait regardée s'endormir et s'était sentie sage et responsable car elle était celle à qui Rosemary avait confié une mission, la seule à avoir obtenu la permission de passer une nuit dehors sous la tente. Avec Olivia. « Milly » était-il le dernier mot prononcé par Olivia ? Ou y en avait-il eu d'autres avant le silence, d'horribles paroles, arrachées par la peur, une terreur mortelle, qu'Amelia ne pouvait et ne pourrait jamais se résoudre à imaginer. Son cœur se mit à battre plus vite à l'idée de l'horreur endurée par Olivia. Non, n'y pense pas.

Olivia était proche, elle était palpable. Où était-elle ? Amelia se leva un peu trop vite et se sentit nauséeuse tandis qu'elle trébuchait dans l'herbe, cherchait une direction, comme si son corps était une baguette de coudrier. Non, il fallait qu'elle s'arrête et écoute. Si elle écoutait, elle entendrait. C'est alors que, très vaguement, elle entendit quelque chose : un minuscule miaou venu de l'autre côté du mur, un chat, pas Olivia, mais un signe tout de même. Elle essaya d'ouvrir la porte en bois, de la dégager du lierre qui la bloquait. Elle tira de toutes ses forces sur les vieux gonds rouillés jusqu'au moment où elle réussit à se glisser dans l'ouverture et se retrouva dans la ruelle.

Le chat, minuscule, mi-chat, mi-chaton, eut l'air effrayé quand il l'aperçut mais il ne s'enfuit pas et Amelia se baissa en essayant de se faire toute menue (l'espoir fait vivre), tendit amicalement la main et dit « Par ici, minou, minou, gentil minou » jusqu'à ce qu'il s'approche prudemment d'elle et elle se mit à caresser son petit corps osseux. Pour finir, après moult cajoleries, il se laissa prendre et elle pressa son visage contre sa fourrure et se demanda si elle pouvait le garder.

La porte d'en face, celle du jardin de Mrs Rain, était ouverte. Elles avaient l'habitude d'escalader un pan de mur éboulé et de se cacher dans son jardin étant petites. Amelia n'arrivait pas à se faire à l'idée que Mrs Rain était encore en vie. Sylvia s'était cassé un bras en tombant de son hêtre.

« Si on allait jeter un petit coup d'œil ? » chuchota-t-elle au chat.

Oui, ç'avait été un verger. Elles avaient l'habitude de voler des poires et des prunes. Elles frappaient à la porte et criaient « Est-ce que la sorcière est au logis ? » avant de se sauver terrifiées. Sylvia, Sylvia avait toujours été la meneuse, naturellement. Sylvia la persécutrice. Sylvia était ce qu'elle était, mais en y repensant Amelia ne put que s'étonner de la bizarrerie et de l'extraordinaire *emprise* de Sylvia sur elles : elle leur attirait toujours des ennuis.

Le jardin était immense, sans rapport avec la taille de la maison. Il était déjà mal entretenu quand elles étaient petites et aujourd'hui la nature avait repris ses droits. Comme ce serait merveilleux si elle pouvait exercer ses talents sur cette jungle : elle pourrait replanter le verger, avoir une mare, une tonnelle de roses, peut-être une bordure de plantes herbacées qui rivaliserait avec celle de Newnham.

Ici, la présence d'Olivia était encore plus palpable. Amelia l'imagina derrière un arbre, tel un lutin qui la menait par le bout du nez. Les pieds d'Amelia se prenaient dans le chiendent et les branches de saule, elle était piquée par les orties et écorchée par les ronces, mais elle allait de l'avant, comme tirée par une main invisible, jusqu'au moment où elle faillit trébucher sur une forme sombre, un paquet de chiffons et de brindilles déposé au pied d'un arbre...

« Frisky », dit Jackson, en voyant le chaton dans les bras d'Amelia. Amelia ne voulait pas le lâcher. Une fonctionnaire de police avait raccompagné Amelia chez elle à pied et lui avait préparé une tasse de thé. (Pourquoi était-ce toujours et encore les femmes ?) La cuisine de Victor grouillait de policiers, ils semblaient l'utiliser comme PC improvisé (c'était bien le mot ?). Réveillée par le brouhaha, une Julia ensommeillée errait dans la cuisine d'un air ahuri. Elle était à moitié nue, naturellement, vêtue en tout et pour tout d'un slip et d'un tee-shirt et s'en fichait éperdument. *Oh, Mr Brodie, on ne peut pas continuer à se rencontrer comme ça.*

Lorsqu'elle avait touché le cadavre de la vieille Mrs Rain, Amelia s'était sentie aussi fragile et maigre que le chaton qu'elle tenait dans ses bras. La police avait installé une petite tente au-dessus du cadavre ainsi que des projecteurs, on ne ferait pas ça pour une vieille femme morte de mort naturelle, ça signifiait donc qu'Amelia n'avait pas seulement découvert un corps mort, elle avait découvert un corps assassiné. Un frisson la parcourut de la tête aux pieds et réveilla le chat. Il sauta de ses bras et Julia passa aussitôt en mode *Minou, minou, minou,* le ramassa et le serra contre ses seins plus que visibles et Amelia dit « Bon sang, Julia, habille-toi ». Julia lui fit une grimace, sortit nonchalamment de la cuisine en emportant le chaton, tandis que les flics reluquaient ses fesses, Dieu merci, elle ne portait pas de string – qui est certainement le sous-vêtement le plus ridicule qu'on ait jamais inventé, si on excepte les slips ouverts devant, naturellement, car il s'agit tout le temps de sexe...

« Amelia, vous revoulez du thé ? » Jackson l'observait d'un air inquiet comme si elle était une malade mentale.

Il faisait presque jour et elles venaient juste de se mettre au lit. Elle entendait encore le ballet des voitures de police, le grésillement de leurs radios. La chambre de Sylvia avait au moins l'avantage d'être sur le devant de la maison, loin des projecteurs. Elle n'avait même plus le chaton car il avait suivi Julia dans sa chambre. Elle n'arriverait jamais à s'endormir, à moins de prendre quelque chose. Julia gardait ses somnifères dans la salle de bains. Julia avait toujours des médicaments pour quelque chose, ça faisait partie du drame de sa vie. Amelia n'arrivait pas à lire l'étiquette sans ses lunettes, mais quelle importance. Si deux cachets vous endormaient, quatre vous plongeaient-ils dans un sommeil profond ? Et dix, qu'est-ce que ça faisait ? Ils étaient si minuscules ! On aurait dit des cachets pour enfants. Rosemary leur administrait chaque jour une aspirine, même quand elles n'avaient mal nulle part. Ça devait être d'elle que Julia tenait cette manie. Rosemary avait toujours eu une armoire à pharmacie pleine, même avant d'être à l'article de la mort. Vingt cachets ? Ce serait un long sommeil. Rien n'avait pu sauver Rosemary, naturellement, mais rien ne pouvait sauver personne. Trente ? Et s'ils avaient pour seul effet de vous mettre dans le cirage ? Jackson la jugeait ridicule et elle ne retrouverait jamais Olivia et maintenant Julia avait un chat et rien n'était juste. Personne ne voulait d'elle, jusqu'à son père qui ne l'avait pas trouvée assez séduisante pour vouloir d'elle. Pas juste. Pas du tout du tout. Pas juste, pas juste, pas juste. Tout le flacon ? Parce que ce n'était pas juste. Pas juste, pas juste, pas juste. Pouvez-vous m'aider ? Non.

Pasjustepasjustepasjustepasjustepasjustepsjustepasjustepasjustepasjustepasjustepasjustepasjustepasjustepasjustepas...

« *Milly, ça va ? Milly ? Milly ?* »

19

JACKSON

On a toujours tendance à oublier qu'il fait plus froid dans le nord. La Grande-Bretagne est un pays si petit qu'on ne s'attend pas à des différences climatiques à quelques centaines de kilomètres de distance. Il faisait cependant encore assez chaud pour s'attabler dans le jardin du pub, assez du moins pour les autochtones. Jackson offrit une tournée. Ils se trouvaient dans l'ancien relais de poste d'un trou perdu du Northumberland. Les trous perdus, ce n'est pas ce qui manque dans le Northumberland. Jackson se demanda s'il ne devrait pas s'acheter un cottage dans le coin. Ce serait moins cher qu'à Cambridge où il n'avait plus de domicile. Sa maison était toujours là, mais presque tout ce qui se trouvait à l'intérieur – vêtements, CD et livres, tous les dossiers de Theo sur Laura – avait été perdu dans l'explosion ou dans l'eau des lances des pompiers. C'était une façon de repartir de zéro, de commencer une nouvelle vie : faites exploser l'ancienne.

« Gaz ? avait-il demandé avec optimisme à l'enquêteur.

— Dynamite », avait répondu ce dernier. (Un bref échange viril.) Qui avait accès à de la dynamite ? Les gens qui travaillent dans les mines, de toute évidence. Jackson avait sorti la carte de l'inspecteur Lowther de son portefeuille et l'avait appelé. « L'affaire se corse, dit-il en regrettant aussitôt ses paroles parce qu'elles semblaient tout droit sorties d'un mauvais polar. Je crois que nous tenons un suspect. » Ça ne sonnait guère mieux. « À propos, ma maison vient d'exploser. » Ça au moins, ça sortait de l'ordinaire.

(« Quintus Rain, avait fait Lowther, tu parles d'un nom !
— Plus stupide, tu meurs », avait dit Jackson.)

Il emporta les boissons dehors, un jus d'orange pour lui, un Coca pour Marlee et un gin and tonic pour Kim Jessop, sauf qu'elle s'appelait maintenant Kim Strachan, car au cours des dix dernières années, elle avait épousé puis divorcé d'un « doux dingue écossais » du nom de George Strachan. Elle possédait aujourd'hui un bar à Sitges, un restaurant à Barcelone et s'était associée avec un « homme d'affaires » russe. Elle était toujours blonde et arborait le cuir tanné par le soleil de ceux qui pensent que le cancer de la peau n'arrive qu'aux autres, bien qu'à en juger à sa toux de fumeuse, ce serait une course au finish avec le cancer du poumon. Ainsi qu'il seyait à une maîtresse de mafioso, elle était parée comme une châsse. Elle était restée à cent pour cent Geordie : Kim Strachan, née Jessop, n'avait pas la moindre goutte de doux ADN méridional. Jackson se prit immédiatement de sympathie pour elle.

« Vous avez eu de la chance de me trouver, dit-elle en tirant une longue bouffée sur sa Marlborough, je ne suis ici que pour une quinzaine de jours, pour voir maman, elle ne tient plus sur ses cannes, j'essaie de la convaincre de déménager en Espagne. »

Stan Jessop s'était fait tirer l'oreille pour donner à Jackson le numéro de portable de son ex-femme, il se plaignait de ne quasiment jamais voir sa fille, Nina, parce que la « garce » l'avait mise dans une pension quaker à York et Jackson de se dire à part lui qu'une pension quaker à York semblait la porte à côté comparée à une école néo-zélandaise, quelle qu'en fût la confession.

Kim Strachan et sa famille passaient des « vacances à la ferme » quelque part aux environs. « Un élevage de moutons, dit-elle, ça fait un sacré raffut, les moutons. Le silence des agneaux, mon cul. » Sa « famille » semblait comprendre non seulement Nina et la mère qui ne tenait plus sur ses cannes, mais aussi « Vladimir » et un nombre variable de ses « associés » dont l'un servait de chauffeur à Kim et était présentement en train de siroter un Fanta deux tables plus loin : il dévisageait tous ceux qui passaient à proximité comme s'il s'agissait d'assassins en puissance.

« Oh, c'est un nounours au fond », dit Kim en riant. Elle avait fait un sacré bout de chemin depuis l'époque où elle partageait la petite maison jumelée des années 30 avec Stan Jessop.

Il s'avéra que Kim avait quitté Stan la semaine précédant le meurtre de Laura Wyre : elle s'était déjà « mise en ménage » avec George Strachan et trônait derrière le comptoir d'un pub anglais expatrié à Alicante lorsque Laura avait été assassinée. Kim n'avait jamais remis les pieds à Cambridge, elle était même restée deux ans sans adresser la parole à Stan après son départ, « parce que c'est un sacré branleur », de sorte que lorsque Jackson lui avait téléphoné et dit qu'il enquêtait « sur certains aspects de la mort de Laura Wyre », elle s'était exclamée « Putain. Laura Wyre est morte ? Comment ? » Jackson avait senti son cœur se serrer car parler d'une fille morte depuis dix ans est une chose, mais annoncer sa mort en est une autre. « Elle n'a que vingt-huit ans », avait dit Kim.

Jackson avait soupiré en pensant, non, elle n'en avait que dix-huit et dit « En fait, elle est morte il y a dix ans. Elle a été assassinée, j'en ai peur ». Il y avait eu un silence à l'autre bout de la ligne que seuls étaient venus troubler des bruits confus et hargneux de conversation en russe. Jackson se souvint d'Emma Drake expliquant que c'était pire d'apprendre la nouvelle de la mort de Laura quand, pour les autres, c'était déjà de « l'histoire ancienne ». Tout le monde était, semblait-il, à l'étranger quand Laura était morte.

« Assassinée ? »

« Je suis vraiment, vraiment navrée, dit Kim en repêchant la rondelle de citron dans son gin pour la mettre dans le cendrier.

— On n'a jamais découvert l'assassin, fit Jackson, Laura n'était peut-être même pas la personne visée. » Jackson lança un regard indécis à Marlee. On aurait pu croire qu'il parlait d'un épisode de *La Loi et l'Ordre* ou des *Experts*[1]

---

1. Série télévisée qui décrit le quotidien de l'équipe de nuit de la police scientifique de Las Vegas. (*N.d.T.*)

plutôt que de la vraie vie. Il l'espérait, il espérait que Marlee ne regardait pas *La Loi et l'Ordre* ni *Les Experts*, mais *Blue Peter* et des rediffusions de *La Petite Maison dans la prairie*. Il avait parlé de Laura à Marlee : elle avait été tuée par « un méchant » parce que « parfois il arrive des choses terribles aux gens bien », et Marlee avait froncé les sourcils et dit « Theo a dit qu'elle s'appelait Jennifer », et Jackson « C'est son autre fille ». Quel effet ça faisait à Jennifer d'être toujours l'autre fille, celle à qui on prêtait moins d'attention qu'à sa sœur morte ?

« Laura était une chic fille, dit Kim Strachan. Elle m'a regardée de haut au début, mais ça, ça venait de son milieu social. On ne peut pas en tenir rigueur à quelqu'un. Ouais, si, on peut, mais pas à Laura. Elle avait bon cœur.

— J'explore juste quelques pistes, les gens qui n'ont pas été interrogés à l'époque, dit Jackson. Je travaille pour son père.

— Un gros type ?

— Ouais, c'est ça.

— Theo, fit Marlee. Il est sympa.

— Oui, c'est vrai », acquiesça Jackson qui regarda Marlee et proposa « Tu ne veux pas aller t'acheter un paquet de chips, ma chérie ? » Il fouilla dans sa poche pour trouver de la monnaie mais Kim Strachan avait déjà ouvert son porte-monnaie et en sortit un billet de cinq livres qu'elle donna à Marlee en disant « Tiens, ma puce, achète-toi ce que tu veux. Quelle bande de connards ces British, ils peuvent pas se mettre à l'euro comme tout le monde ? »

Kim Strachan alluma une autre cigarette, secoua son paquet pour en offrir une à Jackson et quand il refusa dit « Bon sang de bois, vous en crevez d'envie, mon gars, ça se voit comme le nez au milieu de la figure ».

Jackson prit une cigarette. « J'ai arrêté pendant quinze ans, dit-il.

— Qu'est-ce qui vous a fait repiquer ? »

Jackson haussa les épaules. « Un anniversaire.

— Important alors ? » fit Kim Stachan.

Jackson eut un rire étranglé. « Non, un trente-troisième anniversaire, ça ne veut pas dire grand-chose, hein ? Trente-trois ans depuis que ma sœur est morte.

— Je suis désolée.

— Ça devait faire un de trop. Elle aurait eu cinquante ans cette année. Cette semaine. Demain pour être plus précis.

— Ben, vous voyez », dit Kim Strachan, comme si tout s'expliquait. Elle lui alluma sa cigarette avec un lourd briquet en or gravé d'une inscription en caractères cyrilliques.

« Laissez-moi deviner, fit Jackson, Bons baisers de Russie ? »

Kim Strachan rit et dit : « Beaucoup plus cochon que ça.

— Vous n'avez pas idée de qui aurait pu vouloir tuer Laura ? lui demanda Jackson, n'importe quelle idée, même tirée par les cheveux.

— Comme je vous ai dit, c'était une gentille fille de la bourgeoisie, elles n'ont en général pas beaucoup d'ennemis. »

Jackson sortit la photo du pull de golf jaune et la lui tendit. Elle l'examina avec soin. Puis son visage se décomposa. « Putain, fit-elle.

— Vous le reconnaissez ? » demanda Jackson.

Kim vida le reste de son gin et aspira une longue bouffée avant d'écraser sa cigarette. Elle avait les larmes aux yeux mais sa voix frémissait de colère « J'aurais dû m'en douter, dit-elle, putain, j'aurais dû me douter que c'était lui ».

Ils poussèrent jusqu'à Bamburgh et il emmena Marlee faire une longue promenade sur la plage. Il garda ses souliers et ses chaussettes (comme un vieil homme, comme son père), mais Marlee roula son pantalon corsaire en vichy et courut jouer dans les vagues. Ils ne prirent pas la peine d'aller voir la forteresse, bien qu'elle eût, croyait-il, un lien avec Harry Potter, ce qui avait émoustillé Marlee au départ. Jackson avait tendance à fermer l'oreille à ses papotages incessants sur le sujet (il avait eu personnellement une enfance sans sorciers et les charmes de Harry Potter lui échappaient), de la même façon qu'il fermait l'oreille à Christina et Justin ainsi qu'aux groupes de clones pubescents qu'elle avait emportés et exigeait d'écouter entre deux CD de musique country.

Elle préféra jouer avec le portable qu'il lui avait acheté. Il était d'un rose poupée Barbie et elle passa tout son temps à envoyer des SMS à ses amis. Il se demandait ce qu'ils pouvaient bien avoir à se dire. Au lieu d'aller visiter la forteresse, ils mangèrent un fish and chips au goût de vinaigre en regardant la mer, assis à l'avant de la voiture (comme des retraités) et Marlee dit « C'est trop top, papa », et Jackson « Hein ça ? ».

Il aurait dû avoir Marlee pendant les deux dernières semaines des vacances scolaires, mais Josie lui avait téléphoné et dit : « Écoute, des amis de David nous ont proposé un gîte rural en Ardèche pour une semaine et on s'est dit que ce serait bien de pouvoir y aller seuls tous les deux.

— Pour pouvoir baiser sans être gênés par la présence de votre enfant ? » avait dit Jackson, et Josie lui avait raccroché au nez. Il leur fallut deux autres coups de fil avant de parvenir à avoir un échange à peu près civilisé sur le sujet. Naturellement, David avait une tête à avoir « des amis qui ont un gîte rural en Ardèche ». D'ailleurs tête d'anchois ne rimait-il pas avec gîte ardéchois ?

Jackson secoua les miettes de leur fish and chips pour les mouettes, recréa instantanément la fameuse scène des *Oiseaux* de Hitchcock, et démarra en trombe avant qu'elles ne salopent la Punto.

« On rentre à la maison ? » Marlee léchait une glace qui fondait trop vite et dégoulinait sur la banquette de la Punto. Une voiture de location avait, tout compte fait, certains avantages.

« Papa ?
— Quoi ?
— J'ai demandé : est-ce qu'on rentre à la maison ?
— Oui. Non.
— Lequel, papa ? »

Il trouva un Bed and Breakfast qui n'avait pas l'air fameux, mais qui paraissait être ce que sa ville natale avait de mieux à leur offrir. Il arborait à la fenêtre un « Chambres libres » en néon rouge qui lui donna l'impression de descendre dans un claque. Plus longue que prévu, la route leur avait fait traverser une série de friches industrielles déprimantes en comparaison desquelles Cambridge semblait positivement paradisiaque. « N'oublie jamais que c'est ce que Margaret Thatcher a fait à ton pays », déclara Jackson à Marlee, et elle dit « D'accord, promis » et ouvrit un tube de Smarties. Les cinq livres de Kim Strachan avaient trouvé leur plein emploi à la dernière station Shell où ils s'étaient arrêtés.

Le B & B était dirigé par une femme au visage chafouin du nom de Mrs Brind qui regarda Marlee d'un air dubitatif avant de toiser Jackson et de l'informer qu'il ne lui restait plus de « lits jumeaux, seulement des grands lits ». Jackson s'attendait peu ou prou qu'elle appelle la Brigade des mœurs à la minute où il pénétra dans la pièce lugubre dont le papier peint et les rideaux étaient imprégnés d'années de nicotine. Une vraie cure de déconditionnement au tabac. C'était promis, il arrêtait de fumer. Demain. Ou après-demain.

Le lendemain matin, Mrs Brind examina Marlee pour déceler des signes de détresse ou de sévices, mais cette dernière avala joyeusement un bol de Frosties, céréales bannies de chez David Lastingham où l'on prônait le muesli. Marlee fit suivre ses Frosties d'un œuf sur le plat graillonnant accompagné d'une tranche de lard maigre recuite et d'une saucisse à l'air obscène. Jackson s'imagina en France : il se levait et allait sans se presser acheter une baguette encore chaude à la boulangerie du village, préparait un pot de café fraîchement moulu. Pour l'instant, il devait se contenter d'une tasse de café instantané âcre et de deux Nurofen. Il ne savait pas ce qui lui faisait le plus mal, de sa dent, de sa tête, ou du coup de poing que David Lastingham lui avait, contre toute attente, flanqué. « Vous ne devriez pas prendre ça sur un estomac vide », dit tout à trac Mrs Brind en poussant vers lui une assiette de toasts.

Ils regagnèrent la Punto et traversèrent la ville sous la pluie. Jackson avait les tripes de plus en plus nouées, et le temps épouvantable et le café acide n'y étaient pour rien.

« Ça va, ma chérie ?

— Oui, papa. »

Il s'arrêta à une pompe à essence et fit le plein, humant

l'odeur réconfortante du carburant. Des seaux de fleurs étaient alignés devant le magasin de la station mais il n'y avait pas grand choix. De grosses marguerites roses à l'air artificiel, quelques dahlias de couleurs vives et une ribambelle d'œillets. Il se souvint du cri du cœur d'une des clientes de Theo : *Il m'achète des œillets, des saloperies d'œillets, toute femme qui se respecte les a en horreur, pourquoi il est pas au courant ?* Jackson fit signe à Marlee de venir et lui demanda de choisir et, sans l'ombre d'une hésitation, elle jeta son dévolu sur les dahlias. Les dahlias évoquaient toujours à Jackson les jardins ouvriers où son père passait le plus clair de ses loisirs. La mère de Jackson disait que la resserre était mieux équipée que leur maison. Ils avaient dépassé les jardins ouvriers de deux rues, et s'ils prenaient la prochaine à gauche au carrefour, ils arriveraient dans la rue où Jackson avait vécu de neuf à seize ans, mais ils ne tournèrent pas à gauche et Jackson n'en parla pas à Marlee.

Cela faisait dix ans que Jackson n'avait pas mis les pieds dans le cimetière mais il savait exactement où aller : le plan était gravé en lettres de feu dans sa mémoire. Il y avait eu une époque où il venait presque chaque jour, au temps lointain où les morts étaient les seuls à l'aimer. « C'est ici que ma mère est enterrée », dit-il à Marlee. « Ma mamie ? » fit-elle, et il répondit « Oui, ta mamie ». Elle se tint respectueusement devant la pierre tombale qui semblait plus dégradée par les intempéries qu'elle n'aurait dû l'être au bout de trente-trois ans et il se demanda si son père avait commandé du grès bon marché pour la tombe de sa femme. Jackson ne ressentit pas grand-chose en la voyant. Il eut du mal à faire surgir quelques souvenirs. Ils s'éloignèrent et Marlee s'inquiéta, il n'avait pas laissé les fleurs sur la tombe, et Jackson dit « Elles ne sont pas pour elle, ma chérie ».

20

INNOCENTES

Jackson ne s'était pas posé beaucoup de questions avant que sa mère ne commence à mourir. C'était un garçon et il faisait ce que font les garçons. Il appartenait à une bande qui avait son repaire dans un entrepôt désaffecté, ils jouaient sur les berges du canal, ils piquaient des bonbons au Woolworth's, roulaient en bicyclette dans la campagne, traversaient la rivière au bout d'une corde accrochée à une branche, dévalaient les collines, soudoyaient les garçons plus âgés pour avoir des cigarettes, fumaient et buvaient du cidre à s'en rendre malades, dans leur repaire ou au cimetière municipal, où ils s'introduisaient, de nuit, par un trou dans le mur connu d'eux seuls et d'une meute de chiens sauvages. Il faisait des choses qui auraient horrifié sa mère (et probablement son père), mais avec le recul, ça semblait être une enfance saine et innocente.

Il était le petit dernier. Sa sœur Niamh avait seize ans et son frère Francis, dix-huit ans, venait de finir son apprentissage de soudeur aux Charbonnages. Leur père avait beau répéter sans cesse à ses deux fils de ne pas marcher sur ses traces, il était difficile de ne pas descendre au fond de la mine quand c'était la seule industrie de la ville. Jackson n'avait jamais réfléchi à son avenir mais ne voyait rien à redire au métier de mineur – la camaraderie, les beuveries, c'était comme faire partie d'une bande d'adultes, au fond –, mais son père disait que c'était un boulot dont pas même un chien ne voudrait et c'était un homme qui détestait les chiens. Tout le monde votait travailliste, les hommes comme les femmes, mais ils n'étaient pas socialistes, ils crevaient d'envie de « goûter aux fruits du capitalisme », c'est ce que disait son père, qui, lui, était socialiste, la variété écossaise, amère et rancunière : il rejetait la responsabilité de tout ce qui n'allait pas dans sa vie sur quelqu'un d'autre et particulièrement sur les « patrons capitalistes ».

Jackson n'avait pas la moindre idée de ce qu'était le capitalisme et aucune envie de le savoir. Francis disait que ça voulait dire conduire une Ford Consul et acheter une machine à laver à deux tambours à sa mère et Jackson était le seul à savoir que lorsque Francis avait inauguré le vote à dix-huit ans, l'année précédente, il avait mis une croix à côté du nom du candidat conservateur, bien qu'il n'eût pas « la queue d'une chance ». Leur père aurait renié (et peut-être tué) Francis parce que les Conservateurs voulaient balayer les mineurs de la surface de la terre et Francis disait : on s'en fout, car il avait l'intention d'économiser en vue de traverser les États-Unis en Cadillac jusqu'à l'autoroute du Pacifique, d'une seule traite, mis à part un arrêt aux portes de Graceland pour rendre un bref hommage à Elvis. Leur mère était morte dans la semaine qui avait suivi les élections : la politique avait donc été absente de leurs esprits pendant un moment, sauf de celui de son père qui avait trouvé le moyen de rendre le gouvernement responsable du cancer qui avait rongé Fidelma et l'avait réduite à n'être plus qu'une écorce rabougrie et jaunie agonisant sous perfusion de morphine à l'hôpital général de Wakefield.

Leur père était bel homme mais leur mère était une grosse femme quelconque qui donnait toujours l'impression de revenir de traire les vaches ou de couper de la tourbe. Leur père avait coutume de dire « On peut sortir la bonne femme du comté de Mayo, mais on peut pas sortir le comté de Mayo de la bonne femme ». Il le disait pour plaisanter mais personne ne trouva jamais la remarque amusante. Il n'achetait jamais de fleurs à sa femme, ne l'emmenait jamais au restaurant, mais il faut dire qu'aucun mari ne le faisait et, si Fidelma se sentit mal traitée, ce n'était guère plus que les autres femmes de sa connaissance. Niamh attendait autre chose de la vie. Elle quitta l'école à quinze ans et suivit une formation de sténodactylo couronnée par un diplôme et une boîte de chocolats offerts par son professeur pour avoir été la première de sa classe. Tous les jours désormais, elle prenait l'autocar pour se rendre à Wakefield où elle était « secrétaire particulière » chez un concessionnaire automobiles. Elle remettait un tiers de ses six livres hebdomadaires à sa mère, en plaçait un autre tiers sur un compte épargne et dépensait le reste pour s'habiller. Elle aimait les vêtements qui lui donnaient le look de l'emploi, jupes entravées et cardigans en angora, twin-sets en lambswool et jupes plissées, le tout porté avec des bas de quinze deniers et des escarpins noirs à talon de plus de sept centimètres de haut, de sorte qu'à seize ans déjà elle avait l'air étrangement démodé. Pour compléter le tout, elle portait un chignon soigneusement tressé et s'acheta un rang de fausses perles avec des boucles d'oreilles assorties. Pour l'hiver, elle investit dans un bon manteau de tweed à chevrons à demi-ceinture boutonnée et, l'été venu, s'acheta un imper ceinturé en épaisse gabardine crème qui, lui déclara son père, lui donnait l'air d'une vedette de cinéma française. N'ayant jamais vu de film français, Jackson ignorait si c'était vrai. Heureusement pour elle, Niamh n'avait hérité aucun des gènes paysans de sa mère et c'était, de l'aveu général, une « fille adorable » à tous points de vue.

Elle prit la mort de Fidelma plus mal que tout le monde. Pas tant sa mort que le temps qu'elle mit à mourir, si bien que lorsque leur mère finit par rendre son dernier et faible soupir, ce fut un soulagement pour tout le monde. Niamh faisait alors toute la cuisine et tout le ménage en plus des trajets quotidiens pour se rendre à Wakefield dans ses beaux habits. Un jour, quelques semaines avant la mort de leur mère, elle était entrée dans la chambre que Jackson partageait avec Francis – Francis était en ville comme d'habitude – et elle s'était assise sur le vieux lit étroit qui était visiblement en trop dans la pièce, et avait dit « Jackson, je ne peux pas continuer comme ça ». Jackson était en train de lire un illustré et de se demander si Francis avait des cigarettes planquées quelque part et ne sut que penser de la bouche tremblante de sa sœur et de ses grands yeux noirs noyés de larmes. « Il faut que tu m'aides, dit-elle, promis ? », et il dit

« D'accord » sans avoir la moindre idée de ce à quoi il s'engageait. Et c'est ainsi que tous ses moments de loisir furent réquisitionnés à passer l'aspirateur, épousseter, éplucher les pommes de terre, aller chercher du charbon, étendre les draps, faire les courses à la Coop, à telle enseigne que ses copains riaient comme des bossus et disaient qu'il était devenu une gonzesse. Jackson était déjà au lycée, il savait que sa vie était en train de changer et s'il lui fallait choisir entre sa sœur et une bande de débiles, il choisirait sa sœur bien qu'il eût préféré être avec les débiles, parce qu'on a beau dire, les liens du sang passent en premier. Ce n'était même pas une chose qu'on apprenait, c'était une simple réalité. De toute façon, Niamh lui filait dix livres par semaine.

C'était une journée comme les autres. On était en janvier, quelques mois après la mort de Fidelma et une semaine après le douzième anniversaire de Jackson. Francis lui avait offert un vélo d'occasion qu'il avait si bien retapé qu'il était comme neuf. Son père lui avait donné cinq livres et Niamh une montre, une montre d'adulte avec un bracelet articulé qui pesait lourd à son poignet. C'étaient de beaux cadeaux : ils devaient essayer de compenser le fait qu'il n'avait plus de mère.

Leur père travaillait dans l'équipe de nuit et rentra au moment où ils étaient tous en train d'avaler ce qui leur tenait lieu de petit déjeuner avant de se hâter vers la journée qui les attendait. À cette époque de l'année, il faisait noir quand ils quittaient la maison et noir quand ils revenaient, et ce jour-là, il semblait faire encore plus noir que d'habitude à cause de la pluie, une pluie froide, humide, hivernale qui vous donnait envie de pleurer. Francis avait la gueule de bois et était d'une humeur massacrante mais il proposa de déposer Niamh à son arrêt de car. Niamh embrassa Jackson, même s'il essaya de se dérober. Fidelma l'embrassait toujours avant qu'il parte pour l'école et Niamh avait repris le flambeau. Jackson aurait préféré qu'elle s'en dispense car elle laissait toujours la marque de son rouge à lèvres sur sa joue et les autres garçons se moquaient de lui quand il n'arrivait pas à l'essuyer complètement.

Jackson partit pour l'école sur son vélo flambant neuf et était si trempé en arrivant qu'il laissa des flaques d'eau derrière lui tout au long du couloir qui menait à sa classe.

De retour à la maison, Jackson fourra une lessive dans la machine à deux tambours que sa mère n'avait pas eu le temps d'apprécier, puis il éplucha des pommes de terre, émiça des oignons, et sortit le paquet mou de viande hachée à l'odeur de mort du frigo où son frère Francis, maintenant que sa mère n'était plus là pour l'en empêcher, gardait ses asticots pour la pêche dans une boîte Tupperware. Ça n'aurait pas autant gêné Jackson de cuisiner si ça l'avait dispensé de faire ses devoirs mais Niamh était tous les soirs derrière son dos pour le surveiller et lui mettait une calotte sur l'oreille à la moindre erreur.

Une fois sa tâche terminée, Jackson monta sans bruit dans sa chambre, parce qu'il ne voulait pas réveiller son père pour toutes sortes de raisons, mais surtout parce qu'il avait l'intention de faucher une clope à Francis dans une planque qu'il avait découverte dans son armoire. Il dut ouvrir la fenêtre pour fumer afin que Francis ne sente pas l'odeur quand il rentrerait et le vent lui souffla dans la figure : il était à moitié transi et sa cigarette trop détrempée pour être fumée. Il la mit sous son oreiller dans l'espoir qu'elle sécherait pendant la nuit.

Si Francis rentrait avant Niamh et s'il faisait mauvais, il allait d'ordinaire la chercher à son arrêt d'autocar, mais aujourd'hui, en dépit de la pluie battante, il s'affala sur une chaise devant le feu, dans son bleu de travail, et s'alluma une cigarette. Il sentait le métal et le charbon et avait l'air encore plus mal luné et irascible que le matin. Il avait fait la bringue la veille et Jackson lui dit « Tu ne devrais pas boire autant », et Francis lui répondit « Depuis quand tu t'es transformé en une putain de gonzesse, Jackson ? »

« Elle aura raté son car », dit leur père. Le couvert était mis et ils hésitèrent un instant pour savoir s'ils devaient commencer sans elle mais Jackson dit « Je vais mettre son assiette dans le four ». Bien sûr Niamh ne ratait jamais son car, mais comme disait son père « Il faut un début à tout », et Francis ajouta « Elle est grande, putain, elle peut faire ce qu'elle veut ». Francis surveillait beaucoup moins son langage depuis la mort de Fidelma.

La viande hachée et les pommes de terre de Niamh étaient toutes desséchées. Jackson sortit son assiette du four et la posa à sa place comme si ça pouvait la faire revenir plus vite. Leur père était parti au travail, il travaillait de nuit depuis la disparition de Fidelma, Niamh disait que c'était parce qu'il ne voulait pas dormir seul et Francis « C'est pourtant ce qu'il fait », et Niamh « C'est pas pareil de dormir seul dans la journée et de dormir seul la nuit ». Francis était allé attendre Niamh au car suivant. « Elle sera allée prendre un verre avec des amis », avait-il dit à Jackson, et Jackson « Ouais, sans doute », même si Niamh ne sortait jamais que le vendredi ou le samedi. Quand Francis rentra, il était trempé jusqu'aux os rien que d'avoir couru de la voiture à la maison. Il n'était que sept heures et demie et ils se sentaient tous les deux bêtes de se faire du mauvais sang. Ils regardèrent *Coronation Street*[1] que tous deux détestaient, pour pouvoir raconter l'épisode à Niamh quand elle rentrerait.

À dix heures, Francis déclara qu'il allait « faire un tour » pour voir s'il l'apercevait, comme s'il était possible que Niamh erre dans les rues sous la pluie diluvienne. Jackson l'accompagna car l'attente le rendait fou. Ils guettèrent l'arrivée du dernier autocar. Francis offrit une cigarette à Jackson et l'alluma avec son nouveau briquet, cadeau d'une petite amie. Francis en avait un tas. Quand les phares jaune vif du car luirent à travers la pluie, Jackson était intimement persuadé que Niamh était dedans, il n'en doutait pas une seule seconde, et quand Niamh n'en descendit pas, il bondit de la voiture et courut derrière le car, convaincu qu'elle s'était endormie et avait raté son arrêt. Il rebroussa chemin, la tête rentrée dans les épaules pour se protéger en vain de la pluie. Il aperçut le visage blême de Francis entre

---

1. Série télévisée culte diffusée depuis 1960 et qui raconte la vie des habitants d'une rue située dans un quartier fictif de Manchester. (*N.d.T.*)

les essuie-glace de la Ford Consul qui balayaient sans relâche le pare-brise pour chasser les cataractes.

« Vaut mieux aller à la police », dit Francis quand Jackson remonta dans la voiture.

Quarante-huit heures plus tard, on sortit son corps du canal. Elle portait encore sa jupe qui lui arrivait aux genoux, en laine bouclette verte, qu'elle s'était achetée avec l'argent que son père lui avait donné pour Noël. On retrouva son parapluie pas loin de l'arrêt. Ses souliers et une partie de ses vêtements, y compris son beau manteau de tweed à chevrons, furent récupérés sur une berge du canal et son sac à main fut découvert une semaine plus tard sur le bas-côté de l'A636. On ne remit jamais la main sur son corsage ni sur le petit crucifix en or que sa mère lui avait acheté pour sa communion solennelle. La police pensait que la chaîne avait dû se casser ou que l'assassin l'avait emportée en « souvenir ». Le seul souvenir que Jackson avait de Niamh était la petite poterie porte-bonheur qu'elle lui avait rapportée de Scarborough, deux ans plus tôt. Elle portait l'inscription « Scarborough vous souhaite bonne chance » peinte sur le côté.

Ce qu'on savait, c'était que Niamh avait pris son car pour rentrer chez elle, comme elle le faisait tous les jours, et qu'elle était descendue à l'arrêt habituel, puis qu'au cours du trajet de dix minutes qui la séparait de la maison, quelqu'un avait dû la persuader (ou la forcer) de monter dans sa voiture, l'emmener jusqu'au canal où il l'avait violée puis étranglée, bien que pas nécessairement dans cet ordre. Jackson s'installa dans la chambre de Niamh le soir même et n'en bougea plus jusqu'à son départ pour l'armée. Il ne changea pas les draps du lit pendant deux mois : il était convaincu de sentir encore l'eau de Cologne à la violette dont Niamh aimait asperger ses draps quand elle les repassait. Longtemps il garda la tasse à thé dans laquelle elle avait bu le matin du dernier jour. Elle se plaignait toujours que personne ne fasse la vaisselle du petit déjeuner. La tasse avait gardé l'empreinte rose de sa bouche, comme un fantôme de baiser, et Jackson la chérit comme un trésor pendant des semaines jusqu'au jour où Francis l'aperçut et la balança par la fenêtre et où elle se fracassa sur le ciment de l'arrière-cour. Jackson savait que Francis se sentait coupable de ne pas être allé la chercher à son arrêt. Dans un sombre recoin de lui-même, Jackson trouvait cette culpabilité justifiée. Après tout, s'il était allé la chercher, elle ne serait pas couchée sous six pieds de terre lourde et humide. Elle serait chair vivante et chaude, elle se plaindrait que personne ne faisait la vaisselle, elle partirait travailler par les tristes matins d'hiver et sa bouche rose continuerait à parler, à rire, à manger et à embrasser la joue récalcitrante de Jackson.

Un jour, six mois après l'enterrement, il pleuvait, une pluie de mousson estivale, et Francis dit « Grimpe donc, fieu ». Il se gara devant le lycée, prit un paquet de cigarettes dans la boîte à gants et l'offrit à Jackson. Surpris, Jackson dit « Merci » et ouvrit la portière, mais Francis le retint pour lui donner dans l'épaule une bourrade qui le fit hurler de douleur et dit « J'aurais dû aller la chercher, hein ? », et Jackson fit « Oui », ce qui avec le recul n'était pas la bonne réponse à faire. « Tu sais que je t'aime, môme, hein ? » reprit Francis, et Jackson dit « Oui », gêné pour Francis qui n'employait jamais des mots pareils. Puis Jackson fila parce qu'il était en retard et qu'il entendait la cloche sonner. En plein cours de maths, le plus barbant de sa vie de lycéen, Jackson se souvint que c'était l'anniversaire de Niamh et l'idée lui fit un tel coup qu'il bondit de sa chaise. Le prof de maths dit « Où allez-vous, Brodie ? », et Jackson se rassit et bredouilla « Nulle part, monsieur » parce qu'elle était morte, qu'elle ne reviendrait plus et qu'elle n'aurait jamais dix-sept ans.

De retour à la maison, il eut le sentiment que quelque chose manquait, mais ce n'est qu'après avoir enlevé son uniforme et s'être préparé un sandwich qu'il entra dans le salon pour regarder la télé et trouva le corps de Francis pendu au faux lustre de Venise qui avait fait autrefois la joie et l'orgueil de Fidelma.

L'assassin de sa sœur ne fut jamais retrouvé.

21

JACKSON

Ils s'arrêtèrent à l'église catholique et Jackson alluma deux cierges, un pour son frère, un pour sa sœur. Marlee demanda à en allumer un pour Fidelma. *Passio Christi, conforta me.* Les deux sœurs de Fidelma étaient mortes elles aussi d'un cancer – Jackson pria pour que Marlee n'ait pas hérité du gène. Comme le père de Jackson était fils unique, Marlee était la seule parente par le sang qui lui restait au monde. Il semblait peu probable que Jackson ait d'autres enfants. C'était donc tout : une fille en jean rose et en tee-shirt proclamant « *Tant de garçons, si peu de temps* ». Arrivait-il à ceux qui concevaient ces tee-shirts, à ceux qui *fabriquaient* ces tee-shirts en taille « huit-dix ans » de s'arrêter pour se dire que ce qu'ils faisaient était peut-être immoral ? Naturellement, ceux qui fabriquaient ces tee-shirts avaient probablement eux-mêmes « huit-dix ans » et trimaient dans une usine à sueur quelque part aux Philippines.

« Papa ?

— Ouaips ?

— On peut allumer un cierge pour mon hamster ?

— Tu devrais acheter un tee-shirt "Tant de hamsters, si peu de temps", dit Jackson.

— C'est pas drôle. On rentre à la maison ?

— Non. Nous allons faire un petit détour. Je dois aller voir une femme du nom de Marian Foster.

— Pourquoi ?

— Parce que. »

Ils étaient sur la bretelle de contournement quand Jackson s'aperçut que quelque chose clochait. Il se sentait bien – assommé, meurtri, endolori et courbatu, mais bien – puis, subitement, il eut le sentiment de battre tous les records de température. Quelques secondes plus tard, il vit le monde comme il imaginait qu'une mouche l'aurait vu, et se rendit compte qu'il était en train de perdre connaissance. Il mobilisa ses dernières miettes d'énergie pour s'arrêter sur l'accotement stabilisé, après ça... plus rien.

Il se réveilla à l'hôpital et trouva Howell à son chevet.
« Qu'est-ce que tu fabriques ici ? dit Jackson qui ne reconnut pas sa propre voix.
— Je suis ton plus proche parent, apparemment.
— Ah, ouais, dit faiblement Jackson, Josie ne voulait plus du job. »
Howell eut un grand sourire : « J'ai toujours su que tu avais du sang noir, Jackson. Mais, dis donc, t'étais pas le genre à te balader avec une carte de donneur d'organe.
— Eh ben, faut croire que je le suis devenu, fit Jackson en se débattant pour se mettre dans la position assise, quelqu'un essaie de me tuer, Howell. »
Howell parut trouver la remarque d'une drôlerie irrésistible. Quand il arrêta de rire, il dit : « Sois pas si parano, Jackson, tu as un empoisonnement du sang. Tu avais apparemment une dent que tu aurais dû faire soigner. »
Jackson se mit soudain à paniquer, où avait-il donc la tête ? « Où est-elle, où est Marlee ? Elle va bien ?
— Très bien, pas de panique.
— Mais où est-elle, Howell ?
— Dans un élevage de moutons », fit Howell.

Jackson ignorait pourquoi Marlee avait donné à la police le numéro de Kim Strachan – elle avait dû consulter le répertoire de son portable et se dire que Kim était digne de confiance. Peut-être parce que Kim lui avait donné cinq livres (c'était tout à fait le genre de Marlee). Était-ce Marlee qui avait appelé la police et l'ambulance ? Le premier coup de fil sur son portable rose Barbie avait-il été passé aux urgences ? Et s'il n'avait pas réussi à arrêter la voiture ? Ou si un semi-remorque leur était rentré dedans pendant qu'ils étaient coincés sur l'accotement stabilisé ? Il supposait que sa fille était en lieu sûr : dans un élevage de moutons, au milieu de nulle part, entourée de gangsters russes.

« Je suis ici depuis combien de temps ? demanda-t-il à Howell.

— Trois jours.

— Trois jours ? Putain, Josie rentre demain. Il faut que je ramène Marlee à Cambridge.

— Je ne savais pas que c'était Josie qui portait la culotte, Jackson. »

Jackson ignora délibérément la remarque. « Josie emmène Marlee en Nouvelle-Zélande.

— Enfin, ce n'est que pour un an, dit Howell, ça passe vite, un an.

— Non, c'est pour toujours, fit Jackson.

— Non, c'est faux, insista Howell, c'est seulement pour une année, demande à Marlee. »

« Putain de garce, cria Jackson, ton branleur de mec ne part que pour un échange d'un an en Nouvelle-Zélande et tu as prétendu que vous partiez pour toujours ! » Josie dit quelque chose qu'il n'entendit pas à l'autre bout du fil, sa voix avait le timbre de gorge nonchalant qu'elle avait toujours après un orgasme. Si elle n'avait pas été en Ardèche et s'il ne s'était pas trouvé à l'hôpital, quelque part au sud de Doncaster, il l'aurait à tous les coups tuée. Il était assis sur un banc devant l'hôpital, toujours relié à son goutte-à-goutte. Un tas de gens lui jetaient de drôles de regards ct il baissa un tantinet la voix.

« Pourquoi, Josie ? Pourquoi me mentir comme ça ?

— Parce que tu avais pété les plombs, Jackson. C'est fini, nous deux. Oublie-moi. »

Jackson avait envie d'une cigarette, salement envie. Sa langue trouva le trou de sa dent arrachée par le dentiste des urgences pendant qu'il était béatement inconscient. Sharon ne serait pas contente quand elle découvrirait qu'on l'avait privée du plaisir de le torturer. Il s'aperçut dans la vitre de l'hôpital : il avait l'air d'un de ces blessés qu'on voit déambuler dans les documentaires de guerre.

Il pianota un autre numéro sur son portable. « Theo ?

— Jackson ! » Theo avait presque l'air heureux. « Où êtes-vous ?

— À l'hôpital.

— Encore ?

— Ouais, encore. »

Jackson quitta l'hôpital contre l'avis des médecins, qui ne se laissèrent amadouer que lorsque Howell promit de conduire Jackson dans le Northumberland pour récupérer Marlee puis de le ramener chez lui à Cambridge.

« Putain, Jackson, fit Howell en installant sa large carcasse derrière le volant de la Punto, qu'est-ce qui s'est passé, regarde-moi cette caisse, t'es devenu une vraie meuf ou quoi ?

— Il pourrait m'arriver pire, dit Jackson. Je peux conduire si tu veux ?

— Non, t'es pas en état. » Howell fouilla dans les CD de Jackson. « Tu écoutes toujours cette merde, Jackson ?

— Oui. »

Howell balança Trisha, Lucinda, Emmylou et le reste des femmes qui avaient beaucoup souffert sur la banquette arrière et mit un des CD de Marlee. Lorsqu'il eut écouté trois fois Christina Aguilera, ils étaient sur l'A1 et quasiment en rase campagne.

« Personne ne t'oblige à faire ça, dit Jackson.

— Si, je suis ton ami. De toute façon un break ne me ferait pas de mal, un peu de culture, la ville aux flèches de rêve et tout le toutim.

— Je crois que c'est Oxford.

— C'est du pareil au même, dit Howell. Qui essaie de te buter ?

— Un type dans une Lexus or métallisé.

— Ce serait donc celui qui nous suit ? fit Howell en jetant un coup d'œil dans son rétroviseur. »

Jackson essaya de se retourner mais son cou ne pivotait plus vraiment. Howell lut le numéro de la plaque d'immatriculation à voix haute.

« Ouais, c'est bien lui. » Jackson sortit son portable et dit

« Ne quitte pas la grand-route », à l'instant précis où Howell braquait brusquement à gauche.

« Pourquoi pas ? dit Howell, on va emmener la Lexus dans un endroit tranquille, une jolie petite route de campagne, et on va s'occuper de lui.

— S'occuper de lui ? fit Jackson. Comment ? En le descendant ?

— Euh, je n'avais pas en vue quelque chose d'aussi radical, mais si tu en as envie, ouais, pourquoi pas ? dit Howell.

— Non, je n'en ai pas la moindre envie. Je veux que tout soit fait dans les règles. Je vais appeler la police. Ce type a un mandat d'arrêt aux fesses.

— T'es vraiment un flic, Jackson.

— Ouais, je sais. Je suis un flic, je suis devenu une vraie meuf, les femmes me mènent par le bout du nez et je me balade avec une carte de donneur d'organe, c'est la cinquantaine qui approche. »

La Lexus leur collait aux fesses. Jackson régla le rétroviseur pour pouvoir apercevoir Quintus. Sa face de lune de snobinard était apoplectique. Qu'avait-il bien pu lui faire pour le mettre dans des états pareils ?

Ils entendirent des sirènes au loin. Jackson restait en ligne avec le dispatcher, bien qu'il eût du mal à lui donner une idée de leur position. Ils se trouvaient désormais sur une route étroite, rétrécie par des haies mal entretenues. Howell conduisait comme s'il jouait dans *Grand Theft Auto*[1]. Ils prirent un virage en épingle à cheveu et se trouvèrent quasiment nez à nez avec une Mercedes sport gris métallisé conduite au même train d'enfer. Jackson ferma les yeux et se prépara au pire, mais la conductrice de la Mercedes réussit, on ne sait comment, à se déporter sur sa gauche et Howell fit de même – Jackson eut le sentiment d'être devant le Mur de la Mort –, ils ne s'évitèrent que d'un cheveu. « Bordel de Dieu, s'écria Howell admiratif, quelle poupée, quelle conductrice et quelle bagnole ! » « Putain », dit Jackson en regardant ses mains : elles tremblaient.

---

1. Road-movie de Ron Howard (1977). (*N.d.T.*)

La Lexus semblait s'être volatilisée. Howell s'arrêta puis fit prudemment marche arrière dans le virage. Les sirènes de la police se rapprochaient de plus en plus. La Lexus avait réussi à éviter la Mercedes, mais pas le virage, et avait enfoncé sans trop de dommages la haie dont elle était prisonnière comme un insecte d'un filet. On entrapercevait Quintus poussant vainement sur sa portière.

Deux ou trois voitures de police apparurent, suivies par une voiture de flics en civil. Elles pilèrent en faisant un tête-à-queue spectaculaire. Un hélicoptère de la police vint mettre un point d'orgue à ce drame palpitant. Jackson savait que ça allait beaucoup leur plaire : voilà qui changeait des éternels P-V pour excès de vitesse ou de l'horreur des accidents de la route.

Jackson et Howell descendirent de voiture et se dirigèrent vers la Lexus. « Pourquoi est-ce qu'il veut te dégommer, à propos ? demanda Howell.

— Je n'en ai pas la moindre idée, fit Jackson. Posons-lui la question. »

« Et quand tu verras ta mère, dit Jackson à Marlee, ce serait peut-être une bonne idée de ne pas faire étalage de ton russe.

— Pourquoi ?

— Parce que... » Jackson fronça les sourcils en pensant à toutes les choses qu'il ne voulait surtout pas que Josie sache. « Juste parce que. Entendu, ma chérie ? »

Elle prit un air dubitatif. Jackson lui donna un billet de dix livres.

« *Spassiba* », dit Marlee.

Quand Jackson avait téléphoné à Theo de l'hôpital, Theo lui avait dit qu'il hébergeait Lily-Rose, la fille aux cheveux jaunes. Jackson ne savait qu'en penser, mais comme ça ne le regardait pas, il décida de ne pas se mettre martel en tête. Il essayait de ne pas trop penser parce que penser lui déclenchait de violentes douleurs cervicales. Il répondit à Theo « C'est bien » et espéra que ça l'était.

Jackson lui avait expliqué qu'il allait lui envoyer un nom, LE nom, celui qu'il cherchait depuis dix ans, celui que Kim

Strachan lui avait donné. Évidemment, ce n'était peut-être pas *le* nom de l'assassin de Laura (innocent jusqu'à preuve du contraire... y croyait-il ? Non) et Jackson savait qu'il aurait dû faire part de ses soupçons à la police, mais c'était la quête de Theo et c'était à Theo de décider de la suite.

Il écrivit le nom et l'adresse au dos d'une carte postale trouvée dans une station-service près de « L'Ange du Nord[1] ». Elle représentait une des marguerites roses à l'air artificiel dont il n'avait pas voulu pour la tombe de Niamh. Une nouvelle variété de fleurs peut-être. Il affranchit la carte et Marlee courut à la boîte aux lettres car elle était encore assez jeune pour trouver la chose passionnante. À son retour dans un an, elle serait peut-être blasée. Elle ne serait plus la même Marlee dans douze mois, elle aurait une peau différente, des cheveux différents, les chaussures et les vêtements qu'elle portait seraient devenus trop petits, elle emploierait de nouveaux mots à la mode (des mots de Nouvelle-Zélande) et elle n'aimerait peut-être plus Harry Potter. Ce serait toujours Marlee. Mais ce ne serait plus la même.

Jackson déposa Marlee au domicile de David Lastingham. Josie le regarda d'un air détaché : « Tu as une mine épouvantable, Jackson.

— Merci. »

Il fit demi-tour pour s'en aller mais Marlee courut derrière lui dans l'allée et le rattrapa au portillon. Elle jeta ses bras autour de lui et l'étreignit. « *Dassvidanya*, papa », chuchota-t-elle.

Jackson retourna sur les ruines de sa maison. Il s'en dégageait un odeur aigre, de suie, comme si les spores dormantes d'anciennes maladies s'étaient réveillées. Il fouilla du pied les scories en tous genres qui recouvraient le sol de son salon. Il se demanda où étaient passées les cendres de Victor, aucune trace de l'urne. Cendres resti-

---

1. Sculpture gigantesque d'Anthony Gormley située près de Newcastle. (*N. d. T.*)

tuées aux cendres. Il découvrit un morceau de poterie cassé, un gros tesson du porte-bonheur, où on pouvait encore lire « Scarboro ». Il le laissa retomber dans les débris. Il s'apprêtait à partir lorsque quelque chose attira son attention. Il s'accroupit pour mieux voir. Un bras bleu, couvert de cendres, se dressait en l'air : on aurait dit un survivant d'un tremblement de terre appelant au secours.

Jackson tira dessus et sortit Souris Bleue des ruines.

Le commissaire Marian Foster venait de déménager à Filey et était encore en train de défaire des cartons dans sa cuisine quand Jackson et Marlee sonnèrent à sa porte. Jackson lui avait téléphoné de sa voiture pour la prévenir de son arrivée et elle avait l'air contente de l'interruption car elle s'était déjà rendu compte que s'enterrer dans une petite ville du bord de mer n'était peut-être pas la meilleure façon de passer sa vie de retraitée. « Je trouverai bien un comité ou deux qui auront besoin d'une main ferme, dit-elle en riant, je pourrai enfin faire une licence par correspondance, suivre un cours du soir. » Elle soupira et ajouta « Ça va être une sacrée galère, n'est-ce pas, inspecteur ?

— Oh, je ne sais pas, m'dame, dit Jackson, je suis sûr que vous vous y habituerez. » Jackson eut beau chercher, il ne trouva rien de mieux à dire. Il ne voyait que trop clairement ce qui l'attendait.

Marian Foster reconnaissait les accros au sucre au premier coup d'œil et elle colla Marlee devant la télévision avec une canette de Coca et une assiette de biscuits au chocolat. Elle fit une tasse de thé atrocement fort pour elle et Jackson. « On s'est ramolli ? dit-elle quand elle le vit broncher à la première gorgée, vous êtes de retour au Yorkshire, mon gars.

— Comme si je l'ignorais.

— Nous disions donc Olivia Land, fit soudain Marian Foster très professionnelle. Qu'est-ce que je peux vous en dire ? Je n'étais qu'un simple flic, une femme qui plus est, à l'époque où j'ai interrogé les sœurs Land, je doute de pouvoir ajouter quoi que ce soit à ce que vous savez.

— Je n'en suis pas si certain, fit Jackson. Sentiments, impressions, instinct, n'importe quoi. Dites-moi ce que vous auriez fait différemment, si vous aviez été en charge de l'affaire.

— Sachant tout ce que je sais aujourd'hui sur le monde ? » Elle soupira, un soupir pesant. « J'aurais examiné le père de plus près. Je l'aurais soupçonné d'abus.

— Vraiment ? Pourquoi ?

— Il y avait quelque chose qui clochait chez l'aînée, Sylvia. Il y avait des choses qu'elle cachait, des choses qu'elle ne disait pas. Elle se mettait à faire de la dissociation mentale quand on la questionnait de trop près. Et elle était... je ne sais pas... étrange. » *Étrange*, le mot que Binky Rain avait également employé pour Sylvia.

« Le père était froid, poursuivit Marian Foster, dominé et dominant. Toutes les autres étaient déboussolées – la mère, les autres filles, j'ai oublié leurs prénoms.

— Amelia et Julia.

— C'est ça. Amelia et Julia. Vous voulez le fond de ma pensée ?

— Plus que tout, fit Jackson.

— C'est le père qui a fait le coup. Je crois que Victor Land a tué Olivia. »

Jackson sortit la cruciale pièce à conviction de sa poche et la posa sur la table de cuisine. Marian Foster eut les larmes aux yeux et fut incapable de parler pendant un moment. « Souris Bleue, finit-elle par dire. Au bout de tout ce temps. Où l'avez-vous trouvée ? »

Le problème avec Sylvia, c'est qu'elle n'avait pas vraiment été surprise de voir Souris Bleue. Comme si elle s'était attendue à la voir réapparaître un jour ou l'autre. Elle n'avait pas cherché à savoir où Jackson l'avait trouvée, Jackson le lui avait dit mais elle n'avait pas demandé. Est-ce que ce n'était pas la première question qui venait à l'esprit, celle que Marian Foster avait posée : « Où l'avez-vous trouvée ? »

Jester remua la queue en apercevant Jackson, mais Sylvia eut l'air moins ravie de le voir de l'autre côté de la grille du parloir. Elle fronça les sourcils et dit « Que voulez-vous ? » et Jackson crut entrevoir une autre Sylvia, une Sylvia moins spirituelle.

Les analgésiques de Jackson commençaient à ne plus

faire effet. Il aurait voulu pouvoir enlever sa tête et la laisser au repos. Comment allait-il s'y prendre ? Il respira à fond et regarda les yeux couleur de boue de Sylvia.

« Sœur Mary Luke, dit-il, Sylvia. » Ses yeux se rétrécirent lorsqu'il prononça son vrai prénom, mais son regard ne flancha pas. « Sylvia, considérez-moi comme un prêtre au confessionnal. Tout ce que vous pourrez me dire ne sortira jamais de cette pièce. Dites-moi la vérité, Sylvia, c'est tout ce que je demande. » Parce que, pour finir, ça se résumait à ça, n'est-ce pas ? « Dites-moi la vérité sur ce qui est arrivé à Olivia. »

Il dut pousser fort sur la porte pour l'ouvrir. Il avait le sentiment d'être un intrus. C'était d'ailleurs ce qu'il était. Un morceau de ruban des scellés s'était pris dans une branche de poirier. Ce n'était plus une scène de crime. Binky Rain était morte de mort naturelle, « de vieillesse en fait » avait déclaré le médecin légiste à Jackson. Jackson supposait que c'était une belle mort. Il espérait que Marlee mourrait de vieillesse quelque part sous un poirier, longtemps après que lui-même aurait disparu.

Le jardin ressemblait à une réserve naturelle. Des chauves-souris entraient et sortaient de l'avant-toit, une grenouille s'éloigna à grands sauts nonchalants et bien qu'il balayât le sentier avec sa grosse lampe-torche de flic, il faillit marcher sur un bébé hérisson tandis qu'il se frayait un chemin dans les épines et les mauvaises herbes pour atteindre l'angle du jardin. Les ronces étaient quasiment impénétrables dans cette partie et il aurait été très facile de passer devant quelque chose sans le remarquer. Quelque chose de précieux. Ratisser l'herbe et les feuilles mortes n'allait pas suffire, en fait Jackson ne s'attendait pas à faire une découverte. Pas seulement parce que la faune et la flore abondaient – on pouvait à peine mettre le pied dans un de ces jardins sans rencontrer un renard – mais parce que, quand on cherche un bien précieux qui s'est égaré, il est très rare qu'on le trouve.

Dans le coin, avait dit Sylvia, derrière les poiriers, derrière le gros hêtre. Comme Jackson n'était pas fichu de distinguer un hêtre d'un frêne, il suivit le mur jusqu'au moment où celui-ci faisait un angle et se dit que ça devait être là.

Il creusa avec les mains, méthode inefficace et pas très ragoûtante, mais une bêche paraissait trop brutale. Il ne creusait pas, il *mettait au jour*. Avec délicatesse. La terre était dure et sèche et il devait gratter. Il faisait noir comme dans un four lorsqu'il découvrit le premier indice de sa présence. La crasse et la sueur lui picotaient le visage et les avant-bras. Il ne cessait de penser à Niamh, aux deux jours pendant lesquels Francis et lui l'avaient cherchée, dans la moindre poubelle puante, le moindre tas d'ordures, le moindre recoin de terrain vague jusqu'au moment où Jackson avait eu l'impression d'être une bête sauvage, d'avoir franchi une ligne et rompu avec la société des hommes. Il avait regardé les policiers draguer le canal et les avait vus en sortir le corps de sa sœur, ruisselant de boue et d'eau. Il se souvenait que son premier sentiment, avant que d'autres plus complexes ne le submergent, avait été le soulagement, parce qu'on l'avait retrouvée, qu'elle n'était plus perdue à tout jamais.

Sylvia avait expliqué qu'Olivia avait été peu ou prou laissée à l'endroit où elle était morte, et recouverte de quelques branchages et d'herbe. Le moindre centimètre carré de ce jardin aurait dû être passé au peigne fin, c'est la méthode que Jackson aurait utilisée, une fouille de fond en comble des environs immédiats. Il se souvint de Binky se vantant d'avoir « envoyé paître » les policiers. Voilà à quoi ça tenait : une vieille bique conservatrice et autoritaire vous disait d'aller vous faire voir et vous obtempériez. Et pendant tout ce temps, Olivia était restée là, à attendre patiemment que quelqu'un la découvre. Jackson songea à Victor, enfouissant sa petite dernière sous les mauvaises herbes et les ordures du jardin, comme si elle ne valait rien. Abandonnant son corps encore chaud en territoire étranger, ne prenant pas la peine de le ramener à la maison. Victor, qui avait regagné son lit, fermé la porte de derrière à clé, laissant à Amelia le soin de découvrir seule la disparition de sa sœur. Victor qui pendant trente-quatre ans avait gardé Souris Bleue sous clé dans un tiroir, comme la vérité. Les sœurs Land avaient l'habitude de jouer dans le jardin de Binky, puis Sylvia le leur avait interdit. Parce qu'elle savait qu'Olivia s'y trouvait.

La première chose qu'il trouva fut une clavicule puis ce qui ressemblait à un cubitus. Il arrêta de creuser et promena sa torche jusqu'au moment où il aperçut la petite lune pâle d'un crâne. Jackson sortit son portable et appela le commissariat de Parkside.

Il s'assit sur ses talons et examina la clavicule qu'il débarrassa de sa terre avec la tendresse d'un archéologue devant une trouvaille rare, unique, ce qui était, évidemment, le cas. La clavicule était minuscule et fragile, comme celle d'un lapin ou d'un lièvre, le bréchet brisé d'un oiseau. Jackson l'embrassa avec révérence parce qu'il savait que c'était la relique la plus sainte qu'il trouverait jamais. Il se mit à pleuvoir. Jackson n'arrivait pas à se rappeler quand il avait plu pour la dernière fois. *Aqua lateris Christi, lava me.* Jackson pleura. Pas sur Niamh, ni sur Laura Wyre, ni sur Kerry-Anne Brockley, ni sur une autre des gosses perdues, il pleura sur la petite fille aux rubans écossais dans les cheveux, la petite fille qui avait jadis tenu Souris Bleue dans ses bras et lui avait dit de sourire à l'objectif.

Jackson s'installa à sa place, dans la classe économique, rangée 20, près d'un hublot. Il aurait pu se payer la classe affaires mais il n'allait pas commencer à jeter l'argent par les fenêtres. Il était, semblait-il, resté le fils de son père.

Il était riche. D'une façon inattendue, absurde. Binky avait fait de lui son seul héritier – deux millions de livres, en actions et obligations, enfermées toutes ces années dans un coffre pendant qu'elle ne dépensait pas un sou sauf pour ses chats. « À mon ami, Mr Jackson Brodie, pour sa gentillesse. » Il avait pleuré quand le notaire lui avait lu la phrase. Pleuré parce qu'il ne s'était pas particulièrement montré gentil envers elle, pleuré parce qu'elle n'avait pas de meilleur ami, qu'elle était morte seule sans personne pour lui tenir la main. Pleuré parce qu'il devenait une vraie meuf.

Deux millions, à condition qu'il s'occupe des chats. Cela incluait-il leur progéniture ? Faudrait-il qu'il s'occupe des chats de Binky jusqu'à sa mort et que Marlee et ses descendants prennent la relève ? Première chose : les faire tous castrer et stériliser. Il savait qu'il ne méritait pas cet argent, bien sûr que non, c'était comme gagner à la loterie sans acheter de billet. Mais d'un autre côté, qui le méritait ? Certainement pas Quintus, le seul parent de Binky. Quintus qui avait trouvé le testament de sa tante rédigé en faveur de Jackson et qui avait ensuite essayé d'éliminer Jackson pour l'empêcher d'hériter, Quintus qui aurait sans doute tué sa tante si elle ne l'avait pas devancé en mourant tranquillement de vieillesse.

Au début Jackson s'était inquiété à l'idée d'un argent mal acquis, venu des mines de diamants, représentant le sang, la sueur et la servitude de mineurs « noârs ». D'un argent sale. Il avait envisagé de tout remettre à Howell. « Parce que je suis noir ? avait dit Howell en le regardant comme s'il venait de lui pousser une tête supplémentaire, pauvre connard ! » C'était y aller un peu fort, supposa Jackson, que de faire de Howell le représentant symbolique de toute l'histoire sordide de l'exploitation impériale. Attablés dans la salle à manger de Victor, Howell et Julia jouaient aux cartes en buvant du gin : Julia claquait son verre vide sur la table en disant « Remettez-moi ça ! » à Howell. Jackson ne se serait pas risqué à parier qu'il pouvait les faire rouler sous la table.

Jackson n'ayant plus de domicile à Cambridge, Howell et lui étaient descendus au Garden House Hotel. Julia avait bien proposé de les héberger mais Jackson ne supportait pas l'idée de rester dans la vieille maison froide de Victor, de dormir dans une chambre occupée pour la dernière fois par une fille Land disparue.

C'était lui qui avait annoncé la nouvelle à Julia. Il l'avait emmenée voir les délicats ossements de levraut exposés à la morgue de la police (« Contraire au règlement, Jackson », l'avait gentiment réprimandé le médecin légiste.) Julia était forte, il savait qu'elle pourrait contempler les restes du minuscule squelette d'Olivia sans faire de crise d'hystérie. Elle tendit la main vers sa sœur et le médecin dit « Pas touche, ma grande. Plus tard, plus tard, vous pourrez la toucher », et Julia avait retiré sa main pour la mettre sur son cœur comme si elle avait mal et dit « Oh » tout doucement, et c'était la première fois que Jackson se rendait compte qu'un si petit mot pouvait concentrer toute la tristesse du monde.

Jackson avait raconté l'histoire suivante : il promenait un chien quand celui-ci s'était introduit dans le jardin de Binky où il s'était mis à fouiller dans les broussailles et à aboyer comme un fou jusqu'à ce que Jackson vienne voir, et c'est alors qu'il avait découvert le corps d'Olivia. « Où est passé le chien, inspecteur ? » avait demandé le premier enquêteur arrivé sur les lieux. « Enfui », avait répondu Jackson en haussant les épaules. Sans prendre la peine d'ajouter « C'est Mr Brodie tout court maintenant ». Il n'avait soufflé mot de sa visite au couvent ni à la police ni à Julia. Il considérait, à tort ou à raison, que si Sylvia voulait dire la vérité, c'était elle que ça regardait. Il lui avait offert le secret du confessionnal, il avait donné sa parole. « Un accident tragique, apparemment, dit-il à l'enquêteur. La police a bâclé son travail. Trente-quatre ans, que peut-on y faire ? »

Howell remplit de nouveau son verre et celui de Julia. « Pourquoi ne pas vous joindre à nous, Mr B. ? dit-elle, on peut jouer à trois. Je vais vous montrer.

— On pourrait essayer de gagner une partie de ta fortune aussi astronomique qu'imméritée », fit Howell.

Jackson déclina l'offre.

« Pauvre couillon », dit Howell.

Il pourrait aider Howell à monter une affaire. Placer une partie de l'argent dans un trust patrimonial pour Marlee. Il pourrait aussi en donner à Lily-Rose. Il était allé voir Theo, avait aperçu la carte postale avec la fleur rose sur le manteau de cheminée. Ni l'un ni l'autre n'en avait parlé. Lily-Rose leur avait préparé du thé qu'ils burent dans le jardin en mangeant des tranches de gâteau à la confiture fait par Theo. « C'est bon, hein ? » fit Lily-Rose qui appréciait.

Et il devrait donner une partie de l'argent à des organisations caritatives, pour soulager sa conscience, à défaut d'autre chose. Il s'avérait que l'argent ne venait pas des diamants. Il y avait longtemps de cela, un des ancêtres de Binky avait investi dans la construction des chemins de fer américains, de sorte que l'argent représentait le sang et la sueur de ceux qui avaient construit les lignes Union et Central Pacific (des Chinois ? des Irlandais ?), ce qui n'était pas non plus particulièrement éthique, supposait Jackson, mais qu'y faire ?

Quelles organisations caritatives ? Il y en avait tant. Il songea à demander à Amelia, ce serait peut-être bien de lui donner du grain à moudre. Elle était « légèrement à bout de nerfs », lui avait expliqué Julia, elle avait pris trop de cachets et se « reposait » à l'hôpital.

« Vous voulez dire qu'elle a tenté de se suicider ? » traduisit Jackson.

Julia fronça les sourcils. « En quelque sorte.

— En quelque sorte ? »

Il s'était proposé pour aller chercher Amelia à l'hôpital. Elle était groggy et peu loquace, mais lorsqu'ils arrivèrent à la maison d'Owlstone Road, Julia les attendait à la porte avec le chat noir précédemment connu sous le nom de « Nigger » qu'elle fourra dans les bras d'Amelia en cadeau de bienvenue. « Il s'appelle Lucky », dit Julia. Pendant ce temps Frisky — autrefois portée disparue, aujourd'hui retrouvée — s'amusait à labourer avec ses griffes la jambe de Jackson qu'elle tentait d'escalader.

Voyant Amelia plonger son visage dans sa fourrure noire, Jackson se rendit compte qu'il avait peut-être mis la main sur la parfaite exécutrice testamentaire de Binky.

« Qu'en penses-tu ? demanda-t-il plus tard à Julia. La maison de Binky devra être rénovée, ça va de soi, mais Amelia pourrait y vivre et s'occuper des chats.

— Oh oui, et elle pourrait aussi restaurer le jardin, dit Julia tout excitée. Elle adorera ça. Quelle merveilleuse idée, Mr Brodie ! »

Jackson n'avait pas pensé au jardin. « Tu ne crois pas que le fait qu'Olivia ait été enterrée là pendant toutes ces années, va faire flipper Amelia ? » Amelia n'était pas encore au courant pour Olivia, Julia attendait le « bon moment » et Jackson avait dit « Il n'y en aura jamais », et Julia « Je sais ».

« Je pense que ce serait une excellente chose, dit Julia. Ce serait d'une certaine façon *approprié*. » Elle tourna la tête sur l'oreiller pour le regarder – car cette conversation sur l'avenir d'Amelia avait lieu dans un lit – et lui adressa un de ses grands sourires nonchalants. Elle s'étira comme un chat et un de ses pieds chauds vint frotter le mollet de Jackson.

« Oh, Mr Brodie, dit-elle, qui aurait imaginé que ce serait aussi délicieux ? »

Qui en effet, se dit Jackson. « Tu pourrais peut-être essayer de m'appeler Jackson maintenant, dit-il.

— Oh, non, fit-elle, je préfère de beaucoup "Mr Brodie". »

L'avion s'apprêtait à décoller et Jackson parcourut la documentation de l'agent immobilier. Il y avait un joli château, pas trop tape-à-l'œil dans le Minervois (en France, les châteaux, ce n'était pas ce qui manquait), un presbytère du treizième siècle dans un petit village au sud de Toulouse et une *maison de maître*[1] dans un village près de Narbonne. Non qu'il eût décidé dans quelle région vivre, mais il fallait bien commencer quelque part. Il pourrait faire un tour de France en voiture, visiter des maisons, prendre son temps. Il avait vendu son agence à Deborah Arnold. Si elle avait été ne serait-ce qu'un tout petit peu plus sympathique, il aurait pu lui faire un prix d'ami. Il ferma les yeux et pensa à la France.

« Puis-je vous offrir à boire, monsieur ? » Il ouvrit les yeux et aperçut le visage falot, indifférent de Nicola Spencer. Elle lui fit un sourire dénué de chaleur et répéta sa question. Il demanda un jus d'orange pour prolonger un peu la rencontre. D'un côté, il savait tout sur Nicola Spencer et de l'autre il ne savait absolument rien. Elle lui donna un petit paquet de bretzels avec son jus d'orange et passa au passager suivant. Il la regarda pousser son chariot, ses fesses musclées tendre sa jupe d'uniforme. Il songea à la suivre à l'atterrissage – par curiosité et parce que l'affaire n'était pas réglée – mais le temps de récupérer la voiture de location à l'aéroport de Toulouse – tout un cirque – il ne s'intéressait plus à la question.

---

1. En français dans le texte.

22

CAROLINE

« Qu'est-ce que tu voudrais pour ton anniversaire ? » demanda Jonathan, et elle répondit « Une Mercedes SL 500 », pour plaisanter, évidemment, et lui « De quelle couleur ? », et elle « Gris métallisé » et bordel (se dit-elle) voilà qu'elle trônait dans l'allée, soixante-dix mille livres, entourée d'un immense ruban rose. Il devait être encore plus plein aux as qu'elle ne le croyait. Elle n'avait pas la moindre idée de sa fortune, elle ne voulait pas de son fric, elle n'avait même pas eu envie de cette voiture, pas vraiment, même si, maintenant qu'elle l'avait, elle l'adorait. Une deux-places, les clébards et les moutards iraient voir ailleurs.

« Seigneur ! » s'exclama Rowena en la voyant. C'était étonnant tout ce qu'on pouvait faire dire à un mot de deux syllabes.

C'était peut-être un cadeau d'adieu. Il se préparait peut-être à passer à l'épouse suivante. Elle était persuadée qu'il avait quelqu'un à Londres. Elle serait surprise que ce ne soit pas le cas, les hommes comme Jonathan ont toujours des maîtresses. Mais ils ne les épousent jamais. C'est ce qu'elle aurait dû être : elle avait beaucoup plus le tempérament d'une maîtresse que d'une épouse.

Ils n'étaient toujours pas au courant pour le bébé qu'elle abritait dans son ventre. Elle s'apprêtait une fois de plus à muer, à changer de peau. Il fallait qu'elle parte avant de sombrer dans l'apathie, avant que quelqu'un ne découvre la vérité. Avant qu'ils ne l'arrêtent lorsqu'ils sauraient pour le bébé. Ils voudraient s'en emparer. C'était dommage parce qu'elle aimait vraiment l'école et son travail mais il y avait d'autres écoles, d'autres boulots, tout était possible quand on voulait bien s'en donner la peine. Elle emmènerait le bébé avec elle (à l'évidence), elle l'enlèverait d'ici parce que ce ne serait pas un bon environnement pour lui : il risquait de grandir en parlant français le mercredi et en ne comprenant rien à l'amour. Elle *mourait* d'amour pour ce bébé. C'était quelque chose que personne dans cette maison n'était fichu de comprendre. Il y avait eu une époque où elle s'était montrée incapable de comprendre l'amour, et elle avait tout gâché. Elle avait dit à Shirley « Fais comme si j'étais morte » tout en ne souhaitant pas être prise au pied de la lettre. Mais il n'y avait rien eu, ni visites, ni cartes, ni cadeaux d'anniversaire, pas un mot. Des mois durant, elle avait attendu que Shirley vienne le jour des visites avec Tanya dans ses bras (*Regarde, c'est maman*), ou qu'elle cornaque leurs lamentables parents (*Allez, vous devez aller voir Michelle*), mais non. Toutes ses lettres étaient restées sans réponse, tous ses espoirs avaient été anéantis jusqu'au jour où elle s'était dit que ce n'était peut-être pas plus mal. Qu'ils vivent leur vie, qu'ils l'oublient parce qu'elle n'avait pas aimé les gens qu'elle avait pour devoir d'aimer et pour ça, tôt ou tard, il y a un prix à payer.

Quand on part, on ne laisse pas de traces. On prend un minimum de bagages, on fait comme si on allait passer la journée à Leeds (mais on prend la belle bagnole). On ne laisse pas de preuves, on ne colle pas ses empreintes digitales partout sur le manche de la hache sanguinolente pour protéger quelqu'un d'autre. Cette fois-ci, elle emmenait le microbe, le nouveau microbe, et elle aimerait ce bébé si fort qu'il se réveillerait tous les jours dans un état de félicité et elle en état de grâce. Enfin.

Elle allait devoir arrêter de vivre sa vie comme une suite de variations sur un thème pastoral. Elle allait devoir innover du tout au tout. Partir sans doute à l'étranger, en Italie ou en France. Naturellement on ne va jamais assez loin – Patagonie, Chine –, aucun endroit n'est assez éloigné, le truc, c'était de bouger sans cesse. Le truc, c'était de ne pas laisser le microbe. Car une chose était sûre, on ne pouvait jamais revenir.

Elle allait lui donner une chance de venir avec elle, juste une. Il allait être choqué et il ne viendrait pas, mais il aurait cette chance.

Il était sur sa bicyclette (avec des pinces à vélo, nom d'une pipe, autour de ses bas de pantalon noir bon marché) et il tourna la tête quand il entendit un bruit de moteur. Elle avait replié le toit et quand elle s'arrêta à sa hauteur, il descendit de bicyclette et dit en riant « Très classe, ce petit modèle, Mrs Weaver » comme s'il vendait des voitures d'occasion, et elle « N'est-ce pas, mon révérend ? » Elle tapota le siège passager et proposa « Ça vous dirait de faire un petit tour ? », et il indiqua son vélo d'un air désolé avant de dire « Oh, et puis... » et de coucher sa bicyclette dans les hautes herbes du bas-côté. Alors qu'il s'apprêtait à ouvrir la portière, elle leva la main comme pour l'arrêter et déclara : « Mais je dois vous prévenir, je pars pour ne plus *jamais* remettre les pieds ici, et quand je vais démarrer, ce sera *sur des chapeaux de roue* », et lui « Vous ne plaisantez pas, hein ? », et elle adora son air grave de petit garçon tandis qu'il essayait de trouver la bonne réponse. Elle fit rugir le moteur et dit « Je compte jusqu'à dix... »

23

TOUT PAR DEVOIR, RIEN PAR AMOUR

Elle avait déjà été en colère, mais jamais à ce point. Michelle avait l'impression d'être un volcan bouché, obstrué, incapable d'évacuer le truc qui bouillonnait à l'intérieur. Qui s'appelait... comment déjà ? Magma ? Lave, merde, elle n'était même plus fichue de se rappeler les mots les plus simples. « Amnésie maternelle », disaient les livres, mais si c'était le cas, c'était une amnésie très sélective : elle ne lui permettait pas d'oublier qu'elle était déprimée et malheureuse comme les pierres. Aujourd'hui tout s'était bien passé – elle dominait bien la situation, elle tenait tous les éléments en main – jusqu'à ce qu'il déboule dans la maison sans réfléchir et réveille le bébé.

Michelle tira sur la hache, mais elle était coincée dans la bûche comme cette satanée Excalibur. Elle était possédée d'une telle rage qu'elle n'entendit pas Shirley arriver et lorsqu'elle se retourna, elle faillit sauter au plafond et dit « Putain, tu m'as fait une de ces peurs ». L'espace d'une fraction de seconde, elle oublia combien elle était furax mais ensuite elle entendit le bébé hurler dans la maison – la moitié de l'East Anglia devait entendre ce maudit lardon – et elle se remit à bouillonner et, cette fois, elle savait que ça allait péter et que ça allait faire des dégâts. Comme le Krakatau. Preuve qu'elle se rappelait encore des trucs. « On dirait que tu t'apprêtes à tuer quelqu'un avec cette hache », fit Shirley en riant, et Michelle répondit « Tu ne crois pas si bien dire ».

Elle entra au pas de charge par la porte de derrière, tel

un Viking fou furieux, et lorsque Keith la vit il se mit lui aussi à rigoler, ils se foutaient tous de sa gueule comme si rien de ce qu'elle disait n'avait d'importance, comme si elle ne pensait pas ce qu'elle disait. Elle leva la hache – ce n'était pas très commode car elle ne pigeait pas vraiment où se trouvait le centre de gravité – et la lança en direction de Keith, mais c'était un lancer de fille, et la hache rebondit lourdement avant de retomber sans faire de mal.

Il était furieux, encore plus déchaîné qu'elle, et au début elle crut que c'était à cause de la hache, bien qu'elle fût tombée très loin de lui, puis elle se rendit compte qu'il parlait de Tanya : « Tu aurais pu la toucher, tu aurais pu la blesser gravement ! », et elle « Ne sois pas ridicule, la gamine était à des kilomètres », et il hurla « Espèce de cinglée, sale garce, là n'est pas la question ! » et elle eut soudain très peur car elle voyait que Keith avait pété les plombs, il n'avait plus l'air d'être lui-même. Il fit mine de ramasser la hache, mais Shirley s'en était emparée et elle ne perdit pas son temps à des lancers de fille : elle la souleva et fit retomber de tout son poids la lame sur la tête de Keith, puis tout le monde se tut, même le microbe.

Shirley avait des notions de secourisme mais inutile d'avoir reçu une formation médicale pour voir qu'on ne pouvait plus rien pour lui. Les bras serrés autour d'elle comme si elle était dans une camisole de force, Michelle se balançait d'arrière en avant par terre et elle entendait une étrange mélopée funèbre sortir de sa bouche et Shirley dit « Arrête » d'une voix froide, mais elle n'y pouvait rien, alors Shirley l'empoigna et la remit sur ses pieds en criant « La ferme, Michelle, la ferme ! » mais impossible, alors Shirley lui donna un coup de poing dans la figure.

Le choc fut si grand qu'elle crut avoir cessé de respirer pendant une seconde et elle n'avait qu'une envie : se rouler en boule et trouver l'oubli. « Tu as réussi à foutre nos vies en l'air, sans parler de celle de Tanya », dit Shirley, et Michelle songea « Ni de celle de Keith », mais elle savait que Shirley avait raison parce que, tout bien considéré, c'était de sa faute à elle.

Elle se releva donc, elle se sentait raide comme une vieille femme, ramassa la hache, qui, Dieu merci, n'était pas restée fichée dans la tête de Keith, essuya le manche sur son jean, l'empoigna à pleines mains et dit à Shirley « Va-t'en ».

Agrippée aux barreaux de son parc, Tanya se remit à crier, comme si on l'avait piquée avec une épingle. Shirley la prit dans ses bras et tenta de la calmer, mais la gamine n'avait pas l'air de vouloir se calmer un jour. « Pars, dit Michelle, je t'en supplie, pars, Shirley. » Shirley remit Tanya dans son parc et dit « Je te promets de m'occuper d'elle à ta place », et Michelle « Je sais que tu le feras. Emmène-la, donne-lui un nouveau départ, sois pour elle la mère que je ne peux pas être », car s'il y avait au monde une personne en qui elle avait confiance, c'était bien Shirley.

« Bon, fit Shirley – et on aurait pu croire qu'elle avait déjà fait ça avant, tant elle maîtrisait bien la situation. Bon, je vais téléphoner à la police et je vais leur dire que je t'ai trouvée comme ça ? D'accord ? *D'accord*, Michelle ?

— D'accord. »

Shirley fit le 999 et, quand l'opérateur décrocha, elle se mit à pousser des cris hystériques, un numéro digne d'un oscar de la meilleure interprétation féminine, puis elle finit par raccrocher le combiné et elles attendirent l'arrivée de la police. Le microbe s'était endormi par terre. Il faisait très froid et Michelle aurait aimé nettoyer un peu pour la police mais elle n'en avait pas l'énergie. Finalement, elles entendirent une sirène, puis une autre, et le bruit des voitures de police cahotant dans l'allée menant à la ferme et Michelle dit à Shirley : « Tu n'as même pas goûté à mon gâteau au chocolat. »

24

THEO

Ses cheveux étaient d'un rose flamant saisissant. Ça lui allait beaucoup mieux que le jaune canari. Ça lui donnait l'air plus robuste. Pas seulement l'air d'ailleurs. Elle avait dû prendre au moins trois kilos en une semaine, ce qui n'avait rien de surprenant, vu que Theo l'avait nourrie avec la détermination d'une mère poule engraissant un poussin : toasts aux haricots blancs, lait malté, macaronis au fromage, petits pains au bacon, saucisses purée, bananes, cerises et pêches – elle n'aimait pas les pommes, Theo non plus. Laura aimait les pommes. Lily-Rose n'était pas Laura, Theo avait les idées très claires là-dessus. Theo s'en tenait à son picotin, regarder Lily-Rose manger lui donnait plus de satisfaction. On n'aurait jamais cru à la voir qu'elle avait un tel appétit, c'était comme si elle rattrapait les années passées la faim au ventre.

Elle dormait dans la chambre de Laura, son chien au pied du lit. Theo ne pouvait pas s'approcher du chien et Lily-Rose s'inquiétait qu'il ne lui déclenche une autre crise d'asthme. Theo s'inquiétait aussi mais il lui parla de Poppy, expliqua comment il s'y était habitué : on s'habituait à tout à la longue et elle dit « Ouais, je crois aussi ». Ils regardèrent des photos de Poppy, et de Laura, et Lily-Rose dit « Elle est adorable » et Theo fut content qu'elle n'ait pas utilisé un temps du passé parce que ça lui faisait toujours mal. Il n'avait pas parlé à Jenny de la fille qui vivait avec lui, il imaginait d'ici ce qu'elle lui dirait.

Il avait reçu la carte postale de Jackson. Elle représentait

303

une fleur rose, du même rose que les cheveux de Lily-Rose. La carte trônait sur le manteau de cheminée à côté d'une photo de Poppy (Coquelicot) quand elle n'était qu'un chiot. Bizarrement, Theo identifiait Poppy à Lily-Rose : toutes les deux étaient de pauvres créatures abandonnées, maltraitées, toutes les deux portaient des noms de fleurs. Lily-Rose s'était donné un nouveau prénom pour pouvoir être une autre personne, prendre un « nouveau départ », avait-elle expliqué.

Elle était le produit d'une famille gravement perturbée et elle avait très certainement besoin d'une aide psychologique. Elle avait un petit passé de délinquante, fugues, usage de stupéfiants, larcins, prostitution, bien qu'elle parût avoir tiré un trait dessus. Sa mère avait tué son père et elle avait été élevée par ses grands-parents qui ne valaient, apparemment, guère mieux que ses parents (il soupçonnait des mauvais traitements). Sa vie était irréelle, comme une émission de télévision. Un documentaire ou un mauvais soap opera. Pourtant elle semblait remarquablement heureuse de jouer avec le chien dans le jardin, de manger une glace, de lire un magazine. Elle aimait être réveillée le matin avec une tasse de thé sucré et un toast beurré. Le soir, ils s'étaient mis (bizarrement) à faire un puzzle ensemble.

« On est comme deux putains de retraités », disait-elle non sans gentillesse. Il ne voulait ni la sauver, ni la garder, ni la changer, bien qu'il fît tout cela et continuerait à le faire si elle le désirait. La seule chose qu'il ne faisait pas, c'est s'inquiéter pour elle. Il lui était arrivé tant de misères qu'elle était à toute épreuve. Il était heureux de pouvoir lui redonner une enfance. Et quand elle serait prête, elle passerait à autre chose et il aviserait à ce moment-là.

25

Antécédent N°2 1994

UNE JOURNÉE ORDINAIRE

Le truc qui s'était passé avec Mr Jessop était tout bête. (Il n'arrêtait pas de dire « Appelez-moi Stan » mais elle n'y arrivait pas, ça sonnait faux, c'était un *prof.*) C'était drôle, parce qu'elle n'avait pas l'impression d'avoir été distinguée ni rien. Il avait reçu Christina, deux ou trois fois, et aussi Josh, et l'année précédente, toute la classe de biologie était allée chez lui pour un barbecue de fin de trimestre. C'était la première fois que Laura allait chez lui en fait. Le barbe- cue avait été annulé à cause de la pluie et il s'était précipité au supermarché acheter de quoi faire des sandwichs et elle avait aidé Kim à les préparer. Elle l'appelait toujours Kim, jamais Mrs Jessop. Kim semblait en pétard de les avoir tous chez elle, mais comme elle avait accouché quelques semaines avant, on ne pouvait peut-être pas lui jeter la pierre. Kim avait le même âge que Jenny, mais il aurait été difficile de trouver deux personnes plus différentes.

Elles avaient préparé des sandwichs avec du jambon bon marché, brillant, et du fromage prétranché – Kraft pour les végétariens –, Kim flanquait de la margarine sur du pain blanc industriel pâteux, et Laura se dit « beurk », puis se reprocha d'être aussi snob. Papa avait toujours eu à cœur de bien les nourrir – cuisine familiale, pain complet et beaucoup de fruits et de légumes (pourtant Dieu sait quelles cochonneries il avalait quand il en avait l'occasion). Naturellement, les gens pauvres ne pouvaient pas se payer toutes ces bonnes choses, mais les Jessop n'étaient pas pauvres. Les profs avaient beau passer leur temps à gémir sur leurs salaires, ils n'étaient quand même pas indigents. Quoique, franchement, Josh avait raison quand il disait que Kim faisait très racaille blanche : on se demandait comment Mr Jessop s'était retrouvé avec elle dans cette horrible petite maison qui sentait le lait tourné et le caca de bébé.

Elle portait des talons aiguilles rouges, ce qui surprenait de la part d'une jeune mère (ou d'une épouse de professeur). Ses cheveux décolorés, presque blancs, très Blonde Ambition, donnaient à sa peau une couleur malsaine. Mr Jessop était complètement sous son emprise, on aurait dit qu'il lui obéissait au doigt et à l'œil. Il paraissait très différent du Mr Jessop professoral (mais pas suffisamment pour qu'on ait envie de l'appeler Stan). En classe, il était drôle et cynique, il passait son temps à dire du mal du bahut. Rien à voir avec les autres profs de sciences, il faisait plutôt prof d'anglais. Quand il était chez lui, il était moins intéressant, alors qu'on se serait attendu à l'inverse.

Toutes les filles s'extasièrent sur le bébé – Nina – quand Kim la descendit. Même les garçons s'intéressèrent à elle comme s'il s'agissait d'un nouveau sujet de T.P. (« Elle peut déjà fixer ? Elle vous reconnaît ? ») mais Laura se sentait totalement indifférente. Ce ne serait pas pareil quand elle aurait un bébé à elle, mais ceux des autres la laissaient de glace. Kim n'allaitait pas, une des filles – Andi – lui avait posé la question et elle s'était exclamée « Mon Dieu, non ! » comme si elle ne pouvait pas imaginer un truc moins naturel, et Josh et Laura échangèrent un regard et essayèrent de ne pas rire.

« Naturellement, je n'ai pas étudié comme vous autres », dit plus tard Kim, alors qu'elles faisaient la vaisselle ensemble : elles avaient formé une sorte d'alliance. Mr Jessop avait acheté une caisse de bière et du vin en Tetra Brik et tout le monde était au salon complètement bourré, d'une façon stupide, bruyante, mais ni Kim ni Laura n'avaient bu, Laura parce qu'elle était sous antibiotiques pour une infection à l'oreille et Kim à cause du bébé. « J'ai besoin de tous mes esprits », dit-elle, et Josh chuchota à Laura « Si tant est qu'elle en ait », et Laura fit comme si de rien n'était parce que Mr Jessop les regardait comme s'il savait qu'ils étaient en train de dire des trucs sur sa femme.

306

Kim était de Newcastle et son accent semblait totalement étranger, extraterrestre. Le fait qu'elle était une Geordie la rendait un brin effrayante. Dans l'esprit de Laura, le nord était peuplé de femmes dures qui ne se laissaient pas marcher sur les pieds et avec lesquelles on n'avait pas envie de se bagarrer. « J'ai quitté l'école à seize ans, lui dit Kim, et ensuite j'ai étudié un an, le secrétariat si vous voulez tout savoir », et Laura fit « Ah, oui ? » bien qu'elle n'écoutât pas vraiment car elle essuyait le plan de travail de la cuisine, qui était déjà nickel parce que Kim était peut-être vulgaire et stupide, mais elle avait une maison impeccable, et ça, papa aurait apprécié. Ce serait vraiment chouette si, quand elle partirait pour l'université (avant, pas question), papa rencontrait une femme super gentille (pas une Kim), une personne d'âge mûr, même mal fagotée, une vraie femme d'intérieur, quelqu'un qui apprécierait toutes les qualités de papa et aurait envie de le rendre très, très heureux. Il méritait le bonheur et elle savait qu'il aurait le cœur brisé, même s'il prétendait le contraire. Peut-être pas brisé, comme elle, à la mort de Poppy, mais il serait très triste parce qu'ils avaient été rien qu'eux deux pendant si longtemps et il avait vraiment vécu pour elle. Voilà pourquoi elle allait à Aberdeen, parce que ce n'était pas la porte à côté. Il fallait qu'elle s'éloigne pour être elle-même, pour devenir elle-même. Tant qu'elle resterait avec papa, elle resterait une enfant.

Elle ne ferait pas comme Jenny. Jenny était au-dessous de tout, elle ne téléphonait jamais, n'écrivait jamais, c'était toujours à papa de faire l'effort. C'était presque comme si elle se fichait éperdument de lui. Quand Laura partirait, elle téléphonerait souvent et elle s'était déjà acheté un petit stock de cartes postales, des rigolotes et d'autres représentant de mignons animaux, qu'elle lui enverrait régulièrement. Elle l'aimait plus que tout, voilà pourquoi elle avait accepté de travailler dans son cabinet, même si c'était beaucoup plus marrant au bar, mais ce n'était que pour quelques semaines. Ensuite elle s'envolerait, comme une flèche, vers l'avenir. Elle avait hâte.

Après ce jour-là, celui du barbecue manqué, elle avait commencé à faire du baby-sitting pour eux – c'était apparemment Kim qui avait suggéré son nom à Mr Jessop, elle avait donc dû lui plaire d'une façon ou d'une autre (encore qu'on ne s'en serait jamais douté). Mr Jessop lui avait fait la proposition à la fin d'un cours et elle avait dit « Bon, d'accord, mais je ne connais rien aux bébés », et lui « Mon Dieu, Laura, nous non plus ».

Elle demandait d'habitude à Emma de venir l'aider car Emma s'y connaissait en bébés, elle les adorait, ce qui était ironique et assez triste, quand on y réfléchissait bien, parce qu'Emma avait dû avorter et que pendant toute une période elle avait paru disjoncter, mais c'était le genre à toujours faire semblant d'être animée et joyeuse, et c'était pour ça que Laura l'aimait. Elles faisaient d'ordinaire leurs devoirs ensemble, bien qu'il leur arrivât de passer en revue la garde-robe de Kim, toujours édifiante, même si c'était bizarre de se trouver dans leur chambre parce que Kim et Mr Jessop, ce n'était pas comme la plupart des autres adultes, on n'avait aucun mal à les imaginer en train de faire l'amour et ça, c'était un peu gênant.

Elle avait dit à papa qu'elle était vierge, parce qu'elle savait que c'était ce qu'il souhaitait entendre, et c'était pas bien méchant comme mensonge, en fait c'était un pieux mensonge. Et pas si éloigné que ça de la vérité : elle n'avait couché qu'avec quatre garçons dont l'un était Josh, qui comptait quasiment pour du beurre, puisqu'ils avaient été à l'école primaire ensemble et qu'ils se connaissaient depuis l'âge de quatre ans. Ils s'étaient dit que ce serait une bonne idée d'en finir avec cette histoire de « dépucelage » ensemble, parce que ce serait sans risques et sympa, bien qu'un peu bizarre. Mieux qu'Emma, par exemple, qui avait perdu sa virginité avec un homme marié (dans sa bagnole, pour l'amour du ciel) ou que la pauvre Christina, violée par un type qui avait mis quelque chose dans son verre.

Ils avaient fait ça dans la chambre de Josh, où ses parents ne mettaient jamais les pieds. Ils étaient du genre artiste, larges d'esprit, et laissaient leur fils faire tout ce qu'il voulait depuis qu'il avait douze ans (si bien que c'était étonnant, finalement, que Josh ait aussi bien tourné). Ses parents étaient en bas en train de regarder un documentaire sur la vie des baleines.

Au début, c'était drôle et ils n'arrêtaient pas de rigoler, puis ils étaient devenus plutôt cérémonieux, avaient examiné leurs corps comme des étudiants en anatomie et s'étaient acquittés des préliminaires tout bien comme il fallait. Mais ensuite ils s'y étaient vraiment mis, par terre, comme des chiens, et ce n'était pas plus mal que la télé ait été à fond parce que Laura ne s'était pas du tout reconnue en s'entendant hurler. Ensuite, toujours allongés par terre, stupéfaits par la façon dont ça les avait pris, ils avaient entendu le chant des baleines et s'étaient mis à se marrer de plus belle parce que ses parents avaient dû les entendre, mais si c'était le cas, ils n'en parlèrent jamais. Josh dit « Eh bien, pour une surprise, ce fut une surprise, n'est-ce pas, Miss Wyre ? », et Laura « Recommençons, vite », et lui « Bon sang, femme, donne-moi une minute, veux-tu ? »

Quand papa était venue la chercher, il avait dit « Ça va ? Tu as le feu aux joues », et elle « Je crois que je couve quelque chose », et il lui avait préparé du citron chaud au miel. Assise dans son lit, dans son pyjama Winnie l'ourson, elle l'avait serré dans ses bras et dit « Merci, le meilleur papa du monde » en espérant qu'il ne sentirait pas le foutre de Josh. C'était quand ils avaient quatorze ans et ils l'avaient refait quelquefois depuis. Elle savait que Josh était amoureux d'elle, mais elle lui était reconnaissante de prendre soin de ne jamais en parler.

Elle était allée pas mal de fois chez les Jessop sans faire de baby-sitting. Elle s'était mise à apprécier Kim : être son amie lui donnait l'impression d'être plus femme, moins fille. Une fois, après un dîner de steak (semelle) frites, Kim lui avait épilé les sourcils et fait les mains, mais d'habitude elle allait chez eux le samedi après-midi quand Stan n'était pas là : elles se contentaient de s'asseoir dans le jardin pendant que Nina crapahutait dans l'herbe. Le samedi, Stan jouait dans une équipe de foot amateur. « Il faut parfois leur laisser la bride sur le cou », disait Kim, comme si elle donnait des tuyaux pour dresser un animal domestique difficile. C'était le jour où elle avait rencontré Stuart Lappin pour la première fois – il tondait la pelouse dans le jardin d'à côté. Il avait proposé de tondre aussi celle des Jessop, mais Kim avait continué à se limer les ongles et répondu d'une voix forte « Non, merci, Stuart », sans lever la tête pour le regarder. Laura avait trouvé ça un peu impoli et adressé à « Stuart » un sourire encourageant pour compenser.

« Je ne peux pas le souffrir, siffla Kim, quand il eut disparu, il essaie tout le temps de faire des amabilités, ça me fout les boules. Il a la trentaine passée et vit encore avec sa mère, c'est lamentable », et Laura « Il a l'air inoffensif », et Kim « C'est justement de ceux-là qu'il faut se méfier ».

La dernière fois, c'était juste avant les dernières épreuves de ses A levels. Mr Jessop lui avait proposé une leçon particulière et elle n'y avait pas vu malice car il avait fait la même chose avec d'autres élèves. Elle fut déçue que Kim ne soit pas à la maison, et Stan dit « Oh, elle a emmené Nina chez sa mère », très cavalier, comme s'il n'en avait rien à cirer de ce que sa femme faisait. Il avait préparé un bloc-notes et quelques livres de classe sur la table de salle à manger, mais elle n'eut même pas le temps de s'asseoir : il l'enlaça alors qu'elle avait le dos tourné, essaya de lui embrasser la nuque, son haleine sentait l'alcool, c'était parfaitement répugnant. Elle était furieuse : comment osait-il ? C'était si contraire à la *déontologie*. Elle lui flanqua des coups de coude et lui hurla de la lâcher, et il dit « Oh, allons, Laura, tu l'as fait avec la moitié des garçons de la classe, il est temps que tu aies un homme, un vrai, je sais que tu en meurs d'envie ». Le salaud, le putain de salaud ! Elle lui écrasa le pied, comme on vous dit de faire aux cours d'autodéfense, mais c'était difficile parce qu'il la serrait toujours très fort à la taille et elle se mit à paniquer lorsqu'elle se rendit compte qu'elle ne pouvait pas se dégager. Il la fit pivoter pour pouvoir poser ses lèvres sur les siennes, puis il lui mit la main entre les jambes, Dieu merci elle portait un jean, ce qui signifiait qu'il avait moins de prise sur elle et elle parvint à s'écarter suffisamment pour lui planter un doigt dans l'œil. Puis elle s'enfuit.

Elle révisait avec Josh dans le cimetière de Little St Mary's. Il faisait très chaud et ils s'étaient mis à batifoler, personne ne venait jamais dans cet endroit. Soudain, un bruissement de feuilles comme si un animal se frayait un chemin dans la végétation abondante et un visage d'homme apparut de derrière une tombe. Elle poussa un cri aigu de fille mais Josh se montra très viril, bien qu'il eût le jean autour des chevilles, et cria au type d'aller se faire foutre et ils s'écroulèrent de rire. L'homme avait un air vaguement familier mais ce n'est qu'une quinzaine de jours plus tard, lorsqu'il commanda un demi panaché au bar, qu'elle se rendit compte que c'était le voisin tondeur de pelouse des Jessop. Impossible de se rappeler son nom. Heureusement, il ne parut pas du tout la reconnaître.

Tout le monde avait quitté Cambridge : Christina pour aller enseigner un an en Tanzanie, Ayshea passait l'été en France, Joanna visitait l'Europe en train avec Pansy, Emma était au Pérou (Emma, pour l'amour du ciel !) et Josh était moniteur de colonie de vacances au milieu de nulle part dans le Michigan. Elle se sentait abandonnée. Ils avaient tous convenu de se retrouver devant le Hobbs Pavilion sur Parker's Piece dans dix ans, mais ça paraissait peu probable. Mr Jessop avait bien essayé d'organiser une « réunion d'adieux » pour sa classe mais tout le monde était très occupé – elle n'y serait pas allée de toute façon, elle ne l'avait pas revu depuis qu'il lui avait fait des avances. Papa, quel amour, avait dit « Alors comme ça, tu n'as pas envie de voir du pays, Laura ? » alors que ç'aurait été un véritable enfer pour lui de la savoir à l'étranger, où il n'aurait pas pu aller la chercher en voiture à la fin d'une soirée.

Puis elle tomba sur lui par hasard, alors qu'il sortait de la librairie Heffers, et elle dit « Bonjour » d'une voix neutre parce que ce n'était pas comme si elle avait envie d'engager une conversation avec le mec ni rien, puis, le lendemain, elle trouva un nounours à sa porte. Elle ne fit pas le lien entre les deux événements, pas consciemment en tout cas, un nounours à l'air stupide, un truc laid, rose, avec des yeux qui n'allaient pas du tout, rien à voir avec les adorables ours à l'ancienne qu'elle empilait sur son lit. C'était le genre de peluche qu'achèterait une personne sans goût si elle pensait que vous aimiez les nounours.

Elle alla passer la journée à Londres (elle commençait à détester tous ceux qui avaient quitté Cambridge cet été). Elle alla au British Museum puis s'acheta quelques vêtements mais ce n'était pas très marrant toute seule. Elle ne le vit pas monter dans le train à King's Cross mais elle le vit entrer dans sa voiture environ dix minutes après le départ de Londres – elle était sûre qu'il la cherchait, même si, lorsqu'il l'aperçut, il essaya de feindre la surprise. Par chance, il n'y avait pas de place libre autour d'elle, mais quand elle se leva à Cambridge, il la suivit et se tint devant la portière à côté d'elle et lui adressa la parole pour la première fois : « Vous descendez ici ? », question complètement stupide car ça sautait aux yeux, non, et elle répondit « Oui ». Une fois sur le quai, il proposa « Puis-je vous raccompagner chez vous, ma voiture est sur le parking ? », et elle « Non, merci, mon père vient me chercher » et elle s'éloigna à la hâte. Elle se souvint alors qu'il s'appelait Stuart. Kim avait raison, il était lamentable. Elle ne pouvait plus aller voir Kim parce qu'elle avait peur de tomber sur Mr Jessop. Elle avait téléphoné chez eux deux ou trois fois et ç'avait toujours été lui qui avait répondu et elle avait raccroché sans rien dire. La dernière fois, il avait crié à l'autre bout du fil « Kim... c'est toi ? Putain, t'es où ? » et elle en avait donc conclu que le ménage n'allait pas très fort.

C'était sa dernière soirée de travail au bar, il alla s'asseoir dans un coin et fit durer son demi panaché une heure. En se levant pour partir, il lui dit « Je ne sais pas pourquoi vous faites comme si vous ne me connaissiez pas », et elle « J'ignore de quoi vous voulez parler », et lui « Vous savez qu'il existe un lien incroyable entre nous, vous ne devriez pas le nier » et elle fut soudain furieuse (putain, le mec était complètement tordu), elle avait eu pitié de lui, mais vraiment il *s'immisçait* dans sa vie – exactement comme Mr Jessop – et elle dit « Écoutez, voulez-vous bien me fiche la paix, mon père est avocat et il pourrait vous créer de gros ennuis si vous continuez à me harceler comme ça », et lui « Votre père ne peut pas mettre un terme à notre amour ». Sur ce, il tourna les talons et le patron du bar demanda

« Tout va bien ? », et elle répondit « Ouais, c'est juste un type qui ne tient pas la boisson ». Bien sûr, il était hors de question d'en parler à son père, il aurait flippé à mort. De toute façon Stuart Lappin était inoffensif. C'était un barjo fini, mais il était inoffensif.

L'avantage du job au bar, c'est qu'elle ne travaillait que le soir et avait toutes ses journées à elle. Quelle barbe de devoir rester coincée toute la journée dans un bureau pour le restant des vacances. Papa s'en faisait une telle joie. Ça l'avait contrarié de devoir aller à Peterborough et de ne pas être au cabinet pour sa première journée.

Elle lui fit promettre d'aller à la gare à pied parce qu'il s'était (soi-disant) mis à un nouveau régime de vie plus sain depuis sa visite chez le médecin.

« N'oublie pas ton aérosol, papa », lui dit-elle au moment où il quittait la maison, et il tapota sa poche de veste pour prouver qu'il l'avait bien et dit « Cheryl te montrera les ficelles, je serai de retour au cabinet avant le déjeuner, peut-être qu'on pourrait manger en ville ? », et elle répondit « Ce serait sympa, papa ». Puis elle l'accompagna jusqu'à la porte, l'embrassa sur la joue en disant « Je t'aime, papa », et il répondit « Moi aussi, ma chérie », et elle le regarda descendre la rue parce qu'elle eut soudain l'horrible pressentiment qu'elle ne le reverrait plus, mais arrivé au coin, il se retourna pour la regarder et elle agita joyeusement la main parce qu'elle ne voulait pas qu'il sache qu'elle s'inquiétait pour lui car il se faisait déjà assez de mauvais sang comme ça pour eux deux.

Elle le vit disparaître au coin de la rue, sentit son cœur se dilater et se demanda si elle rencontrerait jamais quelqu'un qu'elle aimerait autant que son père. Puis elle débarrassa la table du petit déjeuner, remplit le lave-vaisselle et vérifia que la maison était bien propre et en ordre pour leur retour.

26

AMELIA

Finis les couvreurs, finis les Gary, Craig et autres Darryl. Finis Philip et son pékinois jappeur. Fini Oxford. Finie l'ancienne Amelia. Un nouveau départ, une nouvelle personne.

Elle redoutait une orgie, mais en fait c'était le barbecue promis (« Oh, venez, je vous en prie ») et la conversation roulait sur la difficulté de trouver un bon plombier et sur le meilleur moyen de protéger les delphiniums des escargots (« Du ruban de cuivre ? » proposa Amelia, et tous de s'exclamer « Vraiment ? Comme c'est fascinant ! »). La seule différence, c'était qu'ils étaient tous nus.

Quand Amelia arriva au bord de la rivière (terrifiée, se sentant trop habillée), Cooper (« Cooper Lock, autrefois professeur d'histoire à St Cat's, aujourd'hui bon à rien ») s'approcha d'elle à grandes enjambées, couilles bringuebalantes, et dit « Amelia, vous êtes venue, c'est merveilleux », et Jean (« Jean Stanton, avocate, varappeuse amateur, secrétaire de la branche locale du parti conservateur ») se précipita vers elle, tout sourire et petits seins mutins, et dit « Bravo ! permettez-moi de vous présenter à tous : Amelia Land, elle est pas-sion-nante ».

Puis elle nagea nue dans la rivière avec eux et ce fut exactement comme dans ses souvenirs, à ceci près qu'il n'y avait pas de maillot de bain entre son corps et l'eau et qu'elle sentit les plantes et les herbes aquatiques glisser sur sa peau comme d'épais rubans mouillés. Puis ils mangèrent des saucisses et des steaks grillés et burent du chardonnay d'Afrique du Sud tandis que le crépuscule se faisait nuit. Plus tard, elle se retrouva allongée à côté de Jean, dans le lit bateau en pin de Jean, entre les murs blancs d'une mansarde parfumée avec des bougies Diptyque, dont le prix d'une seule aurait probablement fait vivre une famille du Bangladesh pendant un an. Mais Amelia réussit à faire abstraction de la chose ainsi que du fait que Jean était la secrétaire de la branche locale du parti conservateur (bien que, naturellement, les idées politiques de Jean ne pourraient être éternellement exclues de l'ordre du jour des conversations). Et si Amelia put faire abstraction de ces choses et de beaucoup d'autres encore, c'est parce que, toute quinquagénaire qu'elle était, Jean avait un corps ferme, souple et brun qu'elle glissa le long du corps pâle et doux d'Amelia (elle avait l'impression d'être une créature marine débarrassée de sa coquille) et lui dit « Tu es succulente, Amelia, comme un gros melon bien mûr », et là où l'ancienne Amelia aurait pouffé de dérision, la nouvelle Amelia poussa un cri perçant d'oiseau effarouché car Jean lui lapait les lèvres comme un chat (« Oh, appelle ça un con, Amelia, trêve de timidité ») et lui donnait son premier orgasme.

C'était drôle car après avoir vraiment souhaité mourir, elle avait désormais vraiment envie de vivre. Comme ça. Car franchement, sincèrement, que pouvait-elle demander de plus ? Elle avait un immense jardin et une ribambelle de chats pour l'occuper et elle avait eu un orgasme. Était-elle vraiment lesbienne ? Elle désirait toujours Jackson. « Tout le monde est à voile et à vapeur, de nos jours », avait déclaré nonchalamment Jean. Amelia se dit qu'elle allait peut-être présenter Jean à Julia, elle aurait aimé, juste une fois, voir Julia choquée (« Jean, je te présente Julia, ma sœur ; Julia, je te présente Jean, mon amante. Henry ? Oh, tout le monde est à voile et à vapeur de nos jours. Quoi ! tu ne savais pas ça ? » Et toc !) Il faudrait qu'elle essaie d'être plus gentille avec Julia, c'était sa sœur, après tout.

Elles ne savaient pas quoi faire d'Olivia. Ni l'une ni l'autre ne voulait l'incinérer, perdre le peu qu'elles avaient réussi à obtenir au bout de tant d'années et d'efforts. D'un autre côté, Olivia était restée enterrée toute seule dans le noir pendant si longtemps que l'inhumer à nouveau ne semblait pas approprié. Si ce n'avait pas été contraire à toutes les conventions (et sans doute illégal) Amelia aurait exposé les ossements, édifié une sorte de reliquaire, de mausolée. Elles finirent par l'enterrer dans un minuscule cercueil blanc, qui fut déposé à côté de celui d'Annabelle, la dernière des *pensées après coup*, au-dessus du cercueil de Rosemary dans le caveau de famille. Amelia et Julia sanglotèrent pendant toute la durée de la cérémonie. Les journalistes du cru avaient essayé de prendre des photos (« La petite fille disparue repose enfin en paix »), mais le copain noir baraqué de Jackson leur avait montré de quel bois il se chauffait. Amelia trouvait Howell à la fois terrifiant et éblouissant (preuve s'il en fallait de sa nature bisexuelle) et beaucoup plus politiquement correct que Jean, évidemment. Jackson – bizarre au possible – était accompagné de la SDF aux cheveux jaunes, qui avait désormais des cheveux roses et n'était plus SDF. « Pourquoi ? » demanda Amelia à Jackson, et Jackson dit « Pourquoi pas ? », et Amelia « Parce que... » mais Julia surgit et l'entraîna.

Se sentait-elle mieux d'avoir retrouvé Olivia ? De savoir qu'elle avait disparu pendant qu'elle était sous *sa* responsabilité. Amelia dormait à poings fermés quand sa sœur avait quitté la tente et était morte. Cela ne signifiait-il pas que c'était de sa faute ? Puis Jackson l'avait prise à part aux obsèques et lui avait dit « Je vais violer le secret de la confession », comme s'il était prêtre. Il aurait fait un excellent prêtre. Cette idée était très séduisante dans un genre un peu pervers. « Je vais vous dire ce qui s'est passé, dit-il, et ce sera à vous de décider de la suite. » Ce n'était pas à Julia qu'il l'avait dit, mais à elle, Amelia. Elle était enfin devenue la détentrice d'un secret.

Olivia aurait donc un mausolée, elle aurait un jardin. Et Amelia remplirait le jardin de Binky Rain de roses, de Duchesses d'Angoulême et de Félicité Parmentier, d'églantines et de Gertrude Jekyll, de pâles cymes de boules-de-neige et de la fragrante Perdita au teint de pêche, en l'honneur de leur enfant perdue.

27

Antécédent N°1 1970

COMPLOT DE FAMILLE

Il faisait si chaud. Trop chaud pour dormir. Le réverbère brillait à travers les fins rideaux comme un soleil secondaire, blafard. Elle avait toujours mal à la tête, l'impression d'avoir une corde nouée serrée autour du crâne. C'était peut-être l'effet que faisait une couronne d'épines. Dieu devait avoir une raison de la faire souffrir. Était-ce une punition ? Avait-elle fait quelque chose de mal ? Quelque chose de pire que d'habitude ? Elle avait giflé Julia plus tôt dans la journée mais ça, elle avait l'habitude, et elle avait mis des orties dans le lit d'Amelia, la veille, mais Amelia se prenait au sérieux et le méritait. Elle avait aussi été horrible envers maman, mais maman avait été horrible envers elle.

Sylvia prit trois aspirines pour enfant dans l'armoire à pharmacie de la salle de bains. Il y avait toujours un tas de fioles dans cette armoire, certaines étaient là depuis toujours. Leur mère aimait les médicaments. Elle aimait mieux les médicaments que ses enfants.

Le cadran lumineux du gros réveil posé sur la table de chevet de sa mère indiquait deux heures du matin. Sylvia promena sa petite torche sur le lit. Leur père ronflait comme un porc. C'était d'ailleurs ce qu'il était : un gros porc mathématique. Il portait un pyjama rayé et leur mère une chemise de nuit en coton avec un volant défraîchi autour du cou. Ils avaient envoyé balader les couvertures et gisaient bras et jambes épars comme s'ils étaient tombés de très haut sur le lit. Si elle avait été une meurtrière, elle aurait pu les tuer séance tenante, dans leur lit, sans qu'ils sachent ce qui leur arrivait : elle aurait pu les poignarder, leur tirer dessus ou les découper en morceaux avec une hache et ils n'auraient rien pu faire.

Sylvia aimait déambuler dans la maison la nuit, c'était sa vie secrète, que personne d'autre ne soupçonnait. Elle en tirait un sentiment de puissance, comme si elle pouvait aussi percer les secrets d'autrui. Elle entra dans la chambre de Julia. Impossible de troubler son sommeil : on aurait pu la faire tomber du lit, lui sauter dessus, elle ne se serait pas réveillée pour autant. On aurait pu lui coller un oreiller sur la figure et l'étouffer, elle ne s'en serait même pas aperçue. Elle était trempée de sueur, on ne pouvait même pas approcher une main tellement elle était bouillante, et on entendait sa respiration s'étrangler en entrant et sortant de ses poumons.

Sylvia s'aperçut soudain que le lit d'Amelia était vide. Où était-elle passée ? Avait-elle, elle aussi, une vie nocturne secrète et vagabonde ? Pas Amelia – elle n'aurait pas pris une telle « initiative » (le nouveau mot de Sylvia). Dormait-elle avec Olivia ? Sylvia se précipita dans sa chambre et découvrit qu'Olivia manquait également à l'appel. La moitié d'entre elles avaient disparu, elles n'avaient pas été enlevées par des extraterrestres tout de même ? Si les extraterrestres existaient – et Julia soupçonnait que c'était le cas – Dieu devait les avoir créés car Dieu avait créé toutes choses, non ? Ou alors il n'avait pas vraiment tout créé, mais seulement la matière de notre galaxie. S'il existait d'autres mondes, ils avaient dû être créés par d'autres dieux, des dieux extraterrestres. Est-ce que c'était une pensée sacrilège ?

Qui consulter sur ces épineux problèmes théologiques ? Elle n'avait pas le droit d'aller à l'église. Papa ne croyait pas en Dieu (ni aux extraterrestres) et la prof d'instruction religieuse de son bahut lui avait dit d'arrêter de « casser les pieds » des gens. Vous voyez Jésus disant « Allez-vous-en, arrêtez de me casser les pieds » ? Dieu enverrait sans doute la prof d'instruction religieuse directement en enfer. C'était très difficile quand vous aviez été élevée par un athée qui était un porc mathématique et par une mère qui s'en fichait éperdument et qu'ensuite vous entendiez la voix de Dieu. Il y avait tant de choses qu'elle ignorait – mais d'un autre côté, prenez Jeanne d'Arc, toute paysanne ignorante qu'elle était, elle s'en était sortie et Sylvia n'était ni ignorante ni paysanne. Après que Dieu lui eut parlé, Sylvia se mit à lire la Bible, la nuit, sous ses couvertures, à la lueur de sa fidèle torche. La Bible n'avait absolument aucun rapport avec sa vie. Cela suffisait à la rendre attirante.

Sylvia essaya de se rappeler la veille au soir mais elle n'en avait qu'un souvenir embrumé : la chaleur et le soleil lui ayant donné mal au cœur, elle était allée se coucher la première. Maman avait-elle autorisé Amelia et Olivia à dormir sous la tente à peine avait-elle tourné le dos ? C'était possible ? Maman avait été si catégorique pendant tout l'été (sans aucune raison valable) : il était *hors de question* qu'elles dorment dehors.

Sylvia descendit sans bruit au rez-de-chaussée en évitant les deux marches qui craquaient. La porte de derrière n'était pas fermée à clé et n'importe qui aurait pu entrer et perpétrer les meurtres susmentionnés. Elle n'était pas fermée à clé pour une raison très simple : parce qu'Amelia et Olivia dormaient sous la tente. L'aube n'allait pas tarder, elle entendait déjà un oiseau solitaire saluer le matin. Le gazon était humide. D'où venait toute cette rosée alors qu'il faisait si chaud et si sec pendant la journée ? Il faudrait qu'elle vérifie dans un livre. Elle traversa la pelouse en prenant soin de ne pas écraser le corps mou, flasque de quelque créature nocturne vaquant à ses affaires secrètes.

Elle souleva le rabat de la tente. Oui, elles étaient toutes les deux là. Quel culot ! Pourquoi Amelia avait-elle obtenu le privilège de passer toute une nuit sous la tente, non seulement ça, mais de dormir avec Olivia et Rascal ? Ce n'était pas juste, Sylvia était l'aînée, c'était elle qui aurait dû être sous la tente. Couché entre Amelia et Olivia, Rascal se leva, remua la queue et vint lécher le nez de Sylvia.

Elles dormaient toutes deux sur le dos, d'un sommeil de plomb, comme des cadavres. Sylvia secoua Amelia par les pieds, mais elle ne se réveilla pas. Elle se glissa entre ses sœurs. La tente était une véritable fournaise, il y avait de quoi crever. L'endroit le plus chaud de la planète, c'était le désert d'Atacama ? La Vallée de la Mort en Amérique ? Quelque part en Mongolie ? Elles n'étaient pas mortes tout de même. Si ? Elle pinça le nez d'Amelia et Amelia marmonna quelque chose et se retourna. Il fallait qu'elle réveille Olivia, qu'elle la sorte de cette serre chaude. Le « Trou noir » de Calcutta [1], les gens qui y étaient morts étaient morts de chaleur, et non à cause du manque d'air : *conception erronée* et couramment répandue. Conception erronée, excellent comme expression. *La pensée après coup...* on ne faisait pas mieux comme conception erronée ! Ahahaha ! Leur mère devrait arrêter de se reproduire, c'était *abject.* Elle était peut-être secrètement catholique. Ce serait merveilleux, elles pourraient avoir de longues conversations clandestines sur les mystères, les rituels et la Vierge Marie. Ni la Vierge Marie, ni Jésus n'avaient parlé à Sylvia. En fait, Jésus ne parlait pas aux gens, selon elle. Jeanne d'Arc, ça, c'était autre chose, Jeanne d'Arc était carrément une pipelette.

Sylvia frotta le lobe de l'oreille d'Olivia parce que Rosemary avait déclaré un jour que c'était comme ça qu'on réveillait les patients endormis quand elle était infirmière. Olivia broncha puis repiqua du nez. Sylvia chuchota son prénom et elle eut du mal à écarquiller les yeux. Elle était embrumée de sommeil mais lorsque Sylvia murmura « Allez, lève-toi », elle suivit sa sœur, en tenant ses petites pantoufles roses à oreilles de lapin à la main. Sylvia lui dit « T'occupe pas de tes pantoufles, sens comme l'herbe est humide entre tes doigts de pied », mais Olivia fit non de la tête et enfila ses pantoufles. « Il faut que tu apprennes à te *rebeller,* dit Sylvia. Tu ne dois pas faire tout ce que maman et papa te disent de faire. Surtout papa », puis elle ajouta « Sauf moi, à moi tu dois obéir ». Elle avait envie de dire « parce que j'ai entendu la parole de Dieu » mais Olivia ne comprendrait pas. Personne ne comprenait, sauf Dieu, naturellement, et Jeanne d'Arc.

La première fois que Dieu lui avait parlé, elle était assise sur le banc de touche pendant un match de hockey. Ailière

---

1. Cachot de six mètres sur quatre dans lequel la tradition veut que le nawab du Bengale ait enfermé 146 prisonniers britanniques dont un bon nombre succombèrent dans la nuit du 20 juin 1756. (*N.d.T.*)

imaginative, Sylvia avait été renvoyée pour avoir frappé une opposante aux chevilles avec sa crosse (l'important, c'était de gagner, non ?) Elle boudait furieuse quand une voix tout près d'elle dit « Sylvia » mais quand elle se retourna, il n'y avait personne, à part une fille du nom de Sandra Lees qui parlait avec un accent pointu de Cambridge, si bien que, à moins de croire que Sandra Lees était ventriloque ou qu'elle s'était changée en homme, ce n'était pas possible. Elle avait dû se faire des idées, décida-t-elle, mais c'est alors que la voix répéta son nom – une voix profonde, mélodieuse, une voix qui l'inonda de chaleur – et cette fois Sylvia murmura, tout bas, compte tenu de la proximité de Sandra Lees, « Oui ? » et la voix dit « Sylvia, tu as été élue », et Sylvia « Vous êtes Dieu ? », et la voix fit « Oui ». Difficile de recevoir un message plus clair, non ? Parfois elle se sentait si transformée par la lumière sainte qu'elle tombait tout simplement en *pâmoison*. Elle adorait ça, ce sentiment de perte de contrôle, de ne plus être responsable de son corps, ni de son esprit. Une fois (peut-être même plus) elle était tombée en pâmoison dans le bureau de papa – elle avait tourné de l'œil et s'était effondrée comme une sainte torturée. Papa lui avait jeté un verre d'eau à la figure et lui avait dit de se ressaisir.

Sylvia chuchota à une Olivia quasi somnambule « Viens, on va jouer à un jeu », et Olivia dit « Non » sur un ton pleurnichard qui ne lui ressemblait pas du tout. « Fait nuit », protesta-t-elle, et Sylvia dit « Et alors ? » et elle la prit par la main. Elles étaient arrivées au milieu de la pelouse quand Olivia s'exclama « Souris Bleue ! » et Sylvia dit « Dépêche-toi d'aller la chercher » et Olivia se glissa dans la tente et en ressortit, tenant Souris Bleue dans son bras, tandis que Rascal bondissait tout content derrière elle.

Jeanne d'Arc lui avait parlé alors qu'elle était juchée dans les hautes branches du hêtre de Binky Rain. Jeanne d'Arc lui avait parlé à l'oreille, comme si elle avait été assise gentiment sur la branche d'à côté. Chose bizarre, après ces conversations, Sylvia avait toujours du mal à se souvenir de ce que lui avait *dit* Jeanne d'Arc et l'impression qu'elle n'avait pas en fait parlé, mais *chanté*, comme un grand oiseau perché dans l'arbre.

Dieu l'avait élue, il l'avait *remarquée*, mais dans quel but ? Pour qu'elle conduise une grande armée à la bataille avant de brûler dans un feu purificateur comme Jeanne d'Arc ? Pour être sacrifiée ? Du latin *sacer* signifiant sacré et de *facere* faire. Elle était sacrée, comme une sainte. Elle était spéciale. Personne ne la croirait bien sûr. Elle en parla à Amelia qui lui dit « Arrête ton char ». Amelia n'avait aucune imagination, elle était *chiante comme la pluie*. Elle avait tenté d'en parler à maman mais elle était en train de faire un gâteau. Elle regardait le fouet de son mixer Kenwood tourner interminablement en rond, comme hypnotisée, et quand Sylvia déclara « Je crois que Dieu m'a parlé », elle fit « C'est gentil », et Sylvia dit « Un tigre vient de dévorer Julia », et sa mère « Vraiment ? » de la même façon rêveuse, distraite, et Sylvia était sortie d'un air indigné de la cuisine.

Dieu continuait à lui parler. Il lui parlait du haut des nuages, du fond des buissons, il lui parlait quand elle s'assoupissait le soir et il la réveillait le matin. Il lui parlait quand elle était dans le bus et dans la baignoire (elle n'avait pas à avoir honte de sa nudité devant Dieu), il lui parlait quand elle était assise en classe ou à la table familiale. Il lui parlait toujours quand elle était dans le bureau de Victor. Il lui disait « Laissez venir à moi les petits enfants » car elle n'était encore, tout compte fait, qu'une enfant.

« Non », dit tout fort Olivia et elle se mit à tirer sur la main de Sylvia. « Chut, tout va bien », fit Sylvia en poussant la porte de bois pour entrer dans le jardin de Mrs Rain. « Non », répéta Olivia en traînant des pieds, mais elle avait la force d'un chaton comparée à Sylvia. « La sorcière », chuchota Olivia. « Ne sois pas sotte, fit Sylvia, Mrs Rain n'est pas vraiment une sorcière, c'est juste un jeu. » Sylvia n'était en fait pas certaine de croire à ce qu'elle venait de dire. Mais Dieu avait-il créé un monde contenant des sorcières ? Et qu'en était-il des fantômes ? Il y avait des fantômes dans la Bible ? Elle devait traîner Olivia désormais. Elle voulait l'emmener dans le hêtre, elle voulait la présenter à Jeanne d'Arc, lui montrer combien Olivia était pure, quelle divine enfant elle était, tout comme le petit Jésus. Elle ne savait pas trop comment elle allait s'y prendre : il semblait peu probable qu'Olivia veuille grimper à l'arbre. Olivia se mit à pleurer. Sylvia commençait à en avoir par-dessus la tête. La vieille sorcière allait l'entendre. « Tais-toi, Olivia », dit-elle sévèrement, et elle tira d'un coup sec sur son bras pour l'entraîner. Elle n'avait pas eu l'intention de lui faire du mal, pas du tout, mais Olivia se mit à crier et à faire du ramdam (ce qui ne lui ressemblait pas, mais alors pas du tout), et Sylvia lui siffla « Arrête » mais Olivia s'y *refusa* et Sylvia dut lui plaquer une main sur la bouche. Pendant un temps infini jusqu'à ce qu'Olivia ne bronche plus.

Laissez venir à moi les petits enfants. Un sacrifice. Sylvia avait cru que c'était elle qui était vouée au sacrifice, au martyre, parce que Dieu l'avait élue. Mais il s'avérait que c'était Olivia qui était destinée à être offerte à Dieu. Comme Isaac, sauf que, bien sûr, il n'était pas mort, pour finir, hein ? Olivia était sacrée désormais. Pure et sainte. Elle était pure, sainte et à l'abri du danger. Elle était intouchable. Elle n'aurait jamais à aller dans le bureau de papa, elle ne s'étoufferait jamais avec le truc poisseux de papa dans sa bouche, ne sentirait jamais ses énormes mains faire d'elle une créature impure et impie. Sylvia regarda le petit corps couché dans les hautes herbes et ne sut quoi faire. Il fallait que quelqu'un l'aide. La seule personne qui lui vînt à l'esprit était papa. Elle devait aller le chercher. Lui, il saurait quoi faire.

28

ET JULIA DIT

Au revoir Tristesse[1]. Jackson conduisait, toit replié, tandis que les Dixie Chicks passaient plein pot sur sa stéréo. Il alla les chercher à l'aéroport de Montpellier. Elles s'étaient équipées de foulards de mousseline et de lunettes de soleil en prévision du cabriolet : Julia avait l'air d'une vedette de cinéma des années 50 mais pas Amelia. Julia lui avait dit au téléphone qu'Amelia était beaucoup plus guillerette désormais, mais si c'était vrai, elle le cachait bien car, assise sur la banquette arrière de sa nouvelle BMW M3, elle n'arrêtait pas de se racler la gorge et de grommeler dès que Julia ouvrait la bouche. Jackson regretta soudain de ne pas avoir choisi le modèle BMW Z8 à deux places : ils auraient pu fourrer Amelia dans le coffre.

« Une cigarette ? » proposa Julia, et Jackson répondit « Non, j'ai arrêté », et Julia dit « Bravo, Mr B. ».

Ils entrèrent dans Montpellier, où il faisait très chaud, et dégustèrent des *glaces artisanales*[1] servies dans des petites coupes argentées sur la place de la Comédie. Julia commanda et Jackson fut impressionné par sa maîtrise du français.

« Elle a joué un caniche », dit Amelia (d'un air énigmatique), et Julia fit « Et toi, ne joue pas les rabat-joie, on est en *vacances*[1] », et Amelia « Tu es toujours en vacances », et Julia « Eh bien, je connais des destins plus tragiques », et

---

1. En français dans le texte.

Jackson se demanda s'il était amoureux de Julia. Le ciel prit soudain une couleur pruneaux d'Agen, le tonnerre gronda dans le lointain, les premières gouttes d'une pluie torrentielle claquèrent sur le store en toile du café et Julia haussa les épaules (d'une façon très française) et dit à Jackson « *C'est la vie*, Mr Brodie, *c'est la vie*[1] ».

---

1. En français dans le texte.

TABLE